归去来兮

王毅然　著

中国出版集团　东方出版中心

图书在版编目(CIP)数据

归去来兮 / 王毅然著. -- 上海 : 东方出版中心,
2025. 4. -- ISBN 978-7-5473-2695-4

Ⅰ. I247.5

中国国家版本馆 CIP 数据核字第 2025ZL7773 号

归去来兮

著　　者	王毅然	
责任编辑	沈旖婷	
封面设计	余佳佳	

出 版 人　陈义望
出版发行　东方出版中心
地　　址　上海市仙霞路 345 号
邮政编码　200336
电　　话　021 - 62417400
印 刷 者　上海万卷印刷股份有限公司

开　　本　890mm × 1240mm　1/32
印　　张　13.75
字　　数　325 千字
版　　次　2025 年 6 月第 1 版
印　　次　2025 年 6 月第 1 次印刷
定　　价　88.00 元

目　录

上　部

上　部

我问过我的父亲："听说你和我妈结婚是经过周总理批准的？"

我父亲回过头来看了我一眼，然后转过身来反问我："这个事你也听说过，谁告诉你的？"

我说："我听好几个人说过，是真的吗？"

我父亲笑了，抬起搪瓷口缸喝了口茶水，然后回答我："没有的事，只是传说。"接着他就讲，你妈妈不是土司的妹妹吗，是民族上层人士，解放勐玛的时候，我是解放军的排长，后来当民族基干连的连长，当上连长以后，我就和你妈谈恋爱，申请结婚的时候，部队首长不敢批，说是吃不准政策，结果层层上报，一直报到了北京才批下来。结婚申请是从北京批出来的，但是可以肯定，不是周总理批的，一个国家的总理日理万机，我和你妈这点小事，怎么可能惊动到国家领导人呢，你说是不是嘛。

我父亲是山东人，解放战争初期参加中国人民解放军，所在部队隶属于二野四兵团，部队过了长江以后，从江西、广东、广西、贵州，一路征战最终来到彩云省。他对我说过，他们是靠两条腿走进彩云的，那时一天步行百十里路，许多人都学会了边走路边睡觉。部队是1950年2月20日进入省城春明市的，之后就到西部剿匪。当时他是副排长，因为剿匪立功，升为排长。

我曾经翻阅过中国人民解放军第××军颁发给他的奖状，上面写着："耿兴博同志在担负建设彩云，巩固国防，剿匪、工作、学习、生产、节约等任务中，忠心耿耿，为民服务，获得光辉成绩，被选为剿匪英雄……"

我父亲入伍前在老家只上过一年学，后来在部队的文化补习班上又补了一些课，文化程度不高，但是他记忆力较强。他清楚地记得，他们部队是 1950 年 11 月 22 日进入勐玛城的，因为这一天也就是勐玛解放日。他说："那个时候的勐玛城不大，一圈土城墙把城里城外分开，城里是土司府和几个傣族寨子。只有一条街，全是泥巴路。"

他还对我讲过，1952 年 6 月 28 日，组建民族基干连，他被抽调出来任连长，当时定为副连职干部；基干连编制明确为 120 人，主要任务是，培养民族干部，配合部队剿匪及维护社会治安。

多年以后我父亲回忆说，他到民族基干连工作不久，就认识了我母亲，爱情之花从此绽放，后来就有了我的两个姐姐和我。

我母亲的文化程度比我父亲要高一些，她是省立勐玛小学的毕业生，在当时的傣族妇女中已属凤毛麟角。她是勐玛末代土司的九妹，众人称她为九小姐。虽是巾帼之身，却也识文断字、能骑善射；还精于女红、巧手剪纸绣花。南疆俏丽佳人，远近皆闻其名。

我长大以后特意查阅资料，对"土司制度"作了一番了解，方知其中要旨。土司制度是封建的中央王朝在"羁縻之治"的基础上，对我国西部和南部少数民族地区推行的一种统治形式；封建王朝对少数民族的统治，通过少数民族酋领来实现，即封建朝廷授予少数民族酋领一个职官称号，不过问其内部事务，由少数民族的酋领世辖其地。土司世袭统治，由朝廷册封，主要任务是：维护辖区统一，抵御外侵，保卫疆土，守护祖国大门。

土司制度如果自宋代设土官算起，历经元、明、清到民国，至20 世纪 50 年代中期被废除，有着近千年的历史。后来我在参与撰写《勐玛县志》时查到，勐玛的土司建制，始于 1287 年，止于 1950 年，长达 663 年。

解放大军进入勐玛城的四天前，我母亲的大哥、末代土司携众多眷属外逃他乡、出走异国。而我母亲在他五哥的劝说下,随她五哥留了下来。她五哥说,他在省城读书时,接触过共产党的地下组织成员,对他们追求建立新中国的理念十分欣赏。

两个月后,勐玛成立各民族行政委员会,我五舅爹进入新政权组织,成为26名委员中的一员。一年后,县上组建各族人民联合政府和各族各界人民代表协商委员会,我五舅爹当选为联合政府的副主席和协商委员会的主任;我母亲当选为协商委员会的委员,22名委员中,妇女有两名。

这之后,我母亲就参加了县民族工作队,工作队当时的主要任务,是配合解放军建立基层政权、征粮和剿匪。

在民族工作队和民族基干连联合举办的第一次联欢晚会上,我父亲与我母亲初次结识,他便对她一见钟情。那天晚上最引人注目的节目,是我母亲表演的傣族单人舞,她窈窕淑女的形象,轻盈柔美的姿态,倾倒了众人。我父亲说,他就是在那个时候打的主意,一定要想方设法俘虏我母亲的心。

某日,两个单位派人同去西部山区帮助群众秋收,同时宣传征粮政策。途经勐玛坝最大的河流南汀河,当时雨季尚未结束,河水大涨,需要乘船方能过去。当地的小船被人称作"黄瓜船",形似黄瓜而得名,是用一棵单独的攀枝花树雕刻而成的,一次最多只能载12人,乘船的人必须蹲在船上,两手扶住船沿,不得站立,否则人和船都会失去平衡,造成危险。

我父亲首次登上黄瓜小船,不懂规矩,船到河中央,他突然立起身来,结果身子一歪,掉进河中。当时还不会游泳的他,在水中拼命挣扎,情势十分危急。

我母亲自小在南汀河中玩水长大,熟稔水性,只见她敏捷一跃,跳入激流当中,快速游到我父亲身旁,将我父亲挽住,不让他沉入水底。稍后,船上有几个会游泳的人纷纷入水靠拢过来,共同将我父亲拖到岸上。美女救英雄,一时传为佳话。

事后不知过了多长时间，有人调侃我父亲，说他在花前月下、凤尾竹旁，厚着脸皮将我母亲揽入怀中表白：我的命是你捞上来的，我这个人从此就交给你了。我猜想，在那样的情形下，一定有两朵红云飞到了我母亲的脸上。

结婚前，我父亲患上了疟疾，当地人称"打摆子"，二十多天昏睡不醒，醒后却又不会讲话。我母亲情急之下，听说四十公里外有一个老中医能治此病，硬是策马扬鞭，飞驰前往，把一大包草药背了回来，熬成药汤，给我父亲服用。

虽说病愈的原因主要是靠服用部队卫生所的奎宁药品，但是我父亲还是愿意把功劳算到我母亲身上，他对我母亲说：我太幸福啦，我喜欢做你一辈子的病人。我母亲心里必定是甜蜜蜜的，然而她却一脸严肃地说道：以后不准讲这样的话，我们都要健健康康好好生活。

我父母亲结婚的那天晚上，勐玛小城应该是有点轰动效应的。部队上的首长、新政府的干部以及当地傣族的亲朋好友都来参加了，犹如一场盛大的联欢活动，傣家的象脚鼓欢快地闹腾了很长时间。

婚礼上的主人公，一个是威武俊朗的山东大汉，一个是温婉清丽的傣家女子，新婚宴尔，金玉良缘，有天作之美，寓鹊笑鸠舞之意。

婚后不久，我父亲转业到地方，任城关派出所所长；我母亲继续在民族工作队工作，当上了副队长。之后他俩就有了爱情的结晶，先来到世上的不是我，是我的一对双胞胎姐姐，我是在两年之后才睁眼看到这个世界的。后来我知道，我属猴，生在秋风送爽时节。

勐玛坝子是一个雨热同期、土地肥沃、风光旖旎的亚热带盆地。过去的勐玛坝，自然风光比现在迷人，仿佛是一个天然的大公园，放眼望去，四季皆是醉人的绿，到处充满诗情画意。宽阔的原野上,南汀河蜿蜒向西南而去,流入异国的萨尔温江;河的两岸,傣家的竹楼掩映在清风摇曳的凤尾竹中,优雅空灵的图景,已然是边地版的世外桃源。

　　我就是生长在这样一个美丽的地方。

二

巧的是，一个我此生永远不会忘记的人，在我出生的第二天也来到了这个世界，我俩是同一个医生接生的，而且还在同一个产房里一起住过几天呢。

这个人的名字叫作林苍秀。

我得以真正看清林苍秀的容貌，是在五年之后，我俩一起上学，分在同一个班。她的模样秀丽可人，我看了觉得内心舒服。

开学的那天，老师说："在上学前，你们当中有人就认识了许多字，大家想知道这个人是谁吗？"

我以为接下来老师就会点出我的名字，因为我已经认识了148个字，正暗喜着，老师却念到了林苍秀的名字，说她已经认识了300个字。老师这么一说，我和林苍秀的脸一起红了，红的原因各不相同。

成为同学以后，知晓了林苍秀这个人性格恬静，平时话少，脾气最好，在学习上比较用心。她在一年以后就当上了班长，我一点也不委屈地当了副班长，成了她的助手。我的学习成绩也算不错的，只是考试分数每次都比她低。

有一次我的语文考了95分，很是得意，看到她一副愁眉不展的样子，我以为她考得不好，走到她身旁想安慰她一下，结果发现她的分数是96分，便对她说："有什么不高兴的，我比你还低一分呢。"

她低下头说："有道题我答得马虎了，不应该的。"

到了三年级的时候，她便不再当班长了，因为她管不了班上那些调皮捣蛋、爱惹是生非的男同学。班长的担子落到了我的肩上，对此，我非但没有欣喜的感觉，反而还有一种失落的情绪蔓延在心中，这份失落感是为她而滋生的。

记不清是从什么时候开始，先是几个大人戏谑我俩，说林苍秀和我是男才女貌天仙配，长大以后林苍秀就是我耿卫疆的媳妇啦，紧接着我们班上的好事者，就把这种调侃打趣的玩笑疯传开来，弄得我俩时常羞容满面，尴尬发窘。不过每当听到有人把林苍秀称作我媳妇时，我是窃喜的。

我们两家的父母亲彼此都相识，只是平素不来往，因为当时两家的政治条件不一样。我是干部家庭出身，林苍秀是国民党老兵的后代。

20世纪90年代编纂出版的《勐玛县志·人物篇》里是这样记载她父亲的："林志（1918—1976），汉族，四川××人。18岁高中毕业应征入伍，后随中国远征军11集团军第6军赴彩云，镇守中缅边境一线。1942年，日本军队两次进犯勐玛，6月5日，日军1个大队600余人烧我6个傣家寨子290户人家，毁3座佛寺，打死我百姓6人，打伤4人，奸淫妇女10名以上。6月10日，日军在我国军和地方武装的反击下溃逃，被击毙、击伤百余人。此役血战，国军排长林志骁勇无畏，腹部中弹，荣立战功。此后，林志离开军队养伤，伤好后留在勐玛，被聘为勐玛省立小学教员，较有文艺才干。50年代初，改行任国营照相馆职工，60年代末受错处，被送去劳动改造，殁于狱中，后被平反。"

林苍秀的母亲在缝纫社上班，是当地的汉族，后来我才了解到，她母亲的祖先是明末清初跟随南明小朝廷的末代皇帝朱由榔由内地逃难来的，距今300多年。

我们上小学那会儿，没有课外作业，放学以后就到广袤的田野上尽情玩耍：游泳、钓鱼、掏鸟窝、捅蜂巢、烟熏老鼠洞、放歌牛背上……童年时光，无忧无虑，逍遥自在，至今难忘。印象中，林苍秀兄妹俩几乎没有和我们到野外玩耍过，听说她和她哥哥很多时候都是关在家里看连环画，跟她父亲学拉二胡、吹笛子。

不过有一次我还是与林苍秀在田野里相遇了。那是一个星期天的下午，我和我的小伙伴去小河边钓鱼，她和她的小伙伴去收割过的稻田里，捡拾撒落在地上的碎谷，打算拿回家喂鸡，我们不约而同地来到了一棵大青树下。

就在彼此打招呼的时候，一个顽皮的捣蛋鬼，发现大青树上挂着一窝篮球般大的马蜂，便一边叫着有蜂蜜吃了，一边用弹弓向蜂窝连发几弹过去。这一下可真是捅到马蜂窝了，受到攻击的马蜂立刻对我们展开报复，场面瞬间大乱，众人四散而逃，哭喊声凄惨。

我也被马蜂蜇了几口，疼得特别难受。像一匹奔腾的小马驹，我迅速逃离，很快便脱离险境。但我放心不下林苍秀，回头看见披头散发的她在哭喊中落到了后面，我的心比身上的伤还痛。于是我义无反顾地转身奔回去，拉着她就往小河边跑，到了河边搂着她就往下跳，双双伏进水里，从而减少了身体被马蜂大面积叮蜇。

这次野外救人的壮举，让我吃够了苦头，脸肿得像发酵过的面团，眼睛被遮住了，什么都看不见。事后被送进医院治疗了几天。

让我颇感欣慰的是，林苍秀的伤比我轻，因为当时头发散了遮挡着面部，脸上没有被马蜂蜇着。她到医院来看我，腼腆地说："我爸爸让我来谢谢你。"听她这么说，我有点失落，她别说是她爸爸让她来的，说成是她专门来看我的，那我将是多么快活呀。

稍后又听她说："我爸爸听说你喜欢看连环画，他让我告诉你，以后我们家的那些连环画，你可以随时来看。"

"真的？那太好啦。"我欣喜若狂，情不自禁地鼓起掌来，身子一动，伤口就剧烈疼痛，让我差点哭爹喊娘。

我们都知道，林苍秀家的连环画藏书之丰富，在勐玛小城是首屈一指的。她爸爸平时省吃俭用，在购买连环画方面却十分慷慨大方,凡是勐玛新华书店有过的,她家几乎都有。因为当时条件局限,边疆小城的书店里经典书籍不多,所以她爸爸就广收连环画以弥补不足,用来开阔林苍秀兄妹俩的视野,提升文化素养。

喜得林家邀约后,于出院的第二天,我就约同班同学丁爱民到林苍秀家中,在连环画的世界里,极其畅快地遨游了一番。

从此就经常到林家,度过一段惬意时光。我们这几个生活在文化相对落后地区的小孩,在学校和家庭的教育之外,还能得以拓展知识面、获取正能量,林苍秀家的连环画发挥了很大作用。

小学四年级的暑假前,有一次在放学回家的路上,我们班一个平时吊儿郎当的学生,名字叫支边,他将一条死蛇悄悄地放到林苍秀的肩膀上,林苍秀转头一看,顿时花容失色,吓得跳起来,随即人就瘫倒在地上。

见此情形,我怒从心头起,飞奔过去,抬腿就向支边踢去,支边不惧,就和我你一拳我一脚地打了起来。后来我俩又在地上翻来覆去地撕扯了一阵,把手臂和膝盖都磨破了,支边才在我身下认输求饶。我站起身来将他放开,他迅速爬起来就跑,边跑边嚷:"林苍秀是耿卫疆的臭婆娘。"

我起步就追,想再次狠狠地教训一下这小子,无奈他跑得像麂子一样快,抓不到他。我拍拍身上的灰尘,反折回来,和林苍秀对视了一下眼神,然后默默地跟在她身后,送她回家。

进家前,林苍秀回过头来看了看我,似乎想说什么,却又什么都没说。因为距离有点远,我看不清她脸上细微的表情变化,但是我想,她内心里一定泛起了感激我的涟漪,于是我的心中也泛起了涟漪,是惬意的涟漪。

我们小学五年级还没读完,波及全国的那场运动就来了,学校便不开课,说是要"停课闹革命"。

第二年春季,学校成立了一支毛泽东思想宣传队,唱红歌、跳忠字舞,走村串寨,宣扬造反有理,防止修正主义。林苍秀和我有幸入选，成为文艺宣传队的骨干。

我们少不知事，却是十分虔诚，全心全意拥护触及灵魂的运动。我在舞台上跳舞悟性还好，姿势尚可，特别善于在关键的地方摆一个引人注目的造型。林苍秀除了舞蹈形象优雅之外，还有一手绝活，每场必演，那就是二胡独奏《赛马》，欢快悠扬的琴声一响，每次都能形成高潮。

应该是五月的一天吧，我们文艺宣传队到曼那寨子去演出。曼那寨树多荫蔽，环境安逸，寨子东边有一条清澈流淌的小河，曲溪静流。

当晚演出后，该睡觉的时候我却没睡，悄悄地走了出去，来到女生住的竹楼边彷徨，希望林苍秀恰巧也能到楼下来，与我不期而遇，然后我俩在皎洁的月光下，相互说上几句彼此高兴的话。结果我是失望的，没能看到她的身影。事后多年，我还想得起这个场景，我一直诧异我小小的年纪居然会有见不到异性的她时，那种怅然若失的感觉。

天亮后，等太阳升起来，我们宣传队的人便去西瓜地里买西瓜，打算带回家。西瓜地里有一个窝棚，旁边有个鱼塘。我约林苍秀去往窝棚那边挑西瓜，刚走到窝棚边，突然见一条黑色的大狗狂吼着扑了过来，吓得我转身跳进鱼塘。而此时林苍秀却没跑，只见她弯腰捡起一块石头，朝大狗扔去，倒把狗吓了一跳。狗没过来咬我俩，原来是被铁链拴着的。

众人听到响动，纷纷围了过来，见我立在水中，白衬衣、蓝裤子、绿胶鞋全都湿了，满脸窘状，个个大笑一场，让我无地自容。

事后我问林苍秀："你为什么不跑？也不跳进鱼塘，万一狗追过来撕咬你怎么办？"

林苍秀抬起头来看着我说："跑是跑不掉的。我听大人说狗怕弯腰，所以就弯腰抓起一块石头砸过去，吓唬一下它。"随后她腼腆地低下头又说："也不知道为什么，和你在一起，我的胆子就有点大。"

听她这么说,我的心房里灌满了甜香的蜜汁。我虽然出了一个大洋相,但探得了林苍秀坦诚的心语,我感到特别知足。

毛泽东思想宣传队办了一年多的时间就停了,接着是"复课闹革命",我们又读了一年的小学,尔后升入初中。

那时的情形是,前一年毕业的学生和我们刚毕业的一起升初中,初中学制两年。我的两个姐姐在我前一年小学毕业,休息一年后,和我一起读的初中,我和她俩同级不同班。

在初中时段,我就不是那个曾经无忧无虑的我了,林苍秀亦是如此。

那段时间林苍秀在我面前委屈地哭过多次。我却一直无法找到恰当的语言安慰她,那时的我觉得自己十分笨拙,没有别的办法,只能是约着同班同学丁爱民、支边,每天晚上到她家去,默默地陪伴她。

三

我们的出路何在？知识青年上山下乡，到农村去，接受贫下中农的再教育。

对此，我强露笑颜，装作轻松的样子，在林苍秀他们面前背诵了一段名言："农村是一个广阔的天地，在那里是可以大有作为的。"

七月份毕业，九月份我们就下乡当知青了，适逢林苍秀和我刚满十五周岁。

我要去哪里下乡插队呢？我的两个姐姐，一个随我父亲去"五七"干校生活，一个跟我母亲到农村劳动。而我既不想跟我父亲走，也不想到我母亲那边去，我内心里的秘密是，只想和林苍秀在一起。

经过多次恳求、反复申请，我最终如愿以偿，和林苍秀他们分到了一个知青户。我们这个户，一共八个人，男女各四名，要去的寨子，正是那年文艺演出后，买西瓜时我狼狈跳水塘的地方。

勐玛县城位于南汀河的东边，背靠大青山，离国境线 30 公里。而我们要去下乡插队的曼那寨子地处南汀河的西南边，离县城 15 公里，离国境线也是 15 公里。

曼那生产队的队长、指导员、会计和保管员坐着拖拉机专程来接我们。

我们男生戴着四顶绿军帽、女生扎着八条小辫子来到了曼那寨，看见生产队的干部群众已经为我们知青专门建好了新家。新家虽是茅草房，但是宽敞舒适，位置就在寨子中心的生产队会议室旁边，屋有三个大间，左边一间男生住，中间是厨房，右边那间是女生宿舍，平时洗漱就在男女生各自的寝室里。进到新家，我们个个都极为兴奋。

面相慈祥的生产队指导员对我们说："我们这个寨子，家家住的都是竹楼，通风凉快很舒服。等我们准备好材料，二天也给你们盖竹楼。"

我们八个知青连声道谢，异口同声说：不消麻烦了，现在就很好的啦。

傣家的竹楼，属干栏式建筑，上下两层，以木、竹、草为材料，楼上住人，楼下装物，形象独特美观。各家的院子都很宽，院内多有瓜果、树木、菜蔬；院子边上，围以竹篱笆，不为防人，只为阻止野生动物闯入。

外表清瘦硬朗的生产队长向我们介绍说，傣家建竹楼，用料很讲究，要求耐腐防虫，不易变形干裂。一般在十月份进山备好竹木材料，因为这个时候备的料，防止虫蛀，效果比较好。

当天，生产队干部安排宰了一头黄牛，准备了丰盛的晚餐招待我们，每家每户派一个人来和我们一起就餐，与我们同乐。

饭前，指导员笑眯眯地说："我们今天来的人代表全寨的社员群众，欢迎知识青年到我们农村来锻炼。你们到我们这里来参加劳动，以后，男的就是我们傣家人的儿子，女的就是我们傣家人的姑娘啰。"然后他让我们一一站起来，把我们八个人分别介绍给了在场的社员群众。

首先介绍我，指导员拍拍我的肩膀说："大家好好望瞧这个小伙子，他叫耿卫疆，县上知青办安排他当我们这个知青户的组长。"接着他又用手指着我对大家说："他是我们傣家人的后代，他妈妈是我们傣族，我们用傣话可以叫他'散耿'。"散耿，译为汉语就是"耿三"的意思。

逐一介绍完后,队长给我们的女生每人发了一套傣族女装(包头巾、紧身上衣和筒裙),给男生每人发了一把小砍刀和用来插刀的竹制腰兜。

那天傍晚的佳肴美味最是爽口,我贪婪地吃了不少糯米饭和牛撒撇(傣家的一道传世名菜)。队长还叫服务人员为我们男生每人倒了一杯傣家的米酒,让我们美滋滋地品尝。

亲切、友善的气氛,热烈、温馨的场面,令我们这群刚刚走向社会的束发男儿和及笄少女感动不已、情满心田。

我们八个人来自同一学校同一年级,只是不同班,林苍秀、丁爱民、支边和我是一个班的,康太平和另外三个女同学是一个班的,他们和我的两个姐姐同班。虽然我们不同班,但彼此之间很早就认识。这一次我们是为了一个共同的目标——接受贫下中农的再教育,走到一起来了。我们的共同愿望是,虚心向曼那寨的干部群众学习,学习做好人,学会做好事。我们之间,虽然性格各异,秉性不同,时不时也会有一点小摩擦,但是在总体上能互相包容,相处还不错。男女搭配,生活不累;青春岁月里,笑声比怨声多;理想追求中,正气比邪气足。

八个小青年融入生产队的大家庭中,平添了许多盎然生趣。四位含苞待放的少女,最受傣家小伙的青睐。

某日,上山砍竹子,途中我听到了几个仆冒(傣语:伙子)用傣族话议论我们的女知青,一个说:"仆哨(姑娘)四个,个个喊丽(好看),我都喜欢。"一个道:"最好看的是林苍秀,身材好,皮肤白,眼睛细长细长的,笑起来迷死人。"一个说:"分一个给我做媳妇就好了。"一个就笑道:"汉字都不认得两巴掌的人,哪个会嫁给你?"一时说得兴起,突然回头看见我跟在他们后头,立刻噤声不语,因为他们知道,我会听、会讲傣话。

在曼那寨,什么活都得学着干。渐渐地,犁田种地、栽秧薅草、上山砍柴、下河拿鱼,许多活我们都会做了。才几个月的时间,我们的身体就长开了,结实了,如嫩竹生长节节拔高。

女知青不仅学会了栽秧、割谷子之类的活计,就连洗澡的方式,她们模仿傣家妇女的操作,也是惟妙惟肖的:先把头洗好,然后着一条系在腋下的筒裙下河,渐行渐卷身上的裙布,身入水中的同时,已把裙布裹到了头上,整个过程,不让外人窥见玉体。

一天下午,男的下田挖沟,女的去橡胶林除草。丁爱民在田间解小便,无意间将尿液射进了细腰蜂的家里(一个土洞),立刻遭到细腰蜂的反击,不偏不倚,叮到了他撒尿的关键部位,疼得他在田野里乱跳,却强忍着一声不哼。我们赶紧将他送到生产大队的医务室,请赤脚医生给他打针、服药,然后送他回去休息。

傍晚收工时,支边强忍住笑,对林苍秀她们说:"你们快来看看吧,丁爱民病了。"

几个女知青连忙跑进男生宿舍,问丁爱民:咋个啦,你哪里不舒服?

丁爱民哭笑不得,尴尬到极点,他愤怒地指指支边说:"我不有事,他乱讲。"

林苍秀不信:"不有事咋个会满头冒大汗,到底是哪里不舒服,我看看行吗?"

我忙把林苍秀拉到一边,向女知青们委婉含蓄地讲了丁爱民受伤的实际情况,最后说道:"已经给他打过针、吃过药了,让他好好休息吧。"几个女知青这才绯红着脸走了出去。

走前,林苍秀在支边的额头上戳了一指头,笑骂道:"你这个捣蛋鬼,看我咋个收拾你。"

那时的文娱活动极少,只是隔三岔五地放几场电影,惯例是先放新闻纪录片,再放许多人都多次看过的故事片,比如《地道战》《地雷战》和《南征北战》之类。因为无所事事,每次放电影,我们都去凑热闹。一天晚上,生产大队部又放电影,我们都去。露天广场上,前面坐的是老人、小孩和中年人,后面站的是青年人。一群女青年后边,总会站着几个男青年;年轻人来不是为了看电影,而是为了看"他"和"她",释放青春荷尔蒙。经常会有男青年拿起手电筒在女青年的身上乱照,引出女青年的假意叫骂和男青年的嬉笑声。

我好奇地站到几个女青年身后,有点凑热闹的意思。在黑暗中感觉到身边的男青年伸手捏了一个女青年的乳房一下。女青年回过头来,不骂那个男的,却拿手电筒照照我,笑着说:"你摸了我,我就是你的人喽,明天叫你家人来提亲嘎。"女青年和我相互认识,她是后山汉族寨的人。我知道她是故意逗我玩的,但也是羞得无地自容,灰溜溜地跑开了。心想,民淳俗厚的地方,也有如此粗鄙之举,有失观瞻。

我们发现一个现象:后山有两棵高大的树,树名不得而知,两棵树之间的距离超过一百米,有一段时间,山上的大绿斑鸠喜欢成群地栖息在大树上。

在农村生活,有些时候我们也会觉得枯燥无聊、日子难熬。没事干的时候,几个男的便去跟一个略懂几套傣家拳术的老头儿习拳练武,手舞足蹈地跳一番,自娱自乐,互相取笑。

记得是春末的一个中午,电闪雷鸣后大雨滂沱而下,户外一片迷蒙,泥水从竹篱笆墙根下渗透进室内。出不了工,又没别的事,我们就躺在床上休息,漫无边际地神聊。

说着说着就扯到了境外正在打战的话题上。康太平翻身坐起来说:"两年多前跑出去参加游击队的知青,听说有好几个打战厉害,现在已经是那边的英雄了,我真羡慕他们。"康太平渴望去当海军,劈波斩浪巡游在蓝色的海疆。

那个年代,保家卫国的军人,是人们心中的英雄和骄傲,有着崇高的社会地位,我们四个男知青的共同理想就是当兵。

支边感叹道:"敢去真刀真枪地干,他们咋个不怕死呢。"支边平时胆子小,但是也想去当骑兵,驰骋在草原上杀敌。

康太平说:"他们是去支援世界革命,为共产主义理想奋斗。"

丁爱民叹了口气也坐了起来,说:"我们几个就难办喽,在国内看来是施展不了拳脚喽,空有满腔热血。"丁爱民的愿望是当飞行员,翱翔在祖国的蓝天上。

丁爱民的父亲曾经是驻勐玛的海关关长,运动一来就下了台。支边的父亲原来是县医院的医生,有一次因喊错口号,被送到了劳改队。康太平的父亲当过边境小额贸易组的组长,跟境外的游击队做生意时,受境外战争因素的影响,货款一时收不回来,被认定为贪污犯,经常接受批斗。

"我们都是一丘之'乐',谁要我们呐!"支边把"貉"错读为"乐",招来一阵笑声。

丁爱民把报纸撕成巴掌大,裹了一支草烟,含到嘴里点燃抽了几口,边咳嗽边说:"干脆我们自己组建一支队伍吧,就叫'曼那军分区'。我们这群'还没有被教育好的子女',没有人要,我们就自己先干着玩玩嘛,怎么样?"

支边和康太平说有点意思,表示赞同。

我一直没吭气,因为我觉得没有一点意思,成立一个虚拟的"军分区",不过是建一座空中楼阁,只是儿戏而已。

前两年,中国这边是有少部分青年跑到境外,打着"支援世界革命、解救处于水深火热之中的人民"的旗号,去参加游击队的。我也曾几次幻想过,在境外的丛林中奋勇杀敌、成为英雄的情境,然而也只是想想而已,从来就没有下过决心。

"耿卫疆不说话,那我说吧。"这时听到丁爱民一本正经地说,"现在我宣布,'曼那军分区'正式成立。"

接着他又说:"耿卫疆任政委,我当副司令员,康太平干参谋长,支边的职务是后勤部长。"说完又转过头来问我:"要不要把林苍秀他们几个女的也安排进来?让林苍秀当政治部主任。"

听丁爱民这样讲,我翻身下地站起来,手指着丁爱民说:"你不要乱精神了,不要把她们扯进来。"

支边问道:"后勤部长是什么级别?"

丁爱民说:"耿卫疆是正师级,我和康太平是副师级,你是正团级。"

支边一听就叫了起来:"你太小看人了,凭什么我的级别比你们低,我不干。"

丁爱民解释道:"一是你在我们几个人中出生月份最晚,二是你打架打不赢我们任何一个人,所以安排你挑的担子轻一点,你不要想不通。"又说:"后勤部长岗位也是很重要的,兵马未动,粮草先行。"

支边依然有气:"反正我不干。"

丁爱民怒道:"你叫什么叫,你这个级别比你爸爸高到哪里去了,你该知足。"

支边反驳道:"你的级别还不是比你爸爸高多了。"

康太平朝丁爱民和支边摆摆手,说道:"吵什么嘛,不团结的队伍是永远打不了胜仗的。"

丁爱民和支边还要吵,被我止住:"你们听着,成立什么'军分区'的事,以后不要再提了。这种事情开不得玩笑,今天的事也不能外传出去,不然别人真的以为我们擅自成立了一个什么组织,给我们上纲上线,那麻烦可就大了。"说完我就走到支边身边,动作亲昵地搂搂他,表示安慰一下。支边这小子平时嘴碎,藏不住话,我担心他以后会出去乱说乱讲。

听我这么说,他们几个就不再吭气了,我说:"如果还要继续聊天,那就说点别的。"此话题就此打住。

过了几天,我们去南汀河边钓鱼。为争垂钓地盘,与生产建设兵团的几个知青打了一架。他们三个人,年纪比我们大几岁,但我们不怕,因为我们比他们多一人。我们将他们团团围住,按照所学的傣家拳套路,夸张地比画起来,希望能够震慑到对方。

对方却不虚我们,其中一个笑道:"花拳绣腿,还敢张狂。"说着就朝我冲了过来,左手勾拳,右手直拳,瞬间就把我打倒了,两眼直冒金花。支边也中了他们的一个扫堂腿,仰翻在地,"哎哟哎哟"地哼。

丁爱民和康太平大怒,反身找到木棍,拿起来就挥舞过去,要和他们拼命。

兵团知青见状,边撤边骂:"小鬼娃娃,亡命之徒。""老子们不想出人命,这一次让你们啦。"

待他们走远后,康太平看看我有些浮肿的脸,说:"那个傣拳师傅不行嘛,教我们什么东西呀,一点也不管用。"

我说:"主要是我们也没有好好地学。"

支边一瘸一拐地来回走动着,对丁爱民和康太平说:"还是你们'军事干部'厉害,长矛一挥就把'敌人'追跑了,大长我'曼那军分区'的志气啊。"

听支边这么说,我抬起手来佯装要打他:"管住你的狗嘴,不要再讲'军分区'的事了。"我是真担心支边这小子,不顾场合乱说乱讲,说不定哪天就会惹来麻烦。

怕什么就来什么,此话有时不假。那天支边请假进城买东西,在家里和他母亲一起吃了顿饭。不经意间(不应该是故意说的吧?)就把我们闹着玩成立"曼那军分区"的事情说给他妈听了,还耿耿于怀地说,干部任用不公平,只让他当后勤部长,级别比别人低。

他母亲听说此事以后,是又气又喜。气的是别人小瞧她儿子,龙游浅水遭虾戏,虎落平阳被犬欺;喜的是终于有了一个检举揭发别人的好机会,下一步得到褒奖应该是会有的。他母亲在县医院当护士,自从支边的父亲出事以后,一家人就抬不起头来,她觉得这是一次挽回一点脸面的绝佳时机。于是她走进了县革命委员会的大门,找到了政工组长,郑重其事地汇报了她掌握的情况。

政工组的领导高度重视，立即派人到曼那寨进行调查。生产队的干部群众都说不知道成立"曼那军分区"这回事。四个女知青也据实汇报，未见男知青们有任何反常举动。

政工组的人逐个质问我们四个男的，成立组织的目的何在，行动纲领是什么，有没有幕后指使者，开展了哪些活动，等等。我们四人回答的口径是一致的：没有，纯粹是闹着玩的。

质问过后，政工组的人，就把我们四个男知青带到县上，极其认真负责地为我们办了一星期的学习班，组织我们学习毛主席语录，学习党的路线方针政策，边学边教导我们，然后让我们每人写了一份检查材料。学习结束后，倒也没有给我们下什么政治上的结论，就让我们回曼那寨继续劳动。

回到寨子里，刚进知青户，丁爱民就要动手打支边，被康太平拦住了。丁爱民骂支边是叛徒、是甫志高，支边嘀咕着说："我还不是和你们一样，交了检讨书的？"

我劝道："算了吧，你们两个听我的好不好，都给我闭嘴。"

丁爱民却不听，对支边说："你必须接受惩罚，把这个吃下去。"说着就到碗柜里拿出一个当地人叫作"涮涮辣"的辣椒，塞到支边手上。

我连忙上前制止，高声叫道："吃不得。"

支边也不听我的话，喊道："吃就吃嘛，怕什么球。"话才说完就把辣椒丢进嘴中吃进肚里。"涮涮辣"是世界上最辣的辣椒之一，在气头上的丁爱民和支边显然是都小看了它的威力。支边不久便满头冒汗，脸色苍白，随后在地上打起滚来。

这个场面把丁爱民、康太平和我吓坏了，忙不迭地把支边背到生产大队医务室，请赤脚医生救治；随后又找了一辆手扶拖拉机，和赤脚医生一起，将支边送到县医院洗肠胃清毒。

丁爱民闯了大祸，自知理亏的他，在支边的母亲厮打他时，低垂着头,一动不动任由她厮打。他父亲赶来对他就是一阵拳打脚踢,他依然一动不动地低着头挨揍。

然而,政工组的一位男青年过来对他指指戳戳时,他却不干了。他冷冷地对那位男青年说:"你再动我一指头,我就不客气喽。"那位男青年毫不畏惧地走上前来,又在他头上戳了一下,可是手才缩回去人就躺倒了。

男青年被身材壮实、平时喜欢舞刀弄棒的丁爱民一拳打掉了两颗门牙。这还了得,殴打政工组的革命干部,性质极其严重。

丁爱民是成立"曼那军分区"的发起人,又伤害了知青同伴,还让政工组的干部差点成了残疾人,他的祸闯大了。结局是:被送去劳动教养,接受改造,重新做人。

丁爱民走了,我的心凉了。

丁爱民是我最好的朋友,他豪爽正直,为人仗义,平时对我十分尊重,与我无话不谈,彼此情投意合。他是面带微笑走的,我却是含着泪水送他的。我心中的伤痛,久久难以痊愈。

看得出来,他对林苍秀是暗生情愫的,对此,我曾经有些怨气,觉得他不应该喜欢上我的心上人。但转念一想,又觉得问题出在林苍秀这边,林苍秀脾气温和,有时候态度暧昧,对谁都是一副笑眯眯的模样,任何人都不想得罪。

而今,丁爱民悲凄离去,我潜在的"情敌"没了,可是,我的内心却是极度地空落,无论如何高兴不起来。

四

随着时间的推移,我们知青和曼那寨的男女老少已经互相熟悉,平时说话就很随便了。

寨子里有几个长得如花似玉、心性柔情似水的傣家少女,非常愿意与我相处,她们多次和我开玩笑,说"我想得到你,你想得到我吗",并说要教我"唤敢"(傣语意为唱调),以后就可以用唱调的方式和她们谈情说爱了,我总是笑着含混地回答他们"好的好的"。

我知道我的相貌身形是可以迷住一些少女的,不过我早已是心无旁骛,胸中只有林苍秀。

渐渐地,我和林苍秀灵犀相通、相互吸引、彼此信赖、情窦初开的表现,就成了公开的秘密。而当时的我俩,还自作聪明地以为无人知晓我俩的"地下恋情"呢。

转眼之间我们下乡插队的时间就满一年了。

八月十五后的一个晚上,生产大队又在队部放电影,知青们也都去看,观影中途,我和林苍秀按事先的约定先后悄悄离场。

在轻风的吹拂下,在秋虫的歌吟中,我俩手牵着手漫步,穿过橡胶林,绕过凤尾竹,来到一棵大青树下相拥而坐。那夜,月亮半圆,繁星满天。

当我把右手搭到林苍秀的肩上时,她顺势倒在我的怀中。从那一刻起,我俩就飘进了浪漫的世界里、激情的时光中。

不知过了多少时间,突然有几只手电筒的亮光射到了我和林苍秀身上,我被吓得发抖,林苍秀被吓得失声尖叫。

少顷,听得有人在暗中嬉笑着说:"你们两个搂在一起那么长时间,该回家睡觉啦。"

我连忙拉起林苍秀就跑,慌乱中还跑错了回曼那寨的方向,跑出去很长一段路才发觉,只好又回头。快进寨子的时候,我停下脚步喘着粗气说:"他妈的,被人跟踪了。"又说:"刚才说话的那个人,我听他的声音,好像是我们寨子里的人。"

林苍秀本来就惧怕,此时更胆怯了,声音颤抖着说:"那咋个办呢,羞死人了。"

我的情绪也很紧张,但装着平静地安慰她:"没有什么事,我俩是正儿八经谈恋爱,不要怕。"实际上我和林苍秀之间"恋爱"是有的,但是还没有"谈"过。

林苍秀轻声叫道:"咋个不怕嘛,我俩的这种情况属于早恋呀!"

我开导她说:"不算早,你我都十六岁啦。寨子里的小伙子小姑娘,有些比我俩还小,就已经谈情说爱啦。"

林苍秀反驳我道:"人家是农民,我俩是知青,不一样的。"又说:"如果大家都知道我俩的事情,那多丢人呐!"

我无话可说,沉默了一会,才说道:"急也没用,看看有什么情况再说吧,赶紧回去睡觉。"回到知青户,两人一夜难眠。

那几天,我和林苍秀度日如年,提心吊胆地活着,生怕有人找上门来,把我俩那晚的幽会暴露在光天化日之下。早上起来,我们就盼望着天快点黑,天黑以后又盼望着天快点亮,祈祷时光如水,快快流去,离我俩那夜的窘迫越远,我们就越安全。

谢天谢地,总算熬过来了,没人来找麻烦。

时间消弭了我的恐惧,我的胆量逐渐又大了,多次约林苍秀外出,去构建属于我俩的私密世界。林苍秀却是一朝被蛇咬十年怕井绳,始终不肯随我而去,不敢再越雷池一步。弄得我心烦意乱,时常暗生闷气。

机会是在两个月以后才来到的。按惯例我们每两个月可以回城休息几天,与自己的家人团聚,同时带点好吃的东西到知青户来,共同分享。那天,我对大家说:"你们去吧,我守家。"其实我们知青户没什么东西可守,再说那时的傣家村寨几乎都有路不拾遗、夜不闭户的好风尚。说是守家,只不过是掩盖我心中小秘密的托词而已。

众人不解,支边说:"守家?何必守呀,从来没有这样过。"

我连忙找借口:"我向兵团知青借了一本小说《虾球传》借阅的期限快到了,我得赶紧把它看完。你们走了以后,我可以静静地读书。"

康太平问,就是封面都没有的那本?我说是的,然后就出了厨房,去男生宿舍,从我的枕头下拿出书来,折回去举手给大家看。

他们临走前,我找到机会悄悄地对林苍秀说:"你提前一点回来吧。"林苍秀未置可否,扭头就走。见她似乎不情愿的样子,我失望至极,心想两人相依相偎的美好时光,一时半会儿怕是求不来了。

就在我形单影只、寂寞难耐的时刻,惊喜突然来到。林苍秀应我所求,提前一天回到了知青户。

她突然出现在我面前,让我愣住了。随后我一把将她揽入怀中,顷刻间,两个人就合二为一变成了一棵青春树。一句话都没说,两颗心在同频共振。此时此刻,两人世界里有一幅最美的画,无须别人欣赏。

拥吻过后,我把林苍秀抱到床上,和她躺到了一起。床板是用竹篱笆铺成的,吱吱嘎嘎地响,似乎不堪承受两个人的重量,随时都会垮塌。

两个人的陶醉时光,偏偏有人来打扰,而且是惊心动魄的打扰。一个炸雷般的声音忽然在耳边响起来,致使我和林苍秀几乎吓破了胆,瘫软在床上。

门外是支边的叫骂:"停,停,停,烂家伙,给老子丢人现眼,不要脸。"

支边站在外面也不敲门,等我把门打开,才笑嘻嘻地进来,见了林苍秀也不觉得意外,说:"我就估计你会提前回来。"

我反问他:"你怎么也提前回来呢?"

他回答道:"我忘了在鸡圈里放些苞谷,怕我的鸡饿着,就赶回来了。"他平素喜欢养鸡玩鸟,不久前买了两只茶花鸡,在我们的房后搭了一个鸡圈,说是鸡的"别墅"。

气氛一时陷入尴尬,我和林苍秀都无话可说,林苍秀侧着头玩弄她的小辫子,双手在颤抖。过了一会儿,支边说要出去看他的茶花鸡跑到哪里去了,便离开了。

支边才走,林苍秀就哭丧着脸,悄声说道:"完啦,这下子我们完蛋啦!"

我颤颤巍巍地说:"不会吧,他应该没看见什么。"

林苍秀指指竹篱笆墙:"咋个会看不见,你们这边的墙到处都有缝隙,他肯定是偷看了,要不然他不会那样说话。"

我们知青户的宿舍,女生那边的篱笆墙上,她们自己动手,在室内糊了一层报纸,从外往里看什么都看不见;男生这边的篱笆墙内,什么遮拦也没有,从缝隙间往里看,所有的东西都看得一清二楚。

危机如何化解呢,我已是六神无主,只想冲出去,痛痛快快地甩给支边几个耳光,他早不来晚不来,偏偏在这个时候来搅局。但我也只是想想而已,不敢把事情闹大。此后的我,见林苍秀泪流满面,就更加紧张、焦虑、心慌。

当夜睡下,我想探究一下,支边到底看见了什么,支边却无心与我多谈,很快就打起了呼噜。第二天天才蒙蒙亮,他就翻身起床,说是忘了把家里的钥匙留下,得回城去把钥匙交给他母亲,说着草草地洗了把脸,就匆匆离去。

当日傍晚,其他四个知青相继归来,支边朝后也回来了,大家谈笑风生一阵,挨到天黑,各自歇息。我辗转反侧,似乎又是一夜未曾合眼。我想林苍秀也是一样地惊惶,她比我更加脆弱,不知她怎样才能跨过这道坎。

第二天劳动归来,林苍秀已不怕暴露我俩的关系,也不怕别人在背后议论我俩什么了,把我约到了小河边。她哭着恳求我:"我都快急疯了,你想想办法吧,我们怎么办。"

我安慰她道:"急有什么用,再说我俩现在不是一样没有事吗?"

林苍秀泪眼婆娑地说:"昨天晚上我想起前年在大街上游行示众的那个叫罗小水的女教师,当时的场面太恐怖了。"

我把双手放到她的肩膀上说:"那不一样,我俩是恋爱关系,那个女人是乱搞男女关系。"

林苍秀绝望地叹道:"要是把我们两个抓走,拿去游行示众,那我就不活了!"

我安慰性地抚摸着她的后背,想了一阵,说:"我去找支边,想办法把他的嘴堵住。"

回到知青户,才晓得支边在十多分钟前又回城去了。生产大队的文书过来通知支边,说接到县医院打来的电话,他母亲突发急病,让他赶回去照料他母亲。

得知支边回城后,林苍秀在其他知青诧异的目光注视下,又把我约了出去。走到小河边,她便放开嗓门号啕大哭起来。我问她:"你哭什么,是怕支边跑去知青办告发我俩吗?"

她抹抹眼泪点点头。我说:"告就告呗,怕他个球。"话是说给林苍秀听的,我自个儿却把自己讲的话听进去了,说完之后,我觉得我的胆量壮了起来。

待林苍秀停止抽泣,捧起小河水洗了脸,我俩才回知青户。

当夜无事,可是第二天就有情况了。指导员来通知我和林苍秀,说是县知青办让我俩去县上参加学习。

指导员走后,我和林苍秀再次来到小河边,这次是我约她出来的。我说:"情况不妙,支边这个家伙肯定是憋不住了,他把我俩睡在一起的事告给知青办的人啰。看来知青办是要收拾我俩啦,得抓紧想对策。"

林苍秀的神态近乎崩溃,语无伦次地嘟囔一阵,最后说:"听你的,你说咋办就咋办。"

沉默了一阵,我就把昨天夜里我思考过的想法对她说了:"干脆我俩到境外去……"

我的话刚说完,林苍秀就惊讶地瞪大了眼睛,但让我没想到的是,她马上就爽快地表了态:"可以。"

我们曾经听过游击革命的大师、阿根廷人切·格瓦拉传奇般的故事,他理想主义、英雄主义和浪漫主义的风格,影响和鼓舞了我们这一代许多年轻人。我和林苍秀,那时都视他为偶像。

打定主意之后,我和林苍秀不带任何东西,不和任何人告别,立刻就往境外的方向走。因为是白天出发,我俩怕遇见熟人,因此走了一段路后,就躲到一座山林里,休息到晚上,才走出来摸黑赶路。

我俩大体上知晓路该怎么走,顺着南汀河由北往西南方向,到了下游就可出境。然而我俩考虑到,南汀河下游出境处人多眼杂,弄不好会被人发现,于是便改走另一条道,往稍微偏西一点的方向走,只要走到小清河国境线上,就可以出境。

路是没有走错,但是在小清河边,我俩遇上了正在巡逻的民兵。

我悄悄地对林苍秀说:"这条河冬天水浅,我把民兵引开,你就蹚过去,在河对岸等我,等一会儿我就过去找你。"说完,我就站起身来,把林苍秀推进小河里,然后故意弄出响动地朝一边跑去。

我以为没人追得上我,不料我却跑不过熟悉地形的当地民兵,跑了一阵,他们四面合围过来,把我按翻在地,用绳子捆了起来。在手电筒的光照下,他们看清了我的面容,其中一个人问我:"年纪轻轻的想往外跑,犯了什么错误?"我没吭气,心里只是一个劲地担心林苍秀的处境。

我被民兵带回来的时候,我父亲见到了我的狼狈模样。他一个箭步冲过来,甩手就是几巴掌,打得我鼻子直淌鲜血。我记得,这是他第一次,也是最后一次打我。

稍后我就被县政工组和知青办的人带走了。

他们让我交代为什么想跑到境外,我回答说:"想出去参加游击队扛枪打仗,支援世界革命。"

他们听民兵说,好像有个人已经跑出去了,就问我跑出去的那个人是谁,我如实回答:"林苍秀。"

他们又问我和林苍秀是什么关系,我沉默了一阵说:"我和她相好。"

问话的内容很多,同时也对我提出了严厉的批评教育,然而他们却没有问我和林苍秀在一起幽会的时候,有没有敏感、隐秘的事情发生,这让我感到奇怪:莫非支边没有来告发我和林苍秀不成?我心想到日后一定要找支边核实一下情况。

当天就让我回家了,后来又把我父亲和我叫去谈话。

他们说,我没有叛国投敌的动机,经请示县革委会的领导同意,对我想到国外的行为就不予处理了,让我回曼那寨继续下乡插队,但是,鉴于我一是擅自外出违反纪律,二是有早恋事实影响不好,所以不再让我担任知青户的组长。

事后得知,县上通知我和林苍秀来学习的内容是:让我参加知青办组织的知青户的组长培训班,学习时事政治;安排林苍秀参加统计方面的业务培训,然后参与一些数据方面的统计。

县知青办并没有要收拾我和林苍秀的意思,只是我俩心有余悸,想得太多了。

五

我父亲和我母亲商量以后,决定把我送回山东老家。做父母的生怕我再惹出什么乱子来,无法交代,因此不愿让我再回曼那寨。

县政工组和知青办的人找我父亲和我谈话的第二天,我父亲就匆匆忙忙地带着我,乘汽车上春明,坐火车到郑州,再转车到山东,把我从西南边陲送回到北方老家。

一年后,我又回到勐玛。

我在山东老家待的时间不长,但这一年却是我发蒙启蔽的重要时光。在勐玛,我时常回想起那段难忘的岁月,一些情景就会闪现在脑海中。

到山东不久,我就第一次看见了皑皑白雪。哇,好大的雪呀,漫天飞舞白蝴蝶。大片大片的雪花,如鹅毛似柳絮一般,纷纷扬扬在空中飞舞。雪花轻盈,飘入人间,染白了村庄,染白了大地,仿佛也素净了我的心田。

我和我表弟在原野里徜徉,我久久不愿离去。看着眼前的雪景,心里不停地感叹,身边的人要是换成林苍秀就好了,一对有情人融入大自然的美图中,漫步在诗情画意里,深情相依,那该有多么美妙呀。

当时便想起林苍秀在小清河边被我推下水的情形,不知她如今怎样了,心里就隐隐作痛。心中的天气由晴转阴,回到我姑姑家,情绪一直低落,没有笑脸。我姑姑他们以为我又想家了。

我父亲在老家有一个弟弟和一个妹妹。弟弟在乡务农,家庭条件差一点;妹妹家虽然也在农村,但我姑父在一所乡村中学教书,家境好一些。我父亲把我安排到姑姑家吃住,他对我姑姑、姑父交代,让我回老家来好好劳动锻炼,其他情况没讲。

姑姑家有一个小院、一横两竖三排平顶瓦房,装饰简单,但很干净。安排给我一个单间住,出进方便、自由,睡的是炕不是床。

乍到北方,对许多事我都感到新奇,问这问那,打破砂锅问到底。姑姑一家对我自始至终关爱有加,态度特别诚实。相处一年时间,我发现他们的性格和大多数山东人一样,耿直、豪爽、讲义气。

姑父在山东人当中个头不算高,体型偏瘦,满腹经纶的他特别健谈。他对我说:"别小看我们这个破旧村庄,当年可是齐国的都城所在地呢。"接着他又说,自姜子牙封邦建国以来,垦田煮盐,富甲一方;到了齐桓公时期,齐国成为春秋五霸之首;进入田齐时代,又是战国七雄之一。

那天晚上,他把我的表弟、表妹喊来,对我们三人说:"山东乃齐鲁大地、孔孟之乡。从今往后,你们必须研习儒家学说、传统文化,内容主要是十三经。"

我在勐玛的佛寺里,听过穿袈裟的小和尚念经,就问:"也让我们念经吗?这里不见有佛寺呀。"

姑父摆摆手说:"不是那个。"说完,就抱出一个木箱,掏钥匙开了锁,拿出一摞书来,说:"学这个,悄悄地学。"我们一看,是《周易》《诗经》《尚书》《周礼》《仪礼》《礼记》《左传》《公羊传》《穀梁传》《论语》《孝经》《尔雅》《孟子》。三人相视无言,面有难色。

"现在上面不准学这些内容,说是旧文化。"姑父说,"但是我看学这个管用。"

我说:"太难了,一时半会钻不进去。"

姑父说:"慢慢来,我会辅导你们的。"又说:"我也没有完全学懂弄通。"

他平时让我们自学,有空就对我们进行辅导。过了一段时间,他看到我们的学习虽有进展,但收获不大,也就降低了要求,只让我们学习掌握一些基本的知识。

有一天,他喝了几杯酒,在兴头上考我们。

问我:中国传统文化的三大支柱是什么?我答:是儒、道、佛三家的学说。

问我表弟:三教九流是哪三教哪九流?我表弟答:三教是儒教、道教、佛教;九流是儒家、道家、阴阳家、法家、名家、墨家、纵横家、杂家、农家。

问我表妹:传统文化的四个重要思想内容是什么?我表妹答:一是阴阳五行,二是天人合一,三是中和中庸,四是修身克己。

我们答完,他就满意地笑了:"能学多少我不强求你们,但中国的传统文化不能丢,这可是安身立命的大事。"又对表弟表妹说:"你两兄妹还在上学,主要精力得放在学校的学习上。"然后指指我说:"卫疆呢,听说你爱看小说,过两天我给你弄一些来过过瘾。"

之后他说到做到,为我借来了不少没有封面、纸张发黄的小说,让我大饱眼福,心满意足。那些日子,我读了中国古典四大名著,《西游记》《三国演义》《水浒传》让我痴迷,但《红楼梦》没读完,当时我觉得它描写的多是一些细碎的生活场景,故事情节不吸引人,因而没兴趣。

还读了外国的《牛虻》《钢铁是怎样炼成的》之类的作品。读得最多的是前些年出版的红色经典书籍,如《红岩》《红日》《红旗谱》《青春之歌》《林海雪原》《苦菜花》《野火春风斗古城》《铁道游击队》《保卫延安》等。

看似休闲的阅读,却使我获得了无用之用,受益其实不浅。在小说中好像看到过类似刘备仁德厚义的追求:宁可天下人负我,我不负天下人。当时大为感动,此言成了我的座右铭,一直存于心间。

北方冷热分明的天气我有些不适应，经常吃面食也让吃惯了大米饭的我有点不习惯，但因为有书陪伴，所以在山东老家，我的日子过得还算舒坦。

一年以后，又到冬季。一天下午，我姑父早早回来，手里摇着一封电报对我说："小子，当兵去吧。"

我接过电报一看，是我父亲发来的，让我尽快赶回勐玛县，报名参军。看过电报，我高兴得举起双手，振臂欢呼起来。

当晚与姑姑、叔叔家人围炉而坐，拉呱话家常，道谢表衷情。第二天一大早，辞别后就动身启程，依依不舍地踏上归途。

我回到勐玛，与家人重逢，个个都高兴。父亲笑眯乐呵地说："组织上已经给我和你妈重新安排了工作，虽然没有恢复领导干部的身份，但在政治上已经属于被解放的人啦。"

稍后他又说，部队上来招兵，他去找了部队来征兵的团首长，请求把我带到解放军的大熔炉里去锤炼。同时他也把我们家这几年的情况，以及我曾经想到境外参加游击队的事，如实做了汇报。

我连忙问："团首长咋个说呢？"

我父亲说："他是新兵团的团长，他说了解一下情况再作答复。这个人很难得，他亲自出马，到知青办和武装部详细地询问了你的情况，调查以后他就找到我说，让你儿子快去报名吧。"

我的眼泪想流出来，我使劲憋着，最终却憋不住，百端交集的我，在亲人面前，号啕大哭了一场。

第二天我就赶去报名，报上名后，我心里一直忐忑不安，生怕在接下来进行的体检和政审中被淘汰，穿不到渴望已久的绿军装。还好，过关顺利，我终于梦想成真，遂心如愿。

新兵团的团长特意把我喊去，对我目测了一番，接下来问我：为什么要去当兵？我沉思了一会儿，然后说，我从小的理想就是，当兵扛枪，保家卫国，实现我的人生价值。团长点点头又拍拍我的肩膀说,小伙子,到部队好好干吧。

离开勐玛前,我去了一趟曼那寨,与知青户的同事和生产队的老乡们告别。

知青伙伴围着我问长问短,叽叽喳喳的格外亲切。我逐个回答了他们提的问题后,得意地说,我这一年最大的收获是,读了一些书,明白了一些道理。然后真诚地说道:"趁着年轻,我们要多读一点书,找到做人的精神支柱。不要闲白了少年头,空悲切。"听了我的话,众人都点头称是。

后来我向他们打听林苍秀和丁爱民的消息,个个面面相觑,都说不知道。

生产队的指导员把队干部和知青约到他家,端出傣味佳肴,为我送行。那天的菜很丰富,有酸笋煮鸡、腌酸肉、香茅草烤鱼、油炸牛皮、火烧干巴、牛撒撇、凉拌蜂蛹、油炸青苔、酸粑菜、野番茄果、山胡椒等,一张篾桌放不下,用了两张桌子才摆下。那天,我第一次喝醉酒。醉后,就留宿在指导员家。

酒醒已是次日上午,我吃过女知青们做的豆豉米线后,便与知青伙伴们告别,只让支边一个人送我,因为我要和他说事。

我把支边单独约到小河边,问他:"去年我回山东前,你有没有到县知青办去告发我和林苍秀?"

支边想了一阵,摸着头说:"不管是去年还是前年,任何时候我都没有告过你们,咋个啰?"

我又问:"你没有去反映过我和林苍秀谈恋爱的事?"

支边摊开双手叫道:"我向毛主席保证,从来没有。我晓得你两个相好,但我搅你们的浑水干什么呢,我吃多了吗?我也想找个女人乱乱精神的,只不过没有人和我谈呀。"

我继续问:"我和林苍秀在一起的时候,你是不是一直在偷看?"

支边神情委屈地说:"我一次没有偷看过。你不相信我,那我就太冤枉啦。"

"那我再问你,你千万不要骗我。"我接着说,"那天你为什么要骂我和林苍秀?骂得那么难听。"

听我这么问,支边一副摸不着头脑的样子,反问我:"我什么时候骂过你们?从来没有这回事。"

"你再好好想想。"我提醒他,"你当时骂的话是:停停停,烂家伙,给老子丢人现眼,不要脸。"

我的话让支边感到莫名其妙,他想了好长一阵,才恍然大悟叫起来:"我想起来了,那天我是骂鸡。"

这下子我蒙了:"你骂林苍秀和我是'鸡'?"

支边见我如堕五里雾中,连忙解释说,他不是养了两只茶花鸡吗,平时用来斗架取乐,然而他养的那两只小公鸡极不争气,一见到母鸡就像吃了兴奋剂似的雄傲无比,可一旦与别的公鸡打斗起来,十有八九都吃败仗,让他极为扫兴。那天他回到知青户,正准备敲门进屋时,恰巧看见他那两只茶花鸡在旁边追逐一群母鸡,于是便信口开河大骂起来,然而他骂的不是人是鸡。

我半信半疑问他:"你说的是真话吗?"

支边拍着胸脯保证:"如有半句假话,天打五雷轰我。"

支边的神态不像说谎,我觉得应该相信他。我长长地吐了一口胸中的闷气,随即有了一种悲凉的感觉。

稍后我想到林苍秀被迫沦落天涯,如今不知是死是活,愤怒像火一样在心里燃烧起来,伸手一把就将支边推进小河里,同时咆哮道:"你他妈的把我和林苍秀害惨啦,你晓得吗?"

支边扑倒在水里,然后翻身坐起来,他先是惊愕再是气愤地看着我,随后伤心地哭了,抽抽噎噎地,泪和水一起往下流。

我突然醒悟过来,错不在他,不能怪他,于是赶紧自责地跳进河里,抱着他,两人哭作一团。

哭了一阵,我拉着他起身上岸,不停地向他道歉,并向他说出了我和林苍秀要到境外参加游击队的缘由：主要是因为我和林苍秀早恋，心中自有一种负罪感，那天听说他匆忙回城，以为是他看见我和林苍秀躺在床上的情景，要去告发我们。恰在此时接到指导员的通知，让我和林苍秀去县上学习，我和林苍秀就误认为他的举报已经起作用了，知青办通知我和林苍秀去学习，估计是要收拾整治我和林苍秀了。那时，我和林苍秀俨然似一对惊弓之鸟，在走投无路的情况下，才想起到境外去的。

看着满脸忧伤的支边，我向他说明，那天是我把林苍秀拉到床上的，但是我和林苍秀仅仅是躺在一起而已，没有发生任何不应该有的行为。

不知道他最终信不信我的话，真实的情况的确是，我和林苍秀单独在一起的时候，除了拥抱和接吻，从来没有越界，主要原因是，林苍秀是一个自制能力很强的女孩，她守得住她该守的底线。而我也觉得我们的年纪还小，还不到动手动脚的年龄时段，如果不克制，那就会犯男女关系的错误。

我一直在后悔，那天我不把林苍秀拉到床上不就没事了吗，真是鬼使神差啊。其实当时我只是想，与她静静地躺一会儿，享受美妙时光。

我和支边一边晒潮湿的衣服，一边谈话交心。过了很长时间，支边才回知青户，而我则搭上了一辆手扶拖拉机回城。

翌日清晨，我独自一人，去离城30公里的小清河边境线。我想去看一看，我把林苍秀推下河的地方，在那里，我的手使劲往外一推，林苍秀的人生之路就此转向。

我去的时候，出城就搭上了一辆东风牌拖拉机，顺道坐了一段路，又步行十公里，中午到了小清河村。饥肠辘辘的我，在路边小摊上吃了一碗卷粉，当作午饭。

然后走到河边，却无法辨认那天晚上林苍秀是在哪里被我推下水的，寻找一阵，毫无结果。

　　低头望见，清澈的水里有一群小白鱼在轻快游动，一会游到妙塔国的地盘，一会又游回中国这边；举目四顾，看到一对对的斑鸠在国境线两边自由进出。面对此情此景，本应心生一番感慨，思绪飘向国境那边，怀想心中恋人的，但来不及动情，我就连忙离开了。因为我怕又碰上巡逻的民兵，把我抓起来，以致节外生枝，坏了我参加中国人民解放军的大事。

　　回勐玛城的路上，一直不见有可以搭乘的车辆，我是徒步急行了五个半小时，才回到家的。

六

晚上，山城的夜景特别美。站在高炮阵地上眺望，长江对岸的城市，万家灯火高低辉映，流光溢彩，灿若群星，极是瑰丽。我们连队这座山头，观赏城市夜景位置绝佳。

我和副班长王子仁欣赏了一番别具特色的景致，这才开始进入正题，开展谈心活动。

我和他同年入伍，兵龄刚好一年。四个月前，我由指挥仪班调来炮一排二班当班长，当兵才八个月就由战士直接升任班长，我当时真有点"春风得意马蹄疾，一日看尽长安花"的感觉。朝后两个月，二班战士王子仁当我的助手，任副班长。他是高中毕业生，我只是初中生，看得出来，他对我有点不服气。

部队提倡干部与干部、干部与战士、战士与战士之间多开展谈心交心活动，互相帮助，共同进步。这次谈心是王子仁主动约我的。我先问他："这段时间以来，你看看我在工作学习各方面，有哪些不足需要改进？"

天黑看不清，白天可见他脸上布满了粉刺，这时他一边用手挤着额头上的疙瘩一边说："我只顾着看你的优点，缺点没注意。"他的回答我不意外，我知道他这个人，人前不说人短，人后不说人长。

我就问他："那你约我出来要谈什么呢？"

他稍停了一会儿才说："我如实向你说明，学习毛主席著作，我写的心得体会，绝对没有弄虚作假，你不是检查过我的笔记本吗？"

"哦，是这事啊。"我说，"我是检查过你的笔记本的，你写心得体会的事也是我汇报到连部去的,要不然指导员他们怎么会知道,还在全连大会上表扬你呢。"

听我这么说,他似乎很高兴:"你相信我就好,这回我放心了。以后我会更加努力,请你多多帮助我。"

我当时也就直爽地给他提了几条为人处世方面的意见、建议,随后我俩商谈了班里学习工作上的事情,又聊了一阵各自家乡的情况,这才回去睡觉。

入睡前,我想起来了,那天我向排长汇报我们班政治学习情况,汇报到王子仁学习表现的时候,我说王子仁学习毛主席著作非常积极,但是半年时间就写了 366 篇心得体会,我觉得太夸张了。排长和王子仁是同乡,平时关系很好,看来是排长把我说的话传给王子仁了,王子仁就来专门找我做个解释。传就传吧,我问心无愧。

王子仁来自高寒山区,家庭贫困,我知道他的企求,就是通过在部队上提干,从而改变自身和家庭的命运。他的想法是可以理解的,只是有些做法有点过分,我看不惯。譬如他为了立功受奖,休息天会经常到市区,反复地去乘坐公共汽车,以便能够发现小偷并将其擒获。

有一次在大街上,他看见一个醉汉追打一个中年妇女,便快速冲上去拦住醉汉,在争吵过程中,他几拳头就把醉汉打翻在地。中年妇女反倒过来责骂他,说他把她男人打伤了,要负责任。此事没有使他得到表扬,但也没有受到批评,只是极不情愿地出了一份医药费。

我和王子仁谈心后不几天,他就遇上了双喜临门的好事,先是调到炮三排九班任班长,几天以后就被批准加入中国共产党,成为我们这批兵的第一个党员。他请的入党介绍人,是我们的指导员和排长。

而我的入党问题却遇到了麻烦,使我没能和王子仁一起在党旗下宣誓。

指导员找我谈话说："你申请入党的事，组织上需要对你进行必要的考验。"接着就讲了理由：部队上专门发函到地方去了解过我的家庭情况，我母亲出身于土司家庭，属于剥削阶级，但是党的政策是"有成分论，不唯成分论，重在政治表现"。我的政治表现是比较好的，因此组织上不会拒绝我入党的申请，只是需要对我再考验考验。

我有点想不通，问指导员："我应征入伍的时候，带兵的首长就知道我的家庭情况，为什么还要把我带到部队上来呢？"

指导员摊开双手说道："没有问题呀，你可以当兵，以后也可以入党。只是现在，需要对你进行一番考验。你可别闹情绪哟，一定要体会到组织上对你的关心，听到没有？"

指导员的话，我还是听进去了的，既然如此，不如释然，莫背包袱。此后，我在学习方面、工作上，一如既往地努力刻苦。我带的班，军事训练、政治学习、生产劳动，成绩名列前茅。

一年以后，我也成了一名中国共产党员。我请了两位老班长做我的入党介绍人，没有请指导员和我们排长，指导员倒没什么，但从神色上看，排长有些不愉快。

入党不久，我就有了一次被派到师部参加政治理论学习培训的机会，时间是二十天。听到消息后，王子仁有点嫉妒，捶了我一拳，酸溜溜地说："你小子福气好，以后提干稳妥啦。"

心花怒放的我，在他面前装出一副不在乎的样子，于神态上尽量显示也就那么回事的意思。

我当兵的这座城市极大，比我们彩云省的省城还大，有好几个闹市区，尽显繁华之态。师部所在地是城市的闹市区之一，我是头一次来这个地方。鳞次栉比的高楼、车水马龙的道路、摩肩接踵的街肆、熙熙攘攘的人群，还有姹紫嫣红的公园、宏伟壮观的体育场馆，让我目不暇接，心生感慨。

　　我想起我姑父曾经多次对我说过的话：人这一生必须追求古人提倡的"读万卷书，行万里路"，才能有所作为。我想，我从边疆来到大城市，千里迢迢，实属不易，如今得以开阔眼界，尽情观览风景，今后必须倍加努力、多求进步才行。在即将跨进师部大门时，我清楚地意识到，我对未来的人生追求，有了明晰的追求，我要通过自己的努力，当上干部，穿上四个兜的军装，在大城市打拼一番，争取有作为去。

　　进了师部，来到上级机关，有点拘谨，不过安顿好了以后，短时也就适应了。学习中我如鱼得水，酣游畅快；求道解惑，多有长进。学习期间，还得以观看了一场歌剧《江姐》，看得我满腔热血，汹涌奔腾。学习中途，放假一天，这一天我也过得充实、有意义：做了一件好事，并且行善不留名。

　　令我怅然的是，驹之过隙、时日太短，于仓促中就到了学习结束的时间，只得依依不舍地离开师部。

　　我才回到连队没几天，就发现了王子仁的一个秘密。那几天，吃过晚饭后，他就趁人不注意，往小树林里钻，天快黑才回来。我感到蹊跷，就去跟踪他。窥见他坐在一块石头上，聚精会神地看一本笔记，我悄悄地走到他背后，突然大喝一声："缴枪不杀。"吓得他撒手就将笔记本丢到一边，哆哆嗦嗦地站了起来。

　　我迅速把笔记本捡起来翻看，原来他在偷看手抄本《少女之心》和《第二次握手》，这可是当时被列为毒草的禁书。我没看过这两本书，但听人讲过大概内容。据说《少女之心》里有大量的男女行云雨之欢的细节描写，年轻人看了都会血脉偾张，欲火狂烧。

　　我笑道："原来你小子躲到这儿来看黄书啊。"

　　王子仁半天才缓过神来，恼怒地说："你他妈吓死我啦。"说完就抬手把嘴角边的口水揩掉。

　　我冷笑道："吓一跳算什么，我不去找连长指导员告发你就算好的了。"

听我这么说,他连声求饶,说着说着就有了哭腔。我知道,如果我去揭发他,那么他这个学习毛主席著作的积极分子,从此就会身败名裂。

看着王子仁可怜兮兮的模样,我的脑海里出现了当年我和林苍秀在知青宿舍里被吓惨时的情景,如果那时支边看见我和林苍秀躺在一起而去告发的话,那我和林苍秀的结局也将会是很狼狈的,尽管我俩的确没有发生肉体之交的关系。

王子仁不停的哀求声打断了我的思路,我问他手抄本是哪里来的,他说从地方上一个熟人那里借来的。我对他说道:"放心吧,这事除了你知我知,无人再知。"接着又说:"哦,还有借给你书看的人也知道的,快把书还给人家。"说完,就约他回营房。

过了一段时间,团里要安排几个战士到军事院校深造,学习回来就提干。人选由各连推荐,团政治处最终审查决定人选。

在连队干部会上讨论推荐人选时,我们排长也同意推荐我,但是针对我谈了几点看法:一是说我骄傲自大,看不起农民出身的他这个上级;二是说我表面上看政治学习认真,实际上很多时候是在看一本《新华字典》,而不是像其他战士那样认真读《毛泽东选集》;三是说我不是根红苗壮的人,家庭历史不是很清白。

经过反复讨论,最后定下来上报的名单是我和王子仁。

我们排长这个人很坦率,散会不久就把他在干部会上说过我的话对我讲了,希望我正确对待。我说我向排长保证,一定能够正确对待。我还说了我非常感谢排长,排长不是那种当面不说背后乱说的人,我放心。

我们这个排长很有意思,连里的干部时常拿他调侃,譬如说,他提干当上排长以后第一次回家探亲,身穿四个兜的干部服,脚蹬锃亮的皮鞋,走遍所有的亲戚家,风光十足地炫耀了一番。

再如,他回老家娶媳妇,结婚时年龄已过三十,而女方小他十岁,女方说她还小,莫忙要小孩,他爽快地答应了,找来一包药片,给女方服用,说每晚行事前半小时,口服一片即可避孕,结果婚后不久女方就怀上了小孩,其实他给他媳妇吃的是维生素 E。针对这个笑话,我曾经忍不住地说了两句:"对自己的爱人玩弄手段,有点不道德嘛。"不想此话被他知道了,他翻脸骂了我一顿,说我新兵蛋子没有资格说他。从此对我有些怨恨,再加上我入党没有请他做介绍人,使他愈加不爽。

不久就公布了去军事院校深造的人员名单,我和王子仁都没戏。

王子仁感到特别失落,我也有一点。为什么只是有一点呢?因为排长在干部会上针对我谈的第三点看法,预先给我敲了警钟。我母亲的家庭出身不好,关键时刻,我的预感也就不好。

晚饭后,王子仁约我去山间小道散步。在一个僻静的地方,他转过身去撒尿,正在排泄时,对面拐弯处,突然走出来一个背柴的少妇,王子仁"呀"地叫了一声,慌忙转身,忍住没撒完的尿,将撒尿工具塞进裤子里。少妇被吓了一跳,随后低着羞红的脸,连忙走过去。

我狂笑不已,笑毕,逗王子仁说:"你是不是看了黄色小说以后有想法,故意把东西露给人家看呀?"

王子仁用手指着我,神色严肃地叫起来:"你乱说不得呢。"

我立马正色说道:"开个玩笑,你不要当真。"

他有点怀疑地问我:"我正想问你,我看手抄本的秘密你说出去过没有?"

"说过了,怎么样?"我瞪着眼睛低吼,"如果我说了,你还能平安无事吗,连里还能推荐你去学习深造吗?"

王子仁摆摆手说:"我知道你不会说,我也就是这么一问,别介意。"接着他抱怨道:"我们两个是寡妇婆娘睡觉——上面无人啊,要不然的话,有人帮打个招呼,也就可以进军事院校了。"

"我倒是有点关系的。"我说,"只是不想去求人。"

王子仁不信："你吹吧，有关系不用，是傻子啊。"

我向他解释："我认识一个人，她爸爸是区武装部的政委，武装部就在我们团部隔壁，据说这个章政委，跟我们团好几个首长有交情，他们在工作上有联系。"

王子仁瞪大眼睛："你没骗我吧？"

我说："你不信的话，哪天我带你去见见她。"

王子仁问："见政委？"

我说："不是，见他女儿。"

"你认识他女儿，是真的吗？"王子仁来了兴趣，"那好啊，这个星期天就去。"接下来他缠着我问这问那，我没理他，往前走了。

星期天一大早，王子仁就来约我，我俩请了假便出发。我带着他乘轮船过长江，转了几趟公交车，就到了市煤炭学校，找章思红。心想休息天人不一定在，只是来碰碰运气而已。幸好，这天是章思红值班，没离开学校，我和王子仁没扑空。

章思红见了我，流露出惊喜的表情，嗔怪道："多长时间了，你才来。"

我说："这不是来了吗。"说完就把王子仁介绍给她。

王子仁问她的第一句话是"你爸是××区武装部政委？"

章思红回答："是啊，当了好多年啰。"

王子仁兴奋地叫道："我们团就在那个区呀，团部就在你爸他们武装部旁边。"

听王子仁这么说，章思红就转头瞪了我一眼："耿卫疆还对我保密，所以我不知道你们部队在哪里。本来我爸我妈是要我把感谢信和锦旗送过去的。我还挨了一顿批评，说我地址都问不清楚。"

看到王子仁一头雾水的样子，章思红就把个中缘由向他讲了。听了以后，王子仁拍拍我的肩膀，竖起右手大拇指，赞道："做好事不留名，高，境界实在高。"

我挡开他的手嚷道:"你啰唆什么,一件小事而已。"

然后我就问章思红:"你妈没事了吧?"章思红回答说康复得很好,已经下地走路了。

章思红提出来要请我和王子仁品尝当地的特色小吃,我说我想吃山城小汤圆。

在小吃店吃过汤圆,她又带我们去逛公园。在旖旎的景色中漫步,气氛甚好,年轻人在一起,笑声最有活力。一直逛到下午,我们才说再见,答应一定会再去看她。

章思红母亲受伤和受伤以后的情况是这样的:我在师部学习期间,于休息日请假外出去照相,照完相又去逛了一下商场,出了商场就看见一个骑自行车的小伙子把一位中年妇女撞倒在地。小伙子骑车跑了,中年妇女疼痛得昏厥过去,我连忙把中年妇女背到了医院,医生检查后说是右小腿骨折,随即及时进行救治。

中年妇女清醒后,写给我一个电话号码,说她女儿名叫章思红,在煤炭学校当播音员,让我通知她女儿来伺候她。我遵嘱照办,打电话把情况告诉了她女儿。她女儿来到医院以后,我没事可干了,就向她母女告辞。中年妇女一再表示感谢,并叫她女儿送送我。在医院门口,章思红做了自我介绍,也知道了我的名字。她说:"我爸爸也是军人,是××区的武装部政委。"

她还问我:"你在哪个部队当兵?以后说不定我爸爸可以帮上你的忙。"

我没说我在哪个部队服役,只说:"晓得你在煤炭学校工作,以后我会主动联系你的。"然后,我就乘公交车离开了。

过后,我也没有联系过章思红。

那个星期天的晚饭前,在回连队的路上,王子仁羡慕地说:"章思红对你印象很好,看来你的桃花运来了。"又赞叹道:"这个女人不错,肤白人美,还是干部子女。"

我对他说:"别乱想,战士不能在部队所在地和当地人谈恋爱,你忘了?"稍后,我向他交代道,不要把我俩去见章思红事情说出去,他说他不会说。我又要求他,不准把我送章思红她母亲去医院的事说给别人听。

他感到不理解:"做好事还怕人知道呀?"

我说:"你必须为我保密,我这个人不喜欢做点好事就炫耀。"说完发觉我在无意间戳到了他的软肋,使得他露出了尴尬的神色。

这之后,有时候是我单独去,有时候是我和王子仁一起去,也有时候是王子仁一个人去,和章思红有了多次接触。

我明显地感觉到,章思红对我的好感渐渐加深,而我装着什么也不知道。我对她的感觉也很好,然而我的心里,一直以来只为林苍秀留着位置。再说战士不允许在当地谈恋爱,这条界线我不能逾越。

我没有做过将军梦,但是我和王子仁他们一样,渴望能在部队提干,在军队这所大学校里不断成长进步。然而,在当兵的第五个年头,我却闹着要复员回乡。

这是因为,我们这批兵第一次提干的上报名单里,没有我的名字。王子仁倒是顺利地穿上了四个兜的军服,当上了司务长,成了排级干部。

我有怨气,就去找指导员,说:"此处不用人,自有用人处,我申请复员回乡,请求批准。"

指导员非常耐心地做我的思想工作,说:"这一次没有上报你,是因为上报王子仁更有把握,而你的情况你自己知道,家庭历史问题这道坎,假设过不去,那这一次就浪费了我们连队的名额。"

"留得青山在,不怕没柴烧。"他还劝我沉住气,说:"从政治大气候的情形预判,今后的形势对你这样的人应该也会有利的。"

从指导员的宿舍出来,我的心绪渐渐平复。但在当时,我无法预判政治形势的走向,年轻人不可能看得太远,想得太深,所以我还是提出了复员申请。

　　指导员见我去意已决,也就同意了我的请求,在确定退伍人员名单时,他看到了我的名字,最终没有提出反对意见。事后听说,我退伍走了以后,他在好几个场合都说到,我是一个好兵,把我放走,他一直感到惋惜。

　　我离开部队八个多月后,党的十一届三中全会就召开了,迎来政治开明的盛世,我的家庭问题也就不是问题了,如果我晚走一步,提干是绝对没有问题的。

　　虽然我离开了部队,但我一直心存感激,是部队锻炼我成长,让我相当于读了一次大学。

　　离别前,我找王子仁谈心,对他的升迁表示祝贺,我说:"我去找指导员,不是对你不服气,而是为我的家庭出身不服气,觉得自己有点冤。"他抱着我的头,泪流满面,说我是大好人,真舍不得让我离他远走。

　　我约了几个退伍老兵,请我们排长吃饭。我对他其实没什么成见,饭桌上也没跟他置气,不谈别的,只说感谢他的话,边说边劝他喝酒,直到把他放倒,回程途中,将尿撒到了他自己和背他的老兵的裤子上。

　　章思红大着胆子来找我,有依依不舍之意,扭扭捏捏地对我说:"我跟你开个玩笑吧。"

　　我说:"你讲嘛。"

　　她说:"我跟你走行不行?"

　　她这话不像是开玩笑,我说:"不可能。"

　　她又说:"那我讲不是开玩笑的话吧。"

　　我说:"你讲嘛。"

　　她说:"你回去把你的户口转过来,我让我爸在这边帮你找工作。"听她这么说,有几滴眼泪就想从我的眼眶里流出来,我不让它流。

　　我对她说:"不可能。"

　　看着她失望地走了，我心想也只能如此了，鱼和熊掌不可兼得，在我心中，谁是"熊掌"谁是"鱼"，我最清楚。我爱的人是林苍秀。

　　几年后我打听到，在王子仁猛烈的攻势下，章思红嫁给了王子仁。后来又得知，王子仁在营级干部的岗位上转业到地方，因为妻子是山城户口，所以他如愿以偿留在了大城市生活。

七

冬天的早晨有大雾,迷茫、浓重,裹住房屋,似乎要压弯四周的树。朦胧中,再好的眼睛,也只能看清前方几步路。大约在中午十二点前后,太阳才露出脸来,光照大地。

只有五排平顶瓦房的勐玛县芒弄人民公社(芒弄公社和其他地方一样,是在60年代末由乡改为公社的,到了1983年才又恢复为乡)机关所在地,此刻静悄悄的,偶尔有几只黑头翁在枇杷树上啁啾几声。

因为没有午休的习惯,吃过中午饭后,我便一人到街上溜达一圈。那个时候的芒弄街道只有一条,路面由碎石铺成,路两边的平房是商店、粮店、饭店、邮政所、营业所、税务所等部门。中小学校、卫生院、兽医站、农机站等单位不在街上,建在街道的后面。街上平时人少,只是每逢赶集日便热闹一回。不是赶集日的时候,街上有时狗比人多。我在街上转了一圈,顺便进商店买了一条牙膏、一块香皂,然后便回到公社所在地小憩一会,开始上班。

我的办公室就设在我的寝室里,一间小屋办公、睡觉两用。这天下午,发了一趟救济物资,开了两张结婚证,便没事了,我就自学业务知识。

当晚也无事,独自一人埋头看书。看着看着,思想开小差,想起了我第一次给人办结婚证出洋相的事:一位傣族姑娘即将嫁到外县,拿着生产大队出具的证明,到我这里来领结婚证,她不知道领结婚证必须是男女双方一起来领的要求,我也不知道发结婚证必须发两张的规定,就给她发了一张结婚证书,还叮嘱她说:"你到男方所在地的民政部门再去领一张。"这事被我说出去以后,沦为笑柄。

我分来到芒弄公社任民政助理员已有半年多时间。刚退伍回来的时候,我父亲问我:"你想到哪个系统工作,说来听听。"

我思量一阵说:"能去县农机厂最好,听说农机厂年轻人多,在一起可以互相学习,共同进步。"

我父亲笑了,说:"好啊,你当过知青下过乡、参军入伍扛过枪,再去工厂当工人,经历就会更丰富,有利于成长进步。"当时已经是县公安局副局长的他还说:"如果你想到党政机关工作,那么我绝不会为你找熟人开后门,你想当工人那好办,我可以名正言顺地找相关部门为你求个情。"

其实我最想去的单位是文史部门,边工作边学习研究历史文化,希望以后成为文史研究方面的学者,可是我不好意思说出来,因为我只是一个初中生,文凭太低,不符合岗位要求,愿望与现实差距太大了,不说为好。

我父亲后来的确为我当工人的事,找人申请过。他知道退伍战士的安置是由县民政局负责以后,就去找民政局局长,请求把我分到农机厂当工人,但是民政局局长对他说,你儿子条件不错,我们把他分到芒弄公社去任民政助理员,文件都打好了,马上就发。又对他说,民政工作很重要,陈毅元帅说过民政工作是"上为中央分忧,下为百姓解愁",所以说你老耿必须支持我哟。

我父亲回到家把情况给我说了以后,我对他说:"我是共产党员,组织上的安排我必须服从。您就放心吧,我的事您不用操心。无论在哪里,无论干什么,我都会全力以赴做好工作。"

在我的工作安排上有个插曲,本来县民政局决定把我分配在局里,谁想到半路杀出个县革委会副主任的儿子来,要求留在县局,就把我挤到了乡下,这事我是过了几年后才知道的。

　　我父亲为人的品性我最清楚，他对家人的要求一向很严格，从来不会为我们谋取半点私利。在我来芒弄公社工作两年后，我母亲让他找找关系，疏通一下，把我调到县直机关，他说他不能去，家家都要求把小孩调到县城，那基层谁在呢。

　　来芒弄公社报到前，我再一次去找支边，约他吃了顿饭。我在部队的时候，一直与康太平和支边保持信件联系，知道我们知青户的伙伴后来的去向，三个女的先后回城参加了工作；康太平也参了军，到铁道部队服役；最晚出来的是支边，分到中心商店就业，被安排到我们插队当知青的那个生产大队购销组当组长，只管他自己一个人。

　　那天，我又一次问支边："打听到林苍秀的消息了吗？"他依然说没打听到。我又问他打听到丁爱民的消息了吗，他说的还是和前次一样，听说丁爱民劳教出来后，跑到境外找林苍秀去了。回到勐玛，第一次和支边见面，他就告诉我，林苍秀的父亲病死在省城郊区的监狱，她哥带着她母亲去收尸，一去就没有回来，至今不知人在何方。

　　我退伍回到家以后，我父亲曾经特意给我讲过林苍秀的情况。他说他两个月前通过县外事办公室，向境外相关部门了解到，林苍秀于五年前出境参加了那边的游击队，在前线打过仗，在后方做过群众工作，后来参与一个小团体搞分裂活动被开除，脱离游击队以后不愿回国，反方向深入到妙塔国的曼戍一带谋生去了。

　　听到了林苍秀的消息，我内心难过极了。稍后，我向我父亲打听丁爱民的消息，他说："丁爱民回到勐玛以后就不知去向，很有可能是到境外去了。"

　　我父亲的意思我听得出来，他主动给我说林苍秀的事，是希望我忘掉过去，放下包袱，轻装上阵，拥抱新生活。

　　然而林苍秀出境的事是因我而起的，我怎么能忘得掉呢？尽管随着时间的推移，我对她不再像过去那样如痴如醉地迷恋，但她依旧是我的最爱。一说起林苍秀的事，一股心酸的滋味就会涌上心头，我觉得我愧对她。

芒弄公社的党委书记对我很关心，我分配来公社工作后，他时不时地会到我的宿舍来看看我，鼓励我多学习求进步。有一天吃过晚饭后他出来散步，见我的门开着，就走了进来，坐到我的床上，和我聊天拉起了家常。谈着谈着，他就讲到国家恢复高考的第二次招生马上就要开始了，问我有没有兴趣，有兴趣的话就去报考试试。

我倒想去试试，却又有些顾虑，我刚到芒弄公社工作，担心别人说我不安心在基层，才来就想走。

公社党委书记知道我的心思后，鼓励我去报考，不过他问清楚我的学历只是初中后，对我的考试能力表示怀疑，说："我们公社的知青大部分都是高中毕业生，第一批参加考试的人，没有一个考上大学本科的，只有两个人考上专科，三个人考上中专。你想去考，去试试也好，积累点经验嘛，我支持你。"

我说，那我就去试试。

我真的就去试了。考试结果是：语文 55 分，历史 60 分，地理 53 分，数学 2 分，政治没有得分，总分 170 分。政治分数去哪里啦？我在部队上是有点小名气的政治理论学习骨干，我自认为考得最好的就是政治，因此自己估分是 70 分左右，成绩单上却一分没有，只标着一个三角符号。

我感到蹊跷，分别给县、地、省招办写信，反映情况，希望得到解释，然而没有一家给我答复。那年的录取线，文科的本科是 250 分，专科是 220 分。我想，我的政治分数如果能落实的话，那么我至少可以到大学去读专科。

现实给我开了一个玩笑，我无奈地回它一个苦笑。当时就想，去不了也罢，从今往后多读点书，来年再考，直接考个本科读读。也就从那时起，我养成了每月领到工资后就到新华书店买书的习惯。

只是第二年我没有再报名参加高考，因为我正在追求心仪的对象马玥明，舍不得离开。后来我就参加了省里组织的自学考试，通过好几年的努力，最终获得了大学本科文凭，专业是思想政治教育。

我们这个公社位于勐玛县的东北部；公社所在地离县城 42 公里。全公社人口不足两万，有 6 个生产大队；山多平地少，人贫风景好。民族成分的结构与勐玛全县相仿，有汉、傣、佤、彝、拉祜、布朗、傈僳、景颇等，多民族共居。自然条件、经济发展状况，在全县 11 个公社中，属于中等偏下水平。

身为基层的工作人员，在完成好本职业务的基础上，必须围绕中心，经常深入村寨，帮助群众排忧解难。春种秋收时节，我们还有分工，几个人一组，进村入寨，发现并帮助群众解决具体问题。

入冬后的一天，山野寂静，我独自一人去唯一还未通公路也未通电的班楞生产大队下乡。我此行的目的是督促检查位于大队部附近的上中下三个寨子修建村寨道路的情况。

两个月前，我第一次去班楞下乡，得知三个寨子户与户相连的路况十分糟糕，旱季干燥，灰尘可以埋脚；雨季泥滑，粪土混为一体。我就分别去三个寨子转了一圈，看到寨子里道路状况的确不像样，卫生条件也极差，根本闻不到山里自然清新的味道。

当时，我就向生产大队的支部书记、大队长和文书建议："发动群众自力更生，建好自家村寨的道路。河里的石头、沙子都是现成的，又不用出钱。"

"至于补助资金，"我说，"我负责去县交通部门要一点，我相信上级部门多多少少是会支持一点的。"

几个大队干部都说好，只要有点补助资金，这事不难办。回到公社后，我很快就去县交通局申请，要来了一笔补助资金。

这天我翻山越岭，步行五个小时，才去到了班楞大队。稍事休息,我就去查看三个寨子修路的情况。还好,三个寨子都行动起来了,正在用河里捞上来的石头铺路,只是进度不同而已。

晚上,我约着大队文书去生产队干部家串门聊天。三个寨子的上寨是佤族人家居住,中寨是汉族人家聚居,下寨人家是拉祜族。

我们去的是下寨,到了生产队长家,上了并不宽敞的小竹楼,见几个男人围着火塘在喝酒,酒倒在一个大碗里共同喝,你呷一口我抿一嘴,酒碗在他们手上传来递去的。我和文书才坐下,就被劝着喝酒,和他们喝一个碗里的。他们喝完一口后,就用手揩揩碗沿,然后把酒碗递给你让你喝。我虽嫌弃这样的喝法,却又不好意思说,给我单独倒一杯来喝,也就和他们共用一个碗喝起来。气氛很好,笑声不断。其中一个人和我开玩笑说,他快三十岁了,还没找到老婆,让我负责帮他找一个老婆。

"可以呀,"我笑着说,"不过我也是困难户啊,现在连我老岳母是哪个都还晓不得呢。"接着我就问他:"汉族的媳妇要不要?其他民族的要不要?"我听说他们这个寨子里的人,至今不与外族人通婚,长此下去,近亲繁殖,肯定不利于后代的发展。

他接过我的话笑道:"搞不成,搞不成,黄牛是黄牛,水牛是水牛,我们拉祜族好比是黄牛,你们就像是水牛,不一样。"他的话,引得众人大笑。我也笑了,先是觉得好笑才笑,后来是感到苦恼才笑。

当晚回到大队部住下,想起拉祜族男青年说的笑话,心里有些酸楚。在山区改变教育落后的面貌,普及科学常识,任重道远。由教育人的问题,我就想到上次来下乡时文书给我讲过的一件事。

文书说,班楞初级小学教师难找,因为地处偏僻又不通公路,人家不愿来。实在是找不着合适的人了,有一年上边安排一个初中辍学的回乡女知青来任代课教师,结果才来了三个月就出事了。女教师状告四个四年级的学生玩弄调戏她。而家长反诉女教师逼迫学生与她聚众淫乱,后来就把女教师抓走了,听说拉到县城游街示众。

"后来呢?"我问文书,"她叫什么名字?"

文书说,后来的情况不晓得,她的名字叫罗小水。

名叫罗小水的女教师那年游街示众的事,我听说过,但是人没见过,原来她是从班楞这里被带走的。

我又问文书:"怎么会有这种事,小学生能有多大年纪? 不应该呀。"

文书说,山区的娃娃读书晚,那几个学生都是十四五岁的人啦。他又说,这个案子可能有点冤。

我问他:"你掌握什么情况吗?"

他说,事后那几个学生偷酒喝,有一个喝多了就承认是他们调戏老师的,但是第二天又矢口否认了。

文书还说:我们还听说,出事前,有个女学生在女厕所解手,听见了那几个男学生在男厕所商量调戏女教师的对话;女学生想把话传给女教师,又怕以后遭到那几个男学生的攻击,就不敢去。出事以后,这个女学生准备出面作证,但最终非但没有出面作证,反而说自己什么话都没有听说过,跑回家去再也不来读书了。我们分析,这个女学生是因为害怕那几个男学生家长报复,后来我们去动员她回来读书,她始终不肯来,什么原因也不说。

文书唉声叹气地抱怨:"因为这种事情的影响,就更没有人来我们班楞教书了。"

我感叹地说:"偏僻山区的综合治理,不是一朝一夕能做好的,但是必须加快步伐。"我觉得自己虽然渺小,然而本职工作在基层,山村除旧立新的事,我应当尽力而为。

这次到班楞来,我还意外地抓到了一个毒品犯罪嫌疑人。吃过中午饭,我一个人去山谷的箐沟里寻找野菜,突然看见一个身上好像背着东西的中年男人迎面走来,见到我之后他神色极为慌张,我问他是干什么的,要去哪里,他不回话,拔腿就跑,我迅速追上去,很快就揪住了他的衣领,他猛然半转身挥起匕首向我刺来,我松开他的衣领,抬起右腿狠击他的肝部,只踢了两下,他就瘫倒在地上爬不起来。我夺过他的匕首,揪着他的衣领,把他拖到了生产大队队部。

经检查,发现他腰背上绑着大烟,有 4 公斤重。支部书记问我:"人家是有刀的,你不怕吗。"

我说:"当过兵的人,不能怕。"

就在我要回公社的头一天,上寨发生了一起罕见的事故:当天早上,五个四五岁的小孩,因为家贫而没有过冬的衣服穿,衣着单薄的他们,约着到寨子外面的砖窑洞口,烤火取暖,刚到洞口坐下,窑顶突然坍塌,将窑里的大火推了出来,瞬间就将五个小孩烧伤了,状况惨不忍睹。

我们立即布置开展救治,可是山寨根本没有条件,大队的赤脚医生只能简单地处理伤口。我们只好快速做成竹制担架,组织青壮年男人将伤员抬往山下。之前已经先打电话向公社报告,请求安排车辆和医务人员到山下来接。

我也加入了抬担架的队伍中,我们高一脚低一脚地在山路上跋涉,无奈路长腿短,一时半会到不了山下。

途中,有两个小孩就断了气。其中一个女孩闭眼之前还跟她妈妈说了几句话,说的是佤语,我听不懂,问身边的人她说什么。身边人告诉我,她说:"妈妈,你不要哭,我一点都不疼。"听此一说,我当即潸然泪下,悲痛难忍。

事后,公社书记对我说:"班楞的贫穷落后是全方位的,当务之急是先把公路修通。"过了两天,他就带着我赶往县城,去请求相关部门,支持我们早日把班楞的公路修通。

在基层工作、生活,是充实而有价值的。虽然有些时候,也会觉得日子单调、乏味,但是必须认识到,受到的锻炼绝对不小。

八

在芒弄街的一个赶集日,有位看上去与众不同、有点超凡脱俗气质的妙龄女郎吸引了我,使得我目不转睛地盯着她看了好一阵。她发现我在看她,神情傲慢地瞟了我一眼就走开了。

此女子竟然撩动了我的心弦,她是哪里人,从何处而来? 我得打听打听。一问才知,她是芒弄公社粮管所所长马腾飞家的千金,名叫马玥明,小我两岁,毕业于地区卫校,如今在县城原来的城关镇、现在叫红卫公社的卫生院工作。

当夜有梦:我孤身一人在云雾缭绕的山谷里徜徉、寻觅,朦胧中似乎窥见林苍秀仙女般的情影晃动在前面,便急忙追赶过去,却不见人影,正在纳闷时,突然望见林苍秀一袭白衣长裙飘在空中,渐行渐远,最终隐入烟云里。醒来再也无法入睡,便起身披衣,点燃香烟,坐床沉思良久。

我想到我父亲在外事办打听到的消息,林苍秀在境外离开游击队后,却不回归,不知是什么原因? 如果她现在能够回来,那我一定去找她,向她表达我真诚的爱意。

如果她不回来呢,我该怎么办? 考虑再三,最终的想法是,认识一下马玥明也无妨,走一步看一步,到时候再说。

我特意到县城,去马玥明工作的地点红卫公社卫生院绕了一圈,然后,依靠朋友设法打听谁是马玥明的闺蜜,再从她闺蜜那里了解一些情况。

掌握到一些信息后,我却有点胆怯了。有几个家境优渥的干部子弟正在追求她,一个的父亲是县革委会主任,一个的父亲是县武装部部长,还有一个的父亲是荣誉满堂的老红军。知道了这种状况,我就觉得没有必要去凑热闹了,便打算不去结识她、与她交往了。

打道回府之后,却又觉得心有不甘,心想男女之间如有真爱,比的不是父亲,爱的是本人,我不应该怯场。再说我又不是非要和她谈恋爱不可,先认识认识嘛。于是决定:先接触她父亲,走"迂回路线",熟悉一下她的家人,以后觉得合适再见机行事。

我在芒弄公社工作了一年的时间,和公社各站所的人员已经混得脸熟,马玥明的父亲马腾飞所长我自然是知道的。

马腾飞,林山城郊人,46岁,文化程度虽低,但工作干得不错。人很朴实、性耿直,爱喝点小酒,工作之余喜欢下象棋、钓鱼。

选择了一个星期六的下午,我手拎一瓶苞谷酒、一条金沙江牌的香烟,走进粮管所宿舍区,敲开了马家的门。碰巧遇上马玥明在家,然而她见了我却不主动打声招呼,跟她妈说出去找朋友玩,就走了。

有点尴尬的我对马所长点点头,说:"听说你家喜欢下棋,我平时也喜欢玩两盘,我特意来向你家请教。如果你家不有事,今天就请你家指教指教我,行吗?"我们这里称呼对方时,用"你家"两个字,表示尊称,相当于是普通话的"您"。

"我爱玩,但水平臭。"马所长用左手捋了一下有点卷曲的头发,笑道,"来吧,杀两盘。"说完便起身把象棋和棋盘端了出来,我俩迅速摆好棋子,噼噼啪啪地就对弈起来。

我曾经翻过几本棋谱,稍有一点功力,擅长用弃子绝杀的办法制服对手。第一盘还没下完,我就已经摸清了马所长的实力,知道他根本不是我的对手,于是便开始实施事先考虑的"2121 工程"计划。"2121 工程"的意思是,让他赢两盘我赢一盘,如此类推下去,最终累计是让他赢,讨他的欢心。

这天,马所长下棋赢得痛快,我暗中让步让得愉悦。下完棋,马所长硬要留我吃晚饭,我心想初次登门不好久留,便坚持离开了。走时,马玥明还未回来。

从此以后,我就成了马所长家的常客,周末无事,马所长必定叫我,和他下棋、钓鱼、喝酒。我去他家玩的时候,马玥明有时候在,更多的时候不在。我和他女儿还没混熟,与他倒成了忘年之交。看得出来,他对我极有好感,很欣赏我的品性与才学。

有一次在喝酒时,他跟我谈起他父亲家这边的祖先是从江苏南京应天府柳树湾迁徙来的。我说,这段历史我晓得一些,如果你家有兴趣,我俩边喝酒边聊。

他说:"你讲嘛,我想听。"

我敬了他一杯酒,然后就讲,长期以来直到明朝初期,我们彩云省的人口中,是少数民族居多,汉族人口偏少,到了明朝,情况才发生了根本变化。明朝洪武十四年,也就是公元 1381 年,朱元璋以傅友德为主帅、蓝玉为左副将军、沐英为右副将军,统领 30 万大军南征彩云,得胜后傅友德、蓝玉班师回朝,朱元璋命其义子沐英率军数万镇守彩云。此后,朱元璋为了有效控制西南地区,同时,减少江南地区人口压力,就让沐英策划并先后组织江苏、安徽、浙江、福建、江西、湖南、湖北、山东、河南、陕西等地据说有 280 万之众的移民,到彩云屯垦戍边,这样才使彩云的汉族人口逐渐超过少数民族人口。

马所长抓了一把花生米放进嘴里,边嚼边说:"你小子懂得不少嘛,你不讲我还认不得呢,接着讲。"

我敬他一支烟,自己点燃一支吸了几口,继续讲道,当年南京应天府柳树湾那一带,是皇家军队训练操习的场所,也是军队集中出发的地方。现在我们彩云的汉族,很多人认为祖籍在南京应天府柳树湾一带,其实不一定对,要具体地看看家谱、族谱和村史一类的资料,才说得清楚。

马所长和我碰了碰杯,喝了一口酒,问道:"这些老古董你是从哪里翻出来的?"

我说:"我平时对历史文化有点兴趣,恰好前段时间找到一点资料,看了一下。"

马所长和我各自一口干完杯中酒,他哈哈笑道:"小伙子不错,以后你的前途超得过我。"说完就让他媳妇把桌上的剩菜剩饭撤走,要与我再下几盘棋。

与马玥明交往较多的几天时间,因由是我无意间造成的。我到班楞生产大队下乡住了几天时间,周末回到公社,就去找马所长下棋。在他家门口喊了一阵,才见马所长病病歪歪地来开门,我问他:"病啦?"

他有气无力地回答:"重感冒,全身酸疼。"

我问吃药了吗,他说媳妇不在家他不知道药放在哪里。我又问:"阿姨去哪里啦?"

他说,学校放暑假,媳妇带着小儿子上县城,去看马玥明和在城里读高中的大儿子去了。

我说:"那我带你家去卫生院看病。"不由分说便架着他往外走。

出门走了一段路,他说折回去带把伞吧,今天飞蚂蚁出来得特别多,恐怕要下雨。我看看天色,乌云虽重,雨似乎短时下不过来,便没转身回去拿伞。

走到半路,雨真的就来了,而且还是瓢泼大雨,伴有卷叶狂风。我连忙将自己的外衣脱下来,裹在马所长身上,背起他就一路小跑,还没到卫生院,两人便都成了落汤鸡。

本来马所长就有重病在身,经风吹雨打,病情更重,诱发了肺炎。这可把我吓坏了,晕头转向地在卫生院的走廊上来回转圈,过了一阵才想起,得给马玥明打个电话通报情况。

当天晚上,马玥明和她家人就赶了回来。我愧疚地对马玥明和她妈说："对不起，我大意了，没有带伞。"

马所长在病床上摇摇手，吃力地说："不怪你，一把伞挡不住狂风暴雨的。倒是应该谢谢你，送我来看病。"

此后一个星期，马玥明请假留下来伺候她爸，我也每天都到卫生院看望马所长，有了和马玥明天天见面的机会，我主动地无话找话与她交流。在此之前，与她说话没有超过十句。如今她见到我，一脸和气的样子，时不时露出动人的微笑来。

一个星期后，马所长出院，马玥明回城上班。看着马玥明风姿绰约远去的背影，我的内心有了些许惆怅。当时我就觉得，我对马玥明有想法了。

马所长身体痊愈后，在一个星期天，约我去探公社境内的一个溶洞。他准备了三只火把、两只电筒，还带了一包饼干和两壶水。头天晚上他就对我说："你不是说想去看溶洞里的风景吗，明天我带你去。"

马所长的邀约正合我意，听说溶洞险峻神奇，值得一看，我早就想到洞里去大饱眼福一番。到了目的地，看到洞口很是宽大，容纳得下好几百人，我就说："考古队的人挖掘发现，这个洞口3 000年前就有人居住过，这在当时的确是一个理想的栖息场所。"

马所长说："里边没有外边宽，但是也很壮观，不但有奇形怪状的钟乳石，还有地下河可以划船呢。"

我问他："你家来过几次？"他说两次。

进得洞去寻望，景象果然稀奇，前方是钟乳石倒挂，石柱挺立，有无数绝美形态；侧边是潺潺流水，漫淌成湖，在手电筒的光照下似一片纯洁仙境。

我在兴奋中只顾欣赏佳景，没有注意脚下，不小心掉进水中，爬起来继续前行。马所长在后边叮嘱我说，里边空气稀薄，不要入洞太深，否则灯火不明，有安全隐患。我没听马所长的话，一直往里走，马所长只得跟我进来。

结果真的就遭遇险情，步入危境。我俩匍匐爬进侧边一个洞内,我手上的电筒就不亮了,他手上的电筒也只有一丝微弱的光亮,看不清前方。

马所长叫我拿出挎包里的三只火把,把它点燃,我连忙拿出火把,这时才发现火把刚才在我跌进湖里时已被水浸湿,被水泡过的打火机也失去了作用。我紧张得全身颤抖,忙不迭地向马所长道歉,说我犯下天大的错误了。

马所长手上的电筒弱光这时也熄灭了,但他沉着地说:"不要慌,往回走。"然而我俩找寻了半天,就是找不到能够爬出去的那个低矮的洞口。

我近乎绝望了,马所长却说:"歇口气,慢慢找,进得来就出得去,你怕个球。"我俩坐下来休息了一会,又继续寻找洞口,却始终找不到能爬出去的地方。

我问马所长:"你家给阿姨说过我俩要来探洞的事吗? 如果有人知道我俩来探洞,那就会来找我俩的。"

马所长说:"没有,我出来的时候她上街买东西。她可能会以为我俩是出来钓鱼呢。"又反问我:"有人知道你和我出来探洞的事吗?"

"没有。"虽然在黑漆漆的洞里,他看不见我的表情,我还是摇着头说,"完啦,这下子出不去了。"

"完什么完。"马所长高声大气地说道,"你不是喜欢我家马玥明吗? 出去以后我让她嫁给你,行吗?"或许是为了缓解我的紧张情绪吧,马所长在我面前故意提起了他的女儿。

我挺起身来问他:"你家咋个晓得我喜欢马玥明?"

他嘿嘿一笑,说:"小伙子,我的眼睛不只是盯着棋盘,你的心思我晓得呢。"

我突然振作起来,说:"那你家不能反悔嘎,我出去以后就向马玥明求婚。"

"我不会反悔的,"马所长说,"我们两个继续找出口吧。"于是我和他在黑暗中继续摸索。

也不知过了多长时间，忽然听到马所长叫我说："这里有点空气流进来，可能是出口。"

我赶紧爬过去和他一块摸索，感觉到的确是有一丝似有若无的气息流进来。我高兴地叫道："找到出口了，这回死不了啦。"此后，我俩就紧贴着石头地面，他先我后爬了出去。

爬出侧洞，就回到了宽阔的正洞，再手摸石壁，一步一步走出去，最终见到了蓝天白云。出洞后的第一句话是我说的："我耿卫疆今后就是马家的姑爷啦。"

马所长笑了，拍拍我的肩膀说："那你要去追呀，我只能帮你敲敲边鼓。"

在溶洞历险过程中，得知马所长支持我追求他的女儿，出来以后，我的胆子就大了。我先是含而不露地对马玥明频繁展开了"攻势"，直到在她的眼神里，读到了我需要的那种意味深长的情愫，才决定正式摊牌。

芭蕉树下，我不再绕弯子，而是直奔主题，对她说："你爸爸想让你嫁给我，你愿意吗？"我是故意这样说的。

夜色里，看不清她的眼睛瞪得有多大，但听得清她声音里的不满情绪："我爸爸让我嫁给你，他咋个不跟我说。还说你是文化人，谈恋爱就这点水平、这种表现？你太让我失望了。"说完，转身就走。

我快步走过去拦住她，说："对不起，对不起，我表达的方式不对。"见她不吭声，我又说："我给你写一首诗，向你求爱，怎么样？"

她手一伸，说："拿来。"

我说："还没有写的，明天交给你行吗？"

她说："可以。"说完，径自走了。

当晚我熬夜到三更，苦思冥想，绞尽脑汁，写就了一首题为《请你住进我心里》的小诗，第二天一早，跑到芒弄中学，请一位教语文的朋友帮忙修改,朋友看后摇头,说我写得不怎么样,仿通俗歌词,似乡间民歌,却又都不像,但他还是帮我作了加工润色。之后我忙不迭地跑到马所长家找马玥明,把工工整整抄好的诗郑重地掏出来,展示给她看:

　　　如果你是一匹马儿
　　　那么我的心中
　　　就有一块广袤的草原
　　　任你驰骋
　　　如果你是一尾鱼儿
　　　那么我的心中
　　　就有一条宽阔的江河
　　　任你畅游
　　　如果你是一只蜂儿
　　　那么我的心中
　　　就有一片清香的花园
　　　任你采蜜
　　　如果你是一只鸟儿
　　　那么我的心中
　　　就有一片青翠的树林
　　　任你栖息
　　　美丽的姑娘呀
　　　请你住进我心里
　　　我会一生呵护你

　　她看了之后,眼神有些迷离,脸上有点红潮,却不说话。我说:"我第一次写诗,写得不好,但意思你知道,咋个样,表个态吧。"

　　她羞涩地嗯了半天,才说道:"好吧,我说——我爸爸让我嫁给你。"说完,就捂着嘴笑了。

听她故意这样说,我兴奋地叫道:"一言为定哟。"她示意我说话声音小点,我连忙用手蒙蒙嘴,小声说:"太高兴了,我耿卫疆有媳妇喽。"

"八字才有一撇呢。"她斜看我一眼,说:"证都还不有领的,哪个是你媳妇。"

我就问她:"有证算不算数?"

她说:"你这么急干什么,到时候领了证当然算数。"

我说:"那你等着,我一下就回来。"

说完话我就出门一路小跑,回到我的宿舍兼办公室,翻出两张用废了的结婚证书,在上面填写了我和她的名字,然后又一路小跑,返回她家,把结婚证书拿给她看。

她瞅了一眼,顿时变了脸色,随即把结婚证书撕成两半,指着我严肃地说:"你不要乱来。"

我怕她误会太深,赶紧解释,我只是和她开个玩笑。见她释然了,我才又说:"结婚证一生可以用两次,一次是结婚的时候用,一次是离婚的时候用。你把它撕碎了,就说明我两个今生今世永远不会分离了。"

听了我的话,她深受感动,站起身来,想主动拥抱我,却又怕家人看见,只好又坐下。我附在她耳边说:"晚上见。"然后就走了。

这是一个有诗意的夜晚。月亮升起来了,乡野静悄悄的,微风轻轻吹拂,蟋蟀在轻声吟唱。在爱的小路上,漫步走着我和她,两旁的野花杂树默默地为我俩散发着清香。

我很激动,想拥吻她,却又胆怯,只敢牵起她的手,与她并肩而行。

与灵魂伴侣盘桓多时,和心仪之人徜徉许久,一直不愿分开,但最终还是不得不送她回家。

我问她:"我晓得有好几个人在追你,他们的条件都比我好,我现在只是一个在公社工作的乡下人。你为什么要答应和我好呢?"

她想了一下说:"你比他们有福气。"

我装着不懂:"我有什么福气?"

她笑了:"你有——做我男朋友的福气。"

到了她家门口,她正准备开门进屋,猛然见一只老鼠蹿到脚下,吓得失声尖叫,转身扑进我的怀里。

我就势搂住她的腰,但还来不及释放激情,门就开了,马所长的身形立在了我眼前,他一定是听到了女儿的惊叫声,跑出来看究竟的。

我赶忙放开双手,马玥明背对着她父亲,看不见身后的情景,双手紧紧地搂着我的脖子不放,待她父亲转身时她才发觉,窘迫至极。我也觉得尴尬透顶,第一次与女友亲热,却是在未来的老岳父"审阅"下进行的。

回宿舍躺下,我思绪万千。想着想着,就想到了林苍秀。也许我不应该,然而还是将马玥明和林苍秀两人做了一番比较。马玥明性格开朗大方,为人耿直,敢恨敢爱;林苍秀大家闺秀,文雅淑静,待人谦和。林苍秀的笑,抿嘴闭唇,听不见声音;马玥明的笑,一定出声,铃儿叮当响。马玥明长相妖娆性感,眼睛水灵,鼻梁略高,唇略厚;林苍秀形象曳步窈窕,皮肤白皙,眼睛细长,嘴唇薄。

在我的心目中,两人各有千秋,都是极品。只是,当我向马玥明表达爱意之后,我唯有在情感的天地间,对林苍秀道一声深深的歉了。

有一天,马玥明对我说:"以后我进了你家的门,你们家就是'民族团结进步'示范之家了。"

我问她什么意思,她笑着解释,说她爷爷是汉族,她奶奶是彝族,她外公是佤族,她外婆是拉祜族,她身上有着四种民族的血脉。又说:"你妈是傣族,我进了你家门,你家不是就有了五种民族的影子了吗?"

我开心地笑道:"好啊,以后我们的子女身上就会有五种民族文化的基因了。把你这种人娶进家来,必定是幸福多多。"

恋爱谈了两年,在秋末冬初的一个晚上,我和马玥明在芒弄公社的会议室里举办了简朴的婚礼,第二年如愿喜得一千金,取名叫耿青。

那年办了婚事后,我和马玥明便请假到外地度蜜月。我俩乘汽车到了省城春明,然后一路坐绿皮火车,去北京、上海和我老家山东,还专程去逛了几个风景胜地。与心爱的人一起享受美好时光,浪漫温馨,我感到无比幸福。每到一地照相留念,马玥明都要大方、亲昵地挽住我的胳膊,露一个甜美的笑姿出来,而我比她矜持,显得多少有点拘谨,笑得有些僵硬。

回到春明,在火车站附近找了一家小旅馆歇息。出去草草吃了点东西,就回来睡下。说是坐火车去旅行,其实很难买到坐票,在途中很多时候是站着的,火车上人头攒动,过道挤得水泄不通。一路折腾下来,明显地感到了身体疲惫,倒在床上,两人很快就睡着了。不过正当情欲旺盛之年,睡到半夜几乎是同时醒来,彼此心有灵犀,想做颠鸾倒凤之事。

在昏暗的灯光下,刚把衣服脱光,就见门被打开了,闯进来两男一女,男的手里拿着电筒,女的跟在后面,手上拎着一串钥匙。我和马玥明钻进被窝里瑟瑟发抖,神态狼狈。一男的问我带了结婚证吗,我说带了,白天登记住宿的时候,服务员不是看过了吗?他说看过了也要检查,让我拿出来。我让他们把桌子上的挎包递给我,从中翻出结婚证来,让他们检查。查后,他们二话不说,关上门就走了。

马玥明悄声骂道,纯粹是流氓行为。经此一吓,我俩也就失去兴趣,当夜再无亲热之举动。

天亮后去办退房手续,听服务员讲,昨夜检查,把住我们隔壁的一对聋哑的男女青年带走了,这对聋哑人是工厂派出来卖残疾人创作的字画的,他俩睡在一起,却拿不出结婚证。

九

回到勐玛县城,得知我的工作调动了,到县志办参与写县志。能到县城来工作,和父母亲朝夕相处、与马玥明夫妻相伴,我自然是欣喜无比。我去度蜜月前就知道,我的工作可能将有变动,没想到这么快就动了。

我调动的机遇,是县上成立县志办公室,需要合适的人员。而县委组织部部长恰巧下乡到芒弄公社来,了解到我的情况后,就动了心思。

那天,到芒弄公社调研的组织部部长,会议中途出来接电话,木制的电话亭就在我的宿舍兼办公室旁,他接完电话,见我办公的门开着,就走了进来,发现我书柜里的书还不算少,就问我:"平时喜欢看书?"

我答喜欢,他又问我喜欢看什么书,我说历史文化方面的,接着问我会写材料吗,我诚恳地回答:"可以写一点的。"

只待了一会,他就走了。临走前问我叫什么名字,我报了姓名后,他回头看了我一眼说:"哦,听说过你,小伙子爱学习。"

组织部部长回县城去了,公社党委书记对我说:"部长对你很感兴趣,问了你的许多情况,觉得你的条件还好。"然后说部长告诉他,县志办刚成立,抽调了几个老同志,缺一个会写点文章的年轻人,在写作之余,跑跑腿打打杂,因此请我们公社支持一下,让我到县志办工作。

书记最后说:"虽然舍不得,但是必须支持你去,'海阔凭鱼跃,天高任鸟飞'。"

我连忙站起来表达谢意:"书记你家对我的关爱、培养,我铭记在心。"

度蜜月归来,我第二天就赶回芒弄公社移交工作手续,之后便去县志办报到。

新成立的县志办安排在新盖的档案楼里,已经抽调了三个老同志,我去了以后就是三老带一新,学习、工作氛围很好。我扫地、抹桌子、打开水,处处争先,在细小事情上,让老同志少动手。业务方面我积极钻研,虚心求教,学习老同志的经验,一段时间后,自我感觉进步还算明显。

按照分工,我主要负责人物传的资料收集、文字撰写,还有就是处理公文杂务。我完成任务的速度、质量,受到三位老同志赞许。工作之余,我写了几篇考证文章,还写了一些纪实散文,分别在省、地的报刊上发表,渐渐地就有了一点小名气。

1983年底,在党中央提倡领导干部要年轻化、知识化的形势下,我有幸被提拔为县志办公室副主任。

秋天的一个傍晚,我约马玥明到城外的小河边散步。河里流水清澈,游鱼寻欢;河岸微风吹拂,身心清凉。河对面的田野上,骑在牛背上的牧童吹着竹笛,缓缓游动,最终隐入炊烟袅袅的傣家寨子里。

我眼望前方,感慨道:"风光秀丽,人生美好。"

"人生当然美好。"马玥明挽起我的胳膊,说:"我一直想问你,人生的意义是什么?"

我沉思了一会儿,说:"这个问题我想过的,但是可能表达不清楚。"又说:"活着,快乐着;做个好人,做点好事。是不是这样?"

马玥明点点头,说:"你说得清楚的嘛,说不清楚的是我。"

我说:"以后我俩多读点书,要在精神境界上往上靠。"马玥明环顾四周,然后给了我一个吻,表示同意。

类似的散步谈话是有效果的,马玥明渐渐地爱翻书了,此后就迷上了《人民文学》《收获》这类杂志上的小说、散文,只是大部头的中外名著基本不翻。后来,她又有了兴趣,在医学方面的业务书籍上下功夫,坚持不懈的努力终有回报,中专毕业的她最终成为一名副主任医师。

春花盛开的时候,林山地区调整一批领导干部,我们勐玛县委的老书记调到地直单位任职,地区行政公署的秘书长交流来勐玛县任县委书记。

新来的书记姓郑名华明,四十来岁的样子,瘦高身材,长相斯文,戴一副近视眼镜,看起来度数不浅。他是省城远郊人,师范学校毕业后,分到林山地区教书,后来调到教育局任科长,再后来任过地委宣传部副部长、地委办公室副主任,对党委和行政方面的工作程序都很熟悉。听说他前些年在政治运动中表现比较消极,年纪轻轻的,就被派到"五七"干校,和一些老干部一起接受锻炼改造。

郑书记来到勐玛的第二天,就到我们县志办来要《勐玛县志》,我们说还没出版,只有打印出来正在修改的初稿,他说初稿也行,然后抱着我们拿出来的一摞打印稿就走,边走边说:"来到勐玛工作,要把县情吃透。"他转身的时候,我看到他戴的是一副全框方形眼镜,显得平和、优雅,心想我的近视眼也该配眼镜了,过几天就去配一副他那样的眼镜。

过了几天,他要到土司旧衙门和南传上座部佛教的总佛寺去看看,县委办公室通知县志办主任陪同,主任出差在外,就让我去。坐在三菱车里,郑书记问了一些勐玛历史文化方面的情况,我一一作答,他很满意。到了断垣残壁的土司旧址前,他看后手指着一个地方说:"这个土司议事会大厅看样子还能保存下来,下一步修旧如旧,把它办成勐玛历史文化和民族特色展示的展览馆。"

到了总佛寺,郑书记到大殿参观一番,出来就坐到竹篾凉席上,盘起双腿,与年迈的长老交谈,问长问短地,神态谦和。初次随行,郑书记给我的印象是平易近人,很有亲和力。

郑书记来到勐玛后,并不急于在大会上露面,发表"施政纲领",而是沉下身子,到农村、厂矿、学校、机关去做调研。稍后,才在干部大会上讲话,谈他对勐玛县情的初步认识,讲改革开放的大好趋势,分析勐玛经济发展自身的优越性和存在的短板,主张攻克的重点、难点以及对策和措施。

讲话的最后一部分,郑书记专门强调,要大力种植甘蔗,改扩建糖厂。勐玛具有建成全省蔗糖基地的优势,我们要加倍努力,富裕百姓生活,增加财政收入。郑书记的讲话内容十分鼓舞人心,令与会者振奋,讲话结束时,赢得了长时间的掌声。

在大胆使用干部方面,郑书记表现得十分开放、包容,他说:"清代的龚自珍尚且知道'我劝天公重抖擞,不拘一格降人才',我们今天的领导干部更应该晓得人才对于事业发展的重要意义。"在他的极力主张下,县委走活了两步棋,一是尽可能地发现好苗子,着力培养年轻干部;二是敢用有争议但能干事的人,前提是他本人不贪不占。

年轻干部中,我觉得我不是最优秀的,却是最幸运的。组织部安排民意测验,推荐县级后备干部,结果我榜上有名。

郑书记特意把我喊到他的办公室聊了一阵,有当面考察的意思,当时,他还夸了我几句:"你在报刊上发表的文章我看过几篇,文字还流畅,内容有新意。"谈话结束,当我起身准备离开时,他转身指指他办公桌后面书柜里摆着的两套书《史记注译》和《资治通鉴干部选读本》对我说:"你要多读读这些书,磨刀不误砍柴工。"我心服首肯,诺诺连声。

从他的办公室出来,我边走边猜想,会不会调整我的工作岗位?果然,过了一个星期,我就被调到县委宣传部任副部长,刚去上班没几天,又通知我去省委党校参加培训,学习党的基本理论、基本知识和时事政治。

　　走前,听说有人去组织部反映我当年欲到境外参加游击队的事,说我不符合重点培养的条件,郑书记得知后,很认真地调查了一番,然后表态说:"他的这个事当年已经下过结论了,特定时期的事情,要具体问题具体分析,实事求是地对待,再说他那时还未成年,就不要计较了。"

十

我在省委党校学习四个半月后,心情愉悦地回到勐玛。学习期间收获良多,培训归来信心满满。县委对我放手使用,老部长调走以后,就让我主持县委宣传部的工作。有人猜测,等到五月份县上换届,我可能就会更上一层楼,担任县委常委、宣传部部长。

然而,就在这种关键的时候,出了意外情况:平时跟我有些交情的县政府办公室的一位副主任,在家里和他爱人大打出手,闹得乌烟瘴气的,事情的起因竟然与我有关。原来,有人写举报信,举报我和办公室的这位副主任的爱人在省委党校有通奸行为,说得有鼻子有眼的,很像那么回事。信里写到,办公室副主任的爱人专程到省委党校,和我鬼混,证明人有地区文化局的崔云副科长等多人。

崔云是在省委党校培训学习时和我一个小组的学员,这个人很有意思。我们培训班的学员,来自全省各地,彼此相处,其乐融融。学习之余,同一地州的人喜欢聚在一起。和我同岁的崔云是林山地区文化局的副科长,此人虚荣心强,爱说大话。我们向外人介绍他的身份时,若是把"副"字省略掉,称他为科长,他便不吭声;如果加上"副"字,称他为副科长,他必定补充说,他们科里的工作由他主持。他篮球打得好,投篮很准,每投进一个球,就会得意地扭头去看在场边观战的女学员,我们背地里就称他为"扭科长",他问什么意思,我们就说你是我们当中"最牛"的人,所以叫你"牛科长"。

他经常在我面前吹嘘，说郑书记和他是老朋友，交情极深。见我总是表情淡漠，没啥反应，有一次就说："你们郑书记能当上县委书记，我是出过力的，我有个亲戚在省委组织部。以后我帮你说说，叫郑书记早点帮你提成副县级领导。"

我愠怒地瞪了他一眼，说："我这个人从来不吃嗟来之食。"说完就离他而去。

每个星期六下午，崔云都要外出，每次回来都说，省文化厅的某副厅长约他吃饭，不去不行，而且回回都是吃海鲜、喝洋酒。我们都不信，于是在一个星期六的下午，我约了一个伴，悄悄尾随他，看他到哪里去。

他进城以后就在大街上闲逛，逛到晚饭时分，在街边买了一份饵块，边吃边上公交车回党校。我和同伴相视一笑，也去买了饵块，边吃边上下一趟公交车回党校。回去就问他，今天领导请你喝什么酒，他大言不惭地回答："还不是一样地喝 XO。"还补充说："领导想调我来省城工作，我不想来，舍不得离开家乡。"

当我们哈哈大笑着戳穿他的把戏时，他还厚着脸皮辩解说，他本来是要去领导家的，路上遇着领导的熟人，说领导有急事外出了，因而他就没去领导家，而是去省图书馆看了一下午的书。

"有人可以证明，你并没有去图书馆看书，而是在大街上看了半天美女，"我说，"等哪天找个合适的时间，请你带我们去领导家，我们向领导反映一下基层的困难，要点钱。"

他脸上有了恼怒之色，指着我骂道："你他妈的是个小人，竟然跟踪我。"说完便甩手出门。此后再也不说领导请他吃饭的话。

学习结束前，我被推荐在大会上作交流发言，散会后，几个熟人都说我的发言有水平，他却酸溜溜地说："你的发言，普通话讲得还可以，内容不怎么样，深度不够。"我笑笑不吱声。

收到举报信后，县委分管纪检工作的副书记带着纪委的一个办事员找我谈话问情况，我据实回答了所有的提问。

回到家我就把副书记找我问事、我如何回答的情况对马玥明说了。马玥明淡淡地笑了笑,说:"为人不做亏心事,半夜敲门不吃惊。"又说:"举报你的信我也收着了。"

我大吃一惊,仿佛不认识她似的:"收到举报信,居然不找我问话,你也太沉得住气了。"

她收住笑容说,才收到举报信的时候,她特别难过,但是两三天后也就想开了。她说:"为什么不问你呢,是因为我考虑,如果没有这种事,那么问了你之后会让你烦恼;如果有了这个事,那么就会吵闹,吵过闹过,就会伤我的心。"她说她内心里想的是,宁可信其无,不愿信其有。再说,她觉得她需要时间观察我,所以她必须克制。

马玥明的解释,让我对她刮目相看,想不到我身边的这个女子,平时看着毛毛糙糙、性情刚烈,遇事竟然会这样沉着冷静,我算是服她了。我搂着她的肩膀,脸贴着她的脸,动情地说:"你是我的好老婆。你放心吧,组织上会给我们一个满意的答复的。"

针对举报信上提到的事,县纪委立即展开了调查。过了一段时间,在一个春雨潇潇的夜里,县委副书记和县纪委书记,把我和马玥明、办公室副主任和他爱人约到办公室,对我们宣布,举报信举报的内容查无实据,不可认定。

那天晚上,县纪委书记还专门谈到,针对举报信提到的有人可以证明的事,他们派人找到了地区文化局的崔云副科长,崔副科长说他是在党校看到过有一天晚饭后,办公室副主任的爱人进过耿卫疆的宿舍,但是其他情况不得而知。他们派去的人又问崔云,这个情况跟谁讲过,崔云说的是,勐玛县文化局的几个干部到地区文化局开会时,他打听过办公室副主任爱人的情况,说起过副主任的爱人进了耿卫疆住的宿舍,并开玩笑地问过,这个女的是不是耿卫疆的情妇。

纪委书记还说,举报信说证明人有崔云等多人,这个"等多人"

是些什么人，我们不得而知，就找了和耿卫疆同一个小组的其他学员问情况，他们当中有几个证实，那天耿卫疆和一个女的进宿舍，他们是看见的，但是进去以后门是开着的，女的待的时间不长就离开了，耿卫疆就出来和他们一起去打篮球了。

纪委书记说完，我就把先前向县委副书记报告过的情况，向办公室副主任又复述了一遍："我那天看见你爱人在党校食堂吃饭，觉得有点意外，就过去打招呼，并请她去我的宿舍坐坐，她去了，但只坐了不长时间就走了，她走了以后我就去打篮球去了。"

办公室副主任的爱人接过我的话说："是的，我出差到春明，顺道去党校看望一个好朋友，见到耿卫疆以后，就跟他去坐了一会儿，没有别的事。"

冰释前嫌之后，办公室副主任走过来，主动和我拥抱，马玥明也站起身来，主动和办公室副主任的爱人握了手。

春风沉醉的夜晚，我与马玥明相拥在一起。亲热过后，我说："我跟你讲一下我和林苍秀的事吧。"

她翻身坐起来，耐人寻味地看了我一眼，说："我早就等着你讲了。"

我也翻身坐了起来，瞪着眼问她："这事你听说过啦？"

她将了将长发说："听说过呀，但是听别人讲是一回事，听你亲口对我讲又是一回事。"

我说："我一直在找合适的机会。"

她说："我一直在等你找到合适的机会。"

我又问："如果我一直不讲呢？"

她回答："那我就一直不问。"

我亲昵地用双手摸摸她的脸，然后就一五一十地把我和林苍秀相处的事，如实地对她讲了，说完以后又补充说明："我和林苍秀之间，从来没有发生过不正当的关系。"

她笑了，说："你不要画蛇添足，有没有发生关系，只有你知她知我不知，不需要说清楚。你现在是我的老公，以后不要乱就得了。"她的话让我很感动，忍不住又与她耳鬓厮磨一阵。

我看她面色温和，也就想趁机探探她的老底，于是问她："有好几个人追求过你，你和我谈恋爱是第几次？"

她先是嬉笑着说："N多次了。"接着正色回答："我和你是第一次，那几个追我的人我觉得不如你。"

我得意地说："我也就是顺嘴一问。"

少顷，她说："我俩都不要胡思乱想，睡吧，明天早点起床。"说完，拉我睡下，左腿搭在我身上，右手搂着我的脖子，很快她就进入梦乡。

是谁写的举报信，最终还是没查出来。不过对我来说，已经不重要了，五月份，县里换届选举，我被选为县委常委，接着县委安排我当上了宣传部部长，写匿名举报信的人，其险恶用意未能如愿。

十一

　　大地不甘寂寞,任性抖动起来,而且抖得特别厉害。1988年
初冬的某夜,勐玛城里绝大多数人家的电视机,正在播放连续剧
《上海滩》。

　　我的两个姐姐,一个在新华书店卖书,一个在城关小学教书,
出嫁以后都住在男方家。马玥明和我带着女儿,和已经离休的父
亲、退休的母亲住在老干部宿舍区。那天晚上我没看电视,在书房
里阅读冯友兰老先生的《中国哲学简史》。

　　先是听到像汽车爬坡时的声音在远处低鸣,随即感到大地颤
抖起来。我知道是地震了,连忙跑到室外的小院里,打算到对面的
客厅去,把正在看电视的家人接到院子里来避险。然而却做不到,
脚下的土地像是上下抖动又像是左右摇晃,越来越强烈。少顷,人
就被摇倒在地上,无法站起来。这时电灯也不亮了,眼前一片漆
黑,感觉到四周的灰尘扑面而来,硝烟焦煳味刺鼻。听见了客厅里
家人的惊慌叫喊,近在咫尺却过不去救人。

　　后来知道,这次强震的时间接近50秒。大地的颤动渐次减弱
时,我立刻爬起来摸进客厅,和马玥明一道,把父母亲和女儿搀扶
出来。我又进室内找出两把手电筒,在电光照射下,看见母亲血流
满面,一问才知是撞到了柜子的棱角上。还好,马玥明有包扎技
巧,手脚麻利地把伤口处理了。

　　这时我父亲说话了:"卫疆,你和玥明快到单位去吧,发生这么
大的事,你们不去不行。"

父亲的话正合我意，只是有些担心他和母亲及女儿。我说："让玥明留在家里照顾你们吧。"

我父亲说："两个都去。家里有我，不消挂牵。"又说："还会有余震，我们不会进屋的，你们也要小心。"

我和马玥明拿走一把手电筒，留下一把。马玥明照着亮送我到了县委、县政府大院后，她就回头到单位去了。

县委、县政府大院的篮球场上，家离得不远的县级领导都到了。我赶到的时候，正好听见郑书记宣布成立抗震救灾指挥部。随后，听到他用沉着冷静的声调布置抢险救灾任务。

全城断电，通信中断，无法知晓别的情况。有人说，省民航驻勐玛导航站应该有无线通话设备。郑书记就安排我乘车去导航站看看，如可通话，就及时向上级报告情况，同时了解外界信息。

我到了导航站一问，果然可以无线通话。我就立即通过省民航相关部门，向上级转报了勐玛发生地震的情况。同时也得知，省地震局汇总的消息是，地震震中在我们勐玛县的光弄乡，震级为7.2级，震源深度10千米。

我立即赶回去，把掌握到的情况汇报给书记、县长等领导。郑书记听后说，必须派一名县级领导带队，尽快前往震中光弄乡，指导开展抢险救灾工作。郑书记的话音刚落，我就大声地说："我去。"

郑书记和县长耳语了一会儿，县长问我："你家里有困难不有？"

我说："不有。"

郑书记说："那就你去。"

紧接着就安排，让我率领十多个人，带上一些药品和盖防震棚用的油毛毡去。走前，各自回家打个招呼，拿上换洗衣服和必需的日用品。

我们乘一小一大两辆车连夜出发。在坝子里一路上看见地表多处被撕裂,因而车行速度不快。进入山区,车行更难,遇有多次余震,两边山上不时有石头滚下来,情形危险。再走一段路,车就停了,前边的滚石已将道路阻断。

光弄乡是山区,乡政府离县城直线距离21公里,公路绕行距离40多公里。我沉思了一会儿,便果断下命令:"两个驾驶员留下守车,其他的人每人背一点药品,跟我走,我们翻山走直路。"

一路艰辛跋涉,冒着余震来临时被滚石砸中的风险。黎明时分,我们就赶到了乡政府所在地。途中有一人受伤,被滚石砸中腰部,不能行走,是被人背着闯过来的。

乡党委书记和乡长见到我们,一时惊讶得说不出话来,随后就流下了激动的泪水。

我着急地问他俩乡里的伤亡情况,书记说已经派人到各村公所指导抢险救灾,但完整的数据还没有报上来。乡长说只知道光弄中学死了19名学生,受伤23人。我一听,"嗡"的一下头就大了,立即前往中学。

边走边了解情况,学生怎么会伤亡这么多。回答我说,昨天是星期天,各山村的学生从家里回来到学校,因为走累了所以都睡得早,大地震时学生宿舍垮了,23名受伤的学生是教职工用双手刨挖救出来的。我问学生住的是什么房子,回答说是老旧瓦房。

从街道穿行而过,看见街道两边多是抗震性能差的土抬梁瓦房,倒的倒,歪的歪,一片破败景象。乡书记说,太可怕了,地震时,伴有地光、地鸣、山崩、地裂,好像世界末日到了似的。

在中学门口,看见一棵大青树的叶子全部被烧焦,旁边还陷下去了一个很深的大洞。来到操场上,我的腿脚就软了,眼泪止不住地往下流。我不敢相信自己的眼睛,三排失去生命体征的孩子躺倒在面前,永远看不到今后的世界了!我面向孩子,跪倒在地,久久不愿起来。

叮嘱安排了学生的丧葬事宜,我们就赶回乡政府,开会布置当前任务。这时,乡书记对乡长说,你赶快回去处理你家里的事吧。

我问怎么回事,书记哽咽着说,乡长的母亲被一块滚下来的巨石砸中,人已经咽气了,而他只是回家磕头守了一会灵,交代让兄弟姊妹处理后事,就跑回来坚守在岗位上。听了书记的话,我就转过身来,对乡长说:"去吧,你快回去处理老人家的后事。"见他不动,我就吼叫起来:"你赶紧走,再不走老子叫人把你捆起来送走。"乡长这才流着泪走了。我让书记派个人跟他一起去。

我们安排了救治伤病员、掩埋死者、搭建防震棚、安置无家可归人员的事宜。而后再由近及远地商量下一步的工作:饮水、吃饭问题,照明、御寒问题,求稳定、保财产安全问题,防疫情、抗余震问题,抢修公路、联络外界问题,分工负责、指导村公所救灾问题,等等。我最后提要求,竭尽全力,做好群众安抚工作,保证全乡社会秩序稳定。

晚上,副乡长报告汇总出来的受灾情况:全乡死亡41人,受伤195人,其中重伤54人;95%的房屋受损,非倒即歪。我们分析,此次地震时许多人还未入睡,因而躲避及时;再加上农村大多数是草房,垮塌时毁灭性相对小一些,否则伤亡情况会更重。

震后两天,地、县医疗队和部队一个连的干部战士就来到光弄乡,帮助抢险救灾。我们齐心协力苦战,发动群众实干,使得抗震救灾工作平稳有序推进,全乡的生产、生活逐渐走上正常轨道。

一个月的时间,没刮过胡子,我的络腮胡长得特别快,身边的人都说我是"美髯公",我就得意地想,要留着须髯回家,让马玥明欣赏一番我的雄伟模样。

有天中午,一个村公所的支部书记来反映,他们那边有个寨子的群众生产积极性不高,因为受到了一个自称为"仙人"的蛊惑。

说这个"仙人"吃过几年牢饭,刚放回来不久。地震以后他到处吹嘘,说他得到了神的指点,能预测凶吉。他胡吹神侃,说这次地震只是前奏,不久的将来地球就会毁灭,但是只要是跟随他信神,人的灵魂就会升天,将会得到永生。寨子里竟然有不少人信他的鬼话,杀鸡、杀猪,甚至宰牛吃,天天喝醉酒,不干活,坐等世界末日到来。

我们立即就安排宣传委员和公安特派员带人去那个寨子开展调查取证和宣传解释工作,同时要求立即控制住这个"仙人",以后据实情依法处理。

这边人才走,那边就有人来报信说寨子里有人要放火杀人。

一问才知,有个壮汉怀疑他老婆受到"仙人"引诱后与"仙人"有了奸情。说这个壮汉是个粗野之人,从昨天晚上就开始,关着房门殴打、审讯他老婆,他老婆抵抗不住,承认和"仙人"睡过几次,他就扬言要杀人放火。

乡党委书记要带人去处理这个事,我说我也去,便一同前往。路上,有人讲壮汉的老婆是跟别人交换来的,因为自己的媳妇长得丑一点、年纪大几岁,所以他还赔出去了一头水牛。乡书记在一旁说,这些人都是没有领过结婚证的。我听了以后感到既可气又可笑。

壮汉家的门紧关着,一时叫不开。我说:"我是县上来的领导,听说你家里有事,我来帮你处理。"

可能是犹豫了一阵,壮汉才走过来,从门缝里往外看,见门外来了不少人,他扯着嗓子叫道:"别的人退后,当大官的那个到门口来。"

我示意其他人往后退,自己上前一步站到门口。

壮汉问我:"你是大领导? 看着不像嘛,胡子咋会这么长。"

我说:"骗你不是人。"又说,来你们乡抢险救灾,一个多月没有刮胡子了。

壮汉问:"我要杀人,你咋个帮我?"

我说:"我来帮你就是不让你杀人。如果有罪的人该杀,那也不能由你来杀,你杀人就是犯法。"

壮汉狂笑:"我剁掉这两个狗男女,再放一把火,大家一起死。"

我说:"你现在还死不得,你死了以后,你们家老人娃娃哪个管。"

你来我往,反复论说半天,壮汉才打开门,只让我一个人进屋,我进去后,他就把门反锁上。这是一个体型彪悍的年轻人,他两眼放着凶光,恶狠狠地盯着我。

我见他尖刀不离手,就故意把腰上挎着的五四式手枪露出来给他看。

他愣了一下,冷笑道:"还带枪来,想收拾我啊。"

我也笑着说:"你不动刀,我不动枪,我两个好说好商量"。

他让我坐下来,我就坐下来,他也坐了下来。我递给他一支香烟,他点上,然后递给我一碗酒,我喝了一口后把碗放到地上。

我说:"把她的绳子解开吧,不要这样折磨人。"捆着的女人瘫睡在地上,两眼无神,嘴角淌着口水。看得出来,是个漂亮的女人。

他摇头说:"问题解决得好就解开,解决得不好我就杀掉她。"

我说:"人你是杀不得呢,问题你要咋个解决,你说说看。"

他想了一阵说:"人你不准我杀,那就把'仙人'他老婆叫来,让我睡一回,咋个样?"

我哈哈大笑,说:"听说他老婆又老又丑,你还想睡?"

他嘿嘿一笑,说:"我是说气话。"又恶狠狠地说:"那就让'仙人'这个狗杂种来帮我老婆洗屁股,干干净净地洗。"

我又笑了:"你这个也是气话,搞不成。别人笑你的。"

我两个说来说去,谈了半天。后来他提出,"仙人"交给我们依法依规处理他没有意见,但是"仙人"家必须赔给他一头牛。

我答应了他,他就把尖刀丢到一边,给我倒酒,与我碰杯,各自干完了一碗苞谷酒。然后他站起身来,解开了捆在女人身上的绳子。

从壮汉家出来,我向乡书记交代,让他带些人留下,做群众工作,消除大家的顾虑,安心生产生活,我和其余的人回乡政府。

看着我们把"仙人"带走,壮汉在后面大声大气地嚷:"好好帮我收拾这个烂杂种嘎。"

回到乡政府,吃过晚饭,一位五十多岁的老乡来和我拉家常,问我:你家媳妇在哪点、娃娃在哪里。他年纪比我大,却用"你家"来称呼我,让我感到有点不好意思。

我回答他:"媳妇在医院,娃娃在学校。"

他又问我:"娃娃教几年级?"

我苦笑着告诉他:"娃娃还小呢,才读书呢。"他不信,说看我的样子年龄比他大。

他前脚才走,我后脚就找了剪子和剃须刀,先剪后刮,把胡子剃了,心想还是保留一个年轻的模样好。

通路通电通电话的任务完成后,郑书记让我回县上重点抓抗震救灾、重建家园的宣传工作。

回到勐玛城才了解到,这次地震,使得勐玛县损失惨重:受灾 31 253 户,160 278 人,占全县总人口 78.2%;死亡 77 人,受伤 735 人,其中重伤 157 人;直接经济损失达 5.2 亿元。

回来一个多月后,有天下午郑书记来找我,说:"重建家园的宣传工作做得很不错。"他平时人很温和,但在工作上对下属要求非常严,我生怕所做的事不能如他的意,听他这样说,我稍微松了一口气。

又听他说:"你去把相关部门召集起来,安排任务,多开展一些文体活动。在灾难面前,精神不能垮。要让干部群众的娱乐多一点,笑声多一些。"

按照郑书记的要求,我们组织开展了篮球、排球、足球、门球比赛,象棋、围棋、扑克比赛,跳民族舞和歌咏比赛,打陀螺、斗鸡等项活动,进一步丰富了城乡干部群众的文化生活。

县长乐呵呵地对我说:"这些活动搞得好,赢来了许多笑声。

县里再穷,也要拨点钱给你们。"

我还被推选为县足球协会主席和围棋协会会长。平时有空,我也喜欢踢踢球、下下围棋,在这两项活动中,我具备一定的实力。

我带着宣传部的同志,把软的事情做硬,将虚的工作做实,有声有色。五六月间,我们还做了一件事,发动大家就勐玛的发展,从重建家园、经济建设、文化教育进步等方面,畅所欲言,积极献计献策,后来汇编成上下两册《振兴勐玛之我见》的言论集。郑书记看了以后用毛笔字批示:"这是一种发扬民主、广开言路的好方式。再印一些,县级领导、各部委办局的主要负责人、乡镇主要领导,每人发一套,认真阅读,消化吸收意见。"郑书记的毛笔字秀丽华美、柔中有刚,看着很养眼。他一贯喜用毛笔写字,批阅文件、写材料都不例外。郑书记的批示,我遵嘱照办。

抗震救灾、重建家园一年多后,县里就开始筹备换届事宜。郑书记受地委的委托,找我谈话,说经过考察,地委把我安排为县委副书记候选人。他又问我:"你的民族成分为什么不填傣族?"

我说:"生下来家里就给我填的是汉族,一直没有改。"

郑书记解释说,组织上特意来再次落实我的民族成分,如果我填的是傣族,那么这次就要把我安排到另一个县去做县长候选人。我没有填过傣族,那就安心在勐玛工作好了。

我站起来动情地说:"谢谢组织关心。"

十二

俗话说：秋雨不过沟，过沟会害羞。然而妙塔国那边的秋雨还是会经常越过小清河来的，这天中午就噼里啪啦地过河来到了中国这边的口岸开发区，打湿了地面，清洗了灰尘。有人说：我们这里风雨都是从妙塔国进口来的。

我又一次来到小清河边，这次是率队前来与小清河对面的妙塔国掸邦科甘特区的小清河区相关人士会晤，商谈一些具体事务的处理方案和解决办法。

我们勐玛县已经在小清河镇这边成立了口岸开发办，河对面的小清河区也组建了口岸开发办，把两边的口岸开发建设好，搞活经济贸易，是双方的共同愿望。

我们这边的口岸开发建设速度很快，小清河街道今非昔比，一条35米宽的水泥大道、两边二至三层的楼房已经建好。来往的车辆、人员比之于过去增加了不少。

身为县委副书记的我，带着相关人员在小清河这边迎接妙方客人，他们从用汽车钢架搭建的跨国桥上走过来。双方寒暄致意，然后我们把他们请到我们的外事点，在会议室里落座。

他们那边带队的是妙塔国掸邦科甘特区小清河区的区长兼口岸开发办的主任赵岩布勒。此人脸孔鲝黑，眼睛明亮，头发卷曲，身着一套迷彩服，右手手袖是空的。他用左手掏出一盒三五牌香烟来，让我从中取出一支来，然后用他的奥地利彩版五星牌打火机为我点火，我连忙低下头去点燃烟火，随即向他表示谢意。我见他手腕上戴的是一块日本产的双狮牌手表,知道他们那边许多人都喜欢日本货。

会议正式开始后,我们之间商谈的第一个问题是,过失枪击致人死亡的补偿问题。对方一边民越过国境线,偷砍我方树木,被我方一村公所支部书记开枪打伤,逃回家后死亡。村公所支部书记交代,他开枪时小偷往山下跑,他瞄准的是腿部,意图是只想击伤而不是击毙,不承想子弹飞出去时,小偷的身体已经往下移动,因此击中了背部,造成被击者最终死亡。谈及如何赔偿,赵岩布勒很爽快,他说:"在我们那边,偷东西被杀,不算什么事。但是他家太穷,能不能给他家一点补助。"我们商量之后答复,给死者家属价值一万元人民币的物资补偿,他家需要什么东西,我们就补偿什么东西。当时的一万元人民币价值不菲,可以买到很多物品。我表态说,对我们这边的村公所支部书记,因为有过失行为,我们将给予纪律处分。赵岩布勒和他们那边来的人听后,由赵岩布勒表态同意。

第二个问题是,消除过境耕地问题。中妙两国边界沿线,双方边民过境或骑线耕种田地,已成历史习惯。这些年经过协商解决,情况已经好转很多,但尚未完全消除。我们提出建议,此次会议后由双方派出联合工作组,进一步做好涉及的两边群众的工作,早日消除过境耕地问题。赵岩布勒说,这个问题早解决比晚解决好,所以他们同意我们的意见。

接下来商谈了过境放牧、过境砍柴的处理方案,双方很快就形成共识。

最后一个问题,谈的是过境居住问题的处理。妙方有几户人家违规过境居住,按规定必须迁至妙塔国境内离国界线10米以外的地方。赵岩布勒非常干脆,答应年内就解决好这个问题。

会议结束前,我朗诵了我国老革命家陈毅写的一首诗开头的前四句:"我住江之头,君住江之尾。彼此情无限,共饮一江水。"之后表示,按照和平共处五项原则,在基层的面上,愿意和对方加强各方面的合作,不断地增进友谊、共谋发展。

赵岩布勒谈到,他们的游击队三年前与政府和谈成功,妙塔国政府专门为他们成立了科甘特区,给予他们特区相当于我们这边地市级的待遇,小清河开发区隶属于特区直管,行政级别和我们这边的小清河镇是一样的。现在正逢和平发展的大好时机,他们特别祈求进一步与我们合作,打开共赢局面。

我们请他们用晚餐。赵岩布勒不喝酒,他说过去抽烟喝酒很厉害,自从在战争中失去右手以后,因为健康原因,听从医生建议,他就忌口了。

在饭桌上,赵岩布勒说起,他父亲是汉族,母亲是佤族。赵岩布勒还说到,他们那边汉人的祖先,很多都是跟随中国的一个皇帝逃难去的。他问我知不知道这段历史。他问了,我就答:"我认得呢嘛,因为我参加写过我们县的县志,知道一些情况。"

赵岩布勒说:"300多年前,我们的祖先都是亲戚朋友。"

吃过晚饭,我把赵岩布勒约到一边,在菠萝蜜树下,问他:"我有个同学去你们那边参加游击队,到现在有二十年喽,你认不认得她?她的名字叫林苍秀。听说她后来去了曼戍。"去年我们勐玛县的政协主席带队出国到曼戍访问,回来告诉我,他见到了林苍秀。

"林苍秀?"赵岩布勒瞪大了眼睛看我,"林苍秀我咋个认不得,她原来就是我的兵。"

"哦,"我急切地问,"她现在咋个样啰?"

他说:"人嘛是好好的呢。"他伸出左手手指头数了数,又说:"不过我有好多年不有见过她了。"

"听说她人在曼戍?"

"是呢,在曼戍。嫁的一个汉人,是个草药医生,名气很大,相当有文化。"接着他又补充说道:"我老婆时不时会去曼戍,就住在她家。我老婆也是从你们这边出去的,是林苍秀把她介绍给我的。"

见我有一种还想听下去的神情，他又向我谈了林苍秀的一些情况。林苍秀在他们那边五年的时间，出生入死打过战，当过护士救伤员，文艺演出常下乡，各方面工作都做得好。只是后来有几个领导看不惯他们几个出去参加游击队的知青，说他们爱嘀二话，背后造谣生事，有企图谋反的可能，硬是把几个男知青抓去坐了牢，将林苍秀开除掉了。

我问："开除她是哪一年？"

他想了半天说："好像是1978年，哦，不对，是1977年年底。"

"那她当时咋个不回国呢？"我是1978年3月退伍回到勐玛的，如果那时候她回来，我和她应该就能相见。

"这个我就搞不清楚了，一开始我以为她回国啰，过了一段时间才晓得她去了曼戌。"

赵岩布勒临走前对我说："我打算让我老婆去转一转曼戌，动员林苍秀和她先生来参加我们投资搞开发。如果她两口子答应了，过两天你们就会见着面啰。"

我笑了笑说："好的，过两天我来小清河找她们。"然后表示亲热地握着他的左手，礼貌地将他们一行人送到界桥旁。

林苍秀的身影，在我心里长久不去，使我一夜无眠，闷着头一支接一支地抽烟。刚刚睡下，窗外的茶花鸡就开始不停地啼叫起来，天色也就渐渐地亮了，小清河镇的街道又喧闹起来。

十三

回到勐玛县城，参加接待新来的县委副书记和地委组织部来送干部的张副部长一行。郑书记把我叫到身材矮胖、衣着讲究的张副部长身边，向他介绍了我，张副部长和我握握手，说："我们还没见过面呢。"

我有点拘谨："是我平时不主动，但我见过你家的，是在地委党校参加培训的时候，你家来讲课，讲的是如何拓宽视野选拔干部的内容。"

郑书记又介绍我和新来的孙璞副书记认识，双方都说在地区开会时见过面。孙璞副书记年纪与我相仿，我知道他此前是行署办公室的副主任。原先就听熟悉他的人评论过他，说他工作上能吃苦、重实干，雷厉风行。还说他最大的特点是善于揣摩一把手的意图，一把手交代的事情他没有办不好的，因此历任一把手都喜欢他。

本来张副部长一行第二天要回去，但没走，而是留下来考察我，要对我进行全面考察。一开始我疑惑不解，为什么临时起意要考察我，后来才摸清了缘由。

张副部长向郑书记和县长交底，组织上调孙璞同志来勐玛县工作，是为半年后的换届选举做准备，届时，郑华明同志将另有任用，孙璞同志就安排为县委书记候选人。

郑书记和县长都表示，服从组织安排、拥护地委决定。与此同时谈了他俩的想法，说我在勐玛县有较好的群众基础，也是一个合适的人选,选举的时候很可能会有一些票投到我这边来,影响到孙璞同志的顺利当选,所以建议把我调到另一个地方,同时也给予重用。

张副部长听后,当晚就到县委组织部,召集相关人员开会,听取意见,分析情况,最后认为,书记、县长的建议不无道理。他连夜就给地委书记打了电话,反映情况。

经请示地委领导同意后,张副部长对郑书记和县长说,他们要留下来对我进行考察。此后考察用时几天,方法深入细致。结束时不对县上反馈情况,只说回去以后向地委汇报。

一个月后,县委郑书记受地委的委托找我谈话,说地委研究决定,调我到沧江县任县委副书记,待换届时正式作为县委书记候选人参加选举。听了郑书记的话,几种难以言说的感情在我心中交织:感恩、留恋,当然还有兴奋的情绪。我低着头久久没有吭声,有一种想掉泪的感觉。

那天下午,郑书记在他的办公室与我促膝长谈。他时而坐下、时而站起来,对我谈他从政的经历、感受、教训,谈他的理想、信念、追求。他说生命如花,应该灿烂;为老百姓建功立业,就是让自己的生命之花灿烂。接下来他对我到新岗位工作,提了一些要求和希望。他反复叮嘱我牢记两点:一是解放思想使劲干,二是清正廉洁树形象。我一直都佩服这位勤思睿智、公道正派、品行高洁的领导,此时更是崇敬有加。离开他办公室的时候,却忘了道一声谢谢。

调动的前几天,还让我出面组织处理了一起枪击误伤致人死亡的事故。郑书记去省城开会,他打电话到办公室找我,说县长下乡去了,分管政法的副书记又生病住院,让我领着相关人员把事情办好。

我立刻就找县委政法委书记询问,得知了具体情况:地区一个部门的科长,到我县出差,休息日与熟人上山打猎,在山上发现野芭蕉树丛里有动静，误以为有野兽，就开了一枪，结果击中了来寻猪食、砍野芭蕉树的女孩，女孩脖颈中弹，在送往医院途中死亡。

政法委书记说，肇事者被控制在看守所，他们单位的副局长来了，他媳妇和他弟弟也来了，现在就在楼下的接待室。他媳妇提出来，要我们放人。

我说："那就去见见他们吧。"说完，就和政法委书记下楼。

一见到我们，肇事者的媳妇就哭哭啼啼地请求我们放人，她说已经和死者家属商谈好了，她家男人不是故意开枪打人的，他们家愿意拿出五万元人民币的赔偿金赔偿，并且把现金都带来了，死者家属已经同意不追究责任。

我说："放不放人，不是死者家属说了就得呢。"

肇事者单位的副局长说："如果你们答应把人放回去，我们单位会给他纪律处分的。"

我说道："答不答应，法律说了算。"

肇事者的弟弟说，把赔偿问题解决好，经死者家属同意，就可以放人，这是有先例的，××县有个干部也是打猎的时候把人打死了，交了四万块钱就回去了。肇事者单位的副局长接着说，是的，这个事情发生在半年前。

我说："人命关天的大事我们必须慎重对待。"

和他们谈了一阵，我和政法委书记就去开会，与会者有公检法司的主要负责人，专题研究事故如何处理。反复讨论后，我归纳总结："人是不可能放的，最终如何处理，由法律机关依法裁决。死者家庭比较困难，如果肇事者家属主动兑现给了死者家属五万赔偿金，那么我们就向公诉和审判部门提请考虑这个主动情节。"

会后我就分别打电话找郑书记和县长，汇报我们开会形成的意见，郑书记和县长都表示同意。郑书记说："人治不如法治，必须维护法律的尊严。"

第二天，地区政法委的一个领导打电话给我，说他是站在工作的角度来询问我们处理意见的,我如实作了汇报。他听了以后吞吞吐吐地说了倾向性的建议,意思是此案可以从宽考虑。我说:"领导,法律你比我懂,我们的意见就不改了。"说完就挂了电话。

下午有人找我,一看是好几年没见面的那个"主持工作"的崔云副科长,他说他已经当了两年的科长了。我问他有什么事吗,他说开枪打死人的是他媳妇的堂姐夫,他请求我们把人先放了,以后有什么事再来处理。

我轻轻地拍拍桌子说:"不是以后有事,是现在就有事了,法律不让我们放呐。"

"我堂姐夫他爸是个老红军,身体不好,现在气得睡在医院里,你行行好可以吗?"见我没吭气,他走到我面前附在我的耳边说:"我堂姐夫他姐夫是省委组织部的宋处长,专门管地州干部,以后我帮你引荐给他。"

"谢谢你的好意。"我笑着站起身来拍拍崔科长的肩膀,"法律是为正义服务的,我们不能让法律受委屈。"

磨了半天嘴皮,见我不松口,他恼怒了:"我就晓得找你办不成事。"说完夺门而去。

回家吃饭,马玥明见我情绪不好,问我怎么啦,我就把肇事者的事讲给她听了,又说我主要是怜悯那个老红军,人到晚年还要担惊受怕的,不得安生。

马玥明问,肇事者叫什么名字,我说了名字后,她惊讶地说:"是他啊。"接着说道:"当年他还追求过我呢。"

我愣了一下,说:"不管是他还是哪个,这种事我们帮不上忙。"

后来我在沧江县听说,死者家属收到了肇事者家属送去的五万元现金。法律机关对肇事者的判决是:判三缓五。当时的规定是,判缓刑可以保住公职。

去沧江县报到前,我安排我们家这边和马玥明家那边两家人,在一起吃了顿饭。饭桌上,我父亲抿了口酒后叮嘱我,居然文绉绉地说出了几句话："吃菜根淡中有味,守清廉梦里不惊。不管什么时候,都要守住自己的底线。"我老岳父笑嘻嘻地说："在芒弄的时候,我就说你超得过我呢。"随即收住笑脸道："但是你的路还长,不要把路走弯掉。"我诚恳地站起身来分别敬酒表示谢恩。

去沧江县前,我花了几个晚上的时间,反复学习邓小平的南方谈话精神,我认为邓小平同志提出来的改革创新思想、实事求是思想、共同富裕思想,就是我今后工作中的重点追求。

地委组织部张副部长和干部科长要送我去沧江县报到,他们头天下午来到勐玛住下。晚上张副部长约着干部科长到我家来坐了一阵。他坐在沙发上,语重心长地对我提了一些要求,然后又把我父母亲和马玥明叫进来,和他们聊了一会儿家常事。走前他对我说:"年轻人,你表现可以啊,我们过去对你了解不够。勐玛县的干部群众对你反映很好。你们郑书记对你有四句话的评价,我记得很清楚,说你'喜欢读书动脑,品行修养甚好;思想解放肯干,清正廉洁可靠'。你要珍惜组织上对你的关怀,好好干。"

我不停地点头:"谢谢大家关心,谢谢组织关怀。"点头频率太快,把往上梳的头发都甩到了脑门前。

十四

沧江县城坐落在一个小平坝子上，城区面积不大，只有两条街道，呈丁字形；东西两边离山不远，山色一年四季青翠常绿，养眼；南北方向出去是平坦的田园，地肥水清，美观。边陲小镇，给人的第一印象非常好。

送我来报到的张副部长他们走后，县委的钱进书记向我介绍沧江县的情况，说沧江县城与勐玛县城的公路距离有八十公里。两个县一样都是民族众多，不同的是，勐玛县傣族人口居多，沧江县佤族人口比例最高。另外，从自然条件来看，勐玛的平坝多一些，沧江的山地更多一点；经济发展的排名，勐玛靠前，沧江在后。钱书记用一些具体数据举证说明，沧江县至今属于经济贫困县。

钱书记还向我介绍说，他很喜欢佤族这个民族的特质：天性乐观、淳朴、剽悍、耿直、豪放。他笑着说，所以他就讨了一个佤族女人做媳妇。

我对钱书记说："这段时间我想多到乡镇、厂矿、学校和医院跑跑，实地看看，熟悉一下环境。"

钱书记赞同我的想法："思路对头，是应该先去走走看看。暂时不安排你分管什么部门，你想去哪里就去哪里。"

本来我打算第二天就下乡，但没走成。勐玛县的一支足球队来沧江，要与当地的一支足球队比赛，勐玛县来的球员，强烈要求我这个足协老主席，作为他们的球员参加比赛。我已经很久没上场踢过球了，担心体力跟不上，但还是很高兴地答应上场踢半场球。

比赛在沧江中学的足球场进行。场地条件不好,凸凹不平,绿草稀疏,然而双方兴致勃勃,竞赛激烈。沧江队的球员基本上都是十七八岁的小伙子,体能充沛;而勐玛队的球员三十来岁的居多,跑动偏慢,上半场勐玛队就以0:2落后。我是下半场换上去踢右前卫位置的,才上去沧江队就又射进一球,以3:0领先。我上场以后,虽然跑动不快,但作用很快就显现出来,因为我在场下的时候已经观察清楚,知道对方防守的软肋在哪里,所以我有针对性地连续传了几脚直塞球,助攻勐玛队的前锋两次攻破对方的球门,使比分来到2:3。

我颇有点得意,觉得我在场上的作用还是蛮大的。多年以后我看到《足球报》上介绍阿根廷足球大师里克尔梅的文章,心想我多多少少还是有点像他呢,是"古典式前腰"的踢法。当时我在场上正窃喜着,球又到了我的脚下,我正准备再传一个好球,对方一个球员飞速冲过来,一下子就把我铲倒了,我倒下去重重地砸在他身上。应该是把他砸疼了,他把我推到一边,站起来就踢了我一脚。顿时双方球员就围过来,互相推搡,一时间场面大乱。我连忙爬起来,竭力劝阻。

见此情形,跟随我来看球赛的沧江县委办的几名工作人员迅速冲进场内,一边阻拦沧江队的队员,一边介绍说我是新来的沧江县委副书记,这才使沧江队的人安静下来,勐玛队的人也就不吭声了。

都在看着我,看我要说什么。我喘了几口粗气,说:"刚才发生的事属于误会,大家都不要计较。我才来沧江工作,勐玛县的朋友过来看我,我们代表沧江县欢迎他们好不好,等一下我请客,一个人都不能少。现在比赛继续。"

比赛的结果最终还是3:2。结束以后,我自掏腰包请大家吃饭,但不准多喝酒,怕有人喝高了不好。双方都很高兴,场面十分欢快。勐玛足协的秘书长在兴头上讲起了我的笑话,说我在 1986 年世界杯足球赛期间看球入魔,半夜做梦当上了守门员,神勇地扑出了马拉多纳射来的点球,正在高兴的时候,突然听见夫人一声大叫,原来我抱着的足球,是夫人的头。众人大笑,声震四方。

在足球场上踢我一脚的小伙子腼腆地端着酒杯来敬酒,向我道歉。我刚刚听说他是沧江县副县长李榕的儿子,今年从地区农校毕业回来,分在县农技推广站工作。我对他说:"小伙子球技不错,就是要学会控制情绪。"他连连点头,抬手就把杯中的大约一两酒干了。

第二天一早,带上一本讲述沧江县概况的书,我正准备去乡下,车还没发动,就被李榕副县长拦住了。他走到我面前说:"耿副书记,太对不起你喽,昨天晚上我听说我儿子踢了你一脚,我把他臭骂了一顿,差不多就甩给他两耳光啰。小娃娃无礼,请你原谅他嘎。"

我连忙下车,对他说:"没有事,小伙子有时候难免会冲动一下。你儿子球踢得很好。"

他说:"唉,见着你我都害羞。"

我说:"你这样讲,反倒是我不好意思了。"

他说:"等我下乡回来,请你去我家吃鸡肉烂饭,喝我们佤族水酒。"

我说好的。又问他去哪里下乡,他回答说去西边转一圈,我说我也是打算去西边几个乡看看。他哈哈一笑说,正好,我们一起去,我领你去几个地方瞧瞧。

于是我们两辆吉普车同路而行,他在前我在后。路上,县委办公室跟我来下乡的秘书谈起李榕副县长,很是感佩,说他思想解放,敢想敢干;公道正派,少有私心杂念;性格爽朗,爱笑,笑声极有感染力;平时喜欢开点玩笑,比如说他时常自夸,说自己是佤族美男子,又比如说他曾经笑谈过,说他们李家很厉害,上有李总理,下有李榕,美国过去还有个里根,这话传出去以后,他受到了批评,说他不谦虚。我听后笑得上气不接下气,笑后说:"你别说,他的确长得帅,卷头发,浓眉毛,大眼睛,身材也好。"

李榕副县长领我们到一个佤族寨子去参观。吉普车经过用竹木搭建的寨门,在一块空地上停下,然后我们步行走在用石块铺就的小路上,观瞻村寨容貌。

这个寨子大概有五六十户人家,家家建的都是四壁落地房,结构简单,顶上用草铺盖,四周以竹篱笆当墙,在东面开门。李榕介绍说,为了防火,每户人家都在寨子边上建盖自己的木质仓库,用来存粮和安放生产工具。他还对我说,佤族传统的房屋形式有两种,另外一种就是"干栏式"楼房,与傣家竹楼相似,只不过稍矮一些,略小一点。

我问李榕:"现在农村住上瓦房的人家多不多?"

他回答:"坝区群众盖瓦房的多了,山区还不行,住草房的不少。"又说:"我们县山区面积大。"

这时见四个嘴含烟锅、背着竹筒的妇女走过来,他用佤话跟她们打了招呼,回头对我说,她们是去背水的。水是用竹槽引到寨子边的山林里,一般不进寨。接着又介绍,刚才这几个妇女的着装,就是佤族妇女上了年纪的传统装扮。佤族服饰以黑色为主色调,用红、黄、蓝、紫等亮色搭配;女子服饰各地不尽相同,略有差别,但佩戴的各种银饰都是一样地显示出粗犷的风格;男人爱佩刀,裹黑包头,穿无领大襟短衣,裤子短而肥大。

出寨上车,崎岖而行,到乡政府。吃过中午饭,稍事歇息,就听乡干部汇报工作。乡党委书记介绍乡情,汇报党的建设情况和经济发展思路;乡长汇报近期工作,并提出需要上级帮助解决的几个问题。乡干部汇报完毕,让我讲话。我说我才来到沧江几天时间,什么情况都认不得,不能下车伊始就乱讲,李副县长在这里当过党委书记,情况比较熟,请李副县长讲。

李榕副县长很爽快,说:"那就我讲吧,耿副书记才来,他也不好讲。"他对乡上的工作进行了一番讲评,他认为做得好的就表扬,做得不好的当场就提出了批评意见。随后对下一步的工作提了一些具体要求,并就乡上需要解决的问题给予明确答复,尽其所能支持基层。

看看手表,还有时间,他就问我:"你还想了解哪方面的情况?"

我说:"听说这个地方,是典型的佤族山区,我想多了解一些佤族的基本情况。你们想起什么就说什么,随便说。"

李副县长说:"过去我们佤族刀耕火种,刻木记事,迷信鬼神,各方面发展都很慢;在共产党的领导下,如今情况改变了太多,但是差距还是很大,这是明摆着的事实;追赶的脚步停不得,小河水要快快淌,才可以早一点归拢大江大海。"

接下来气氛十分活跃,与会者你说一阵,他说一阵,分别给我介绍了不少情况。他们讲的,给我留下深刻印象的有:剽牛、拉木鼓、看鸡卦、过新米节等习俗和节日。

最后我说:"今天听你们一席话,胜过我读好几本书了,谢谢大家!"

在乡上的食堂吃晚饭,乡干部提出来要敬我们一点酒,李副县长答复说可以的,但是第一,只喝当地苞谷酒,不贵;第二,总量控制好,不醉。饭后,在简陋、狭窄的街道上散步,转了几圈,就回到乡里的接待室休息。

李榕副县长提出来要和我同住一间屋,说是好聊天吹牛,我表态欢迎。躺在床上,他问我:"你今年几岁啦?"

我答:"属猴。"

他算了算,笑着说:"我大你五岁,以后我是哥你是弟。"

我答:"是的。"

他又问我:"我为哪样叫李榕,你晓得吗?"

我回答:"我咋个会晓得嘛。"

他说:"我们家族的姓翻译成汉语是榕树的意思,我去读书的时候,我的老师姓李,他就给我取了李榕这个学名。"又说:"我书读不够,以后你要多帮我。"他说他初中没有毕业,后来到地区民族干校读了两年书,就回来参加工作。

我说:"实践出真知,你实际经验比我多,我们互相帮助。"

他又问我:"你这个年纪,应该有老婆娃娃了吧? 什么时候把他们调过来。"

我答:"姑娘都有十岁了,打算翻过年就让她们过来。"

他"哦"地吭了一声,稍后,自个儿嘿嘿地先笑了一阵,说:"我还说你不有老婆的话,我帮你找一个佤族姑娘做老婆。你不要看我们佤族皮肤有点黑,佤族女人的皮肤滑溜溜的,比你们汉族女人好摸。"

我"噗呲"一声笑起来:"你摸过汉族女人?"

他沉吟片刻,说:"摸过汉族女人的手。"不等我说什么,他就补充道:"你不要见怪嘎,我这个人平时就是喜欢讲几句笑话,整天死气沉沉的不有意思。"

我说:"我这个人平时也喜欢听人家讲笑话,你现在就讲几个给我听听。"

他想了一会儿,就开始边笑边讲:刚解放的时候,有一个部落的头人去省城开会,见电灯亮堂堂的,就要了一个灯泡回来,拿藤子把灯泡拴起来,但是怎么弄灯泡都不亮,他想不通,说城里的灯泡用绳子一拴就亮了呀。

见我笑了,他就接着讲:省歌舞团来边疆慰问演出,这个头人看上了报幕的女演员,就说我家牛多,我拿十头牛换那个爱出来说话的女人,得不得?

见我仰头大笑,他又讲:安排他坐飞机去外地参观,飞机飞起来以后,他有点紧张,就对空姐说,叫驾驶员停一下,我要下去,不想坐啰。

见我笑得掉泪揩眼睛,他准备再讲。这时乡书记来敲门,说有个乡发生群众争田地纠纷,为防止双方械斗,县上相关人员已经赶往现场,钱书记指示,请李榕副县长前往处理危急事务。

李榕连忙起身穿衣,叫上驾驶员和随他来下乡的工作人员,连夜赶去。

第二天天才亮,我让随行的县委办秘书问一下李榕副县长他们那边的情况,秘书打了电话后来报告说,矛盾的化解进展顺利,两边的群众情绪已经稳定下来,现在还在商量如何解决一些细节问题。

吃早点的时候,想起李榕昨晚上的说笑,我自个儿忍不住笑了,对乡上的书记和乡长说:"李副县长真是一个活泼的人。"

乡长说:他在我们乡当了三年多书记,留下不少故事和笑话。

我说:"讲一个来听听。"

乡长没说,书记讲:有一次去做客,他那一桌坐的都是乡干部,在酒桌上扯到反腐倡廉的话题,他就说,你们不要搞腐败嘎,搞腐败的话呢,就会被抓进监狱,抓进监狱以后,你们就管不着自己的老婆啰,你们管不着,那么只有我来管,我来管的话呢,说不定就搞腐败喽,因为你们有几个人的老婆长得还是漂亮的。

我忍俊不禁,差点将嘴里的米线喷出来。

乡长补充道:钱书记听说以后批评他,提醒他说话一定要注意分寸。

用过早餐,乡书记带我去自然保护区的边缘地带转了一圈。那几天我都在乡下,边走边看,边想边问,了解到不少情况。

回城待了几天后,我又转出来,乡镇跑得差不多了,就去厂矿跑,然后去学校、医院、文化馆等单位。实地察看,感受良多。

那段时间我一直在想,我们的使命就是,为了老百姓,去做有价值的事情;到了贫困地方工作,怎样攻坚克难、求得成果,才能遂心如意呢。

　　阳春三月，换届选举。我当选为沧江县委书记，李榕当选为沧江县县长；县委原书记钱进调中国银行林山地区支行任行长，原县长调林山地区任民族事务委员会主任。勐玛县那边，原县委书记郑华明升任林山地区行政公署副专员，孙璞当选为县委书记，原县长留任，再次当选。

十五

换届选举结束，我请假回勐玛搬家，要把马玥明和耿青接到沧江。马玥明被安排到县医院工作，耿青到沧江小学读书。

回到勐玛，得知郑华明老书记还没有去地区报到，我就去拜访他，同时请他继续传经送宝，教我怎样当好县委书记。他让他爱人给我泡了一杯茶，和我在客厅里畅谈起来。

他说，上次考察你的时候，有的人说，你的文化是够用的，适合到地区当文化局局长，当县委书记还嫩一点，我说嫩一点不怕，只要善于学习，就有足够的成长空间。接着他叮嘱我道，有些话之前我已经对你说过，现在我再啰唆一下：第一要在解放思想、深化改革方面多作思考；第二要在重点突破、寻求发展方面多做谋划；第三要在公道正派、清正廉洁方面当好表率。又说，我们的使命，就是要让群众过上好日子，自由自在地生活。彻夜长谈，老书记语重心长，我受益匪浅。

我约康太平、支边过来帮我收拾要搬走的东西。康太平来了以后，提供了一条重要消息：林苍秀和丁爱民现在在勐玛县小清河口岸对面，正在筹办一个贸易商行。听此一说，我的心"咚咚"地加速跳起来，忙问道："你从哪里得到消息，是真的吗？"

康太平解释道，他前几天去小清河口岸参加开会，会议的内容是向对面妙塔国的科甘特区小清河区口岸办通报一些情况，同时说明我们的小清河口岸现在是省级口岸，打算要申报国家一类口岸，希望对方加快建设步伐，我们双方齐头并进提升实力，提高对外贸易水平。

我急忙问道:"你咋个晓得林苍秀和丁爱民在那边?"

康太平不急不忙地说:"你不要急,听我讲嘛。你晓得的,对面的口岸,名字也叫小清河口岸,他们的口岸办主任赵岩布勒区长,半年前你见过他的,那天他带着一些人过来我们这边开会,其中就有林苍秀和丁爱民。"

我问:"能见着他们两个吗?"

康太平说:"这个简单。请我们口岸办外事点的人约他们,他们只要办个边民通行证,马上就可以过来。"

我说:"那你现在去安排一下,明天我们去小清河,我们几个老朋友见个面。"

康太平答应道:"没有问题。"说完就离去。下午来回话:"说好了,我们明天吃过中午饭走,我借了一辆吉普车去。"

当晚,我抑制着激动的心情,把要去见林苍秀和丁爱民的事给马玥明说了,约她一起去。她看我一眼,好像是觉得有点突然,随即面带笑容,说:"好啊,要见老情人了。"不等我回话她就接着说:"我要去的,看看她是哪路神仙,把我家老公迷成这个样子。"

我笑着亲了她一口,说:"过去的事像流水,已经过去了。现在你就是我最中意的人了。"说完,把灯关了,强行拉她睡下,与她亲热一番,意图是想打消她的疑虑。

第二天早晨,马玥明睁开眼睛就说:"今天我就不跟你们去了,我在家再收一下东西。你们几个老朋友在一起好好说说话。"

我一再约她,她都不肯去。康太平开车来接我,她送我出门,在我的肩膀上拍了一下,笑眯眯地道:"开开心心地去吧,你老婆不是那种小肚鸡肠的人。"

我和康太平还有支边到了小清河口岸,康太平找地方把车停好,三人一起去国门等候。不多时,就见林苍秀和丁爱民从界桥那边走了过来。

　　林苍秀打着轻巧玲珑的红色油纸伞,长发披肩,穿的是令人悦目娱心的一袭温柔蓝,紧身上衣长筒裙,给人婷婷袅袅的感觉。丁爱民上着黑白条纹的 T 恤,下穿浅蓝色牛仔裤,脚上夹着一双黑色十字拖鞋,身体好像没有原来健壮,行走似乎不大利索。

　　我先是和丁爱民紧紧拥抱了一阵,然后才转过身去面对林苍秀,我的内心里翻江倒海,浪潮汹涌,想说什么又没说出口,只是尴尬地站着。倒是林苍秀神态坦然,先伸出手来,微微笑道:"来吧,第二次握手。"她的模样已经没有当年水灵,但风韵更佳;她气定神闲的举止,有一种淑女风范。

　　我连忙把她的手握住,窥见握的已不是过去像小白馒头一样柔嫩、白皙的手了,不由得心生感慨,说:"我昨天晚上算了一下,我们有二十年零三个月没有见过面了!"

　　林苍秀没有接我的话题,只是说:"前几天我和丁爱民回到勐玛县城看了,勐玛城变化很大。"又说:"那天时间太紧,来不及去找熟人朋友。"

　　丁爱民问我:"听说你调到沧江县工作去了?"

　　我点点头说是的。

　　互相打过招呼,康太平对林苍秀和丁爱民说:"我们去绿橄榄山庄,好好说说话,吃过晚饭你们再回去。"

　　路上,林苍秀问我:"娃娃几岁啦,儿子还是姑娘?"

　　我说:"姑娘,今年吃十一岁的饭了,读四年级。我这次回来搬家,让她妈和她跟我去沧江。"说完就问她:"那次见着赵岩布勒,他说你家先生是个医生,你们两个的娃娃现在几岁啦?"

　　她摇摇头不吭声。

　　绿橄榄山庄在街道背后,房屋用竹木搭建,院内花红叶翠,环境优雅。我们选了一个僻静的地方,围着篾桌,在竹凳子上坐下。康太平叫服务员端来水果瓜子和茶水饮料。

　　曾经在一起淬炼过的人,多年不见,十分想念;如今得见,感慨万千。我说:"世事无常,造化弄人。机缘巧合,今天难得在一起。我们互相把各自的情况介绍一下吧。我先讲。"

这时林苍秀插话,问当年知青户的三位女生哪里去了,支边就介绍,谁嫁了军人,跟着她男的回到北方老家安置;谁分配到地区技工学校,婚后调到春明工作;谁在县农机厂当工人,辞职以后到深圳打工。

我说:"那年我在小清河边被民兵逮着,把我带回去,我爸就把我送回山东老家,锻炼了一年,又回到勐玛来报名参军。当了四年多的兵,退伍回来以后,分到芒弄乡,那时还是公社,当民政助理员,后来调到县志办写县志。当过县志办副主任、宣传部副部长、宣传部部长、县委副书记,现在去任沧江县的县委书记。这次是回来搬家。"

林苍秀说:"我和丁爱民在妙塔国曼戍那边一直都听不着你们的消息,来到科甘特区的这个口岸时间不长,前几天过来开会,才听康太平说起,不过那天见面,康太平只是说了大概情况。"

她侧过脸来对我说:"那天你被民兵抓走我晓不得,我一直在河那边等你,后来游击队的人就把我带走了。"说完,深深地吁了一口气。

我惭愧得难受,鼻子发酸,说:"太对不起你了。"

林苍秀摆摆手道:"这倒没有,你不要说这种话。"

这时支边对林苍秀说:"我从来都没有打过你和耿卫疆的小报告嘎,不信你问耿卫疆。那天在知青户,你两个在里边,我在外边什么都没有看见。再说,我听耿卫疆说过,你们两个也没做什么事嘛。我当时在门外骂的是我养的那两只小公鸡,打架不行。"

我对林苍秀说:"是的,他没有打过小报告。那天指导员通知我两个回县上,其实是让我参加知青户组长学习班,学时事政治,让你参加统计培训班的学习,要抽你出来参加统计一些数据。"

林苍秀瞪大眼睛看看支边,又看看我,随后双手蒙脸,"啊"地长叹了一声。

等林苍秀放下手,恢复平静后,我说:"我们都是从小在一起长大的,互相知根知底。今天的机会难得,我说明一下,实际上我和林苍秀在一起的时候,从来没有做过出格的事。我们两个只是因为……早恋,有点……怕。当时的环境你们都晓得,得不得就整人。"

这时的林苍秀表情淡定,不说话,我看她也不想解释什么。

康太平有意岔开话题,说:"我说说我的情况吧,我的经历不复杂,几句话就说完喽。"他说他:"当年一起下过乡,也去部队扛过枪;小有进步当排长,后来转业回地方;现在公安任股长,级别较低不算官。"

康太平的顺口溜把大家逗乐了。支边笑哈哈地说:"比那年你在'曼那军分区'当参谋长,级别倒是低多了。"

康太平故作严肃地问支边:"你还笑我,你给大家说说,你算老几。"

支边鼓起眼睛看康太平:"你不要小看我嘎,我的日子好过得很。"然后得意地对我们说,参加工作以来,他就在购销组工作,一直都是当组长,相当于小卖部的部长,所以很多人见着他,都是喊他"支部长",他管的人不多,就是管他自己一个人。他说他的最大收获是,肥水不流外人田,把曼那寨子原生产队指导员的妹妹,培养成了他的老婆,如今在曼那寨子有一个大院子和一幢漂亮的傣式别墅,老婆给他生了活泼可爱的一个儿子和一个姑娘。

支边的诙谐言语也得到了笑声鼓励。

笑后,让林苍秀和丁爱民讲。林苍秀说丁爱民你说嘛,丁爱民说,我的情况你清楚,你一起讲讲得了。丁爱民变得沉默寡言的,与过去相比有天壤之别。

林苍秀先谈丁爱民的情况:他在国内劳动教养一年,回他父亲老家劳动三年,又回到勐玛,但是工作一直没有得到安排,就和一个名叫岩李的朋友一起出境到妙塔国。岩李的父亲是重庆人，是抗日远征军的一名军医，和林苍秀的爱人他父亲是一个部队的，抗战结束后，在勐玛娶了一个傣族姑娘，没回老家，人民解放军解放勐玛时，岩李的父亲来不及带上岩李的母亲和襁褓中的岩李，只身一人跑到妙塔国，从此与岩李母子失去联系。岩李与他母亲相依为命，母亲病逝后，岩李要出国去找他父亲，丁爱民就跟着一起出去了。他俩历经艰辛、死里逃生，才在一个叫猛沙拉的地方，找到了岩李的父亲。岩李的父亲在当地行医，医道精明，很有名望，林苍秀的爱人曾经拜他为师。丁爱民在李老医生家待了一段时间后，就去找林苍秀，结果在途中被一支贩毒武装抓获，在毒贩的基地干苦役，后来想逃出魔掌，但未能如愿，被毒贩的狼狗撕咬受伤，几乎失去生命。李老医生得知消息后，出钱将他救出来，精心治疗，康复之后就留在李老医生身边，后来还帮他讨了一个傣家女子做媳妇。林苍秀是陪她爱人孟远去看望李老医生的时候，才得知丁爱民在李老医生身边的，就和孟远商量，把丁爱民一家三口接到曼戍。现在丁爱民在林苍秀的公司当副总经理，是林苍秀最得力的助手，他和孟远相处甚好，两人以哥弟相称。

听了林苍秀的介绍，支边站起身来，向丁爱民弯腰鞠躬："是我害了你。"声音里有哭腔。

丁爱民摇摇头，右手在篾桌上敲了几下，淡淡地笑道："不存在。你坐下。"又说："我不怨你，要怨就怨我自己，不过我现在连自己都不怨了。"

我伸手将支边拉回到凳子上坐下。

林苍秀捋捋头发，说："现在说说我的情况。"

她先是问我们有人还记得有一年勐玛街上女教师被游行示众的事吗，我们都说记得。我还说这个人的名字叫罗小水，是从当年的芒弄公社班楞小学被抓走的。

她说是的。这个人也到了境外，她俩在那边巧遇，都说是从勐玛出去的,越说越亲热,后来就成了好朋友。是她把罗小水介绍给赵岩布勒成为一家人的。为什么要说起这个事呢? 她说前段时间,罗小水受赵岩布勒的委托,专程去曼戌找她,请她和她先生孟远,还有丁爱民,来科甘特区的小清河口岸参与投资开发,她就约着她先生和丁爱民一起来考察,考察以后觉得可以做点事,所以就买了一块地,打算成立一个贸易商行,让丁爱民来当经理,罗小水做会计,商行的名字都取好了,是她先生取的,叫"望乡商号",取的是在妙塔国那边望故乡的意思。

康太平、支边和我不约而同地鼓起掌来,连声叫好。

我问林苍秀:"你和你先生还是长住曼戌?"

她回答:"是呢,过一久丁爱民把他媳妇和姑娘接过来,这边就交给他喽。我只能两边跑,因为孟远和我在曼戌的事还比较多,一时半会离不开。"

支边问:"那你们是大老板喽。主要做什么?"

林苍秀说:"大老板谈不上。孟远一直在行医开药房,我做过的事情有点杂,现在开着一个珠宝店,还开着一个铅锌矿,另外还有一个养牛场。"

我问:"有没有考虑过回国定居呢? 看来一下子也回不来吧。"

林苍秀点头说:"想过,不过现在在那边事情做得比较顺,回国的事以后再考虑。"

康太平对她说:"这些年你在那边也不容易,我们都晓得你还打过仗。"

她脸上泛起一丝苦笑:"那年刚出去的时候,先是当救护兵,上战场救伤员;后来直接扛枪打战,从枪林弹雨中闯过来;再后来从事过医护、文艺宣传工作。"

我好奇地问她:"听说你是 1977 年年底离开游击队的,当时你咋个不直接回国? 我是 1978 年春季退伍回到勐玛的,如果你回来,我两个就可能在勐玛相遇啰。"

她抬头看我一眼，沉吟片刻，说："那个时候，游击队有几个领导硬是说我们几个知青搞小团体主义，可能要谋反，就把几个男的抓去坐牢，把我开除掉了。"

她神色有些黯然，喝了口水，又接着说，他们几个知青，在还没有出事之前，就想回来，为此还特意派了一个能说会道的战友过来打探消息，探探路子，问一问知青办的负责人，他们回来以后政治上会不会受影响，能不能参加工作。政治上的事情，知青办的负责人没有明确答复，只是说知青到境外去，不是组织派遣，纯属个人行为，现在要回来也是可以的，但是只能安排在集体单位譬如缝纫社、五金厂和建筑队谋生。回来探路的人还带回去一个让林苍秀五内俱焚的消息，说她父亲病故在省城郊外的狱中，她哥陪她母亲去奔丧，此后就下落不明。被游击队开除以后，何去何从，一筹莫展的她，恰逢曼戌那边的华文学校来招教师，而且看中了她，她就跟着到曼戌去了。

沉默了一阵，支边说："丁爱民你们两个不简单啊，经历了那么多磨难。"

林苍秀说："现在一切都想通了。顺其自然，随遇而安，心静就好。"见我们没有接腔，她又说："我家先生给我讲过一个故事，我一直记在心里。"

我问："哪样故事，你讲给我们听听嘛。"

她就讲：冬天，佛寺里的草地上一片枯黄，小和尚说，太难看了，找点草籽撒上吧，长老说，等春天来了再撒，要随时；春天到了，长老交给小和尚一包草籽说可以撒了，小和尚边撒边说，不行吧，风把籽种吹走了好多，长老说，不怕的，风吹走的大部分是空壳，要随性；籽种才撒下去，就有小鸟飞来啄食，小和尚急得叫道，不行不行，籽种被鸟儿吃了，长老说，没有事，籽种多的，吃不完，要随遇；一场骤雨下过来，小和尚伤心地说，这下子真的不行了，好多籽种被雨水冲跑啦，长老说，不着急，籽种冲到哪里，就会在哪里发芽，要随缘；一个星期以后，草地上长出了很多草苗，有些没有撒种的旮旮旯旯籽种也发了芽，小和尚看了很高兴，长老说，要随喜。

听完故事，我就知道了林苍秀这些年心路历程崎岖，但她已经冲出樊篱，走在求禅悟道的路上了。我想：如此甚好，心有所归。

剩余的时间用来漫谈，中国、妙塔国，过去、现在，天上、地下，想起什么聊什么。还说起了各自的老家在哪里，这里说的"老家"是指各人父亲的原籍。林苍秀是四川的，丁爱民是湖南的，康太平是贵州的，支边是彩云本省的，我是山东的。说到父辈来自五湖四海，后辈如今在小清河口岸相聚，国内国外的都走到一起来了，不免感叹一番。

晚饭时，丁爱民说他已是滴酒不沾了，康太平要开车不能饮酒。我让开一瓶红葡萄酒，林苍秀、支边和我用酒，丁爱民和康太平以茶代酒，共同站起身来碰杯。我说："老朋友相会，让我们把感情装在杯中，祝我们的友谊地久天长，干杯！"

在饭桌上就说好了，以后务必保持联系。支边主动提出来当联络员，他说他就是最合适的人选了，因为他打算辞职，到小清河口岸来当个体户，自己做生意。

饭后送走林苍秀和丁爱民，我们就返回勐玛城。

到家如实向马玥明"汇报"了情况，她白天收东西累了，早早洗了上床睡觉，而我则睡意全无，很晚才休息。

十六

　　我们一家三口,住在沧江县委宿舍区,三楼,九十多平方米的面积。这个星期天,上午我协助马玥明整理杂物、打扫卫生。中午舀了一碗饭,拈了几样菜,端到客厅边吃边看电视,看美国拳坛金童德·拉·霍亚出场的精彩拳击比赛。正津津有味地看着,才安装好几天的电话机响了,是县委办公室主任杨源打来的,说刚接到地委刘书记秘书的通知,刘书记陪省委胡副书记来到沧江,他们一共六个人,现在已经住进县招待所,让我们赶快过去。

　　放下电话,我就急忙赶到招待所,杨源先我一步到达。刘书记的秘书领我们走进刘书记住的房间,我说:"刘书记你们辛苦啦,地委办公室也不提前通知我们一声,你们来了我们都不知道。"

　　刘书记示意我和杨源坐下,说:"胡副书记要去哪里,是不准事先打招呼的。"又说:"昨天他告诉我,今天去勐玛,但是车子到了岔路口,他却说来沧江,不去勐玛了。他是故意这样做的,就是不想让你们提前知道。前天他来到林山城也是这样,事先不说,到了以后就到农贸市场去吃卷粉,被我们的一个干部认出来,赶紧通知地委办公室,我们才晓得他到林山来了。"

　　我吩咐杨源,赶紧去准备中午饭。刘书记摆摆手制止道:"不消了,路上吃过了。"他解释说,在岔路口休息的时候,胡副书记见一个傣族大妈卖煮熟了的苞谷,就掏钱请大家吃了一顿,还说既有营养又好吃,就当中午饭了。

　　我说:"不得吧,怕吃不饱。"

刘书记说:"算了,胡副书记不会吃,我们也饱了。"

这时,有人进来,刘书记转头一看,连忙站起来说:"胡书记您不休息一会儿啊。"我们也跟着站起身来。

胡副书记说:"在车上睡过觉了,不休息了。"年初在省城开会的时候,我见过胡副书记,中等身材,外表看上去精明干练。

刘书记指着我和杨源,向他作了介绍。在大领导面前我有点紧张,说:"胡书记你们辛苦啦。"

"你们才辛苦呢,长期守在边疆,不简单的。"他从上到下看看我,笑了。"咱俩心有灵犀呀,你看看,穿成一样啦,军绿色夹克配天蓝色牛仔裤。"

听了他的笑言,我就不紧张了,想说两句轻松的话,却又一时想不起,只是无声地陪他笑笑。

刘书记问他,下午的活动怎么安排。他说,这样吧,先听小耿介绍情况,然后去几个地方转转。他说他从北京调来才半年时间,特别想多到一些地方跑跑看看。

我有些为难:"没有准备汇报材料。"

他用右手食指隔空点点我:"准备什么呀,你就凭口讲。"

我轻声问道:"县长下乡去了,要不要把班子里的其他成员叫来一起汇报?"

他伸开双手由里往外挥:"不叫,今天是休息日,不能打搅更多的人,有你和小杨在这里就够了。你就在这里说吧。"说着他就坐到了床上。

杨源还算机敏,来前到办公室把存放着的材料带了来,这时分别递给了两位领导,材料是我们县最近召开的党代会和人代会的工作报告。

胡副书记说:"好啊,这不是有材料吗。"接着说:"材料不忙看,先听小耿说。"

我清清喉咙就汇报,开始讲得有点结巴,稍后就流畅起来。我先简略地介绍县情,然后汇报经济发展的思路和重点,着重谈干什么、怎么干、靠什么人干的问题,还专门谈了对党的建设工作的一点思考。

才汇报完,刘书记就介绍说,我是五个月前从勐玛县调过来的,这一次在党代会上刚刚当选为县委书记。

"那你进入角色还是蛮快的,不错。"胡副书记接着问我:"你们在基层工作,觉得最大的困难是什么?"

我说:"从眼前看是资金短缺,但从长远看是人才匮乏。"

"有道理,"胡副书记说,"看来这是边疆贫困地区普遍存在的问题。"就此问题,他和刘书记议论了一番,然后问我还要说什么。我说,今天没有啦,明天你们要往西边走,我想请刘书记你们去看一个地方,是我们林山地区八个县唯一的跨国村寨,到了那里我再汇报一个请求帮助解决的具体问题。

刘书记说,那个地方他也还没有去过的,去看看也好。

胡副书记表态:"可以。"

刘书记请胡副书记讲话作指示,他说没有指示,对边疆民族地区的情况不熟悉,目前只能是多听多看少说,有话以后再讲。刘书记就建议他,剩余的时间,去看看糖厂、边境口岸和一个路边的村寨。他笑着拍拍刘书记的肩膀说:"悉听尊便。"

走前,他特意交代,晚饭回来吃,不准超过四菜一汤。

看了回来,天色已晚,遵嘱上了四菜一汤,胡副书记吃得很开心。吃完,我和杨源送两位领导去住处休息,胡副书记不让送,自个儿走了。

刘书记留步,问我:"明天你要提什么问题请胡副书记帮助解决。"

我说:"去那个村寨的道路档次太低,现在还可以走,到了雨季天就不通了。群众进出不方便,再说去参观的人逐步多起来了,路的问题不解决不行,所以我想反映请他出面帮助协调,给予支持。"

"这个问题可以提，"刘书记说，"你白天没有提需要帮助解决的具体问题，分寸把握得好。他调来的时间不长，又是分管党务工作，问题提多了，让他为难不好。"说完就回宿舍休息。

见刘书记进了房间，胡副书记的秘书和驾驶员过来说，胡副书记他们坐的这辆三菱车，轮胎磨损得很厉害，出来前请示胡副书记换一下，他没同意，说还可以再用用。现在他俩担心在路上出安全问题，所以请我们把已经用过的旧轮胎找出来，给他们换一下。

我说："旧的不行，换新的吧，我们县里负责换。"

胡副书记的秘书和驾驶员异口同声说不行，让胡副书记看出来，那他俩就麻烦了。驾驶员肯定地说："你们用过的轮胎，绝对比我们现在的这几只还要牢实。"

我问杨源，我们有没有用过的旧轮胎，杨源说有。我们就请胡副书记的秘书和驾驶员把他们的车开过去，找人打开仓库门，翻出旧轮胎一看，的确如驾驶员说的一样，比他们现在用的那几只要牢实一些。于是七手八脚地就把轮胎换了。

送走秘书和驾驶员，我自责地对杨源说："看看人家大领导艰苦朴素的作风，我们无地自容啊。"杨源无言，连连点头。

第二天一早就出发，小车向西行。胡副书记让我和他同乘一辆车，路上要问情况。车在山林间穿行，他一路看一路问。后来主要问境外的一些情况，我都一一作答，看得出来他兴致很高。见路边山坡上开着许多白花，他就指着问："漫山遍野都是，这是什么花呀？"

我回答："当地人就叫它白花，可以吃的，炒吃煮吃都可以，味道还不错，这段时间街上都有卖的，城里人很喜欢吃。"

他又问山上菌子多吗，我说不少，亚热带地方山茅野菜很多，在山区一定程度上可以弥补缺粮的不足。他感叹道："真是一方水土养一方人啊。"接着又回过头来问我："现在群众中还有缺粮的现象吗？"

我如实回答："山区还有，不过不多了。"

他说："脱贫当趁早，一户都不能缺少。"又说："小耿呐，你我的担子可不轻哟。"

我说："您的更重。"我们当地的习惯是，对人使用尊称时，如果讲普通话就用"您"，如果说的是方言就用"你家"。

他说："你们在第一线，也是任重道远的哟。"

说话间，车子颠颠簸簸地驰进了山洼里的马罗村。

1960年中妙两国勘界，马罗村被一分为二，立了界碑，后来将国境线两边十米以内的房屋撤除，中间形成一块空地，中国的马罗村与妙塔国的马罗村隔空相望。如今各有四五十户人家，两边依旧都是茅草房，不同的是，那边用竹篱笆当墙，这边是土坯砌墙。环境倒还不错，四周绿树成荫。胡副书记饶有兴趣，盘根问底，我们分别作了回答。

他问："我听说中国的鸡会过去妙塔国那边'观光'，妙塔国那边的鸡也会过来中国这边'旅游'，是不是指你们这里？"

乡党委书记回答并作解释：这种情况是有的，但是也不多。因为领头的公鸡都有领地意识，各有各的活动范围，一般不会乱窜，它属下的母鸡也就很守规矩。

胡副书记笑了，说："禽兽尚且如此，何况人乎。"

杨源汇报说："因为这里位置特殊，我们耿书记和李县长专门来开过会，要重点扶持，早日把这个村建成新式农村。"

我让乡党委书记把规划图打开请领导过目。看了以后，胡副书记说："这个规划好是好，但是没有体现出地方民族特色。"

我解释道："这个寨子里的村民都是汉族，所以房屋的样式按传统的中式风格设计。"我接着又说，从这个寨子里的人讲话口音判断，而且他们的老人也说，他们的祖先也是三百多年前，跟随明朝末代小皇帝朱由榔从内地逃难过来的。

乡党委书记补充道："他们那边寨子里的人大部分也都是

汉族。"

"哦,是这样啊。"胡副书记赞许道:"你们的想法很好,我支持。我也要出点力才行,需要我做什么,你们说。"

刘书记说:"这条山路晴通雨阻,他们想请省上支持把这条路拓宽改直,提高等级。"又转过头来问我:"从国道转到这个村几公里?"

我说:"七八公里。"

胡副书记挥起右手说:"没问题,一定抓好落实。"然后就交代他的秘书,和县上对接好,回省里协调好。

刘书记说,地区也要给予具体帮助。

两位领导还要赶路,不让我们送。上车前,胡副书记拉着我的手说,刘书记给我介绍了你的情况,年轻人条件不错,希望你多为老百姓办实事。刚抬腿要上车,又转过身来问我:"听说你也爱下围棋,几段啦?"

我说:"下得不好,业余二段。"

他说:"那咱俩有得一拼。这样吧,你到省城的时候,就来找我,只要我有空,咱俩就好好地切磋切磋。哦,有时候你直接找我找不到,你就和我的秘书联系。"又指着我向他的秘书做了交代,这才上车。

小车一溜烟而去,我们感佩于心,以目光相送。

转过身来我就安排提升改造马罗村公路等级项目上报的事宜,由杨源和乡党委书记负责抓好落实。

之后,乡党委书记问我,想不想去看看刀耕火种的场面,有一个地方正在播撒旱谷,我说去,就上了车。

车行一段路,人爬一道坡,就到了。只见在一片轮耕坡地上,有不少人排列成队,男女成双配对面对面,男的手拿一根长约三米的竹竿,尖角一端套着月牙形的铁铲,另一端顶部拴着红布花带和钢铃,负责在地上戳洞孔,女的身挂麻袋装籽种,负责在洞孔里放五六粒种子。在劳作过程中,竹竿顶端的钢铃声,响如音乐,悦耳、动听。人们仿佛不是在劳动,而是在表演极具特色的播种舞蹈。

乡党委书记邀约我和杨源过去试一下,我们就去比画了一阵,动作生硬,与女方配合不默契。坡地的主人见了我们,无论如何要让我们与劳动的群众一起吃一顿鸡肉烂饭,喝一碗水酒,才让我们离开。

回去的路上,乡党委书记说,这家人三月初就在那块坡地是撒过一次种了,谷苗出得不好,下了几场雨以后,他们重新撒种。我问乡党委书记:"听说刀耕火种的现象已经不多了,是不是真的?"

乡党委书记说:"是真的。但要完全杜绝,那就要下大力气加强农田水利建设,在山区把坡地尽量改为保水保肥的台地,增加粮食单位面积产量。这样做,也有利于加快退耕还林的步伐。"

我说:"改变落后的生产方式,你我都要抓紧时间。"

晚上回到家,洗洗就上床,很快入睡,却睡不踏实,半夜里见白发朱颜的老子走来问我,你们想建理想社会,理想社会的最低标准知道吗?我鞠躬请他赐教,他抹抹胡子对我说:苍黎衣帛食肉,孺子启学忻忻,清恙就医无虑,布衣居有定所,言者弗知不罪。我连忙起身上前去握老人家的手,却扑了个空,倒把马玥明惊醒了,问我是不是梦游。

十七

　　转眼之间,我到沧江县工作就有八个多月的时间了,任县委书记三个多月。这天下午,在半年工作总结的干部大会上,由我讲话。我说:"我讲话的稿子已经发给大家了,请大家按照讲稿提出的要求,回去落实好下半年的工作任务。我到沧江工作以后,到乡镇村寨、厂矿企业调研,召开了几次部委办局干部参加的座谈会,听取了县委、人大、政府、政协领导的意见,还专门请教了一部分离退休的老同志;同时我还认真研读了县党代会、人代会的工作报告,又翻阅了《沧江概况》《沧江县志》打印稿,以求深化对县情的认识。在此基础上,我对沧江今后发展的一些重点工作做了初步思考,我今天提出来,供大家回去以后思考,下一步我们一起来讨论完善。"

　　我说:"大家都晓得,我们县是一个集边、山、少、穷为一体的贫困县;国境线长、山多平地少、少数民族众多、贫困面大。当前和今后一段时间内,受条件限制,我们不可能像沿海发达地区那样,大力招商引资,立竿见影就有效益。当然,招商引资工作我们也要全力而为,积极争取,比如说请妙塔国掸邦勐康特区的富商到我们这边来投资发展,请内地城市的客商到沧江来办商号做边贸生意,请有实力的单位来和我们合作办厂。但是,我们眼前的重点应当是脚踏实地地打好基础,为下一步的健康发展奠定一个坚实的平台。"

　　"我们工作的重点干什么呢?"我抬起玻璃杯喝了一口茶水后,

接着说，"我用一首打油诗八句话作了归纳，现在我念给大家听：铺好道路多种树，改造田地修水库。建设城镇讲特色，兴办企业求进步。农村党建'四个一'，公平正义选干部。重视教育强素质，小康花开山深处。"

我逐句阐述：第一句话，铺好道路多种树。这很好理解，道路不通难致富，若要致富先修路。要在县外到县城、县城到境外、县城到乡镇、乡镇到村寨的公路建设上花大力气，加快改变交通落后的步伐；与此同时，在全县的山区、半山区多种茶叶、核桃、坚果等类的经济林木和果树，靠山吃山，靠山致富，至于要种多少，得论证，要有科学规划。

第二句话，改造田地修水库。大家也很好领会。我们要把坝子里的平地逐步改造成高产农田，把山区半山区的坡地逐步建成稳产台地，建不了的坡地就退耕还林，用来种经济林木；抓田地改造的同时要把水管好，否则等于没抓，要大兴水利建设，有条件的地方把小水塘、小水窖建好，就全县来讲，要坚定不移地把规划了的几个水库修起来。

第三句话，建设城镇讲特色。我想说的是，我们不要去追求高大华丽、现代气派的东西，这样干的话，我们永远搞不过内地发达地区，要走自己的路，发挥自身优势，建设具有浓郁民族特色的园林化城镇。我们沧江旅游资源很独特，以后基础设施改善了，民族风情和奇山秀水是一定可以醉游客的。

第四句话，兴办企业求进步。大家都会说，无农不稳，无商不活，无工不富。我们要建好和管好糖厂、茶厂、核桃厂、橡胶厂、虫胶厂、制革厂、造纸厂和水泥厂、机制砖厂等厂矿企业，增强边境贸易的活力，向工商行业要效益，添税收，壮大实力。但是一定要注意，我们不求无源之水、无本之木，必须围绕资源优势来发展，不能盲目铺摊子。

第五句话，农村党建"四个一"。党政机关、企事业单位的党组织建设要加强，这是必须的。我在这里着重强调农村党建工作，是考虑到，农村党支部书记绝大部分都是务实肯干的，但是大多数人的文化程度不高，要让他们把基层所有的事面面俱到都办好，是有难度的，所以要让他们在工作中寻找突破口，因此提出开展"四个一"活动——要有一条发展经济的好思路，要有一套党员活动的好制度，要建一块科技示范的好基地，要治理出一片社会治安的好环境。

第六句话，公平正义选干部。发展好不好，关键看干部，干部用得妙，事业就进步。千里马常有，而伯乐不常有，这个话是唐朝的韩愈讲的，讲了一千多年了。我一直在想，他讲的这种状况，能不能在我们这些人的任期内改变得好一些。伯乐是少数，千里马是多数，少数人挑选那么多马不容易，选贤任能的方式要革新才行，所以我们要建立健全、完善干部的选拔机制。

第七句话，重视教育强素质。主要考虑两点：一是要普及义务教育，二是提高劳动者的技能水平。我跟县长商量过，要制定一个体现优惠政策的办法，引进外边的师资力量和其他方面的专业技术人员，来工作四五年就放人家回去，愿意留下来的我们求之不得，不愿意留下来的人走后空出的名额，再用来引进人才。在座的各位，要像重视抓经济一样抓教育，在这方面我们会制定一些考量指标，考核大家的工作成效。

第八句话，小康花开山深处。等到我们在建设小康社会的征途中取得了优异成绩，小康之花开遍我们边疆山野，那时候我们都会在丛中欢笑的。

我边讲边注意观察，感到与会者是聚精会神地倾听的，我感觉到此次讲话效果不错。

散会后，李榕县长对我说："八句话的打油诗，讲得好呢，基层干部记得住。"

十八

过了一段时间,有天下午李榕约我去一家边贸商号吃晚饭,他说:"这家商号前几天刚开业,开业那天我去过了,他们今天让我约你去,是想认识一下你。"他接着说,这家商号看起来有点来头,据说他们的总部很有实力,开业那天,省口岸办来了一个科长,地区边贸局来了一个副局长,还来了不少客商。

我问是哪家商号。

"通达商号。"李榕说。"去吧,我答应过把你约去和他们见个面的。如果他们贸易额做得大的话,对我们县上有好处。"

我说那就去吧。李榕让我和他一起坐车,路上,他笑嘻嘻地说:"不过那个地方你不能多去。"

我问:"咋个说?"

他故作严肃地说:"他们公司有个美女,太漂亮啦,我怕你被拉下水。"

我笑了:"那你就不怕你被拉下水吗?"

他摇摇头:"我不怕,我身体虚啊。"说着就哈哈大笑起来,笑声比汽车发动机的声音还响。

到了通达商号,李榕介绍一一见过。经理膀阔腰圆,头大脖子粗,气度威武。副经理就是李榕说的那位美女,长相果然不俗,明净清澈的眸子,神色迷人,凹凸有致的身材,能够调动男人的目光。办公室主任容貌俊雅,是个绿衣男青年。

入席用餐,觥筹交错。经理说:"请耿书记过来认认门,以后多关照。"

我说欢迎你们来沧江发展,李县长和我会支持你们,做好我们应该做的工作的。

我问他们:"今后主要想做哪些方面的边贸生意?"

经理说:"出口家用电器和日用百货,进口木材和矿石,还打算出境与境外的人合伙开矿。"

副经理姓肖名潇,吴侬软语话不多,频频举杯与我们对饮,看得出来是个能喝的人,酒量深不可测。

李榕对她笑道:"少喝点,女人喝酒是开水浇花。我们男人也不能喝多,喝多了老婆不高兴,我们的纪律也不高兴。"然后让政府办的秘书连着敬她,双方一起喝了三杯。

饭后回家,李榕在车上对我说:"美女可爱,但是美女蛇是可怕的,不晓得这个女人是不是一条蛇,你我小心点。"我笑而不语。

几天以后,肖潇就来办公室找我,说来政府这边办点事,顺道过来看看我。我请她坐下,给她泡了一杯茶,与她闲聊了一会儿,就找不到要说什么的话题了,我观察到她的神情有点僵硬。坐的时间不长,她就矜持地道一声:"您忙我就不打扰了。"然后起身款款而去。望着她袅娜的身姿,我想起了李榕曾经说过的话:不爱美女的男人不是真男人,乱爱美女的男人不是好男人。自个儿在心中就笑了。

我下乡去了几天,刚回到办公室,就接到肖潇女士打来的电话,说:"知道您回来了,想请您出来吃顿饭。"声音软软的很好听。

"我平时外出吃饭都是带着办公室秘书去的,"我说,"谢谢你的盛情邀请,我不去了,我媳妇已经做好了我爱吃的饭菜。"

又一天,她打来电话说:"我们商号内部刚刚布置好了 KTV 房间,请您一定赏光,过来一展歌喉。"

我琢磨片刻,故意说:"好啊,那我带夫人去,她唱得还可以,我不行,我是破锣嗓子。"

电话那边的声音听起来有点勉强:"欢迎光临。"

我正经地说:"其实我去不了,晚上有一摞文件等着我呢。"

过了大约七八天时间吧,明月清辉的晚上,见我办公室的灯亮着,她敲门而入,抿嘴微笑向我点头。也不坐下,只是从粉红色的坤包里拿出一个精致的小盒来,放到桌子上,说:"相识一场,表示一点心意,请你一定不要拒绝,让我下不了台。"说完转身就走,夺门而去。我拿起小盒,要去追她,把东西还给她,但转念一想不妥,若是在楼道上拉拉扯扯的,被人看见发生误会不好,就没有跟她出去。我打开盒子一看,是一只机械手表,做工考究,却不知是什么牌子的。再看盒子,里边有一张小纸条,写着几个小字:江诗丹顿,瑞士表,有收藏价值。

我当即就打电话到杨源家,让他到我的办公室来。杨源来了以后,我把盒子交给他,交代道:"明天一早你约着驾驶员去,把盒子交还给通达商号的副经理肖潇。"

盒子送回去以后,肖潇就没有主动联系过我。倒是在大庭广众的场合见过几面,彼此笑笑无语。后来,通达公司出了大事,肖潇被公安部门抓了进去。

一个星期一的上午,我刚进办公室坐下,杨源就慌慌张张地跑过来说,城郊的一所小学出事啦,死了两个学生,受伤十八人。我的脑袋一下子就大了,快速从椅子上站起来,忙问是怎么出的事。

他说刚接到报告:星期一的早晨升国旗,听到铃响后,学生从二楼往下跑,碰上两个倒垃圾返回楼上的同学,楼上的学生蜂拥而下,把那两个学生挤倒在地上,结果就发生了踩踏事故。

我问:"现在人在哪里?"

杨源说:"死伤的娃娃都在医院。"

我说:"那就快去医院。"

赶到医院,听到一片哭喊声,声声揪心。门诊大楼前,摩肩接踵,场面混乱。

分管教育的副县长已经在我们前面赶到，我们找到院长，问了情况。院长说受伤的十八个学生医生正在救治，有四个重伤，其余的是轻伤。这时，县长李榕也赶来了，分管教育的副县长在我们面前流起了眼泪。

李榕问，两个离世的学生在哪里，得知已停放在太平间。他又说："去看看受伤的学生吧。"

医院院长劝阻说："现在正在实施救治，不要去打扰医生。"

我沉思了一阵后做出安排：县委分管宣传的副书记和政府分管教育的副县长，带领卫生局、教育局、公安局、民政局的负责人，以及相关的工作人员，尽快到位，就守候在医院，配合医院做好服务工作，防止其他事故发生。我和李县长现在去学校查看一下出事现场，然后马上回到县委开会，商量下一步的对策措施。我说完就让杨源派人去通知没有外出的县级领导尽快赶到县委开会。

在学生出事现场，我和李县长看到，学生拥挤踩踏的楼道并不窄，是符合建筑要求的。问题出在学校虽有学生集体下楼参加活动时必须有老师守候在楼道护送的规定，但没有落实到位，当时没有老师守候在楼道上。看了现场，我和李榕就赶回县委开会。

没有外出的领导都来了，在会议室等着我和李榕。我俩坐定，我就把事故发生的情况给与会者作了通报，然后布置任务："成立事故处理领导小组，我任组长，人大常委会主任、县长、政协主席任副组长，县长的主要精力放在抓好经济工作和日常事务的处理上，人大常委会主任和政协主席一人负责联系一家死者家属，做好安抚工作；十八个伤者家属的安抚工作，由十八名县级领导分别联系，哪个领导联系哪一家，杨源你负责安排。关键时刻，领导干部要靠前指挥，带头分担家属的痛苦，化解矛盾。县纪委和监察部门负责做好调查取证工作。大家去了以后，都会遇到一些具体问题，你们当场处理不了的问题，带回来我们一起商量解决。"

我布置任务后，县长说："政府刚刚开过安全工作会，想不到就出事故了。散会后我再去安排一下,对全县的安全工作,做一次全面检查。"

我说,好的,散会。然后约人大常委会主任和政协主席,一起去看望死者家属。杨源有顾虑,说学生家长现在情绪难以控制,暂时不去为好。我说不行,这不是一般的事故,人家娃娃都死了,我们不露面,像话吗?学生家长的痛苦是由我们的工作失误造成的,我们还是早点去好,分解一丝他们的痛苦。

得知死者家属在医院太平间门口坐着痛哭,我们立即前往。杨源的担忧是有道理的,死者家属的情绪难控,见到我们,一起就围过来,哭天喊地要我们赔他们的娃娃。一个死者的父亲,听说我是县委书记,忍不住心中的怒火,猛地扑过来揪住我的衣领,打了我一巴掌,把我的眼镜都打掉了,左眼镜片炸裂。他的行为很快就被制止住。

待场面稍微有序时,我就说:"事情已经出了,你们痛苦,我们也难过!请你们节哀顺变,保重身体。娃娃的后事我们负责处理,以后的问题咋个解决,我们商量着办,我们绝不推诿。"

安抚过死者家属,我们就去找医院院长询问救治伤员的情况,他告诉我们,四个重伤员已经抢救过来了,受轻伤的学生情绪稳定。院长的话,让我心稍安。

当天很晚才回到家,马玥明见了我就呜呜地哭起来,她已经听说了我被打的事。我安慰她说没事,我们的工作没做好,当领导的受点委屈是正常的。然后洗洗就睡,辗转反侧,一夜烦闷。

第二天一早出门,还想到医院去看看,马玥明让我顺道把垃圾拎出去扔了。我晕乎乎的一手提公文包,一手拎垃圾袋出门,到了垃圾桶前,顺手就把公文包扔进垃圾桶里,走出去几步才发觉错了,连忙回头来拿起公文包,扔掉垃圾袋。

事后一段时间,我到地区开会,地委刘书记再次问起事故的处理情况。我报告说,矛盾的化解进展有序,伤亡学生的家长情绪逐步稳定下来了。分管教育的副县长和教育局局长受到处分，小学校长被撤职并判了缓刑，几个教师也受到了处理，他们都表示甘愿接受惩罚。刘书记知道，我和李榕各自写的检讨书先前已经分别报给了地委、行署和地纪委。

刘书记听了，点点头，然后叹道："人命关天，责任重于泰山，我们稍有不慎，后悔就来不及了。"

十九

　　飞机停稳在春明机场的跑道上，我们走出机舱，来到室外，一阵轻风扑面而来，顿时享受到清凉世界的舒爽。

　　几天前去天气闷热的山城，意图是到实力雄厚的川威制革厂参观学习，并初步洽谈合作事宜。我的老战友、已经转业在区经协办工作的王子仁，牵线搭桥，为我们促成此行。在接到他电话通知的第三天，我就带着相关人员赶去了。

　　王子仁陪着我们到川威制革厂，见了厂领导。厂领导十分热情地带着我们参观了他们厂的锅炉、浸泡、转鼓、烘干、开片、制革、整理、喷色、成品检验等9个车间，向我们介绍说，他们厂的工艺流程是按意大利的先进模式设计的，具有目前国内最先进的生产流水线，所生产的产品在国内甚至在国外都畅销。

　　在川威制革厂的会议室里，我向川威制革厂的领导、工程师和技术人员介绍：沧江是少数民族人口居多的边疆县，毗邻妙塔国，境内境外的皮革原料非常丰富，因此，我们建起了一个制革厂，这个厂的效益是好的，但是因为规模小实力弱，没有达到预期的目的，所以，我们计划改扩建制革厂，引进先进的技术和设备。我说："我们的愿望是，到发达地区寻找合作伙伴。这次来川威制革厂学习参观，大开眼界。我们希望能和贵厂合作联营，恳请贵厂的领导和工程技术人员到沧江实地考察，指导工作，并在沧江签署合作协议。"

　　川威制革厂的厂长当即痛快地表示，一个星期后他率队到沧江。

山城的变化真大,让我觉得既熟悉又陌生。王子仁夫妇带着我去看望了几个转业在当地的战友,又到当年的连队驻地、如今人非物是的山头故地重游一番。

昨天傍晚,我和王子仁夫妇在长江岸边散步。江水推着江水,时间赶着时间,和我们一起往前走。王子仁感叹:"时间过得真快啊,十六年前分别,如今才得相聚,明天你又要匆匆离去。"

我也感叹:"十六年前的江水,十六年前的时间,不知流到哪里去了,只是十六年前的友谊还存储在心间。"

章思红劝我:"来也匆匆,去也匆匆,好不容易相见,你明天就别忙着走啦,到我家吃顿饭,让王子仁陪你好好喝点酒。"

"明天得走,要赶回我们省城办点事。"我说,"我在边疆沧江县等你们。"

"去是要去的,章思红我俩还没去过彩云省的。"王子仁说,"不过你小子进步太快了,不要到时候当了大官就不理睬我们哟。"

我浅笑道:"当不了多大,尽心尽力做点事而已。"

边走边聊至天色灰暗,他两口子把我送到宾馆,我们才分手。章思红拿出一套颜色淡青的秋装,让我带给我女儿,我道过谢,然后笑纳。此前刚到山城时,我给他们夫妇送了三盒"沧江云华"的礼品茶。

头天晚上,李榕打电话到宾馆找我,说省审计厅发现我们县挪用水利专款给干部职工发工资的事,批评了我县的违规行为,要求我县立刻纠正错误事实,责成主要领导到省城检讨。李榕说境外勐康特区的一位富商要到沧江考察,想来投资建一个三星级的酒店,他得出面接待,问我能否回来时在省城停留一下,如果可以的话,他派常务副县长带上相关材料到省城与我会合,由我出面带着常务副县长去做检讨。

我说:"没问题,情况我清楚,我去检讨吧。"

县委常委、常务副县长和沧江县驻省城办事处主任来机场接我们。常务副县长姓郝名山河,名字取得好,人也长得帅,刚从地区计经委副主任的岗位上交流到沧江工作,年纪比我小两岁。

我们乘车先到审计厅、再跑水利厅,诚恳做检讨。我在两个厅说的话都是一样的:由于县级财政困难,为了按时发放干部职工的工资,有时候的确有"拆东墙补西墙——顾此失彼"的行为发生。这次动用了部分水利专款发干部职工的工资,是我们县领导的错,我们意识到错误后,立即到县糖厂、茶厂、水泥厂等企业筹措了资金,还上了水利专款。说到这里的时候,郝副县长就把我县几家企业通过银行转账的证明和我们县政府的检讨书呈递上去。紧接着我就专门作了自我批评、深刻反省,一直检讨到两个厅的领导打断我的絮叨。

两个厅的领导都对我们挪用专款的行为给予了严厉的批评。审计厅领导最后说的是:好自为之,下不为例。水利厅领导说的是:再发现你们挪用水利专款,以后就不给你们拨付项目资金了。我分别对两个厅的领导作揖说:"我们再也不敢了,请领导今后一如既往帮助支持我们。"

走出大门,我对郝副县长说:"基层工作难干,困难太多,很多时候得求爹爹告奶奶才行,但我们不要气馁。"

下午,我约着郝副县长和驻省城办事处主任去《改革时报》驻我省的记者站,拜访秦悠悠站长。我没见过秦悠悠本人,在山城听王子仁说起,秦悠悠是章思红的表妹,是从京城派来的,知识面宽,人脉广博,或许可以为我们基层做一些事,帮一点忙。当时一听,我就想一定要认识一下她,记者一般都是消息灵通、路子广的人,以后应该能够帮到我们。

在记者站见到一个中等身材、长相秀丽、留着齐耳短发、身着黑衣西服的女子,我认定她就是秦悠悠,一问果然就是。当时我还稍微走了一会儿神,心想:这是一个应该在风吹杨柳的湖边、浅山流水的桥上相逢的优雅女人。她得知我是王子仁和章思红介绍来的,露出酒窝笑道:"欢迎你们,恳请指导。"说着就示意我们坐下,然后为我们泡茶。

泡好茶,她脱下西服的外套,挂在办公桌一侧的衣架上,坐下来说:"很高兴认识你们,我调来的时间不长,特别希望结识一些基层干部,多到县上去看看。"

我说:"这次我们来一是认认门,二是请你到沧江县去指导去采访。"我还具体说到,如果方便的话,过几天就请她随山城川威制革厂的领导和工程技术人员一起去沧江。她算了一下她的时间,接着高兴地拍起手说:"去、去、去,我去,和我的老家人一块儿去。"

聊了一阵,她说以后我们县上有什么事需要她办的,就尽管说,她会倾力而为的。我说以后少不了要麻烦你的。想想又说,干脆第一次见面就麻烦你一下,明天能不能带我们到股票交易大厅,请你在现场,给我们灌输一点股票呀融资融券呀相关方面的知识。她说可以没问题,然后就把时间定在第二天上午九点半,在股票交易大厅门口见。

下午回到办事处吃过晚饭,我想去拜见省委胡副书记,却又像前两次一样有些犹豫。胡副书记那次到沧江下乡至今一年多了,不知道他还记得我不。再说他那么大的领导,工作很忙,我去打扰他合适吗。

正在暗自思忖着,郝副县长走来,有些神秘地对我说:"今天中央派人来宣布,省委胡副书记升任为省委书记。"

我问他:"消息可靠吗?"他说是一个领导的秘书刚刚在电话里告诉他的,已经在省级领导班子成员大会上宣布了。

听郝山河这么说,我就彻底打消了去找领导的念头,觉得这个时候去凑热闹不妥。以后也就没有再动过心思,胡书记位高权重,诸事缠身,我不好意思去打搅他。

第二天上午我带着郝副县长和随我一起从山城回来的干部,

跟着秦悠悠进了股票交易大厅,在红红绿绿的屏幕前,睁眼看稀奇,同时聆听秦悠悠音色柔美的讲解,算是见了一下世面。我们边疆干部大多对股票交易的金融行为知之甚少,来学习一下,开开眼界是大有裨益的。

二十

回到沧江，李榕告诉我，他这边的项目已经谈成，并已签了协议，等这个雨季结束，境外勐康特区的那个富商就来投资，在我们县城建一个三星级的酒店。

八月十五前，迎来了川威制革厂的厂长和总工程师一行客人，秦悠悠站长也如约而至。当天下午，我们请客人们享用"至尊佤王宴"。地点设在具有佤族建筑特色的干栏式小楼上，十几张篾桌排在一起，桌上铺着洗干净的芭蕉叶，饭菜不用碗装，全部摆在芭蕉叶上。佳肴有：猪大排、烤乳猪、牛排、牛毛肚、蒸鱼、土豆、洋瓜、青菜、白菜、凉拌野菜、三叉苦煮小豆汤等品种，并配以用辣椒、生姜、大蒜、野芫荽、桑苍子和食盐捣碎舂拌而成的佐料。主食有大米饭和鸡肉稀饭，饮品有白酒、水酒和果汁。

李榕站起身来说："至尊佤王宴是过去的佤族大头人用来招待部落首领、民族英雄、异族使节以及尊贵嘉宾的佳肴，今天我们用来招待你们，你们就是我们最尊贵的嘉宾，希望你们吃好喝好。涅摆，涅伟（佤语：喝酒、喝完，也可以理解为干杯的意思）。"

客人们都是第一次到沧江民族县来的，对眼前的一切颇感新奇，或许他们不一定吃得惯这种别具特色的味道，然而表现出来的神态是：吃得满意，喝得高兴。秦悠悠极有兴致地拿着照相机不停地拍摄。酒过几巡，李榕带头唱起了佤族民歌，气氛热烈，场面欢快。

第二天我和李榕领着客人到县制革厂进行实地考察，然后坐下来,由我介绍沧江县的县情和今后的发展思路,李榕介绍制革厂的改扩建方案、项目论证报告和省里的批复意见,并谈了我们的合作联营意向:改扩建的资金由我方负责(省上支持一部分,向银行贷款一部分,县政府出一部分)。改扩建工程完成后,川威制革厂负责技术指导,派人来任技术副厂长,每个车间派一名技术员,指导生产,定期培训厂里的工人,以技术资源入股。利润分成,我县占七成,川威制革厂占三成。

此后由常务副县长郝山河陪同,陪客人们去几个大一点的乡镇调研,回来后又组织他们到境外的妙塔国掸邦勐康特区去考察。考察回来,次日就是县城赶集日,当地人称"街子天",又是佤族的"新米节",我们就安排客人们欣赏一番当地的民风习俗。

翌日清晨,我陪客人赶集。走在大街上,听见牛铃声响,回头望去,只见八九个头戴红色瓜皮帽、身披袈裟的小和尚,赶着一群水牛和黄牛,从县城穿过。我介绍说,这是去田野放牧的孩子,他们这段时间在佛寺里念经学习,也到学校上课,今天是星期天,他们也有空,所以去放牛。秦悠悠连忙抬起照相机追着去拍摄。再往前走,遇见十多个上衣全是白色、下身都是黑筒裙的妇女,肩挑担子,扭着腰肢,嬉笑而来。我说这是到街上来卖东西的傣家妇女。她们肩上的担子十分别致,就像是身上的装饰品,一根竹棍穿过两边的篾箩,箩内是要出售的货物。她们嘴里都嚼着槟榔,露出了黑色的牙齿。我解释道,据说长期嚼槟榔可以保护牙齿不疼痛,因此她们就养成了这个习惯,不过如今喜欢嚼的人已经逐渐减少。走到城中,看见二十来个佤族妇女,身着统一的黑包头、黑衣、红摆裙,正在把身上的背箩放下来,在街道两边摆起摊来。她们每个人的嘴上都含着一支烟杆,却不见吐出烟雾。我又解释道,在山地做活,虫多、蛇多,烟草可以防虫、防蛇,所以佤族妇女会抽草烟,也就养成了口含烟杆的习惯,并不是时时都抽。

我对客人们说,现在群众来赶集,所卖的东西都是摆在街道两边,我们专门建设的赶集场所即将完工,下一步就不在街道两边摆放东西了。边走边谈,很快就看到大街上热闹起来,人挤人,箩挨箩,一幅人间烟火图像呈现在眼前。

妙塔国的边民过来赶集的人也不少,从穿着和神态上我大致上可以看出来,就教秦悠悠她们识别分辨。我说,现在好了,过去妙塔国的边民来卖东西算不清账,做生意时一般都是以一角钱的人民币为单位,以卖黄果为例,一角钱卖两个,他就两个两个地数着卖,如果你说两角钱买他三个,他就不干,因为他算不清账,非要一角两个、两角四个地卖给你。听我这么讲,众人都笑了。

下午,李榕领着客人去佤族村寨游历。他向客人们讲解了佤族新米节的内涵:"新米节"是稻谷成熟、品尝新米、喜庆丰收的日子,佤语称其为"斋",时间一般定在农历八月十四日。节前,各寨子的青壮年都要出工出力,把托运新谷的道路、桥梁拓宽修好。过节当日,妇女到田里采摘成熟的谷穗,拿回家来,然后杀鸡、滤水酒、春粑粑、蒸糯米饭,煮鸡肉烂饭。煮烂饭时将拿回来的新谷剥出少许放进锅里,煮好后就可以尝新米过斋节了。到了晚上,寨子里的男女老少都要到打歌场打歌跳舞,庆祝狂欢。

夜幕降临时,华灯溢彩,客人与我们欢度良宵。广场上表演了佤族的甩发舞、傣族的马鹿舞、拉祜族的斑鸠捡谷子舞,接下来李榕县长特意安排大家跳一段当时颇为时兴的交谊舞,请客人们入场,男女配对,翩翩起舞。一时间,就有上百对男女进到场内,跳起了三步、四步舞,场景热闹非凡。我邀请秦悠悠接连跳了几曲,彼此感觉甚好。李榕叫我们县政协的一位女副主席去请川威制革厂的总工程师跳舞,两人都是胖子,油肚都大,手够不拢,只得侧身牵手迈步,样子极为滑稽可笑。最后安排的是男女老少群体联欢,跳打歌踏步舞,由吹芦笙的人领衔,围成无数圈,起劲地跳,尽情地舞,久久不散。

中秋节当天,双方愉快地签署了合作联营协议。第二天客人们便恋恋不舍地离开沧江。走前,川威制革厂的厂长连声感慨,说此行不虚,开了眼界,收获不小。在一旁的秦悠悠则表示,此属流连忘返之地,乡野民风,令人陶醉,以后可以多来。

秦悠悠还不走,她得多待一天,是我请求她留下来的。我让常务副县长郝山河先是带着她去糖厂、茶厂转了一圈,最后到虫胶厂考察。我对她说:"上午我开个会,下午向你详细汇报虫胶厂的情况,求你帮个忙。"

她说:"不是汇报是介绍,需要我出面做什么,我绝不推辞。"

下午,在我的办公室,我向她介绍:紫胶是胶虫寄生在牛肋巴、秧青、马兰树、双香树、枇杷树、大青树、三叶豆、巴豆藤、马鹿花、蔓棵等树上分泌出来的胶体物质,具有防潮、防腐、绝缘、无毒的特性,用途十分广泛,主要用于军工、电器、医药、食品、化妆品等行业,主产地在印度以及东南亚国家,我们国家适宜生长的只有8个省区。沧江县是1965年开始发展紫胶生产的,到了1987年,紫胶产量跃居全国第一位。

她手捧着茶杯,很专注地听我讲。我喝了口茶水,继续说道:"我们县是1985年创办的虫胶厂,当年建厂、当年生产、当年就还清了办厂投资的贷款,受到时任省长的高度赞扬。这个厂前几年效益年年都好,只是这几年,因为有了人工替代产品,紫胶市场价格下跌厉害,我们的虫胶厂遇到了重重困难。但是我们了解到,随着人们环保意识的不断增强,化工替代品的劣势越来越明显,再加上国际高科技行业如现代电子工业的不断发展,虫胶的应用越来越广泛,对纯天然的紫胶需求量将会越来越大。"

"你说的这些,上午在虫胶厂他们已经讲过,不过再听一遍我的印象就更深了。"秦悠悠转过身来看着我说,"我能为你们做什么,你说吧。"

我说:"秦站长消息灵通,人脉资源广。想请你为我们牵线搭桥,为这个厂的发展招商引资。"

她慨然允诺："我会用心尽力的。"

我双手作揖谢她："晚上我让办公室杨主任把相关资料交给你。"

秦悠悠是一个值得尊敬信赖的人，她回去以后就四处活动，广为联络，为我们边疆基层的事情煞费苦心，最终引来一位广州的企业家，到我们县投资入股，使得虫胶厂重振雄风，而且效益比原来更好。

我和王子仁通过两次长途电话，第一次通话是专门感谢王子仁，谢谢他为我们和川威制革厂的合作牵线搭桥，第二次通话提到谢谢秦悠悠，我讲："章思红你们这个表妹非常难得，介绍广州的企业家到沧江来投资，帮了我们县一个大忙。"王子仁在电话中谈到，章思红的这个表妹最近有些心烦，因为她爱人在美国做访问学者，不打算回来了，而她又没有出国的愿望，因此两人的最终结局，可能就是离婚。

二十一

冬天来了,县城周围的山峰依旧青翠,城外的田野上,照样是鸟语花香蝴蝶飞的景象。天气早晚有点寒意,白天很舒服,不冷不热。这里的气候比我的出生地勐玛坝要清凉一些。

天干物燥时节,农村的茅草房最怕失火。我的脑海里才闪过这个念头,就有人来报灾情了,位于中妙边境线上的班纳乡芒究寨子发生火灾,情形非常严重。我知道县长李榕出差在外,就问政府那边谁去现场,回答说郝副县长去。我说赶紧安排县委办的人跟我去现场。

坐了一个多小时的车,走了半个多小时的山路,才赶到现场。眼前一片焦土,满地狼藉,惨状揪人心痛。86 户人家的寨子,除了地处偏僻的 6 户人家,其余的人家全部变为废墟,400 多人无家可归。幸而无人伤亡,只是烧死了 10 多头黄牛,猪鸡损失较多。群众的粮仓建在寨子外,多数完好,但也有 15 家的被烧光。一时间,我觉得头脑眩晕,连忙蹲下身来,以免跌倒在地上。

看望了在附近山坡上正在集中吃饭的受灾群众之后,我就约着稍后赶到的郝副县长,召集县乡来的干部开会,布置救灾任务。我说,大家已经看到,今天中午的饭菜,班纳乡政府送来了,下午和明天的饭菜仍然由你们班纳乡送来。今天天黑前必须把简易棚搭起来,供群众住宿。郝副县长负责,通知县上尽快把油毛毡送到,乡上负责发动群众把自家的简易棚建好。下一步重建家园,通知各乡镇发扬友爱精神,除班纳乡外,其他 10 个乡镇每个乡镇负责供应 8 户人家盖房子的木料、竹子和草片，送到班纳乡政府。班纳乡你们在县有关部门指导下，尽快组织力量把群众的房子盖起来。芒究寨子到村公所的这段路，过一段时间要把它修通，县上拨点钱给乡上。这次救灾款的安排和粮食的救济，请郝副县长回去落实。

我说完后问郝副县长还有什么要讲的，他说没有了，请大家坚定不移地抓好耿书记重要讲话精神的落实。他把我的话说成是"重要讲话"，这让我觉得有些别扭，感到极不习惯。

一个月后，芒究寨子的群众就恢复了正常的生产生活秩序。

那天在芒究寨子安排完救灾任务后，到班纳乡政府吃了点东西，我就往回赶。我的老领导、时任副专员的郑华明来沧江下乡调研。他分管工业、交通和外贸方面的工作，县里把相关情况向他作了汇报，李榕县长出差前陪他视察了几家工矿企业和边境口岸，之后他又到几个乡镇转了几天。回林山前，他说要见我，问个情况。

我回到沧江县城，打算晚上到招待所去看望他。我还没去，他却到我家里来了，进门就说来看看马玥明和我女儿耿青。不过来到以后，他先不谈家常事，而是关切地询问芒究寨子火灾后群众安置的情况，听我汇报说已经做了详细安排后，他才与马玥明和我女儿家长里短地聊起来。天黑后他起身回招待所时，主动让我陪他回去。

在路上他问我："陈副书记好像对你有点看法，你是不是有些事情没有处理好？"

"我知道他对我有意见，因为他交代我办的事我办不了。"我对老领导说，"我听说他说我是一介书生，难堪大用。"

老领导说："我来沧江前遇见他，晓得他岳父岳母都在沧江，我就问他有什么东西要孝敬老人的，我帮他捎带，他说没有。然后说起你，我就见他很生气，叽里咕噜埋怨一通，不过他说什么我没有听清楚，好像扯到他岳父的事。"

我就把事情的来龙去脉向老领导讲了：我刚当上县委书记的

时候,地委陈副书记就打电话来就交代,让我帮他把岳父享受离休的待遇问题解决掉,我当即答复他说好的,我落实以后向他报告。第二天我就到县劳动人事局询问情况,局长摊开两手表示无奈,说陈副书记老岳父的这个问题,从80年代扯到现在有十多年了,始终难以解决。

局长说,陈副书记的岳父于1949年初参加了我党领导的游击队,打过仗,负过伤,立过功,但是后来在一次战斗前夕,擅自离队,回家不归,半年以后又于1950年初重新参加游击队,所以他加入革命队伍的时间只能从50年代初算起,那么按政策他就不能享受离休干部的待遇。为了妥善慎重地处理好这个问题,局里多次派人或函询到他的老家调查取证,结果都是一样的。能否把他前面这段革命历史接起来计算,请示过地区和省上的劳动人事部门,答复都是不能。

局长说完,见我坐着沉思不动,就试探性地问我:"如果你家太为难了,那么我们就变通处理一下?"

我瞪了局长一眼:"咋个变通?把他擅自脱离革命队伍的这半年时间藏到哪里呢。"说着我就站起来走了。

我对老领导说:"当天我就给陈副书记电话汇报,告诉他事情难办,看来不行。陈副书记说,好办难办,我就知道你不会办,说完就把电话挂了。过了几天,地区组织部张副部长打电话来问这个事,暗示我灵活变通一下,事情就了啦。我就故意问张副部长,咋个灵活变通法,你家给我一个明确意见,我照你家的意见办。张副部长不敢,说你敢于坚持原则,我佩服,说完也像陈副书记一样把电话挂了。后来就没人来说起这个事了。"

老领导听了我说的话,半晌无言。与他告别前,他握着我的手说:"你很为难,但也只能这样做。"

我说:"原则性和灵活性不能相容时,只能选择原则。这一点我一直都在向你家学习。"

二十二

过春节的时候，马玥明和我回勐玛。听支边说，今年过节，林苍秀和她爱人孟远从妙塔国的曼戌来他们小清河区的望乡商号，和丁爱民家一起过年，计划办好边民通行证之后，要到勐玛城来住两天。

我就让支边提前联系，请林苍秀和丁爱民两家人吃顿饭，由我、康太平和支边三家人陪同，高高兴兴地聚一聚。时间定在大年初五的下午，地点安排在县城后边的大青山脚下、我妻弟开的傣家乐园里。

偏西的太阳，红光满面，像一面圆镜，照射着青山、流水、城郭、田园。乐园里，微风轻拂，时光悠然。五家人聚会，在欢快喜悦的气氛中，品香果、尝美食、把酒言欢。

马玥明和支边多喝了几杯米酒，舌头有点大了，争着说话，说起来就没完，结不了尾。支边反复说，他在小清河做生意，和丁爱民合作十分愉快，如今他也是一个小老板了，谁也不能看不起他。

马玥明爽朗，林苍秀温婉，两人却能一见如故，显得亲密无间，见此情景，我在心中窃喜。

我和孟远交谈，彼此也不拘束。饭后我和他在花园里站着又聊了一阵，我大致介绍了我在沧江县的工作情况，他谈了他在妙塔国的曼戌那边行医的情形。孟远面相斯文，身上是一件米黄色的盘扣唐装立领长袖，穿着别致。相谈后觉得他言辞儒雅，学养深厚。他大我两岁，从小就在妙塔国那边生活。他父亲老家是中国安徽的,当年到西南联大上大学,在学校报名参加抗日远征军,去的妙塔国,后来就流落在外面,一直没有回来过。

孟远说:"现在中国这边时局开明,政策好了,原本打算陪老人回老家看看,但是老父亲在战争年代负过伤,如今腿脚不灵了,行走困难,就没去成,为此一直感到遗憾。"

我问他:"你回过你老家吗?"

他说:"去年林苍秀和我特意回国到内地,转了不少地方,游览大河山川,感受雄奇壮美。我们两个办了护照,从妙塔国的首都乘飞机到彩云省会春明市,尔后到北京、上海观光,又去了我父亲的老家安徽,还去了林苍秀父亲的老家四川。"说起此行的缘由,孟远说早就想回来四处走走看看,但直接原因是回来看望林苍秀的母亲和哥哥,可是到了春明市,却无法见到林苍秀的母亲了,林苍秀伤心欲绝。

"她母亲咋个啦?"我忙问。

孟远说,去年,林苍秀的哥哥写信给他的一个同学,说他离开勐玛后一直没有回去过,十分想念儿时的伙伴,更是日夜思念不知在何方的妹妹。他哥的这个同学就想方设法把信息传给了居住在曼戍的林苍秀。林苍秀收到消息后,立马就要回国到春明市,去见亲人。于是林苍秀他俩商定,见到母亲后,就带着母亲和哥哥一起出外旅游。

"她母亲去哪里了呢?"我急切地问。

孟远目光漠然地望着前方继续讲道,到了春明市,在郊区找到了哥哥,却永远见不到母亲了。林苍秀她哥说,那年他母子俩来省城郊区监狱,收父亲的尸骨时,母亲就患了精神疾病,神志不清。那时他找不到适合安葬父亲的地方,就把骨灰撒到江河里去了,然后把母亲送到附近的精神病院去治疗,他就留在医院里打零工,两年后母亲也驾鹤西去,他就将母亲的骨灰,也撒到了当年父亲骨灰下河的地方。后来他与一个当地农村姑娘相知相爱,最终成了倒插门的女婿。知道真相后，林苍秀和她哥抱在一起，痛哭了许久。临走前，林苍秀留下一笔钱，让她哥盖几间体面的房子。

听孟远讲林苍秀家的凄凉往事，我心里很难过，他讲后我一时无语，唯有喟然长叹。

稍后，听到孟远说："林苍秀这个人凡事看得开。她恋乡情结很重，虽然没有明说，但我知道她有朝一日会回来的。"

我说："那好呀，这边随时欢迎你们归来。"

孟远看我一眼，表情有些复杂，我见他张嘴想说什么，最终却什么也不说。

那天在傣家乐园道别的时候，林苍秀给我们每家送一份礼物，是当时比较时髦的粉红色三开门的宫廷方顶蚊帐。我也给他们每家送了两盒"沧江云华"的绿茶。

分手时，孟远特意向我提了一个要求，请我想方设法帮他搞到一套明代的医学大家兰茂所著的《滇南本草》。他说这套书比李时珍的《本草纲目》早140多年，是非常了不起的医药精品专著，他苦苦寻求多年，一直未能遂愿。当场我就表态一定尽力寻找，后来经四处探求，为他搞到了一套，是1959年彩云人民出版社出版的版本。

二十三

春节过后，组织上安排我去省委党校学习一个月。在风光旖旎的青山脚下、雅湖之滨，读书、听课、讨论、休息，日子过得滋润舒适。

都是在宦海遨游的人，各自都会带来一些不同或相同的消息，在校园里讲讲。有两则我倒是比较感兴趣，一则是说，省委胡书记不久前和秘书上街不坐小车，而是一人骑一辆自行车，不小心闯了红灯，被交警处罚，让他俩手拿小红旗，参与维持交通秩序一小时。待证实了受罚者是省委书记和他的秘书时，交警脸都吓绿了，结果是年轻的交警还受到了省委书记的表扬。

另外一则是讲，春明市委书记于正国，最近已升任省委常委、秘书长。于书记我很熟，去年我们一起去欧洲几个国家考察，他任我们的团长，见我对欧洲的历史文化有些纸面知识，对我很欣赏，有好感。回到国内，他让我回到沧江给他寄一包清热解毒、止咳平喘的中药材通光藤来，我回去以后立马就找到了药材，很快就寄到了他秘书的手上。这个春节前，我来省里开会见到他，硬是拉我去他家吃饭，还陪我喝了两杯小酒呢。

星期五的下午，我给秦悠悠打电话，说第二天下午请她吃饭。听得出来她很高兴，她说她明天要在办公室写稿子，让我直接去《改革时报》的记者站找她就行。

星期六下午，我搭熟人的车进城，到东风广场下车，然后坐公交车去记者站。多年没坐公交车了，一时弄不清站牌上的线路图，结果稀里糊涂地上车,把方向坐反了,坐了一段路才发现,到下一站连忙下车,打了一辆出租车才到了记者站。

见到秦悠悠,送上两盒"沧江云华"的绿茶。她也不推辞,看了看说:"礼盒做得很精致。"又问:"为什么取名叫'沧江云华'?"

我说:"云雾山中出好茶,我们县的茶叶大多数都是生长在烟霞里、白云边。'华'是物中精华的意思。唐人皮日休在他的一首诗中,把好茶比喻为'云华',所以我们就把沧江茶称为'沧江云华'。"

"有道理,有诗意,"她说,"沧江令人怀念,值得再去。"

"欢迎你随时去,"我说,"我们县紫胶厂的联营合作,你出了大力,我专门来谢谢你。"

"一点小事,那么客气干啥。"稍停后她又说:"你们郝副县长前几天已经来谢过啦。"

我有点吃惊,但没吭声。

秦悠悠问道:"耿书记这次来,想必还有什么事吧?"

我嘿嘿一笑,说:"基层的事太多,见到你就想反映。"接着就对她讲,我们沧江县农村少数民族青年,文化程度普遍不高,但是他们吃苦耐劳,忠厚老实,多数人从小会走路就会跳舞、会说话就会唱歌,他们很想到沿海发达地区经受锻炼,然而他们冲劲还不足,闯天下的勇气还欠缺。

我说:"想麻烦秦站长帮我们多多留意并引荐,让我们县的少数民族青年男女去发达地区,开眼界、长见识,到乡镇企业、私营工厂打工,哪怕是到群众文化活动场所唱唱民族歌、跳跳民族舞也行。"

秦悠悠听我讲完,抬起右手往上扬,然后拍到茶几上说:"这个想法好,我愿助一臂之力。"

接下来是闲聊。她问我平素有些什么爱好,我说主要是读书,文史哲政经法都涉猎,然而更偏爱历史文化类。过去还爱踢足球、

下围棋,现在得闲时,会坐到电视机前,看看外国电影,看看足球和
拳击比赛。

她又问:"不喜欢听音乐吗?"

我说:"喜欢倒是喜欢,不过不是那么入迷,因为这方面的素养
极差。过去爱听邓丽君的歌,现在喜欢听《小河淌水》《月亮升起
来》之类的民歌。外国歌曲听得很少,只记得《斯卡布罗集市》和
《卡萨布兰卡》。"

她笑了,把两手摊开背靠在沙发靠背上,露出了迷人的小酒
窝。随即她又挺起身来,说:"这样好了,还不到吃饭时间,我给你
普及一下音乐方面的相关常识吧。"

我开玩笑道:"我洗耳恭听,但要不要交学费呀。"

她收敛了笑容:"你不知道,很长时间没人听我谈音乐了,我快
憋不住了。今天遇见你,不管你爱听不爱听,我都要啰唆一阵了,
不好意思啦。"

我也不笑了:"长知识的事,求之不得,你讲吧。"

她说:"音乐是超乎于语言之上的语言,是流动在时间里的艺
术,是屹立在人们心中的建筑。听音乐是我最重要的一种生活方
式,我没有一天能离开音乐。"

她正准备继续讲下去,这时她办公桌上的电话机响了。她站
起来走过去到书柜里拿出一本笔记本来翻开递给我说:"你先看看
这个,我接个电话。"

笔记本上的字迹娟秀,工整美观,写的是:古希腊人发明了
"音乐"这个词,用它来表示吟唱古典诗的歌声;在欧洲的中世纪确
立了记谱法以及和声原理,为乐坛的发展奠定了基础;在文艺复兴
的末期,诞生了一种崭新的艺术形式——歌剧;随着歌剧艺术的发
展,音乐上的巴洛克时期开始了,器乐就是在这时脱颖而出成为一
门独立艺术的,巴赫、维瓦尔第和亨德尔是这个时期的代表人物;
古典音乐时期时间不长,却是音乐史上发生重大变革的时期,音乐

技术从巴洛克的多声部结构返回到以旋律为主导的乐曲上,这个时期的代表人物有海顿、莫扎特和贝多芬;之后是浪漫主义音乐的发展,强调多样性,重视和声的作用,更多地运用转调手法和半音,代表人物歌剧方面是韦伯,音乐方面是舒伯特;进入印象派时期,音乐也来到一个新的探索阶段,音乐家们开始创作出新的音调效果,希望创造现代主义的新音乐,代表人物有马勒、德彪西,到了20世纪有勋伯格、罗德里格、肖斯塔科维奇等人。

接完电话她过来坐到沙发上说,她正在参加音乐理论硕士班的学习,让我看的是她昨天晚上记笔记的内容。接着她又一口气讲了一阵,讲些什么,我记不清了,脑袋似乎已被塞满,装不进去啦。

她讲的语速很快,最后说:"一谈起世界著名的音乐,我就有讲不完的话,但是今天只能打住了。我倒是过了嘴瘾,只是让你听累了,谢谢你。"

"哪里哪里,是我该谢你,"我说,"什么时候听你美美地唱几首歌吧。"

她摇头说道:"我不在别人面前唱歌。"

我感到诧异:"曲高和寡知音难觅?"

她用手指着自己的脖子说:"不是。我的嗓音条件不好,再说慢性咽炎每年都会发作。"

她和我一直聊到吃饭的时候,我约她去找一家环境好一点的餐馆,她说不必,省点时间,晚上还得写稿,就在楼下的小馆子就可以了,有一家她们经常去,也还干净。

我俩到楼下用餐,边吃她边说:"你们县的郝副县长来我这里几次了,我看这个人心机很深,与人交往有很强的目的性,我不喜欢他的做派。"

"他到县里工作的时间不长,我对他为人处世的特点已经有所了解。"我说,"听说他路子宽,和省上好几个领导的秘书关系都好。"

"应该是这样的。"她说,"他上次来请客,硬要拉我去,我去了一看,好几路'神仙'都是他的座上客。"

我没吭气。

"民间爱说'脸皮厚吃得够,脸皮薄吃不着'。"沉默了一会儿,她说,"政坛的潜规则你比我懂,要有人脉积累的。"

我笑笑:"我这个人脸皮薄。"

她看看我,突然说:"我想起来了,市委书记于正国刚升任省委常委、秘书长,他认识我,我跟他的秘书特别熟,哪天我带你去认识一下他的秘书,把关系建起来。"

秦悠悠这么说,是关心我,让我感动,我就把我认识于正国秘书长的事对她说了。她说,那你得主动些,他以后帮得上你的。

我说我晓得,只是迈不开腿,更张不开嘴。

又把两年前,省委的胡副书记、如今的省委书记曾经叫我到省城来找他下围棋,而我从来没去找他的事向她讲了,她听了,用一种像是与我关系很深似的眼神瞪着我说:"你要注意,书生色彩太重的人,在官场上是长不大的哟。"

我说我知道,然后有意把话题岔开,问起了她表姐章思红和表姐夫王子仁的情况,说希望他们到沧江去看一看。

稍后我去买单她不干,付完账后分手,她去写稿,我去沧江县驻省城办事处过夜。

过了一个星期,吃过晚饭,她开车到党校来看我,给我带来了三本书和两盒歌碟。歌碟里分别有《斯卡布罗集市》和《卡萨布兰卡》的歌曲。

三本书是《中国哲学简史》《新教伦理与资本主义精神》和《苏菲的世界》。她介绍说,挪威作家乔斯坦·贾德的小说《苏菲的世界》,用文学手法讲述西方哲学史,有侦探色彩,十分引人入胜。《新教伦理与资本主义精神》的作者是马克斯·韦伯,他对西方的学术思想贡献特别大,与马克思和埃米尔·涂尔干,被称为"现代社会学的三大奠基人",他的这本书影响很大,读了以后可以拓宽一些思路。

她说到《中国哲学简史》的时候,我就说,这本书我读过,感觉非常好,冯友兰先生只用二十万出头的文字,就将几千年的中国哲学文化,讲得一清二楚,出神入化,通俗易懂,值得多读。

她感叹道:"文化还是东西结合好。在人的精神世界里,只有依靠中西合璧的视野,才能看得见高峰。"

天黑了她才走。

我学习结束前,打电话约她到我们县办事处聚一下,吃点沧江特色菜,但她出差去了。第二天我接到她在外地给我打来的电话,说深圳有几家香港人办的工厂需要青年劳工,已经联系好,送人过去就行了。

几次接触下来,我对她的印象越来越好,有了一种亲近感。后来得知,她已解除了婚姻关系,成了一只单飞的鸟,我就在心中为她祈愿,祝她好人有好报。

李榕来省城开会,报到前来党校看我,在我住的房间里,两人谈了一阵县上的工作。后来他有点生气地说到了郝山河,说郝山河到沧江县工作才半年时间,就往省城跑了七八趟,请客吃饭拉关系,花钱大手大脚的,开销的费用有些拿到财政上报销,有些让企业支付。

猛地吸了几口烟后,他把烟蒂按在烟灰缸里,站起来走近我说:"有件事让我很恼火。"然后他又坐回到床上说,不久前郝山河介绍几个人,去县糖厂找厂长,说是要预订一些白糖,可以先打一笔款过来作为预购定金,等今年的白糖生产出来后,糖价按去年的价格给他们。

我说:"不行。今年的白糖价格省上不是已经分析过了吗,绝对比去年高。要买只能是随行就市。"

"你听我说嘛。"李榕说,"厂长很难办,就推说是我交代过了,今年的白糖价格会比去年好,要咋个卖,必须请示我。回绝了那几个人以后,厂长就赶紧打电话给我,说是他抵不住,只有把我抬出来抵挡了。我表扬他做得好。"

我说:"只能这样办。先前已经有几个人来找我,也是打白糖的主意,我一个都不答应。得罪人的事,我们躲不开,也不能躲。"我又说:"回去以后,我两个分别找郝山河谈谈,给他提个醒。"

李榕说,好的。点上一支烟后,他又说:"我们是贫困县,多花一点钱我都会心疼。现在来送礼,也就是送一双皮鞋、两盒茶。过去送礼,你猜我们送什么,送白糖,送核桃,还送过山地土鸡。"

说到这里,他自己先笑了一阵,然后给我讲他说是他自己的亲身经历:有一次晚上去一个机关大院送鸡,把鸡从车里拿下来的时候,几只鸡扑打着翅膀嗷嗷叫,把一栋楼的人都惊醒了,弄得他十分狼狈。又有一次去送核桃,一麻袋核桃好不容易背到六楼,结果口袋没扎紧,核桃撒了,一直滚到一楼。还有一次,扛着一袋五十斤重的白糖去五楼,送给一位厅长,厅长无论如何不收,只好把白糖又扛下楼,腰都累弯了。

我哈哈大笑,眼泪不停地往外冒,赶紧脱了眼镜擦眼睛。不管他讲的是真是假,我就喜欢听他讲笑话。

他没留下一起吃晚饭,说是要赶去开会处报到。我俩约定,两天会议结束时,他约几个处长到我们的办事处吃饭,喝点小酒,我去作陪。

李榕开会结束的那天,正好是我学习结业离开党校的日子,我俩先后来到沧江县驻省城办事处。办事处设在一个小区里,我们买了三套单元房,一楼供办事处工作人员使用,二楼两套门对门,平时用来安排县里来出差的人吃住,也用来接待请到的客人来用餐喝酒。

李榕说今天请到的客人,一个是处长,一个是副处长,还有一个是调研员，都是管项目的，很有实权，要让他们吃好喝好，尽兴而归。

下午六点左右，客人如约而至。我和李榕，加上办事处主任，陪三位客人，驾驶员和其他勤杂人员在另外一套房间用餐。我说了祝酒词后，各自喝了一杯酒，然后用菜，之后就边吃边谈边喝。

李榕对客人说："请你们到办事处来，一是安静不喧闹，二是品尝我们沧江的特色菜。酒呢，请你们喝我们家乡的小甑酒，用苞谷酿的，特别香。我们还给你们每人准备了两瓶'烈良酒'，是用我们山上的一种植物泡的，这种植物是老水牛发现的，老水牛吃了以后去犁田，一天到晚不会累。人喝了这种植物泡的酒以后呢，力气用不完，不小心还会犯男女关系错误呢。这种酒今天就不给你们喝了，你们拿回去慢慢品尝。"

一阵笑声过后，他又说，"烈良酒"的颜色有点像酱油，所以处长你们把它拿回去，不要放在灶台上。处长问为什么不能放在灶台上。他就一本正经地讲，有一回我们送给一个领导两瓶这种酒，他拿回家放在灶台上，第二天早上他老婆做早点，煮了两碗面条，以为这个酒是酱油，就打开倒了几滴在面条上，结果面条马上就立起来了，吓得他老婆跑进卧室，问灶台上摆的是什么东西。分明是编的故事，大家还是用爆笑表示欣赏。

有李榕在场，气氛就欢快。他吃了几口菜，就开始敬一巡酒。先敬处长，说："我们沧江有很多地方值得看，请处长你们尽快下去走走。"

处长说："几年前去过，印象不错。我争取早点再去看看。"

"这几天你们下去正合适，漫山遍野白花开，太好看啰。"敬了酒后，李榕坐下来说，"如果你们这段时间下去，我还要带你们去南金河畔吃鱼，特别有意思。"不等别人说什么，他就接着讲："去南金河畔，在水边支个三脚架，把锅放上去，把水加好，放一些辣子盐巴和阿佤芫荽等佐料在里面，烧起火来，就等着得了，一小下子，二三指宽的鱼就自动跳进锅里来了,稍微煮一下就可以吃了,味道香得很。"

几位客人瞪大眼睛听他讲完,处长就笑着说:"你真是吹牛不打草稿。"

"李榕讲的这种现象,我听说确有其事。"我介绍道,每年的四五月份,天空出现太阳的时候,九至十二点这段时间,每隔三分钟左右,南金河里的白鳞鱼就会迎着阳光跳出水面,翻一次身,动作整齐划一,场面十分壮观。有些鱼靠近岸边,可能是感受到火的温暖,产生好奇,跳过来看究竟,结果就跌进锅里。

几位客人感到不可思议,张开的嘴巴一时合不拢。

酒酣耳热之际,李榕站起身来说:"我给大家献上一首歌吧。这是一首埋藏在我心中的佤族民歌,我用佤语唱给你们听。"他不说"保留"或者"收存"之类的词,而是故意说"埋藏在我心中的歌",纯粹是制造笑料。接着他就声情并茂地唱起来,唱得荡气回肠,极有感染力。唱完以后,众人都鼓掌叫好。

处长一边拍手一边歪着头想,过了一会儿就问李榕:"怎么你们佤族民歌的曲调我会那么熟悉,跟电视剧《便衣警察》里边的主题曲有点像。"

李榕笑嘻嘻地回答:"处长你太厉害了,我唱的就是《便衣警察》的主题歌。因为我太喜欢这首歌了,所以我把它当作佤族歌曲,用佤语唱给你们听。"

处长说:"歌唱得好,我听了差点掉眼泪。不过嘛,我还是想罚你一杯酒。"

李榕说:"我自罚三杯。"

处长正在兴头上,说:"你自罚三杯不公平,我要陪你喝。干脆这样,我两个一人半斤,一口干,看瞧哪个赢,哪个先倒下去就算输,可不可以?"

李榕说:"可以,这种喝法痛快。"

　　我连忙劝阻道："高兴就好，但是不准喝那么多，意思到了就得啦。"跟处长来的副处长和调研员也在一旁劝说不能喝多了。可是处长和县长都不听，县长叫办事处主任去拿一斤苞谷酒出来。

　　办事处主任无奈，只得去储藏室去拿酒。我跟着出去向办事处主任交代，叫他打半斤酒，兑半斤水，稀释一下。办事处主任说他不敢，因为酒里兑过水，县长会喝出来，他就要骂人，说与朋友喝酒不能弄虚作假。

　　酒拿来以后，用大碗一分为二。喝前，处长说："县长，你是老哥我是弟，你说的几个项目在我心中装着呢，你放心。"

　　李榕说："谢谢，我先干。"说完就抬起大碗，咕嘟咕嘟地把酒干了。处长也抬起大碗把酒喝了。喝了大碗酒，两人的话就更多，此后渐渐地舌头就大了，口齿不清，语无伦次，也不去论谁先倒下算谁输的事了。

　　我叫办事处主任去找两瓶葡萄糖水来，让他俩服下醒酒，又把他俩扶到沙发上，靠着睡了个把小时，这才把他俩唤醒。

　　安排驾驶员把客人送回去，把李榕送到卧室睡下，我才休息。第二天一早，我严肃地对李榕说，以后不能这样喝酒了，会出问题的。李榕羞涩地笑笑说，书记，我听你的。

　　吃过早点，我坐县委办安排来接我的小车先回沧江，李榕说他和省城的医生约好了，要去治一下风湿病，晚一天回去。

二十四

才回到沧江几天，就遇上了被征地的群众和公安干警对峙发生摩擦的事件。听到消息后，我和县委常委、办公室主任杨源乘车正准备前往出事地点，李榕过来上了我们的车。路上，李榕埋怨郝山河，说他急躁冒进，征地补偿款群众不接受，他不管三七二十一，就派工程队开着推土机去平整土地，群众不允许，他就安排三十多名公安干警并亲自带着去维持秩序，结果被几百名群众围了起来。

我对李榕说，群众思想不通，我们不能蛮干，必须让工程队退出来，要不然会出大事的，征地补偿问题协商好了以后，我们再动工。李榕说是呢，原本就应该这样做。

到了事发地点，群众得知书记、县长来了，就把我和李榕围了起来。李榕高声喊道："大家不要乱，静下来听我们讲。"

我说："我和县长赶来向你们表态，征地补偿问题没有商量好之前，我们不动工。现在就让工程队把推土机开回去，你们说这样行不行？"

群众是听话的，虽然还有少数人起哄，但大多数人渐渐地就安静下来，眼见推土机撤走后，他们也就散场了。

郝山河有怨气，对我和李榕说："就这样走了，以后县委、县政府还有什么威望。"

李榕责备他说："群众工作做不通，你就强行干，不出乱子才是怪事。"

郝山河解释道："被征土地中，有一部分是干部家属的，已经把他们的工作做通了，所以才安排去平整干部家属的地，目的是做个示范。"

我说少数人思想通了也不能动，必须大多数人同意才行："这样吧，下午就开会，商量解决问题的办法。县委和政府在家的领导参加，让财政局、城建局的领导也来，还有这个镇的领导，杨源你负责通知。"

烈日当顶，强光直射，把风都晒跑了，我们全都是汗涔涔的，得回家洗澡换衣服才行。

对沧江县城的市政建设，我听取过不少意见，做过多次思考。这个县的山野风光、民族文化、边境特色和北回归线上的气候条件，对外来讲，是极具吸引力的，发展旅游业我们有优势。目前的最大问题是交通不方便，城镇基础设施差，景区建设乏力，根源在于经济相对滞后，财政支撑不住。眼下我们只能做好规划，远近结合布局，一步一个脚印地抓好项目建设。

交通条件的改善，需要反复向上争取资金支持。与此同时，我们不能等，需要行动起来，提升县城各方面的档次，在建设过程中，特别突出地展示民族文化特色。新城一时建不起来，那就把老城的民族特色品位升起来。在老城改造基础设施的基础上，实施"穿衣戴帽"工程，沿街一面全部用民族文化符号展示特色风貌，让边陲小镇体现出独特的个性色彩。

我把我的设想和李榕县长说了，听取他的意见，他没有不同意见。我就在干部大会上谈了想法，大多数人都认可这个思路。文化局局长建议，在改造老城的同时，可以把县城南边的那块坡地征过来，开发成民族风情小镇。众人都觉得文化局局长的建议极好，我说那就去看看吧。

会后我和李榕约着相关部门的人就去察看城南的那块坡地。这块地大约有 500 亩，两边是斜坡，中间是水塘；一直以来，群众用水塘养鱼，坡地种菜。大家看了都说这块地合适，接着就七嘴八舌地议论起来，倾向性的意见是，把中间的水塘扩展成一个人工湖，两边的坡地推平以后建成民族特色街道，展示民族文化，推销特色饮食和农特产品。

李榕兴奋地说："民族风情小镇就建在这里得了。我们要筑巢引凤，县上先把'三通一平'的问题解决好，这样才具备招商引资的条件。"

我说："要先做规划，同时把征地工作做到位，和被征地的群众签好协议，然后就按县长说的做好平整土地和通路、通水、通电的工作。"

确定了土地补偿标准后，就去征求群众意见，被征地的群众普遍都觉得政府的土地补偿费低了，因而都不同意签协议。因此，推土机一响，就被群众包围了，动弹不得。

下午的会，大家都认为因为县上财政困难，我们提出来的征地补偿费的确是低了。怎么办呢，讨论来讨论去，有人提出，可以不用补偿，让群众以土地入股，以后参与分红。这个办法看起来不错，但有人说此法不一定行得通，因为有些群众只计较当前，不考虑长远，他们想要的是现款。

我突然想到秦悠悠帮我们联系好了的劳务输出到深圳的事，就说："两个办法：一个是征地不付钱，土地入股，以后分红；一个是征地费不变，但是每家安排一个青壮年去深圳，务工赚钱，《改革时报》驻春明记者站的秦站长已经帮我们联系好了工厂。让群众自己选择，怎么样？"

与会者都觉得两个办法比一个办法好。李榕说："明天就安排人去做群众工作。"

"先别忙，为了保险起见，我们要派人去深圳那边具体接洽一下，落实好了再来做群众工作。"我说了意见后就问李榕，派谁去呢。

李榕当面就安排郝山河带人去，郝山河痛快地说，好的，明天就出发。

郝山河办事雷厉风行，到深圳后很快就打电话回来说，事已办妥，可以安排民工去了。

我们就按照商定的两个办法去征求群众意见，落实下来，有的愿意以土地入股，有的愿意外出务工，绝大多数人家都签了协议。

纠纷化解以后，工程队的推土机轰鸣着开进了工地。

郝山河从深圳回来，我把他叫到我的办公室，与他谈话。我先是肯定了他到沧江工作以后取得的成绩，表扬他思维敏捷，敢想敢干，雷厉风行，也能吃苦。同时中肯地指出他存在的不足：一是往省城跑得过于频繁，沉到基层去帮助解决问题的精力用得不够；二是花公家的钱大手大脚，欠缺勤俭节约的意识；三是在复杂的事态面前，考虑问题还不够周全。

我的话才说完，他就猛地一下站起来，想说什么却又没说，然后又重重地坐回到沙发上。我注意到，他瞪了我一眼，但很快就将目光转移到一边去。

我对他提出了一些希望和要求，之后说我想听听他内心有些什么想法。

"当领导的，正职是干事业的，副职是做事情的。"他又站了起来，说："耿书记，以后你咋个说我就咋个干。"

我知道他内心不爽，示意他坐下来，随即安慰性地和他说了一些话。稍后想起他曾经介绍客商去糖厂预订白糖的事，心里就想着要提醒他一下，但我却不说破，知道他悟得出我的意思。我说，我们当领导的，经常会遇到一些难办的事，不过再难办的事，我们按原则办，就问心无愧了。接着我就说："前不久来找我好几拨人，叫我安排把白糖预订给他们，他们出的是去年的价，而今年的价要好得多，你说我咋个能办嘛。"

郝山河是何等聪明的人，我说头他就知道尾，晓得我这时讲的话是故意说给他听的，连忙就说："我这边也有人来找过我，我没有

出面，只是让他们自己去糖厂找厂长商量，事情办不成，人就
走了。"

　　见我面无表情不吭气，他就接着解释道，是地委组织部张副部
长打电话给他的，让他接待一下地区文化局崔云科长带来的客人，
崔云带来的人就是来预订白糖的。他还说，崔云悄悄地告诉他，来
预订白糖的人是省委组织部宋副部长的亲戚，让他无论如何要帮
一下忙。解释完后他说，他也是讲原则的人，这种事他不愿办。

　　我听了心中暗笑，觉得这小子有点不够意思，你看他为了洗刷
自己，连宋副部长、张副部长都牵出来了。

　　郝山河的基本情况我了解过。他是林山城郊人，与我老岳父
是同乡；自幼家境贫寒，却能刻苦读书，成绩一直都好，最终考上省
城的一所大学；毕业后分回来，安排在行署机关工作，当过领导秘
书，后到计经委任副主任，一年后交流来沧江任职。

二十五

雨季来临。这段时间是夜里下雨,白天放晴,早晨出来上班,感觉到空气特别清新,四处看满目青翠。

秦悠悠见着我就称赞:"这个地方真好,山清水秀的,滋养人心,以后老了就到沧江来常住得了。"

我微笑道:"欢迎你,以后这里绝对是好地方,只不过现在还很落后。"又对她说:"你们这次来,我要向你们反映一些问题,看看能不能写成内参上报,为我们边疆贫困地区呼吁呼吁。"

她说:"使命所在,责无旁贷,等会儿听你讲了再说吧。"

在招待所陪秦悠悠和她的助手吃过早点,我就把她俩带到我的办公室,泡好茶后闲聊几句,就切入正题,我说:"今天我想反映的是我们县教育和卫生落后的问题。"

"先别忙,"秦悠悠说,"你看看这几篇稿件吧,通过了我们就发回总部,在《改革时报》上发表。"又说:"已经请你们的宣传部部长看过了。"说着就让她的助手把几篇新闻稿件递给我。

她俩来沧江几天了,白天采访,晚上写稿,报道边疆民族地区沧江县在改革开放浪潮中展现的新变化。我把三篇稿件一一看了,向两位记者作揖道:"感谢你们奔波千里,来帮助我们做宣传工作。我没有一点不同意见。"

"我们之间就不要讲客气话了。"秦悠悠微微笑笑,看了我一眼说:"谈谈你要反映的问题吧。"

我点点头后说:"边疆民族地区现时的落后是全方位的。首先是交通落后，交通不畅，制约全局。"

秦悠悠深有同感："我来记者站一年多时间，跑了不少地方，感觉到你们彩云省的交通的确落后，特别是边疆民族地区。"

我说道："沧江县有一些外来干部，包括一些本地人，普遍不安心长期在这里工作，有办法的，积极活动调出去，没有办法的，想办法让子女到外地读书，考上大学就不回来。为什么？因为交通落后，经济发展难，教育质量差，医疗条件跟不上，影响了生活水平的提高，所以他们不安心。"

秦悠悠问："你们有没有形成过这方面的一些分析数据和资料？"

我说："已经为你们准备好了，走的时候就交给你们。"接着说："交通和产业发展问题，秦站长心中有数，我就不占用你们的时间了，我主要想反映教育落后和医疗条件差的情况。"

"好的。"秦悠悠喝了口水，放下杯子说："你一个问题一个问题地说，这方面的具体情况我们掌握得不多。"

"先说说教育方面的情况。"我说，现在学生的文化基础普遍都差，根源在于全县的师资力量薄弱。计划经济时代，还有一些大学生分到边疆来教书，这些年越来越少。人往高处走，水往低处流，这个可以理解，但是边疆的师资水平逐年下降，就成了明摆着的事实。以沧江中学为例，老教师退了以后，本科毕业的教师分进来的不多，所以教学质量不断下滑。这些年学校很少有考取大学本科的学生，专科生倒是零零星星地有一些。

我说到这里，就见秦悠悠不断地咂舌，表示惊讶。

"实际上我们的师资力量过去也不强，学生的文化底子一直都很薄。"我继续说，我们县教育局编过一本书，宣传我们当地人走向全国成为精英的故事。这些成功人士大部分都不是从沧江中学考出去的，凡是大学毕业的，基本上都是在外地读的初中高中，然后考取大学的。我印象最深的三个：一个是在当地读完小学，作为少数民族子女,被选送到北京深造,现在是中央民族学院的教授;一个是初高中都在省城读的,后来考取中山大学,又到英国留学,现在是广州那边的植物学家;还有一个是小学毕业后,就投奔亲戚在林山地区中学读书,考上了解放军的飞行学院,目前是海军航空兵的飞行团长。他们几个都是在外地读书最后才上的大学。

秦悠悠和她的助手这时都是一个表情,瞪着眼睛张着嘴,静静地听我讲。

"现在我说说医疗卫生方面的情况。"我说,我们县缺医少药是不争的事实。山高路远,群众看病难。乡镇卫生院医疗条件很差,县医院情况好一点,但是也是严重缺人才,设备档次低,治疗水平上不去。得了小病熬一熬还可以挺过去,得了大病就麻烦了,必须到地区医院看,地区治不好,又得上省城,一路辛苦,弄不好就贻误时机,丢了性命。

这时秦悠悠想插话,我没有让她插,继续说道:"我们县的人均寿命相对较低,因为死亡率相对高一些。我专门到县里的公墓去看过,发现 60 多岁就去世的人占的比例还不低呢,如果医疗条件好一些,我想他们当中许多人就不会走得那么早。"

我感觉到我的声音有些哽咽,就没再讲下去,抬手示意让秦悠悠说话。

秦悠悠却不马上接话,沉默之后,她抬头长叹一口气,才说:"这个内部参考我们必须写。对上面有什么请求,你要谈一谈。"

我说:"教育和医疗落后的问题解决不好,一个地方的综合发展就会受到极大的制约。"

秦悠悠说:"你谈点具体的建议。"

"国家对边疆民族地区是有照顾的,只是我想能不能再加大点力度。"这时我把烟盒掏出来,打算边抽烟边讲,但想到在女士面前抽烟不妥,便把烟盒丢到了办公桌上,"在交通建设方面,除了考虑经济发展的因素之外,还可以从巩固国防、稳定边疆的角度来构思,下决心多投入,加快建设步伐。"

我见秦悠悠和她的助手低着头忙着记录,有点跟不上我讲的速度,就放慢了语速:"在教育和卫生的建设方面,主要抓人才建设。具体讲,一是出台吸引人才到边疆工作的优惠政策;二是定期派人到边疆支援,三五年轮换一次;三是上边的人下来培训当地的教师和医务人员,形成制度不要间断;四是定向录取边疆的青年上大学,毕业以后确保回乡服务;五是增加少数民族地区上大学的预科生指标。我目前想到的就是这些,考虑得还不够成熟,请两位斟酌。"

秦悠悠停下笔,思忖一阵,说:"你说的这几点建议,具有可操作性,能够帮助我们拓展思路。谢谢你。"

听她说谢我,我连忙站起身来表示,我谢她俩才对。谢了后才又坐回原位。

又谈论了一阵,我就带她俩到沧江中学和县医院,去实地看看。在中学,我特意让她俩看了图书室,说藏书少得可怜,能否劳两位的大驾,回到省城找相关部门,给学校捐点书来。秦悠悠说没问题,她和省新华书店的领导熟悉,还认识几家出版社的社长,回去就给你们办好这事。

秦悠悠是个言行若一的人,回到省城才几天,就打电话来说,内参已经发往北京,报道沧江县深化改革扩大开放的稿件即将见报,为沧江中学要的书过几天就会送到中学,数目是 1 500 册。放下电话,我靠在沙发上静静地坐了一阵,内心的感激情绪久久不散。

回到家里,我翻箱倒柜地搜出 200 多册书来,第二天就捐给了沧江中学。同时我告诉校长,准备好接收秦悠悠他们捐送来的新书。

六月初我去地区开会。会议结束后,去找行署分管教育和卫生工作的副专员,汇报沧江县教育、卫生工作,希望得到上级的进一步关照。副专员特别高兴，说当书记、县长的人，平时被经济工作缠得脱不开身，我是第一个去找她反映教育卫生情况的县委书记。

我说抓教育和卫生工作，从某种角度上看其实也是在抓经济，这是相辅相成的事。

副专员问我有什么具体的想法，我就把我对秦悠悠和她的助手谈的内容，向她大致复述了一遍，并希望她派一个调研组下去，实地做些调研工作，同时为我们出谋策划，指点迷津，当然最终还是希望得到上级的资金和政策支持。

副专员答复说，我的想法对她有启发，的确需要做一些解剖麻雀的工作，进一步吃透下情，才能做出科学决策。她说她很快就会安排人到沧江去调研。

几天以后，调研组就到沧江来了。行署的一个副秘书长任组长，成员有教育局、卫生局的副局长、行署办和计经委的科长。他们是下午到的，我在乡下晚上才能回到县城，就由李榕、郝山河和县里分管教育卫生工作的副县长在招待所陪他们吃晚饭。

那个时候的规矩，饭桌上总是要上点酒的，喝的是当地的苞谷酒。李榕敬了一巡酒后，就开始像过去一样讲起了笑话。他先讲的是，有个处级领导喝了酒回家时，天已黄昏，来到小区门口，见一个熟悉的女人张开双手兴冲冲地朝自己奔来，两眼昏花的处级领导见状就想，天都没有黑她就想和我拥抱，成何体统，就抬起脚来，一脚踢了出去，结果听到咣当一声响，原来那女的是买了一块铺茶几用的玻璃要抬回家。玻璃碎了，处级领导执意赔钱，正好小区外面的街上有取款机，就去掏出工资卡来取钱，但是怎么也取不出钱来，原来工资卡上的密码，后面两位数字已经被自己的媳妇修改过了，只好在第二天才去赔款。笑话讲了，自然是引来大笑，大家边喝边笑，兴味盎然。

等众人笑过，他又接着讲，这回是把他自己摆进去地讲，说几年前的一个周末,身为副县长的他和驾驶员出去接待应酬,结果不但他喝多了,连驾驶员也被灌醉了,对方安排一个年轻的司机送他和驾驶员回家,年轻的司机知道,副县长家住在五楼,驾驶员家住一楼,都住在一个单元里,但是不知道谁是领导,谁是驾驶员,到了楼下,他和驾驶员还在睡梦中,一直喊不醒,年轻的司机误以为长得又高又胖的驾驶员是领导,就把驾驶员背到了五楼,把门敲开后才知道弄错了,只好又把驾驶员背下一楼,把他背到五楼。为了博得客人笑,李榕故意自损形象,把自己编进笑话中,结果当然又是一阵哄堂大笑。

李榕自己也笑,可是笑着笑着他突然就变了脸色,怒目而视,指着调研组的几个领导说,你们几个对不起我们。原来他身后有人用低语对他说,调研组的几个领导杯子里的酒,已经被调包换成了水,看似喝酒,其实是饮水。

笑声戛然而止,众人面面相觑。

"你们喝不了就说喝不了的话,我们不会乱劝酒,"李榕站起身来说,"你们弄虚作假,拿水冒充酒来骗我们,像什么话嘛。"说完把酒杯砸到桌上,拂袖而去。

留下郝山河和分管教育卫生工作的副县长应对尴尬场面。

晚上,得知我回来了,李榕来到我家发牢骚。我泡了一杯蜂蜜水给他,他把蜂蜜水咕嘟咕嘟地喝了,然后说,他今天喝的酒不算多,自从我提醒他不要乱喝酒之后,他就不喝大酒了。又说,主要是气不过,他们不以诚相待。

我不吭气,任由他说,等他发泄完了,我才说话:"你的脾气我知道,也能理解。但是有些场合,你需要学会控制情绪,换一种方式处理问题。"

他也不接我的话,只是闷头抽烟,渐渐地也就把气消了,站起来说:"我明天去陪他们吃早点,说几句好话给他们听。"说完就回家去了。

清早起来，李榕就去陪调研组的人吃早点，没吃之前就说，昨天走早了一步，不礼貌啦，请各位原谅。他这么一说，调研组的人就说道，不有事嘛，大家都晓得你是个爽快人，好相处。

调研组的人下来，作风务实，县上分管领导陪他们去学校，到医院，看了许多地方，问了很多情况，才回到县城，然后与我们座谈，交换意见。回到地区后，他们很快就形成了调研报告，报地区行署和省上相关部门。之后，请求上级帮助解决的问题一部分得到了落实，有些问题则是需要假以时日才能解决。

有一天又接到秦悠悠打来的电话，说湖南有一所学校，是全国第一所民办大学，生源质量不差，大部分是来自高考大省的学生，因为受家乡录取名额限制，进入不了公办大学，转而来读民办大学的，毕业以后应该有人愿意到边疆工作，我们不妨去看看，合适的话就招一批到沧江来，充实师资队伍，增添新鲜血液。放下电话，我就去找李榕，把秦悠悠电话里讲的内容对他说了，他也很兴奋。

我俩商量以后，就派分管副县长和教育局局长前去考察。考察意见很快就传回来，说这所大学的学生素质的确不错，也有愿意到边疆来工作的。我们即刻把信息上报给地区行署和省教育厅，并请示说我们县打算招收一批民办大学毕业的学生，问是否同意。

行署答复同意，编制问题逐步帮助我们解决。省教育厅表示支持，给予适当的经费补助。

八月份，我们就迎来了 28 个民办大学的本科毕业生，全部安排到教育战线去当老师。

为了对秦悠悠表示谢意，我让县驻省城办事处的主任，给她送去了两小坛野生蜂蜜。

大学生充实到教师队伍以后，李榕来找我说："教师队伍的力量得到了补充，医疗战线咋个办呢。"

我俩商议半天，后来我说："学医的大学生这几年很紧俏，难得分到沧江来，不如我们去省城请一批退休的老医生来，安排他们在县医院干个三四年,同时帮我们做做传帮带的工作。"

李榕说:"办法倒是好办法,只是沧江路远条件差,老同志来了怕是不方便。"

我说:"我们请才退休的身体好的来,应该可以的。"

他想了一会儿说,行嘛。又说这次他要亲自去省城跑一趟。我提醒他,去了以后到卫生厅去报告,请主管部门出面帮我们做做动员工作,效果就会好得多。他拍拍大腿说,好。

九月份,我们就迎来了 24 名医疗技术骨干,全部安排到县医院帮助开展工作。县医院因此热闹起来,除了本县的病人,县外的、境外的也都有人陆陆续续地慕名而来看病求医。

沧江县的干部都知晓我和李榕重视文化教育卫生工作,他们都熟悉了我爱说的一句话:"要像抓经济工作一样抓好文化教育卫生工作。"

二十六

元旦过后，就忙着安排各乡镇召开党代会和人代会，组织乡镇换届选举。

乡镇的"两会"，一样地要抓好两个环节，一是要有一个好的工作报告，总结过去，展望未来，提出科学的发展思路和切实的对策措施；二是选举产生能够带领广大群众科学发展、致富奔小康的领导班子。

各乡镇党委和政府的工作报告，经过换届选举指导组的审核把关，已经草拟好了。乡镇党委和政府两套班子成员的人选，组织部门多次考察，也已经准备就绪。调整乡镇班子，必然会牵扯到县直单位各部委办局干部的部分变动，所以县委常委会也对县直单位的干部做了"大稳定、小调整"的安排。

我在沧江工作这几年，在干部的选拔使用和管理方面，花了不少精力，思考过一些革故鼎新的举措。我和县委一班人达成共识，在选择使用干部方面，突出两个特点，一是大胆起用年轻干部，鼓励老同志支持年轻人干事。我在干部会上讲，人是靠锻炼成长的，早锻炼早成熟。大家都说我们县不出干部，问题在于我们县乡科级干部老化现象严重，如果我们现在有一批而不是仅仅只有几个年轻而又得力的乡科级干部的话，几年之后何愁在地区的中层干部中没有我们县的干部呢，我相信到时候在省上都会有我县出去的干部。思想统一后，一批批年轻干部就被提拔起来，成为中坚力量。这批干部中后来有一些被提为地区的处级干部，有六个成为地厅级领导,还有少数被选调进省城工作。

二是扩大民主、尊重民意、体现公平使用干部。在大会小会上我都讲,当领导的很重要的一点,就是要以身作则体现公平正义,如果做不到这一点,就会失信于群众,同时还会带来上行下效的负效应,使社会风气变坏。领导干部的使用问题,历来是大家最关注的问题,在这个问题上如果不能体现公平正义的话,造成的后果,就会是少数人高兴多数人伤心,这样的话,怎么能够团结大多数人齐心协力干事呢。话倒是讲得理直气壮,实践起来就困难了,最难办的是上级打招呼让使用的人你用不用?不用嘛,明摆着就会得罪上级,用嘛,上级有时也会看走眼,推荐的人根本不能服众。怎么办呢?思来想去,我们最终找到了办法,这个办法就是,所有的候选领导人都得过选举这道关,党群、人大、政府、政协和法检系统的,各在自己的系统内,由干部投票,选上就干,选不上就让。如此这般地推行下来,应当说效果不错,虽然不能保证上位的干部百分之百都能令人满意,但至少把那些想靠关系上位而又没有能力的人剔了出去。

我们展示出来的这两个特点,当地干部群众好评如潮。当然也有非议之声。

乡镇的"两会"召开前,县里又召开了一次干部会议,传达上级组织工作会议精神,同时对乡镇换届提出一些注意事项和要求。会上,专门给我安排了讲话的时间。我思索一番,就把我刚刚在省级刊物上发表的文章《从古至今看用人》里的主要论述拿出来,又添加了些内容,给与会者讲了一遍。我从大家的神态上看出来,我的讲话引起了他们的共鸣。

我主要讲:治理地方,推动发展,很重要的一点就在于当政者怎样选才,如何用人。从古至今,选才用人都有着自身的时代背景和政治特色。

推选制——在我国的远古时代,由于生产力极端落后,人们需要推选出有本事而又能主持公道的人当首领。

禅让制——相传尧传给舜,舜传给了禹。在经济落后、文化传播力弱的情况下,这种制度作为一种民主推让方式出现。

世袭制——夏朝的建立体现出中国历史上"家天下"的开始。这种制度的产生,标志着奴隶制国家的出现。

军功封爵制——从东周战国时期开始,各国新兴的封建地主阶级,先后采用了这种制度。这种制度的推行,以秦国为代表。

察举制——是汉代的用人制度,主要特征是由地方长官在他的辖区内,随时考察、选取有才干的人,推荐给上级,经过试用考核再任命职务。

九品中正制——是魏晋南北朝时期最重要的选官制度,主要内容是,选择中央官吏兼任原籍的州、郡、县的中正官,对本地分散在各地的人士,综合德才表现和门第情况,定出"品"和"状",供吏部选官参考。

我重点讲的是科举制:科举制——这是一种封建王朝为选拔精英而设置的让读书人参加选拔考试的制度。从隋炀帝时期开始,按考试成绩录用人才。唐朝承袭下来,并做了进一步的完善,使科举制度完备起来。宋代的科举,在形式和内容上有了很大变化。元代基本沿袭宋代。到了明朝,科举进入辉煌时代,正式考试分为乡试、会试和殿试三级:乡试每三年一次,考试分三场,乡试考中的称举人,第一名称解元;会试是由礼部主持的全国考试,在乡试的第二年举行,全国举人前往参加,考试也分三场,考中的人称贡士,第一名称会元;殿试由皇帝亲自主持,在会试后当年举行,只有贡士才有资格参加,考试后都不落榜,考完以后,由皇帝重新安排名次,按三甲录取,一甲分三名,赐进士及第,第一名称状元,第二名称榜眼,第三名称探花;二甲赐进士出身,三甲赐同进士出身,一、二、三甲通称进士。乡试、会试头场考八股文,内容是儒家经义。清代的考试与明代大同小异,但内容中含有民族歧视的成分。科举制到了清代,弊端越来越多,走向没落,推行了整整1 300年的科举取士方法,在1905年便消亡了。

尽管如此,科举制比较而言还是一种公平、公开、公正的选才方式,为朝廷从民间选拔人才做出了相当重要的贡献,科举取士以来,受历代封建王朝正统承认的文状元共有504人(这只是其中的一种说法),进士的总数大约是10万人,考取举人的有数百万之多。他们虽然都是封建王朝选拔、培养的人才,但是大多数人都有较高的文化品位和较深的人文情怀,大多数人都能成为社会的翘楚,其中有许多人既能做好官又能以诗书画文立世,让今天的人还能想得起他们。

"科举制"对世界的影响也是相当大。日本、韩国、越南都模仿着中国推行了科举取士。欧洲传教士把科举取士的方法介绍到欧洲以后,英国当时有很多思想家都认为中国的这种公平、公正的制度好;受到启发以后,英国在19世纪中至末期建立的公务员聘用方法,规定政府通过定期的公开考试录取人才,此后形成了为欧美各国效法的文官选拔制度。有人曾经称赞说,"科举制"是中国的第五大发明。

科举制度在中国被废除以后,孙中山先生时期,在《中华民国临时约法》中规定了五权分立,其中就设有考试院。孙中山之后,社会渐渐进入到委任制为主、选举制为辅的轨道。当时,委任制是使用最多的一种用人方式。选举制在当今社会适用的范围越来越广,但是因为操作方式和其他一些问题,它的威力还没有完全展现出来。

谈完过去讲现在,我说道:在选人用人方面,公平正义的缺失,是最大的伤心事,事不公则心不平,心不平则气不顺,气不顺则难和谐。对于广大的干部群众来说,"哀莫大于心死"。当今是现代社会、开放时代,我们的选贤任能方式,必须顺应潮流,扩大民主、健全法制,完善科学规范的机制,逐步进入到"多数人选少数人"的轨道上。

讲到这里,我觉得口干舌燥的,便停顿下来,端起茶杯咕嘟咕嘟地喝了大半杯水,而后又接着讲:这几年我们在干部的选拔过程中,尽量做到多听大众的意见,进一步扩大民主,应该看到是有些成效的,但是在建立健全科学规范的机制方面,我们还有明显差距。

我说,有人给我们提意见,他肯定了县委在干部制度改革过程中取得的成绩,同时指出县委用人还存在着一些问题。他说我们现在的用人依然有"五个五分之一"的现象,这种现象虽然不多了,但是还有。他说的"五个五分之一"的内容是:五分之一用的是上边来打招呼的人,五分之一用的是领导身边的人,五分之一用的是经常跑领导家的人,五分之一是按政策要求使用的少数民族、妇女和民主党派的干部,最后剩下五分之一,给不符合以上四种情况的人,好比有五辆公交车,前面四辆一般人没有条件乘坐,只能去挤第五辆,众多人中侥幸挤上去的是少数,许多人挤不上去,唯有在车下干瞪眼。

我的话讲到这里时,底下已是一片沸腾的议论之声,我等大家逐渐安静下来,才继续讲:提意见的这个同志,我们要真心感谢他,他的意见让我们警醒。我也希望,在座的各位要像他一样,敢于给我们提意见,我们会真诚地接纳的。

最后一部分,我联系乡镇换届的实际提了一些具体要求。然后说道,我和县长、人大常委会主任、政协主席商议过,我们打算有点新动作,至于具体怎么做,要由县委常委会集体研究决定。干部的选拔工作,改革创新的意识必须有,但是需要稳妥推进。

我的讲话结束时,明显地感觉到,得到的掌声,音量比以往大,时间比以往长。

会后,我把县委分管组织工作的副书记和组织部部长喊到我的办公室,对他俩说:"这次乡镇换届,我们是否可以拿出一个乡镇来,在政府领导人的选举中,做一个改革创新的尝试?"

县委副书记是县委原常委、办公室主任杨源,他看看组织部部长,没吭气。组织部部长有些顾虑,说全地区八个县的乡镇换届是统一安排的,选举办法也是一样的,另起炉灶行不行,是不是事先向地委组织部请示一下。

杨源说,他想的也是这方面的问题,这种事情很敏感,不知道上边会不会同意我们的尝试。

我沉思了一阵,说:"在扩大民主的道路上寻找更宽阔的途径,上级应该不会怪罪我们吧,况且我们只是拿一个乡镇来尝试,不会影响全局。至于上不上报的问题,我的意见是先不要上报。"

紧接着我们三人就设计具体的选举方式。乡镇换届选举领导人员的程序是,组织部门经过多次考察人选以后,上报县委常委会,讨论通过,之后提交乡镇人代会酝酿后选举。我们三个设计的方案是,人代会选举前,在组织部门推荐候选人的同时,其他符合基本条件的人也可以来报名参选,前提是报名者必须经乡镇人大代表同意,并经代表十人以上联名推荐方可参选。组织部门推荐的和自愿报名参选的人,一律都要在人代会上进行演讲,此后进行预选,再进行正式选举。

方案初步拟定后,组织部部长说,那就拿一个山区乡尝试吧。我说不行,应该在人民代表文化素质高一些的城关镇进行,才能相应更好地体现出民主的意愿。杨源说,上县委常委会讨论吧,听听更多人的意见。

县委常委会讨论后,最终同意在城关镇政府领导人的选举中,用扩大民主的方式进行,对我、杨源和组织部部长提出的选举方案提出了几条修改意见。

城关镇的选举,组织上确定的名额是一个镇长五个副镇长,推荐的候选人是一正六副(含一名副镇长的差额候选人),共七名人选。

自愿报名参加镇长选举的符合条件的有三人（有两人是组织上推荐的副镇长候选人），加上组织推荐的一人，共四人，一一上台演讲。

自愿报名参加副镇长选举的符合条件的有四人，加上组织推荐的四人（组织推荐的六人中有两人已经列为镇长候选人），共八人，也逐一做了演讲，尔后就进行预选。

镇长的预选结果，组织上推荐的镇长候选人和一名自愿参选的候选人过关，淘汰了两名人选。

副镇长预选，落选三人，其中一人是组织上推荐的人选，入围五人。空出一个名额，给镇长候选人中在正式选举时落选的，作为副镇长人选，保留六人参加副镇长的正式选举。

进入正式选举环节，先选的是镇长，结果组织上推荐的镇长候选人没有当选，成为副镇长候选人；朝后选副镇长，候选人中的六人，差额选掉的是组织上推荐的一名人选。

这次城关镇的选举，县委推荐的镇长候选人没有当选，被选为副镇长；县委推荐的一名副镇长候选人却当上了镇长；县委推荐的副镇长候选人中有三人落选（一人在镇长预选时，一人在副镇长预选时，一人在副镇长正式选举时）。

城关镇的人代会还没有正式结束，地委组织部的张副部长就打电话来找我了，说换届选举是政治大事，地委组织部下发的指导各县的选举办法，是经过地委领导审阅同意的，我们却不遵从，这是很不对的，他必须向地委刘书记和他们部长汇报。我说，我们只是拿出一个乡镇做个尝试，其他乡镇都是按照你们提供的指导意见进行选举的，你家向刘书记和部长汇报是必须的，你家不汇报我也要汇报。

晚上，刘书记的电话打到了我家里，劈头盖脸批评了我一顿，说我标新立异，想出风头，不请示不汇报就搞试点，违反原则。又说，政治上的事情糊涂不得，上边咋个说我们下边就咋个办。最后说,你去勐玛县看看,好好学学,那边的经济改革搞得很好,你要把主要精力放在经济建设方面。

刘书记对我的批评,让我心有不甘,觉得有些委屈,我们只是针对干部选拔中存在的一些问题做点改进的尝试,并不是想出风头。但我也没有辩解,只说是好好好,我很快就去勐玛县学习。

城关镇的人代会刚结束,县委组织部部长就来找我,他很紧张,问我咋个办,我冷静地对他说:"咋个办?按人民代表的意愿办,选着哪个哪个干。"

过了几天,我就带着杨源、郝山河和相关人员去勐玛县考察,结果令我大失所望,勐玛县的作为,不是我心目中的改革举措。他们的主要经验是,把学校和医院卖给私人老板,筹得的资金用来发展经济。我并非反对发展民营经济,相反,我很看重民营经济的潜力和动能,只不过我反对简单地把学校和医院一卖了之,社会福利事业政府不能撒手就不管。勐玛县的经验还有,动员干部职工加班加点干活、号召干部职工时不时地捐款支援某项活动等,说实话,这些我都不欣赏。

考察回来以后,我记得是在三月份吧,勐玛县的县委书记孙璞就晋升到地区行署任副专员去了;我的老领导郑华明改任地区人大常委会副主任。朝后,地委刘书记请求到省城安排工作,省委也遂了他的愿,将他安排到省民委任主任。

二十七

沧江的山野一年四季都有鲜花盛开,春末夏初更是花团锦簇、争芳斗艳。这段时间,县城外西南边的水库两旁,开满了红、黄、蓝、白、紫、绿、黑各种颜色的花,有的是自然生成的,有的是人工栽培的,整个环境优美宜人,鸟语花香,蜂飞蝶舞。到了周末,去观花游闲的人比往日多了许多。

也有人不去凑热闹,出城专挑僻静无人处。这个周末,郝山河就是如此,只带一个女伴出门。

我之所以会知道他的行踪,是因为县公安局局长周道来向我汇报,说郝山河有了出格的行为,和一个女人在山野苟合时被人看到了。

我在办公室里,合上文件夹,问周道:"是咋个发现的,当场抓到现行没有。"

周道反映,今天上午他们局里的一个警员回县城后山的农村老家,出城以后就抄近路往山上走,走到一处密林间,突然看见侧方的树丛在抖动,他以为是遇上了什么小动物,就悄悄地走过去看究竟,结果眼前的图像让他惊呆了,把自己吓了一跳:一男一女,上身穿衣,下身赤裸,女的在前,弯腰趴在树杈上,男的朝后,抱着女人的腰,不停地抽动。

我摆摆手,示意周道打住。稍后,又问:"这个警员看清楚了吗,他认识郝山河?"

周道说,警员慢慢地从侧面靠过去,当他看清楚贴在女人身后的是郝副县长时,震惊得立马停下了脚步,然后转身悄悄地退了出来,他不敢搅领导的局。周道脱了警帽,抹抹头上的汗,接着说:"警员连家都没有回,就跑回来向我报告这个事。他说他下了坡见一辆蓝色的轿车停在草丛中,但是慌慌忙忙地连车牌号都没有记下来。"

我说:"我是问你,警员认识郝副县长吗?"

周道回答:"我问过他了,他说认识,郝副县长来过我们局,在会上讲过话,所以认识。"

我又问:"女的是谁,警员晓得吗?"

周道说:"我也是这样问了警员的,警员说好像是通达商号的老板娘。"

"是肖潇?"我说,"她不是老板娘,是商号的副经理。"

周道说:"应该就是她了。我曾经听到有人议论,讲郝副县长和那个女人关系不正常。"

我问:"那前不久地委组织部来考察他,咋个没有听到有人反映这个事呢?"

周道说:"议论这个事的范围很小,再说捕风捉影的传闻,谁也没有掌握真凭实据,因此不敢乱讲。"

我又问:"这个事你看怎么办好?"

周道想了一会儿摇头道:"不好办,没有抓到现行,人家不会承认的。"

这段时间,县长李榕在省委党校学习,县政府的日常工作由郝山河主持。前段时间,据说是经地委刘书记推荐,地委组织部派人来考察郝山河,看他是否胜任勐玛县委书记,考察结果是,他还欠成熟,需要再磨炼一阵。

我也想了一会儿,才对周道说:"你给你们那个警员交代一下,叫他不要对任何人讲这个事。既然没有抓到现行,这种事只能是我知、你知、他知了。我会找时间敲打郝山河的。"

过了两天，县委常委会组织理论学习，人大常委会主任和政协主席列席参加。我在会上又一次专门强调了清正廉洁的纪律，并特意点名说我、郝山河、人大常委会主任和政协主席，务必在各自的班子里带好头，千万不要"装错口袋睡错床"，不要带错头，不能干错事。说完，我注意观察郝山河的表情，只见他不住地点头，神色很淡定。

第二天下午，我想找郝山河谈谈，敲打一下他，一问才知他下乡去了，那就只有等他回来后再说。

没想到事情一波未平一波又起。

郝山河下乡回来的当天，晚上去办公室加班。那夜的天空下着蒙蒙细雨，四处寂静无声。郝山河的办公室里亮着灯，窗帘半明半暗。有三个平时对郝山河十分不满的干部，悄悄尾随着通达商号的肖潇，一直跟她上了三楼，见肖潇进了郝山河的办公室，便到门口贴耳偷听室内的动静。据后来他们三人陈述，直到听到了室内肖潇的呻吟叫唤声，他们才开始推门，意图是现场捉奸。门在里边反锁着，他们闯不进去，就在门外叫喊。过了一阵门开了，郝山河站在门口指着三名干部破口大骂，肖潇坐在沙发上跷着二郎腿，若无其事，冷眼旁观。

三人中的一人叫道，早就晓得你们两个的丑事了，这回看你们咋个狡辩。

郝山河差点把手指戳到了那个人的鼻子上说，那你们就去告发吧，就说是已经在床上抓着我郝山河了。

三人中的另一人问，你们两个大晚上的，反锁着门，不是干烂事是干什么呢？

郝山河回道，害怕呀，怕的就是你们这种小人胡搅蛮缠，栽赃陷害。

三人中的又一人指着肖潇说，我们已经听见这个烂婆娘哎哟哎哟的淫声浪气了，你还想抵赖。

郝山河呸地一口骂道,放你妈的糊臭屁,你做梦吧。

吵闹一阵,值班人员赶来将三个捉奸不成的人赶走。郝山河关了办公室的门,下楼开车,送肖潇回通达商号。

第二天一早,郝山河就找我。他打我的手机问我在哪里,说要找我诉苦喊冤。我说我马上就到办公室了,你到我的办公室来吧。

郝山河气呼呼地冲进我的办公室,说:"沧江这种环境干不成事。"又说:"此处不留人,自有留人处。"

我被他说得一头雾水,倒杯茶给他,示意他坐下,问道:"碰着哪样不开心的事啦? 你这么激动。"

他坐下后就把昨晚三人来吵闹的事说了。还说了闹事者是三个股所级别的干部,因为平时工作懒散,被他责令处分过,因而对他怀恨在心。他还主动陈述了昨晚为什么把门反锁起来的情况。

他说门是肖潇进门后就锁起来的,因为她要送给他一双皮鞋,皮鞋里装着两万块钱,她怕被人闯进来看见。皮鞋和钱他都没收。又说肖潇白天就要找他,他太忙,就在电话上对肖潇说,要反映什么事,晚上可到办公室来找他。肖潇找他,是因为通达商号有一笔生意涉及偷税漏税行为,税务部门要罚款,请他出面调和,给予减免。

听了郝山河的诉说,我道:"身正不怕影子歪。这种时候,你要冷静。"

郝山河从沙发上站起来,摊开两手说:"我冷静不了,我要求平反。"

我笑了:"又没有给你什么处分,又没有给你戴什么帽子,平什么反?"

郝山河依旧气鼓鼓地说:"让那几个家伙公开向我道歉。"

我让他坐下,想了一会儿,说:"那三个人,我会安排人找他们谈话,对他们的行为方式,表示我们不赞成不支持的态度。至于让他们来向你道歉，目前不可行，人来了和你又吵一顿，影响更加不好。"

郝山河歪着头想了一阵，又站起来说："碰到这种倒霉事，只有请耿书记为我做主了。"

我用手指头敲着办公桌面说，"你放心，没有真凭实据的事，我们不会随便上纲上线。"又说："情况我们是要了解的，既然起了风波，那就得找到平息风波的办法。"

见他站着不动，我说，你去忙你的事吧。

他点点头转身准备走，我让他停一下，严肃地说："以后和美女相处，要把握好度。"

他愣了一下，回过头来看看我，不说什么就走。我在他身后补了一句话："我说的美女是肖潇。"他在门口停了几秒钟，没回头，随即离去。

尖言冷语，很快就传开了。有人说，抓不着现行，让郝山河躲过一劫，可惜了。也有人谴责那三个人，说他们的行为不光彩。

郝山河肯定是听到了背后的议论，担心对他不利，于是使出了绝招，派他的媳妇来找我。

郝夫人长相并不难看，眉心上还有一颗美人痣，只是俏不过、比不了更年轻的肖潇而已。她跟随郝山河来沧江工作，小孩留在林山读书，由她家老人照顾。想当年在林山她可是极有身价的人的，郝山河追求她的时候，她爸爸是副专员、林山地区的大干部，郝山河费了九牛二虎之力，才把她追到手。

她进了我的办公室，十分拘谨，坐在我对面，低着头，支吾半天才开腔："郝山河这个挨刀鬼，他自己的事他不来说，非要叫我来说。"

我尽显和蔼之色对她说："你想说什么，慢慢说得了。"

犹豫了一阵，她说道："郝山河身体有病，已经有一年多办不成床上的事了，我和他好长时间没有……所以他不可能犯男女关系错误。"

我吃惊不小，没想到她来是说这种情况的。心想郝山河这家伙够厉害的，连自己的媳妇都搬出来当救兵了。我脑海里随即跳出一幅图景来：郝山河和肖潇在山林里倒凤颠鸾地打野战。

我搜肠刮肚地思索了一阵，说："对这种事情，没有正儿八经的证据，我们不能认，所以你可以放心。"又说，那三个人的行为，我们也不支持，已经派人去找他们谈话了。

把郝山河的媳妇打发走，我靠在沙发上静静地养了一会儿神。

郝山河很会来事，他是那种善于运用厚黑学混社会的人。我听不少人说过，他和我们调到省民委任主任的老刘书记关系很好，老刘书记对他特别赏识。据说他俩的特殊关系是打乒乓球打出来的，老刘书记喜欢打乒乓球，郝山河投其所好也就喜欢上了打乒乓球，在地区工作的时候，经常当老刘书记的陪练。

有个传说，别人讲得更好笑。说刘书记有一次上省城开会，会议结束时，省委吴副书记约他去家里吃饭，吃的主打菜是林山地区享有盛名的牛扒烊，省委吴副书记就好这一口。省委吴副书记对刘书记说，这次的主厨就是你们林山人，食材都是他从下面带来的，你去见见这个人。刘书记进了领导的家，顿时就愣住了，有点不相信自己的眼睛，原来省委吴副书记说的主厨，是经他推荐安排到沧江县当常务副县长的郝山河，他系着围腰忙得头上的汗都顾不上擦。刘书记方才知晓郝山河这个人有城府，套路深。据说这个事是刘书记回林山后，在一个很小的范围自己讲的，后来就传了出来。

下班回到家，马玥明问我，兜里有一百块钱吗，有就拿出来。我说有的吧，边掏钱包边问她，你缺钱用啦？她说我知道的，不久前我山东老家的叔叔和姑姑家要翻新盖房，她就给一家寄了一万块钱过去，表示点心意。现在她要给她母亲寄一万块钱过去，凑来凑去，还差一百块。我翻出钱包来，掏了一百块钱递给她。

她母亲过去一直没有正式工作,长期在家操持家务,如今哮喘病越来越严重,需要经常住院,医药费大部分得由自己出。她的小弟弟在公安局工作,平时也很忙。老母亲由大弟弟家伺候;大弟弟家开傣家乐园山庄,同时做茶叶生意,属于率先小富起来的人家,老母亲的医药费是出得起的。但马玥明的意思是,她平时没有条件照顾母亲,多多少少也要寄点钱回去,算是尽点孝心。

由钱的问题,我就想到了传到我耳朵里的一则故事。县城建局的一个所长,春节前在家里,等到了一个工程队的小老板来送礼,未等人家掏红包,他就笑眯眯地说,我的梦真准哪,昨晚梦见你今天要来看望我家小孙女,送给她三千块钱,才做了梦你就来了。小老板本来只打算给所长一个一千元的红包,听他这么一说,就愣了一下,稍后灵机一动,掏出三个红包来说,你家真神了,连我带多少钱来都梦准了,不过,我不仅是来看望小孙女的,也要看望你家和你家老母亲,说着就把三个红包放到了桌子上。小老板出门之后,心中不停地骂所长贪得无厌。

这个故事说得生龙活现的,是真是假,得让纪委监察部门去了解一下。第二天吃过早点,我就到县纪委去找纪委书记,纪委书记说已经查了,确有其事,故事就是那个小老板酒后讲出来的,找他询问时,开始说没有这回事,后来就承认了。纪委书记又说,这个所长经济上违纪违法的情形还很严重。我说:"不管什么人,违法乱纪,必须严惩。"

这个真实故事的主角后来被判了五年有期徒刑。在一次干部大会上我以此为例,专门谈了反腐倡廉的重要性和必要性。最后,我还讲了一个观点:对各级干部的教育管理,在加强思想政治教育的基础上,我们必须加强制度建设,形成一套完整健全的体系,用制度管人,比人管人更有效。

我举例而言:啄木鸟好比是森林的纪检工作者,它们很辛苦,发现一个虫子就消灭一个虫子,但是森林太大管不过来,怎么办呢？最好的办法就是，让森林不长虫子或少长虫子。这就需要从根本上解决问题，根本问题就是制度体系建设的创新变革。

　　郝山河的桃色风波最终不了了之，没有定论。县长李榕对我说："事情难扯清楚，放他一马吧。"

二十八

通达商号出大事了。

公安局局长周道来汇报,根据情报,他们在边境口岸特意检查一辆拉木材的货车,从木材特制的暗盒中,搜出来50公斤海洛因,毒品是通达商号买来的,从境外的勐康特区拉曼县拉来,准备送往内地。目前公安已经将通达商号的所有人都控制起来了,内地那边等待接货的主要嫌疑人也已经被抓获。

我问:"肖潇也进去了?"回答说是的。

公安部门立即进行调查取证,一个月后,肖潇放出来了,贩毒的事她没参与,也不知情。肖潇出来以后,第二天就回她的老家去了,从此不在沧江露面。曾经一度精神萎靡不振的郝山河,重新活跃起来。这桩毒品案破获半年后,经检察机关提起公诉,法院判决,通达商号的经理和办公室主任被执行枪决。

李榕和我商量,得出去一趟,到境外的拉曼县去,和他们共同探讨合作禁毒的对策和措施,同时商谈我方帮助他们落实毒品替代种植事宜。

我说,这次你留在县上,我带队去,政府这边谁去合适呢。李榕说,让郝山河去吧,让他多经受一下锻炼。又说,还好肖潇没事,没有牵扯到谁,听说她离开沧江回老家去了。李榕说的"没有牵扯到谁",意思大家都懂。郝山河最近刚被任命为县委副书记,同时继续担任县政府常务副县长。

当下就安排,我带郝山河和县政法委书记、公安局局长、计经委主任、外事办主任,还有县委办和政府办各一名副主任出境。

经请示上级同意后,我们就出发。深秋时节,两边的山林却很少见到黄叶飞,依旧是一派翠绿。三辆吉普车往境外驰去,很快就过了口岸,进入妙塔国掸邦勐康特区拉曼县。拉曼的山形地貌和沧江大同小异,也是山多平坝少。县委办的副主任坐在小车后排,他身子前倾着对我说,过去一出口岸就可以看到漫山遍野的罂粟,现在公路两边已经见不到了,但在大山深处还有。

在拉曼县的地盘上,行驰 30 公里,中午两点钟左右,就到了拉曼县城。那时的拉曼县城只有一条街,正在铺设水泥路面,街道两边全都是茅草房。也有富人盖的瓦房,但都建在街后的一座小山下,拉曼县县长家就在那里。拉曼县外事工作人员开车带路,直接把我们领到县长岩龙家。

岩龙的家建得很讲究,豪华富丽,尖角翘顶的大门金箔贴面,门上有中文书就的对联,上联是"福门喜迎九州客",下联是"旺地广进八方财",横批"和美人家"。进门先见到的是一个姹紫嫣红的亚热带花园,过了花园就看到,正前方是一幢中式建筑的楼房,外观呈黑褐色,用料全是柚木;左边是一幢当地常见的干栏式小楼;右边是一幢两层欧式洋房。

岩龙县长等人与我们寒暄后,引领着我们到柚木小楼的客厅坐下,他手下的人立刻端出水果来,让我们品尝。我吃了点菠萝蜜和绣球果,边吃边说,你们这边现在还有绣球果呀,不是已经过了季节吗? 岩龙县长说,这个东西营养价值高,我喜欢吃,就多买了一些留在家里。

用了水果就上茶水。拉曼县的县委副书记说,因为他们正在新建县委政府的大楼,还没有完工,所以把这次会晤的地点安排在县长家这个大客厅里,下午的晚饭也安排在县长家,就在隔壁的餐厅用餐。

他们这边的政治组织架构与我们的相仿,这天参加的人员是:

县长、县委副书记、政法部长、公安局局长、外事办主任、经济发展办主任和几个秘书随从。事先就商量过,我和岩龙两人需要着正装,其他人不强求。岩龙着一套灰色西装红衬衣,配金黄色领带;我穿的是黑色西服白衬衣,系红色领带。我和岩龙坐在中间的两把太师椅上,两边的椅子,他们坐一排,我们坐一排,秘书随从坐在后一排。

会谈开始前,郝山河为了让气氛轻松一些,就讲了一件在两国边民间发生的事。他说不久前,我们这边的一个边境村民,到村公所向村干部报告,有一头白色的水牛,跑进他家,怎么赶它都不走,所以特意来反映,看看村干部知不知道,是哪个寨子哪户人家的牛,请他们赶快把牛领回去。这个村的村民,很忌讳有白色的动物闯到家里来,认为不吉利。村干部就对他说,不要讲迷信,白色的东西没有什么不好,银子、大米都是白色的嘛。又对他说,附近的寨子,好像没有哪家的牛是白色的,说不定是对面境外人家的,你要把牛养好喂好,等我们去通报以后,是那边人家的,就让人家来领走。这个村民回去以后,做生意的人去找他,说给他一笔钱,让他把牛偷卖掉。这个村民坚决不干,说是没良心的事做不得。我们这边的村干部找到你们这边的人打听,晓得牛是你们这边跑过去的,就让主人家去把牛领回来。本来我们这边的这个村民,想叫你们这边的村民交下一点饲料钱,但是你们这边的村民说钱没有带着,我们这边的这个村民就说没有带着就算了,交个朋友,二天常来常往。他还杀了一只鸡,打来一斤苞谷酒,招待来牵牛的人吃饱喝足,然后把牛牵走。

郝山河说完,岩龙县长就说,是呢,我们两边的老百姓关系很好,就像亲戚甚至兄弟姊妹一样。

言归正传,开始交谈。岩龙用汉语致了简单的欢迎辞,就让我讲话。

我开宗明义地谈了我们此行的目的,是来和拉曼县的领导商讨携手打击毒品犯罪、共同发展地方经济事宜。

岩龙点头说:"好,很好,非常好。"

通达商号出事后,我们就及时派出政法委书记带队来通报通达商号与拉曼县的毒枭合伙贩毒一事,并要求拉曼县将毒品犯罪嫌疑人早日抓获,绳之以法。拉曼县的政法部部长对我们的政法委书记说,你们那边抓了人以后,我们这边的毒贩就跑掉了。不过我们的态度是,只要抓得着他,一定严加惩罚。

岩龙县长的话音才落,他们的政法部长就说:"在禁毒方面我们是认真的,我们已经高度重视了,现在我们县上成立了禁毒大队,各个乡镇成立了中队,村委会一级都设立了禁毒小队。"

"你说的这个情况我们是晓得的。"我们县的政法委书记说,我们国家的禁毒方针是,实行预防为主、综合治理、禁种禁制、禁贩禁吸并举。不管是什么人,如果胆敢把毒品输送到中国,我们绝不放过他。今天耿书记带我们过来,主要是来谈共同禁毒的合作意向,只要你们愿意,那么下一步我们会拿出一个具体合作的方案,双方一起商量。

他们那边的人不吭气,都在看岩龙县长的脸色。岩龙摊开两手说道:"这么好的事情,咋个会不愿意嘛。请你们尽快拿出方案来,我们两家好好合作。"

我手指着我们县的公安局局长周道说:"岩龙县长表态了,回去以后你就尽快拿出一个双方配合共同缉毒的方案来。"

周道立即点点头。

拉曼县的副书记这时说道,我们禁毒的决心很大,但是要完全禁种需要有一个过程。自从 1824 年英国人来到我们国家,就把大烟的种子带进来了,拿给我们的人种。这么多年来,我们的老百姓主要是山上人家,种别的又种不得吃,一直把种大烟当着主要的经济来源,所以说我们关于禁种的想法是,分几步走,最后坚决消灭鸦片。

郝山河接过他们副书记的话题说，共同禁毒其中的一个内容是，扩大替代作物种植面积，减少罂粟种植，最终消灭毒品。我们这次来的一个意图，就是想和你们商量，在罂粟的替代种植方面，我们愿意出点力、做点事。说到这里，他转眼看着我，意思是可不可以把我们的打算说出来了。

我对他挥挥左手，说："你就把我们的想法给岩龙县长他们说说吧。"

郝山河就说：我们看到，拉曼县在压减罂粟面积、增加替代作物种植方面，做的工作很有成效。我们县里的想法，愿助你们一臂之力，派出一批有经验的干部和技术员过来，指导帮助你们发展粮食和茶叶、甘蔗、橡胶等经济作物，这样就可以加快减少大烟种植的步伐。我们国家很支持我们的想法，会给我们一定的专项补助。所以我们可以低价提供给你们一部分籽种和化肥、农药，多的倒是没有。粮食产出来，你们肯定要留着自己吃，茶叶、甘蔗、橡胶这些作物长起来以后，产品可以拉过去卖给我们，价钱随行就市，不愿意拉过去的产品，你们就自己销售。等到以后你们自己办起加工厂，经济作物也就可以自己加工销售了。

郝山河才把我们这边的意图讲完，就见对方的人在交头接耳地议论起来，他们脸上的神情表明，我们的计划对他们来说是正中下怀。只是岩龙县长不露声色，抬头望着天花板，左手不停地抹着自己的脖子。

我颇感诧异：难道他不愿接受我们的帮助？

过了一阵，才听他说："我们勐康特区的领导已经向全世界宣布过，最终要完全杜绝大烟的种植。现在，你们要来帮助我们，按照你们中国话的说法，是雪中送炭。别的我不多说，等一下用酒来表示我心中的感激之情吧。"脸上依旧没有笑意。

我说："这次来是表达一个意向，回去以后我们就着手起草帮助你们发展罂粟替代作物的协议，请你们过去签。"

岩龙县长伸出左手来拍拍我的右手手背,说:"这个协议,我要带队过去签。"

会晤结束后,我去上洗手间,拉曼县的副书记跟过来说,今天他们县长特别高兴,我说高兴就好,不过我看不出来。副书记说,在这种严肃的场合,他不会笑,但是只要他抬头看天花板、手摸脖子的时候,我们就晓得他非常开心啰。

一个月后,双方就签署了进一步加强禁毒合作、沧江县帮助拉曼县扩大种植替代作物的协议。岩龙县长带队过去,双方还举行了男子篮球比赛,展演了文艺节目。不过那几天我不在沧江,去省城春明领奖去了。

那天在岩龙县长家吃晚饭,喝的是洋酒 XO 白兰地。岩龙说,这个酒虽然不是原装进口的,但口感还不错,喝着痛快。又说,我说过要用酒表示谢意,今天站着进来横着出去,才是最好的效果,我带头把自己放倒怎么样? 我说适可而止,高兴就好,不要多喝。岩龙说今天耿书记你要听我的。说完就仰头把大约二两酒干了。

我们只好跟着他一口把杯中酒干了,稍后就觉得头脑发热起来。那天的气氛倒是特别好,就是酒喝得多受不了。岩龙县长的笑声最爽朗,边笑边劝酒,一直喝到众人起身跟跄出门。

在岩龙家的大门口,互相又啰啰嗦嗦地说了一些话,我们才上车离去。上车我就睡觉,过了国门,进入沧江的地盘,停车解手。后来县委办的副主任告诉我,我解手之后就掏出手机给马玥明打电话说,这么晚了,快到十二点了,你咋个还不回来。副主任说我酒多了,误认为自己在家中,不见马玥明的身影,所以就打电话找她。还好,打电话的地方信号不好,电话没打通。

二十九

　　拉曼县的县长岩龙带人到沧江县签署合作协议时,我正在省城,接受表彰。省委省政府表彰一批"优秀县委书记"和"优秀县长",我是其中之一。巧的是,给我颁奖的人是省委胡书记,奖品是一尊呈砥砺奋进姿态的小铜牛。胡书记看着我面熟,特意翻开奖状查看我的名字,想起了我是谁后,握着我的手夸奖我说:"小伙子,干得不错。"我连忙点头表示谢意,心想我虽然年满四十,但在他面前的确还不算大。这是我和胡书记最后一次握手,第二年开春时节,他就调回北京任职去了。

　　晚上睡前,我掏出笔记本写道:谢谢组织上的培养和同事们的帮助,让我获得一份难得的殊荣,今后我当像身边的小铜牛一样,砥砺奋进,不懈努力。又写道:这几年来,我作为县委领导班子的主要负责人,在如何发挥县委的核心作用、如何发挥人大、政府、政协班子的重要作用,精诚团结干事方面,做了一些积极的思考,进行了一些有益的探索,自己力求做到站得高一点、看得远一些,提得出思路、抓得住重点、解决了难题、干得好事情。我追求的是,县里的工作,重大问题必须上县委常委会,共同研究决定,在此基础上,放手让大家各显神通创佳绩。

　　秦悠悠在北京开会,没有参加颁奖大会,她打电话来向我约稿,让我写一篇心得体会,我依约写了一篇题为《县委书记形象设计》的理论文章,经她审核把关后,发表在《改革时报》上。后来我再次翻看这篇文章,觉得文章有点像毛泽东同志批评过的"党八股",套话空话不少。

新年过后,省委省政府召开民族团结进步表彰大会,李榕被评为先进个人,前往省城领奖。此前,我们沧江县获得了全国民族团结进步先进单位的荣誉。

李榕还未回来,我就接到地委组织部张副部长的电话通知,让我赶往省委组织部,说我有好事了,省委组织部的领导要找我谈话,别的他没说。我按时赶到省委组织部,找我谈话的是崔云他爱人的堂姐夫宋副部长。宋副部长见了我态度不冷不热的,没有笑脸,手指沙发让我坐下。我刚坐下他就说,经省委常委讨论决定,调我到临江地区任行署副专员,接着就程式化地对我提出了一些要求和希望。

宋副部长说的临江地区,与林山地区相连,两边的基本情况大致相同。我承认,名利思想我是有一点的,所以听了宋副部长的话,我十分喜悦,但我抑制着激动的心情,向宋副部长表态,说感谢组织关照培养,我一定在新的岗位上尽心尽力干好工作。

出了省委大院,我就到沧江县驻春明办事处去找李榕,把我工作变动的消息告诉了他。

李榕听到这个消息又惊又喜,同时对我即将离开沧江,又是极为不舍。他给秦悠悠打了个电话,请她过来办事处喝杯酒,一起庆贺我职务上的晋升。秦悠悠还没来到之前,他问我谁接我任沧江县委书记,我说我从沧江出来,没在林山停留,直接到省城来了,不知道地委的意图是让谁干。

他沉思着说:"但愿来一个像你一样能带领大家团结干事的人来当'班长'。"

我不便多说什么,只是说:"一定会有更优秀的人脱颖而出的。"

在办事处的饭桌上,李榕和秦悠悠两人对我赞扬了一阵,又道贺了一番。我们开了一瓶沧江出产的苞谷酒,李榕把酒喝到兴奋处,就又开始讲笑话了,笑话是讲给秦悠悠听的,这个笑话我听过。

他讲:他身材虽然不胖,但是睡觉天天晚上打呼噜,而且声音很大,时间长了,他老婆就很喜欢听他打呼噜。有次他老婆到省城来学习四个半月,听不到他的呼噜声就睡不着觉,就让他录了一盘打呼噜的磁带给她,她听着呼噜声就再也不会失眠了。同宿舍还有一个女伴,她怕影响别人,就把录音机藏到被子里,蒙着头边听边睡。因为打呼噜的声音太大了,同宿舍的女伴还是听到了,一开始不习惯听呼噜声,但是慢慢地就习惯了,听不见呼噜声还不好睡了,学习结束时,他老婆的这个女伴硬是把他打呼噜的录音带要走了,说是怕回去以后听不到呼噜声睡不着觉。走前,他老婆说回去以后帮女伴介绍一个对象,女伴说好的,但是要求介绍一个会打呼噜的人,这样的话以后好睡觉。

秦悠悠边听边捂着嘴笑,最后实在忍不住,把口中含着的酒都喷了出来。

我们正在兴头上,这时李榕的手机响了,他站起来到一旁接听,听着听着脸色就变了,显出不悦的表情,只见他静静地听对方把话讲完,随即扬起右手跟电话里的对方比画了一阵,最后说"放心吧,我会配合他把工作干好的",就把手机挂了。

秦悠悠问他有什么事吗,他沉默了一会儿才说:"现在有规定,本地人不在本地任县委书记,我是知道这个规矩的,所以我就没有想过要当沧江县委书记。但是——"他摇摇头道:"我没有想到是让郝山河来当县委书记,这种人我以后咋个和他共事嘛。"又说:"电话是地委组织部张副部长打来的,说郝山河接任县委书记的事是今天下午地委开会决定的,地委书记安排组织部早点通知我,让我有个思想准备。你们说,我准备什么呢。"

气氛顿时陷入尴尬的境地。我和秦悠悠跟他讲了一些话,他似乎并没有听进去。此后,吃完饭又喝了一会儿茶,便让办事处主任送秦悠悠回去休息。

　　李榕我俩继续说话,说着说着他也就释然了,又想讲笑话给我听,我指指手腕上的手表说,时间不早了,早点睡觉,明天还要赶路,笑话你我回到沧江你再讲。李榕这个人的特点是,听上级的话,服从组织的意识很强。

　　我离开春明去林山地委组织部,汇报省委组织部找我谈话的情况后,就去了我的老领导郑华明家,向他禀告我工作变动的事。他刚下班回家,得知我的工作变动,说这是好事情,祝贺你。后来他说起:"如今社会道德滑坡、信仰缺失是不争的事实,一定程度上的党风和社会风气不正也是大家看得到的现象。你要好自为之,坚守好自己的精神高地。"我点头答应之后,辞行而去,没在他家吃晚饭,我要连夜赶回沧江。

三十

　　林山地区在江之西部,临江地区在江之东方。

　　我到临江地区履职五年,一直任行政副职,先是任副专员,临江地区撤地建市时,改任副市长。马玥明和我们的女儿耿青也随我一起到了临江,马玥明去地区医院上班,耿青到中学读书,后来她从临江中学考到中央民族学院读大学,最终获得硕士研究生的毕业证,回到省城民族学院,先任辅导员,后来教书。2001 年的元旦过后,林山地区撤地建市,我调回林山,任市委副书记,马玥明调回林山医院继续行医。

　　在临江期间,行政这边的行业我基本管过,有的行业是协助行政主官分管,有的行业是临时代管,我长期分管农业农村、民族民政事务,联系政法口的工作。平心而论,我是尽职的,也是称职的,在群众中口碑也还不错。

　　我到临江的第二年,地委书记工作变动,新任书记是从一所大学调来的,名叫宋国安,就是我即将到临江工作时代表组织找我谈话的那位副部长,他和我谈话后不长时间,就调到大学当党委书记,在大学履职不满一年,就改任来临江当地委书记,职务变动的速度够快的。他到临江报到时,在众人中见到我,显得特别热情,拍着我的肩膀对大伙说:"他可是一位才子啊,还是我们彩云省的优秀县委书记呢。"说得我心里暖烘烘的。

　　只此一回,后来就再也没见他夸赞过我了,即使我分管的工作获得过几次国家级的表彰奖励,按常理应该鼓励几句的,他也噤声不语。与他相处下来,感觉到他对我是有点成见的,总是一副公事公办的样子,不愿与我亲近。这就让我想起了在勐玛县的时候,他的小舅子打猎误伤民家小女致死的事情,他的亲戚崔云叫我放人而我不领情,此事他或许还记在心间呢。又想到在沧江时,崔云带着据说是他的亲戚去找郝山河做白糖生意未能遂愿的事,我就隐隐约约地觉得,他对我的淡漠可能是有原因的。

有天下午开大会,见宋书记站在礼堂门口,我连忙走过去,打招呼的同时把右手伸出去,想与他握个手。他看我一眼,把手伸了出来,然而却不是与我握手,而是跟我身后的一个局长握,这让我十分尴尬,只好独自走开。

宋国安到临江任书记不久,郝山河和崔云专程来看望他,顺便过来行署这边,来我的办公室坐了一会儿。崔云得意地告诉我,他已经升任为文化局副局长了。又问我:"还记得在勐玛的时候我跟你说过的话吗?"

我摇头道:"什么话呀,想不起来了。"

崔云得意地笑了:"你真是贵人多忘事啊,当年我就跟你说过,组织部的宋国安是我堂姐夫呢,有机会我介绍你们认识一下,你不吭气嘛。如果早点认识,不是更好相处吗。"

我笑笑说:"现在也不难相处嘛。"

我提出来请他俩吃饭,郝山河说不用了,宋书记已经安排好了。崔云约我跟他们一起去,我想了想谢绝了,宋书记没约我,我去了不自在。

我对他俩说:"既然宋书记已经安排了,那我就不陪你们了。林山来的亲戚在家里,明天要走,我回去陪陪他们。"我说的是谎言,其实我家里根本没有亲戚来。

宋书记长期在核心部门工作,政治资源丰厚,人脉广泛,善于社交。他有个特点,每日必看或听中央电视台的新闻联播和本省新闻,看到或听到重要消息,当即就记到笔记本里。他在公开场合讲话,十分严谨,滴水不漏,听起来让你感觉到,与文件和党报上的语气极其相似。他平时为人很谦和,总是笑脸相迎,一副儒雅神态,然而在工作上每次遇到他认为的重大问题,他都毫不含糊,始终坚持己见,给人的印象是有些独断专行。

他到临江工作两年半时,临江地区改为临江市,他由地委书记改为市委书记。当时,地区人大常委会主任和政协主席因年龄原因不再任职,原地委副书记提为市人大常委会主任,原地委委员、常务副专员提为市政协主席。

空缺了市委副书记和常务副市长两个岗位,市长推荐我任常务副市长,这是市长亲口告诉我的,当然他还说到这只是他个人的想法,最终要由市委常委会集体研究,讨论推荐的人选。听了市长的话,我内心挺高兴,副市长和常务副市长虽是平级,但重要性毕竟不一样,在仕途上更进一步,自然是好事。

市委常委会结束以后,市长让他的秘书把我叫到他的办公室,说:"你是很优秀的,我和几个常委都推荐了你,宋书记对你的评价也很高,但是他考虑问题比较周全,所以后来我们大家一致推荐两个老同志,任市委副书记和常务副市长。希望你不要有什么想法,一如既往地把工作干好。"

我点头说:"谢谢市长,你家放心,我会正确对待的,绝不会影响工作。"市长很守纪律,他没对我说常委会上推荐了谁,但我已经猜到了是谁。

不久后就宣布,市委常委、宣传部部长任副书记,分管文教卫生的女性副市长任常务副市长。

宋国安书记在临江待的时间不长,刚满三年就到省教育厅当厅长去了,据说有升为副省长的可能。然而,他前脚才走,后头就有人告发他,说他有一次到东北考察,有人专门安排俄罗斯小姐陪他洗澡。此事传得沸沸扬扬,政界人士多有耳闻,朝后传出来的消息是,告发他和俄罗斯小姐洗澡的那段时间,他正在欧洲出访,不可能飞回来行不雅之事。事实上他也没有受到任何处理,只是传闻要当副省长的事一直没有动静,后来被调去省政协任秘书长。据说他很不高兴,有个老领导知道后开导他说,到政协或许是好事,你"先上主席台,再往中间靠"嘛,"先上主席台"的意思是说,开大会的时候秘书长是必须上主席台就座的,虽然坐在最边上的位置;"再往中间靠"的含义则是指,上了主席台以后就有了往中间坐的可能,一旦坐到了中间的位置上,那就是副主席了,也就解决了副省级的待遇,成为国家的高级干部。

宋国安走后一年,我调回林山,任市委副书记。

离开临江前,有一天我路过一家彩票店,见有人在询问足球彩票胜负彩的玩法,便也凑过去看热闹。卖彩票的人介绍,这是国家体育彩票中心推出的一种新玩法,每期猜 14 场足球比赛的胜、平、负,猜中 14 场的就中一等奖,猜中 13 场的中二等奖,买彩票有单式投注和复式投注两种玩法。当时我就想,我是一个足球迷,平时爱看《足球报》,对国内国外的足球大势心中是有数的,不妨玩它一次,或许能中个一等奖也未可知。于是就坐下来,对当期的足球彩票作了一番认真的研究分析,反复推敲后,投注 128 元钱,买了一张足球彩票。

公布竞猜结果的那天晚上,我在家里打开手提电脑,登录体育彩票官方网站进行查询,一看,我猜中了 13 场,得了个二等奖。我不知道二等奖会有多少奖金,连忙查看前几期二等奖的奖金是多少,得知都是 20 多万,当即兴奋地大叫:"玥明,我们家发财了。"

马玥明跑过来问:"发哪样财? 你发神经吧。"

我指着电脑对她说:"发了一笔小财,但是也有 20 多万呢。"接着就向她讲解足彩玩法,说我买的彩票中了二等奖。

她听后不停地笑,嘴巴都合不拢,用双手使劲摇晃我的肩膀,说:"想不到你也会有发财的一天。"

当夜我俩在被窝里睡不好觉。她说:"要回林山了,还能带一笔钱回去,真是太好了。"

我问她钱咋个用。她想了想说:"我要买个好一点的手机,给你也买一个;给姑娘买一台手提电脑;然后给两边的老人一人几万块钱。"

我说,我家这边不消考虑,钱够用。她说:"那是两码事,我们的心意总是要表的。"

我侧过身对她说:"听你的。睡吧,明天我去彩票店确认一下。"

第二天上午开会,中午吃饭前,我赶去彩票店,掏出彩票递给卖彩票的小伙子,说:"我应该是中奖了,你帮看看有多少奖金。"

小伙子接过彩票,转身到电脑上查对,查看后对我说,恭喜你,你家的确是中奖了。我问他奖金是多少。小伙子又转身回去看了一下电脑,然后说,奖金是 2 480 元。

我有点不相信,问他:"才两千多?你再查查看,前几期的二等奖都是 20 多万的嘛。"我怀疑他看错了。

小伙子说,不消查了,就是 2 480 元。接着他解释,说奖金是平分的,这一期的胜平负全国猜中的人太多,所以每人就只能分到这些。

原来如此,我大失所望。回到家,对马玥明苦笑道:"竹篮打水一场空,发财还是在梦中。"

知晓原委后,马玥明哈哈笑道:"空欢喜一场。"随即马上说:"不是空欢喜,中两千多也是好事嘛,拿来奖励我吧,我正好要去买一套衣服。"

我和马玥明离开临江那天,比预定的时间早走了半小时,天才蒙蒙亮。头天得知,我们走时,一些干部职工要来相送,我便对马玥明说,我们悄悄地走得了,不要打扰别人。这样做其实是跟我的老领导郑华明学的,那年郑华明离开勐玛县时,许多知情的干部职工和街上的居民赶去县委机关送他,却发现他比对外讲的时间,早走了半小时。

三十一

　　调我回林山前,组织上通知我到省委组织部谈话,谈话结束后,我就想去找秦悠悠,和她说说话。我和她平时见面不多,电话联系倒是不少。我印象最深的是,一年多前她来临江参加撤地建市的庆祝活动,我和她长谈的那一次。

　　那天,在夕阳下,林荫道上,微风轻拂着,四周静悄悄的,我俩在临江的情人湖畔漫步。

　　我还没开口,她就先说了:"没有当上常务副市长,心中有点失落吧?"

　　"知我者,秦小妹也,"我承认了,"有一点,不多。"又说道:"这次当上常务副市长的大姐,是'多年的媳妇熬成婆',也是应该的。"

　　她说:"你人在仕途,但是还没有走在那条道上。"

　　我盯着看了她一眼:"愿闻其详,请赐教。"

　　她没正面回我的话,只是说:"你不愿为五斗米折腰,却又不甘沉寂,内心里的矛盾就不好化解。"

　　我微笑着问:"有什么办法吗?"

　　她用右手的食指在我眼前不停地点动着,说:"杰克·霍吉说过,思想决定行为,行为决定习惯,习惯决定性格,性格决定命运。"

　　我点点头:"有道理。"

　　她说:"机会是创造出来的。你就是一匹千里马,也要跑到伯乐面前去亮相才行的。"

　　我正色道:"对我来说,这就难了。"

她咧嘴一笑："所以说嘛，性格决定命运，你走不到那条道上。那就'守株待兔'吧。"

我想拍她的肩膀，抬起手来又放下去，说："穷则独善其身，达则兼济天下，这话好像是孟子讲的吧，我喜欢。今后不管怎样，我都会坚守自己的道德高地。"

"我欣赏你。"她轻轻地在我耳边低语。注意到她说这话时两眼放光，我内心波动起来，泛起了涟漪。

湖中白云在飘动，变换着图形。突然听她叫道："你快看，你在水中呢。"她手指着湖水。

我低头看了一会儿，看清了水中的云像一只猴子，便问她："你咋个晓得我的属相呀？"

"你是一只猴子。"她歪着头，目光盯着我说："不过不像猴子那样调皮。"

走着说着，排遣心中积郁，似乎在精神上洗了个澡，渐渐地全身舒爽。

直到天色昏暗，我才送她到宾馆休息。分手前，她来回瞅瞅，见四处无人，大胆地亲了我一口，转身疾步走进大堂。

翌日清晨，她打我的手机，说正好有车回春明，她搭车一起走。然后她兴奋地说昨晚得到重要消息，即将来彩云省任省委常委、组织部部长的人，是她在北京就认识的大姐，我什么时候到春明去，她领我去拜见部长。

我顺口答应道："好的。"

此后又和她见过两次面，都是在她来临江采访的时候，头一次我把她和她的助手约到家里，让马玥明特意为她俩煮具有清热止咳功效的大树理肺散炖鸡吃；第二次是我从乡下赶回来陪她们吃了一顿中午饭，饭后她们就走了。我去春明开会办事时，两次想去找她，结果一次她在北京开会，一次回老家探亲去了。

这天从省委组织部出来，我就给秦悠悠打电话，她听说我人在春明,十分高兴,让我到记者站找她。我到时,她说她刚把一篇稿子改完。我说我是来组织部谈话的,组织上调我回林山工作,安排为市委副书记,林山即将改地区为市。

她问我,见到北京调来的组织部部长了吗,我说没有,找我谈话的是常务副部长。

她当即就说:"晚上我带你去部长家,你认识一下她。"她说她跟部长在北京就很熟,部长是她的老大姐,待她很好。

我犹豫了,半天没表态。老实说,我不是不想去,但是我觉得我没有这个思想准备。贸然就去领导家,是不是有些冒失呀。

她急了,说:"你想清楚啊,不是谁都有这种机缘的。"说完又说,我给部长打个电话,问问她晚上在不在家。

我抬手制止:"不打不打。"我动了感情,声音颤抖地说:"你是好心帮我,我特别感谢你,只是……"

她更急了:"不是……我只是想让你建立一些人脉关系。"

"道理我懂,"我低下头说,"下次再去吧。"

"我……真是服了你啦。"她叹口气说:"以后我帮不了你啦。"

我没有注意她后面这句话的意思,抬起头来对她说:"我知道我的短处在哪里,也想弥补,可是我'禀性难移'。你看嘛,于秘书长到省政府任常务副省长,我本应去他家里坐坐,可是我犹豫再三,一直没去。"

"社会上说,'不跑不送,原地不动;又跑又送,提拔重用',"她叹息道,"可惜了,你这个人。"

"这样的说法,不能不信,但也不要全信。"

"我懂你,"她深情地望我一眼,"特别是在那次你说过一些话之后。"

"哪次?"

"你说你的追求是,在青壮年时期,要奋力进取,多学儒家文化,修身齐家治国平天下;到中老年时期,就修研道家学说,抱朴守拙,随遇而安,宁静致远。"

"哦。我现在又有了要补充的内容了。到了晚年,要增添一点佛家文化,重点研究'人死观',坦然面对死亡,悟透泰戈尔说的'死若秋天之静美'的道理。"

她抿嘴一笑,说道:"有意思。"

又聊了一阵后,她说:"你来得正好,我本来想过几天打电话给你说个事。"

我问她什么事。

她说她将要调回山城工作。

我感到惊讶,瞪着眼睛听她解释。

她说,她家就兄妹两个,她哥哥在香港工作,父母亲身边没人,因此要求她回去陪伴。已经为她联系好了新的单位,去一所艺术学院教音乐理论知识。

我问她:"什么时候走?"

"调令还没有到。"她停顿了一会儿,说:"父母亲的年纪大了,陪一天少一天。再说,与音乐为伴是我所爱。"

我沉默无语,见她抬头看我,好像想听我说什么,就说:"听从你内心的召唤吧。"

听我如此一说,她含情脉脉地盯着我:"只是舍不得你……你们。"

我笑言:"人生必须学会断舍离。"其实我内心有些舍不得。

"你……今天请我吃顿饭吧。"她把头转朝一边,有点羞赧地支吾道:"就算是……为我送行。"又说:"约你去部长家你不去,那么晚上我俩单独聚聚。"

我说没问题呀,随即马上改口道:"今天不行,已经答应人家了,要去的人不少,我不去不好。明天怎么样?"

她回过头来望着我,抿抿嘴唇说:"明天我下乡,可能是在彩云省出的最后一次差了。"

我说那怎么办呢。

她很快就接过我的话说："等会儿你去应酬少喝点酒,吃完饭到我的宿舍,咱俩边听音乐边品点红酒,我做一回你的红颜知己,怎么样?"

我本有些犹豫,但没有表露迟疑的神色,很快就表态说行,让她听起来我是很爽快地就答应了她。

吃晚饭时,我只是象征性地抿了几口酒,就提前离场了。我打了一辆出租车到秦悠悠租房住的小区,兴冲冲地走进大门,正准备给她打电话,却突然停止了动作,心里又一次想:与佳人独处一室,听着曼妙的音乐,品尝煽情的美酒,是何等惬意!接下来呢,一定还有故事,而且是⋯⋯坐怀不乱吗?我肯定做不到,我对我的把控能力持怀疑态度。

我转身走出小区的大门,却又舍不得离去,要走不走,踟蹰不前。后来,我还是痛下决心,打车走开。回到宾馆,我买了一瓶醉明月酒,进了室内就喝,一口气干了半瓶,之后又把剩下的全部喝完。我要把自己灌醉,让自己失去思维和行动能力。

就在我和衣躺倒在床上,迷迷糊糊之际,秦悠悠打电话来了,问我在哪里,我大着舌头含混不清地和她讲话,她知道我去不了啦,不想听我啰唆,一定是失望地就把电话挂了。当夜我倒无事,身也不翻,梦也不做,一觉睡到大天亮。醒来时想起昨晚的事,知道情况不妙,连忙打秦悠悠的手机,想做个解释,连打几次她都不接,再打时,人家索性关机了。

我带着失落感回到临江,又打秦悠悠的电话,她还是不接,我就想这次是伤了她的心了,干脆冷处理一段时间吧。

新春佳节来临时,我在林山想借问候节日之机,恢复与她的联系,连打几次电话给她,她还是不接。那个时候,手机已有短信功能,我还不善于使用。她虽然不接我的电话,但是给我发短信来了,说她已调回山城工作,谢谢我这几年来对她的关心。又说以后有什么事需要她办可以联系,没事就不要互相打扰了。然后留下了她的手机新号码。留了电话号码,她又另起一行写下了一段话:那天晚上你不来找我是正确的选择,你不来我只是一时的痛苦,你来了你将会有长时间的自责和内疚。

看了短信,我很动情。她优雅的身形,善良的品行,在我心中始终挥之不去。

后来我俩就恢复了电话联系,只是不勤,偶尔也互相发发短信。有一天想到她时,我心血来潮,给她发去了一则短信:有的人,一生可以在心中装着几个恋人;有的人,一生只为一个人在心中留着位置。你属于后者。我衷心祝愿你心想事成,让感情找一个自由驰骋的绿茵场,然后,让爱守门。她没回我的短信。

从她表姐夫王子仁那里,得知她结婚了,爱人也在大学教书。此后,我就很少主动与她联系了,但在内心一直感念她,祝她好人一生平安。

三十二

　　回到林山，却再也见不到在我心中分量极重的两个人：一个是前辈，一个是好友。乌云挡路，不见驾鹤西去人，让我心往何处飞，泪向哪边洒啊！

　　离开临江的头两天，李榕的儿子打电话向我哭诉，他父亲三天前已经离开人世，昨日下葬。噩耗突传，我愕然心碎；情思挚友，我痛心疾首。

　　李榕是喝错了药酒，中毒走的。他的死本来是可以避免的，却因为他太大意，或许是因为他太高尚。

　　前段时间，李榕腿上的风湿病发作，他就从境外的拉曼县回到沧江，打算休息几天，养养病。那天早上他起床后，习惯性地从床底下掏出一瓶药酒来喝了几口，才喝下去就发觉不对劲，连忙查看，这才发现喝错了。原来他在头天晚上用有毒的药酒涂搽按摩膝关节，治疗风湿病，用完之后没有把有毒的药酒装到平时装的柜子里藏起来，而是在恍惚中顺手把它放到了床底下，与日常口服的药酒摆在了一起。他泡的毒药酒，里边有当地人称为"狗闹花"的成分，属于断肠草的一种，毒性极强，切忌口服。那时家里只有他一个人，他自己就出门叫了一辆摩托车，把他拉到县医院。门诊室看病的医生跟他很熟，问他来看病吗，哪里不舒服，要先给他看病。他见前边还有几个病人在等候，就说先给他们看吧，我的病问题不大，说完就坐在门诊室外的椅子上等待。结果还未轮到他看病时，他就开始呕吐，渐渐地就神志不清了。医院倾尽全力进行抢救，最终无力回天,众人悲痛地看着他闭上了眼睛。

李榕的意外离世,让我萎靡不振了多日。失去这样的好朋友、好兄长,我伤感悲痛难耐。我和他搭档几年,互相包容、互相帮助,合作特别愉快。

我调到临江工作后,他与新任县委书记郝山河,相互之间的配合沟通极不顺畅。我俩一直保持着手机通信联系,他时不时就会在电话里向我发牢骚,诉苦。

有一次他说,他刚才和郝山河两人在县委常委会上拍桌子翻了脸。我问怎么回事,他就把跟郝山河吵闹的原因给我讲了,因为还在情绪激动中,他说话不连贯,讲得不是太清楚。

我对他说:"你心直口快我知道,以后说话要注意方式方法,该婉转的时候要婉转。"

他说:"本性难移改不掉呀。"

我说:"要多动脑筋讲策略。"

他说:"听你的,我尽量吧。"

紧接着我就打电话找县委副书记杨源,问两位主官吵架的详细情况,杨源告诉我,郝山河在会上提出来,将要起草一个《关于大干快上,加快发展步伐,力争早日成为经济强县的意见》,动员全县各族群众苦干加巧干,让沧江河山三年大变样,五年成为全区经济发展的先进县,为此,要新建六大产业园区,吸引国内外的企业和客商到沧江来投资。

听郝山河这样讲,李榕就冷冷地笑道,天上的月亮好是好看呢,但是够不着。

郝山河虎着脸对李榕说,有什么意见就直接说,不要说风凉话。

李榕说,发展要有规划,我赞成,但是要切合实际。郝书记说的这些应该是远景规划,宏伟蓝图。我们眼前的主要任务是稳定地解决群众的温饱问题,脱贫攻坚奔小康,因此,主要精力要放在这方面。另外,我们现在要继续打好基础,改善发展的条件。目前要吸引到多少外资到沧江来,不太现实,因为我们的条件还不具备,所以我认为,六大产业园区短时期内难得建起来,还有,五年成为全区经济发展的先进县,这个愿望是好的,只是怕做不到,先进的意思是要走在前面的。

郝山河怒了,指责道,你不要不战而溃,动摇军心。

李榕也动了气,愤愤地说,你是高才生,用词准确点。

郝山河不接李榕的话,进一步谈道:为了实现宏伟目标,下一步我们要加班加点地干,提倡星期六星期天不休息,或者少休息,白天做不完的事,晚上接着干。要让党员充分发挥带头作用。

李榕摆摆手说,"五加二"和"白加黑"的做法,我反对。我们的管理方式要人性化,要留给干部职工处理自身事务的时间和空间。

郝山河这时沉不住气了,挥手拍起桌子来。

李榕也手起桌响,霍地站起身来,怒视着郝山河。

经与会者劝说后,两人不再对峙,会议不欢而散。

听杨源把来龙去脉说完,我不便多说什么,只是说,李榕还在气头上,你去劝劝他,杨源说好呢。第二天早上,杨源在电话中告诉我,昨天晚上约了几个人到李榕家,李榕喝了几口小酒后就没事啦,又讲起了笑话。

过了一段时间,我打电话去问李榕,跟郝山河的关系处好了没有,我担心的是,党政一把手之间关系紧张,对全县的事业发展不利。

他说嗨,最近又吵了一架。起因是郝山河要安排全县干部职工捐款,修建县城的河堤,美化家园。对此,他又持反对意见。他的理由是,干部职工不久前才给地震灾区捐过款,现在又接着捐,时机不合适,毕竟干部职工也不富裕。他更担心的是,刚刚由县财政出钱,给县委、人大、政协三家各自买了一辆领导用车,三家统一买的都是日本的三菱越野车,花了130多万,干部职工对此是有些意见的。在这种敏感时期，一边是花公家的钱买领导用车，一边又要干部职工勒紧裤带掏自己的腰包捐款，必定会引起众怒。郝山河认为他说的是危言耸听之词，是有意唱反调，两人为此又翻了脸。后来在人大常委会主任和政协主席的劝说下，郝山河不再坚持己见，捐款的事不了了之。

我说："这个事情我是赞成你的意见的。"

听到我的赞许，他在电话那头笑了。我猜想他一定在那边比手画脚的，来回转圈，我也笑了。他打电话的特点是边打边走动，不停地用手比画，帮助他表达内容。

我又说："党政一把手的团结最重要，在这方面你要多做一些思考。"

他叹气道："你说的话我都记着呢，只不过一个巴掌拍不响，有时候我很难啊。"

准备结束通话时，李榕又想起一件事，愤愤不平地说，郝山河趁他出差在外时，组织县委常委会讨论通过了《关于大干快上，加快发展步伐，力争早日成为经济强县的意见》，下发全县。他说郝山河不从实际出发，好大喜功，简直就是"大跃进式"的作风。

对此，我无以言对。

一年以后，李榕人生的滑铁卢来到了。他打电话来诉苦："他妈的，别人坐几十次上百次飞机都不会出事，老子才坐一次飞机就摔下来了。"我说你不要冲动，问他怎么回事。他就把详情一一给我说了。原来，那段时间，全省都在清查干部职工到境外赌博的情况。林山地区纪律监察部门在清查中，发现李榕有过到境外赌博的行为。

找他谈话，他如实交代了。不过他说，他本人没有赌瘾，他到境外，都是陪省上或是北京来的客人去的，客人进了赌场，一般都是转转看看就走了，只有少数几批客人觉得好奇也去赌过一下，还拉着他玩过几次。他一共就玩过两三次，输赢不过几千元钱而已。

结果是,他受到党内严重警告处分,调离县政府,到人大任调研员。

他在电话里抱怨说,郝山河不仅不帮说几句好话,还在大会小会上贬低他。他怀疑弄不好就是郝山河在背后指使人告的他。

我说:"你没有证据不能乱讲。"他说他没有乱讲,只是对我说说而已。

他说,他不想去人大当调研员吃闲饭,就写了提前退休的报告。组织上没有批准他提前退休,县里就安排他去任境外替代种植协调组的组长。他明天就要出国到拉曼县去了。

我劝他:"事情已经出了,在这种时候,你一定要冷静面对,克制自己。"

他说请放心:"心里话说出来就好过多了。只要有事做,我就会有好心情。"

他到境外去,事情做得风生水起。即将调到地区政协当办公室主任的杨源给我打电话时,我问了李榕在境外的情况。杨源介绍,李榕在那边,为帮助拉曼县减少乃至杜绝罂粟种植,费尽心机,出了大力,被那边的人称为"江三木罗"(江三木罗是阿佤人爱戴的一个古代英雄)。

拉曼县的岩龙县长专门安排他们的文工队,编唱了一首赞美李榕的歌曲:

> 拉曼百姓爱李榕
> 他和我们心相同
> 帮助大家搞生产
> 每天累到夕阳红
> ......

这样好的人,怎么说走就走了呢,我想不通!

我的老领导郑华明的离世,也是极其令人心痛的!

我回到林山的第二天就去看望他,却见铁将军把门,不见人影。问隔壁邻居,才知道他已仙逝,他老伴被女儿接过去住了。我惊骇得忙不迭地赶到她女儿住的小区,询问多时,才见到了他老伴。

我眼含泪水问:"咋个不告诉我一声呢。"

他老伴姓艾,我们叫她艾老师。她抽抽搭搭地哭了一阵才说:"除了家里人,他谁都不让告诉;包括他们单位。他说他是悄悄来到这个世上的,也想悄悄地走。"

我问:"什么时候走的?"

艾老师说:"两个多月了。他要求他走后,遗体尽快火化,然后把骨灰撒到他老家的那条河里。我们就按照他要求的办了。"

郑华明夫妇育有一子两女,儿子在部队当兵,出公差时遭遇车祸牺牲了;两个女儿,大的在省城春明市一家设计院工作,小的在林山地区茶叶科研所就职。郑华明在林山地区医院检查出患了肺癌后,就到春明大医院复查,结果一去就回不来了。

艾老师还说,离世前他特意回老家看了一下,听说老家的村子要建文化室和村史展览室,还差两万块钱,他就对村干部说,不够的钱由他出。那时他住院要用一些进口药,有些药是不能进入医保报销的,自费花销比较大。他拿出一万块钱,又对两个女儿说,有个老板赞助他一万,还差一万,要两个女儿每人赞助五千,凑足了钱后他就交给了村干部。然后对艾老师说,不准向两个女儿泄露秘密,两个女儿至今不知事情的原委。

听艾老师这么说,我就想起当年在勐玛县他派车退款的事:小清河口岸要修建通往县城的柏油路,他的一位退了休的老上级带着一个做工程的老板来找他,提出来想承包工程,请他照顾一下,他当场没表态,请老上级他们吃了顿饭。在饭桌上老上级又提到要承包工程的事,他说这条路的资金还没有到位,还得等一段时间。老上级说,省上的补助资金我负责帮你落实,落实好以后,你打个招呼,招标的时候关照一下我们。他没吭气,老上级说就这样办得了。说完大家就喝酒。

次日一早,趁郑书记离开家去上班,他的老上级到他家,掏出一叠美元,放到桌子上,说只是一点心意。艾老师不肯收,老上级拒接,径自走了。艾老师赶紧拿着美元,跑到郑书记的办公室,把情况告诉给他。他数了数,是一千五百美元。他当即就安排县委办的副主任和驾驶员,开车去追他的老上级,交代无论如何要把钱退回去。驾驶员和副主任开车沿路追去,中午吃饭时在一个县城的路边饭店,找到了人,把钱退了回去。

此事过后,郑书记的老上级没有去省城帮助落实应该给县上的补助资金,也没有带工程队的老板来参加投标。郑书记向办公室副主任和驾驶员叮嘱,不要把他派车退钱的事说出去,但是不知是副主任还是驾驶员嘴巴不紧,后来还是把内幕说了出来,让许多人得以知情。

郑华明老领导对我的影响都是潜移默化的。我在临江的时候,有几次碰到别人来送贵重礼金,我当时的脑海里,就会闪现出他拒收他的老上级送美元的画面。

举最近的一例说吧:临江八县要推进高产稳产农田建设的步伐,争取到了中央和省上的资金补助,项目由我负总责。工程承包商闻风而来,其中有一个老板是省上某厅的老厅长介绍来的,老厅长过去帮过我们不少忙。他介绍来的这位老板和我闲聊了一阵,我问老厅长退休后身体怎么样,老板说好得很,还经常约他们去游泳、打牌呢。接着老板就向我表明来意,他们公司想来参加高稳产农田的工程建设,请我给予照顾。说完老板就拿出一份精致的礼物,放到茶几上说,晓得你家是个足球迷,所以专门为你家制作的,你家留下做个纪念吧。礼物很特殊,是个拳头大的足球,金光闪闪发亮。老板又说,这个足球从里到外都是足金,假一罚十。我端详了一会儿,笑眯眯地说道,东西倒是个好东西,可是我留不得呀,你还是拿走吧,你不拿走,我只有交到纪委去,这样对你不好。你们想参加工程建设,我们欢迎,但是只有去参加招投标才行,我个人说了不算。承包商灰溜溜地拿起礼物走了。第二天,我让办公室的秘书去找老板,请老板帮带几盒茶叶去送给老厅长,老板走时把茶叶丢在宾馆里,不带。

林山的干部对郑华明的评价普遍比较高,都认为他工作能力强,思想意识超前,为人诚实守信,为官清正廉洁。有人议论说,他"天线短、地线长",意思是说,他上边没有关系,下边基础甚好。有人评论说,如果让他当林山的一把手,他绝对会是出类拔萃的领导。

那天,我问艾老师,三个月前我打他的手机,是你家接的电话,为什么不告诉我他病重,要不然我去看看他,最后还可以见一面。

艾老师摇摇头说,那阵他已经处于病危状态,他把手机交给我,交代给我说,不管哪个打电话来,就说他要么在洗手间,要么下楼去散步忘带手机了,对外人一律说他身体好好的。他不想麻烦任何人和单位。

我无言了,唯有仰天长叹!

去年春节,我和马玥明回勐玛,还专程拐道林山来看望他。当时就发觉他咳嗽咳得厉害,劝他不能大意,尽快到医院检查,他点点头答应了。

他说退休以后,才知道"人生从六十岁开始"这句话的含义,如今的日子过得轻松惬意。那天他兴致很高,先是带我们看他栽的40多盆兰花,指着说他一共收养了28个品种。

马玥明赞美道:"花又香又好看,太漂亮了。"他就说你们带点到临江去养吧。

我说算了:"马玥明这种性格是养不出好花的。"

马玥明瞪我一眼:"那你养嘛,老鸹不要说猪头黑,你也一个样。"

他在一旁笑了:"你们现在心还静不下来,那就以后再养吧。"

转回客厅,他还不忘说兰:"兰花是中国传统名花,被称为祖香、国香、天下第一香。孔老夫子也相当喜欢兰花,称赞'芝兰生于深林,不以无人而不芳,君子修道立德,不谓穷困而改节'。孔圣人把兰花的气质比喻为做人的品格,自然贴切又有深远的意境。我现在养兰,就是在追求一种诗化人生。"

说到诗化人生,他就站起身来说:"来,看看我的诗和字。"说着,让我俩跟着他进了他的小书房。

桌子上摆着笔、墨、纸、砚,他对我说:"你留下几个字吧。"我连连摆手说不行,马玥明说不要为难他了,他的字难看,还不如他姑娘写得好,我说那你写吧,马玥明摆手笑道,不敢不敢,我的字比你写的还丑。

"那就先看看我作的诗词怎么样吧。"老领导打开抽屉,拿出他的草稿本翻到后面一页说,"就看这三首吧,是我最近几天学写的。分别按古风、律诗和词的基本要求作的,不过我没有深入研习平水韵,押的是中华新韵。"

我和马玥明依次看下去,第一首是古风《雨中山林漫步》:

> 时间在雨中
> 岁月被水冲
> 空山无鸟语
> 伴我是青松

第二首是七律《诸葛亮》:

> 玄德三顾进茅庐
> 鹏路飞龙力势足

对话隆中呈智慧
出师表里献蓝图
锦囊妙计兴巴蜀
羽扇纶巾抗魏吴
武侯一生施大志
鞠躬尽瘁是忠仆

第三首是词《行香子·美秀林山》：

> 嘉木青川，美秀林山。叶多盈，处处飘香。绿芽诗意，韵满茶乡。有好昔归，好冰岛，好风光。
>
> 味道人生，苦后回甘。品茗中，尽得心欢。饮时三笑，愁去神安。论古今人，今古事，小壶装。

看后我说："写得都好，我最喜欢美秀林山这首词，自然清新，有茶香味，而且把林山最好的冰岛茶和昔归茶都写进去了。最后三句显得很大气。"

马玥明说她不懂诗词，免谈。

我向老领导求要墨宝，他问写什么内容，我说就要写诸葛亮这首诗，于我而言，有励志作用。

老领导问是竖写还是横写，我说要横写的，在客厅的沙发上端才挂得下。他展开宣纸，龙飞凤舞地草书了他的诗赠我，说："我这久都在研习草书，从王羲之的《十七帖》和孙过庭的《书谱》上学方法，学道理。"

我说："你家的书法水平在林山已经很有名气了，还那么刻苦呀。"

"比起那些'老干体'来当然是好得多啰。"他认真地说，"不过学然后知不足，我还差得远呢，不认真修炼不行。"

　　分别前他说："明年春节再给你写一幅，应该会更好。"

　　我到了临江，立即就请人把老领导赠的字装裱起来，挂在客厅的沙发上端。这次调回林山后，我依旧把这幅字挂在新家客厅的沙发上端，而今也只能是睹物思人，缅怀前辈了！

三十三

林山地区改为市的建制，领导班子略有调整，原地委陈副书记任市人大常委会主任，我任市委副书记，副专员孙璞也调过来任市委副书记，沧江县委书记郝山河提任副专员。我分管组织、宣传和党校工作。

一天，宣传部部长来说，他们要在党校办一个为期一个月的加快文化产业发展、促进文化事业繁荣的培训班，培训市直单位和县上的骨干，一是问我有什么指示，二是想请我给培训班上两堂辅导课。

"办培训班很好啊，我没什么指示。"我想了一会儿又说："辅导课我去上，给学员讲讲中国传统文化，介绍一些欧洲文明的情况。"这些年我读中国传统文化和欧洲文明方面的书，勤做笔记，写下了十多万字的心得体会。

宣传部部长看着我说，早就听说你是个有学问的人，这次您讲课，我要去洗耳恭听。

"平时喜欢读点书，但学识还浅，"我对他说，"不过我倒是想去和学员们交流一下。我个人的体会是，文化还是中西合璧为好，优势互补才有前途。"

我在培训班上先讲的是《中国传统文化漫谈》。我了解到，干部职工中，平时喜欢读书的人其实不多。针对学员的素质，我主要是普及一些基本常识。

我首先讲道："文化有三种价值，一是体现在观念方面，给人以强大的精神力量；二是体现在娱乐方面，丰富人们的精神生活；三是体现在产业方面，促进当地的经济发展。今天我从观念方面给大家讲讲中国传统文化的基本常识。"

我说："当下社会，人心有点浮躁，思想有些干旱，急功近利，缺失礼仪。是时候了，大家都应该到中国传统文化的长河里多洗澡，把我们染有灰尘的精神，清洗干净。"

我讲的要点是：

中国传统文化的基本概念、特点和基本精神。

中国传统文化体现在哲学方面的主体思想与核心智慧，实际上就是我们常说的"三教九流"。

共撑我们传统文化的三大支柱是：儒、道、佛。

儒家——其特征是尊奉六经，崇尚礼乐仁义。主张"德治"和"仁教"，重视伦理道德，推崇的是修身、齐家、治国、平天下，注重追求理想。代表人物：孔子、孟子、荀子。

道家——其学说的核心内容是"道"，认为"道"是世界的本源和普遍法则。提出"道法自然"和"无为而治"，向往回复纯朴的至德之世。代表人物：老子、庄子、列子。

佛家——其创始人释迦牟尼出家修行，觉悟后宣传自己的主张，吸引了大量的信徒，形成佛教。简单地说，教义的基本内容是说世间的苦、苦的原因，以及苦的消除和灭苦的方法。

儒家文化讲入世，强调刚健有为，以天下为己任，砥砺奋进；道家文化讲忘世，强调清静无为，以柔克刚，安时处顺；佛家文化讲出世，强调万物皆空，排除烦恼，自度度人。

"儒、道、佛"在冲突、融合中发展，最终形成以儒家为主，以道佛为辅的"三教合一"的格局，构成中国哲学文化的主要内容。

中华文化三教同源，源自《易经》（佛教也中国化了）；《易经》是中国文化之母，是中国文化的源头。

我在讲课的时候，还特意讲到了中国传统文化的一些弊端，比如：

"大一统""中庸之道""唯古是法"的认识偏差、价值取向和惯性思维，会阻碍竞争观念、创新意识和进取精神的形成。

"别尊卑，明贵贱"的等级观念、忠孝文化及封建纲常伦理道德，阻碍了民主意识和民主作风的形成。

"官本位"文化，把官僚作为整个社会的核心阶层，必然会导致"人治"，轻视"法治"。

中国古代哲学思想的基本倾向是重视人文，不鼓励人们探讨自然规律，首要的是求和谐而不是求发展，显然不能助推科学进步，因此说，中国古代科学不能走向近代，中国传统文化是要负责任的。

我讲完以后，剩余一点时间，与学员互动。回答了几个学员提出的问题，其中包括市文化局副局长崔云。他提的问题是，中国传统文化包含了宗教内容，那么，在宗教信仰自由的国度，为什么中国人信教的人比不信教的人少？

我回答他：孔老夫子说，未知生焉知死，大意是说，生都没有搞明白，还谈什么死呢。看来儒家文化是重生不重死。中国的传统社会是以道德代宗教的，这是梁漱溟老先生提出来的观点。他认为，中国传统社会形成了以伦理本位为核心的文化信仰，而西方文化则以宗教信仰为中心，中国传统的儒家文化，具有和西方宗教文化相同的积德行善、维护社会有序发展的功能。这就是主要原因。

本来下午由我接着讲，内容是简介欧洲文明。临时接到通知，下午要开市委常委会，讨论决定市级后备干部人选，省委组织部急着要名单。我就让培训班的组织者调整一下我授课的时间。

下午的会，讨论后备干部人选时我没发表意见，因为刚来不熟悉具体情况。上报人选的名单讨论通过后，我就下一步干部选拔方式方法的改革，谈了一点想法，提出可否先由我商组织部拿出一个讨论稿来,供大家讨论。

这段时间我主要精力都放在干部选拔的调研和思考上。我听到不少议论,认为市委在选人用人方面,公信力逐渐缺失,诚信体系有故障。知道一些内情的人反映,县处级干部的正职和一些重要岗位的副职,如何使用,大部分要由市委书记、一部分要由市长两人分别点头,才能上常委会讨论;许多岗位的副职,大部分需由分管的副书记和分管的常委同意,才能上常委会讨论。这样,讨论干部人选时,民主基础上的集中,往往变成了集中指导下的民主,组织部门的考察意见没有得到充分尊重,与会者畅所欲言、充分发表个人意见的要求落实得就不好。

类似的情况,临江市那边也有,看来这个问题具有一定的普遍性。既然让我分管组织工作,那么,我就想做些改进。

我在会上讲了一个典故:古罗马时代的一个历史学家名叫塔西佗,他在评价一位皇帝时说,一旦皇帝失去人们的信任,无论他做的是好事还是坏事,说的是真话还是假话,同样都会引起人们的憎恶。失去公信力,就是"塔西佗效应"。

听我讲完典故,与会者都不吭气。市委严培荣书记沉思了一会儿,问我:"你是不是觉得我们的用人没有公信度?"喜欢穿中山装的他,中等身材,人微胖,脸微圆,架着一副方形眼镜,平时爱笑,显得和蔼可亲,但此时他没笑。

"下车伊始,我不能乱讲。"我说,"我只是想从正面的角度,和组织部门的人一起做些积极思考。"

严书记表态:"各行各业都应该深化改革。那你们就拿一个讨论稿出来吧。"

翌日,组织部部长来问我什么时候研究讨论稿的起草,我说:"这样吧,今天通知副部长和几个要参加会议的科长,让他们提前做些思考,然后再商量研究。"

过了两天开会,在组织部的会议室商量如何起草讨论稿。老资格的张副部长也来了,这时的他兼老干部局局长,解决了正处级的实职待遇,平时上班主要还是在组织部这边。

组织部部长把起草讨论稿的因由给大家说了,然后让我讲话。我摆摆手:"组织部的同志最有发言权,你们先说吧,大家一起讨论。"

张副部长看着我说:"这个东西难搞的,上边没有要求,我们标新立异搞一套出来,恐怕不行。"

我笑道:"不是标新立异另搞一套,而是在实践中发现问题,有针对性地提出一些改进措施。"

组织部部长说:"选拔干部的标准主要是德、能、勤、绩,这个不能变。我们要研究改进的是选拔干部的方式方法。"

我点头道:"部长一语中的。大家看看我们在选拔的方式方法方面,有哪些可以改进的地方。我们一定要畅所欲言。"

这么一说,大家就七嘴八舌地议论开来了,发言都很积极,尽管讲的内容有些零碎。

有人说:根本的问题是解决多数人选少数人的问题。

有的就问:那领导的意图怎么实现?

有的说:重民意,看群众基础好不好,这才是最关键的。

有的问:个性强,能干事,能开创工作局面,但不善于团结同志的人,群众推荐时得票不会高。这种类型的干部怎么选拔?

有的回答:具体问题具体分析,主要看人品和能力,品行好、能力强的应该用,我相信大部分人的眼睛是雪亮的。

有的说:讨论稿主要考虑要从一般性的角度研究共性问题,个性问题可以放到后面来考虑。

有人就问:不让老实人吃亏的问题,不敢坚持原则的老好人不要用的问题,类似的情况是共性还是个性问题呢?

……

讨论到下班时间,部长让我谈谈想法,我说,我有个想法你们斟酌一下。这是一个相当重要的环节,就是不管是什么人推荐的,哪个人点头同意的,都必须经过群众认可。具体地你们可以再琢磨,拟使用提拔的干部,在经过组织上原有考察程序的基础上,增加两条,一是必须参加考试,这一条暂时只能作为参考,因为我们现在的干部文化水平参差不齐;另一条是硬杠杠,就是在原单位请群众投票把关,过不了关的不用。

张副部长这时插话说道:"这种搞法,我怕常委会上通不过。"

我说,我们要起草的讨论稿,不是推倒重来,而是在原有基础上的改进,以求能够更好地选拔有真才实学的人、群众信得过的人,进一步增强党委政府的公信力。讨论稿通过不通过,我们先写出来再说。

组织部部长最后布置了具体的起草讨论稿的任务。

下午,我到党校再次讲课。我的开场白是:"去过欧洲几趟,到过十几个国家,对欧洲文化十分着迷。我欣赏欧洲文明的发展过程,同时也是一个不断震撼、不断感佩的过程。欧洲文明最推崇的价值,是人人都能享有自由,安全得到保障,生活能够蒸蒸日上。其精神的主要实质,就是我们国家在'五四运动'时期追求的'德''赛'(民主与科学)两位先生。我收集了 20 多本涉及欧洲历史文化方面的书籍(不含文学作品),写下了字数不少的读书笔记,今天,择其要点,和大家做个交流。我讲的题目是:浅谈欧洲文明。"

我讲的要点是:

在古老神奇的土地上,欧洲人创造了灿烂的文化,使之成为人类现代文明的源头。如今的欧洲,其科技、文化、教育和经济水平居于世界前列。欧洲人正在享受着文明赋予他们的自由自在生活。

一、历史轨迹;

二、文学艺术成就;

三、哲学和科技成果。

在"历史轨迹"这部分,讲到"英国的光荣革命"和"法国大革命"时,我谈到了——

英国的光荣革命,使资产阶级议会民主制度确立起来,议会式政府随后也形成了;两党制的发展有了新进展,比如两党必须干对立的事情,新闻必须自由。哲学家约翰·洛克在他的《论宽容》和《政府论两篇》中阐述了议会制发展的理论,点燃了人民为自由而斗争的激情。

法国大革命前,很多思想家如伏尔泰、孟德斯鸠、卢梭等积极宣扬"天赋人权""君主立宪"和"三权分立"等民主思想,他们的言行对整个法国来说是一场启蒙运动。大革命中新选出的国民大会投票通过了《人权宣言》,宣告人的天然、不可被剥夺的神圣权利,同时提醒国民不可忘记公民的权利和义务。《人权宣言》是欧洲文化历史上的一个里程碑。

在"哲学和科技成果"这部分,我谈到了——

西方发达国家如今似乎形成了一种稳定的治理模式,心灵问题交给宗教处理,物质问题交给科技去处理,社会问题交给法律去处理,经济问题交给市场去处理,各行其道,相安无事。

在讲述过程中,我还专门对马克思主义的学说做了一番讲解,然而因为自己本身没有学好,有许多问题讲不清楚,又担心讲错,所以只能是照本宣科地讲了一遍。

讲完以后进入互动环节。崔云第一个站起来提问:中华文明和西方文明是有差异的,您认为相互之间能兼收并蓄、取长补短吗?

我是这样回答他的:"西方文化过于强调非此即彼,有一元倾向,因此西方有些人对中华文明是排斥的;而中华文化具有包容性,是二元世界,允许有我也有你,是认可相互之间取长补短的。"

几天以后,严书记把我叫到他的办公室,问我:"你在党校讲课,自己感觉怎么样?"

我猜想他可能是听到什么议论了,就对他说:"主要是向学员介绍一点中国传统文化和欧洲文明的基本情况,我讲课的水平没有问题。"

他伸出舌头来舔舔嘴唇说道:"他们说你贬低中国传统文化,宣扬西方价值观。"

我略微沉思后说:"'他们'应该是少数,大多数学员是认可我讲的内容的,这一点我能感觉出来。只是崔云他们几个有些不同看法。"

严书记把身子靠到座椅上,瞪着眼睛问我:"你怎么知道这个'他们'是崔云他们?"

我微微笑道:"在学员提问的时候,我们有过交流,所以你一说'他们',我就晓得是他们。"

严书记又把身子倾过来,双手交叉摆在办公桌上,说:"崔云他们几个可不是来告你的状嘎,只是来找我反映一些想法。"

我说:"严书记用词讲究,'反映'这个词用得好。"

"小耿啊。"严书记语重心长地说,"你喜欢读书爱思考问题是好事,但是对于有些问题,想得太多了未必是好事。要认清自己的身份,管住自己的嘴,不合你讲的话以后就不要讲了。"

我微微点头表示礼貌,但没吭声,因为我内心有些不以为然。

严书记又说:"那个改进干部选拔方式的讨论稿我看了,也听了组织部几个领导的意见,他们有些顾虑,认为拟用人选既要经过考试又要通过群众票决,不好操作,所以还是稳妥点好。我的想法是讨论稿就不讨论了,以后再说吧。"

我张口要说话,想针对"不好操作"这个说辞谈谈我的观点,但是严书记立即摇摇手不让我说:"就这样吧,小耿。"说完就埋头批阅文件。

仿佛当头被泼了一盆冰水,冷得我够呛。严书记的话,让我想不通。我关着办公室的门,斜靠沙发,独自思索了半晌。我想追求的是,不要仅仅依靠少数"伯乐"来选"千里马",也要调动群众的积极性来帮助选好"千里马";逐步去完善选人用人的机制,让凭真本事上位的人越来越多,让跑官要官的越来越少。秦悠悠约我去拜见省委组织部部长,我之所以犹豫,一定程度上是因为我内心有些抵牾。让我干我就上,不让我干那就算。社会上有许多人想法是和我一样的,自己羞于去跑耻于去送,只是寄希望于有公正合理的阳光照到自己身上。如今我想做些改进工作,无奈人微言轻,无法在前进的过程中,打开哪怕仅仅是一扇门,这让我感到懊丧。思来想去,最终我在心里说:望梅止渴也算是一种精神上的享受吧,现在只能是望梅止渴了。

回到家里,马玥明说:"林苍秀和孟远明天要来林山。"

"她给你打电话啦?"我问,"来做什么?"

马玥明回话:"刚才打来的电话,说是我们调回来了,想来看看我们。这几天她和孟远一直在小清河区的商号里住着,事情不多,上次办的边民通行证还在有效期内,正好可以顺便来林山医院做个体检。"

在妙塔国那边,那边的人在边境线一带,用手机和我们这边通话,只要使用我们这边的号码,就能保持畅通,因为我们边境一带的基站信号,他们那边也可以使用。这些年林苍秀一直保持着和我们的联系,每次她从妙塔国的曼戍地方来到小清河口岸她家的望乡商号,就会主动和我们通话,其中与马玥明之间的交谈更多一些。

次日,孟远和林苍秀来到林山时已是下午四点多钟,在宾馆稍事休息,就到我家来。孟远身着一套浅灰色服装,上衣无领,布包纽扣,别有风采。林苍秀一袭黑色长裙,红色披肩,身姿虽如少女般曼妙,神情却显得端庄娴熟。

才进家门,林苍秀就拿出一份礼物来要送给马玥明。盒子打开一看,是一个观音造型的翡翠玉佩,翠色欲滴,晶莹剔透,极是精美。看得出来，此物属于上品，应当十分昂贵。

我连忙说："你不能送，我们也不能要。"

"我晓得你们的规矩，当领导的不能收别人的财物，"林苍秀急了，"这是我送给马妹的，跟你无关。"

马玥明捧在手里仔细端详，爱不释手，连连叫道："极品，极品，太漂亮了。"

我恳切地说道："孟兄，苍秀，君子之交淡如水。我们两家的来往，不能靠钱物来维系。我晓得你们日子好过，但是我们的身份决定了不能收你们的礼物，请你们谅解。"

孟远和林苍秀站着不说话。马玥明开腔了："秀姐，这个东西让我爱死啦，但是我确实不能收下。"说完就把玉佩递到林苍秀手上，随即一把搂住林苍秀，放声大哭起来，玉佩撩动了她的情愫，她的确痴醉于这个东西。

稍后，请孟远夫妇坐下，我烧水泡茶，让马玥明削水果。两边亲热地聊了一阵家常事，马玥明和林苍秀说得多，我和孟远讲得少。林苍秀问到我们女儿在北京读书的情况，马玥明说还好，学习成绩也不错。

我叫一家饭馆送饭菜过来，在家里用餐。一瓶红酒四个人喝，相谈甚欢，其乐融融。

第二天是星期天，请熟人开车，送我们到城外的翠屏山郊野公园游玩。踏青赏花听鸟鸣，还去当地人称为"情人谷"的山间溜了一圈，放飞心情。两家人共度美好时光，十分难得，最是惬意。

星期一一早，马玥明带着他俩到医院做完体检，他俩就坐上客车回去了。

三十四

　　一天下午下班前,孙璞副书记过来我的办公室问个事,说着说着他就把话题扯到了郝山河身上,说郝山河提上来任副市长刚满一年,就调整为市委常委、常务副市长,来到更重要的岗位。他道:"这个家伙能量不小啊。"

　　我说:"机缘巧合,有人相帮,所以顺理成章。"我指的一是原常务副市长得重病提前退下来休息养身,腾出来了岗位;二是不久前吴省长来林山调研,听说极力推荐郝山河。

　　孙璞缓缓地点着头说:"机会是为有准备的人准备的,他其实早就准备好了。"

　　我问:"是你给我说的,他当常务副市长是吴省长推荐的,是真的吗?"

　　孙璞从沙发上挺起身来,右手敲敲茶几,说:"是的嘛。上次吴省长下来,给严书记讲这个意思的时候,我在后面,不小心听了几句话。"又说:"你还不了解我吗? 我这个人大话是说过的,但是从来不说假话。"孙璞的个子不高,短小精干的样子,只是头发看上去有点滑稽,头顶是光的,两边发长,他经常用手把两边的长发往中间抹,以期遮住秃顶,他说这是"地方支持中央"。

　　他还想和我再说点什么,这时有人找他,他就离开了我的办公室。

　　二十多天前,吴省长带队专程来林山调研,重点检查沿途的公路交通状况和边境口岸小清河的基础设施建设,离开林山前,在干部大会上作报告。看见他方形脸、大背头、笑眯眯的模样,我就想起了郝山河当年在他家煮牛扒烀、让我们地区原任刘书记觉得诧异的事。

吴省长原先是我们省的省委副书记,一年前调到省政府任主官。他讲话口才极佳,善用排比句,一套一套的,很能调动大家的情绪。更重要的是,他针对林山的具体表态,鼓舞士气,振奋人心,让林山的干部听了特别激动。他说,你们林山已经有了飞机场,但是,这远远不够。省政府还要极力支持帮助你们林山早日建设高速公路,往后还要修通彩云省通往妙塔国的铁路,铁路出口就放在你们的小清河口岸。这次下来看了小清河口岸的基础设施状况,回去以后就下拨资金给你们,希望加快小清河口岸的建设步伐。

送走吴省长后,我就到孙璞副书记的办公室坐了一阵,想听听孙璞谈谈省长此次下来调研,一路上还讲了哪些话,有什么新精神。因为陪同省长他们下去的,是市里的书记、市长和孙璞、郝山河,他们一直陪同到小清河口岸,然后又转回到林山市区。

孙璞应我所问,谈了一些吴省长沿途针对林山发展谈到的一些想法和要求。随后话锋一转,他就说起了郝山河,说郝山河头脑太灵光了,这一路上鞍前马后伺候领导用心良苦,做事殷勤,省长极是满意。省长爱吃牛扒烀,郝山河就亲自下厨,自己动手,献上手艺;省长晚饭后要散步半小时,回到宾馆要打一阵扑克,郝山河都提前安排得妥妥的。

孙璞说:"有一次我还见到这个家伙给省长捶背按腿呢,忙得满头大汗。我就做不来这些事情。人比人比不成,马比骡子气死人。"

我说:"各人有各人的处事方法,何消去比嘛。"

他说:"我才不跟他比呢,想比也比不了。"

不等我开腔,他就问我:"你晓得郝山河平时送礼都送些什么吗?"

我说："不就是送点土特产吗。"

他嘿嘿一笑，说："贫穷和老实，使你的想象力不够丰富。他送的是虫草、犀牛角和纯金制作的像章。"他用右手的拇指和食指围成半圆比画着说，像章分三种型号，最大的有茶杯盖那么大。

我问："你咋个晓得？"

他就讲，前段时间检察院反贪局抓了几个有行贿嫌疑的老板，有两个老板交代，出钱为郝山河买过虫草、犀牛角和制作过金质像章。孙璞分管政法工作，他知道的一些内幕我不晓。

我感到吃惊："哦哟，有这种事？"

孙璞叹口气，说："这个事我向严书记汇报过，他说他晓得这个事，郝山河原先跟他报告过，说是要为林山要项目和资金，需要带点特殊的礼物上去送人，他说他还批评过郝山河，以后不准搞这一套，送礼送点土特产品就行。"

我说："郝山河主动向严书记汇报，说明他办事是留有后手的，这个人真精明。"

孙璞摇摇头说："不是。反贪局抓行贿老板的行动虽然是保密的，但是郝山河可能还是晓得了，说不定就是在这种情况下，他才主动去找严书记的。"

我说："你只是猜测，不算数的。"

孙璞点头说是，想了一会儿他说："弄不好严书记的老婆就收过郝山河送的礼物。"他见我不吭气，就把头伸过来问："你晓得郝山河和严书记的老婆是什么关系吗？"

我说晓得："是同学关系。"

孙璞说："是呀，但是这个关系是后补的，你晓得吗？"

我说："我已经听说了。"沧江县有知情人给我讲过，说郝山河还在沧江时，听说严书记的夫人报名参加了省城一所大学的EMBA课程班的学习，他也就去报名参加了那个班的学习，与严书记的夫人成了同学，这样就便于通过新结成的这层关系，与严书记联系。

那天离开孙璞的办公室时，他一再叮嘱我说，我俩今天谈到的事，一定不要对外讲，我答复他说："你放心吧，我心中有数。"

孙璞和郝山河两人起先关系还好，后来彼此之间心存芥蒂，渐渐地就相互不来往了。起因据说是有一次在饭桌上喝酒，郝山河喝高了，口无遮拦，笑说孙璞是村干部出身的人，文化不够用，作报告经常念错别字。还具体举了两个例子，说孙璞把"栅栏"读成"山栏"，把"夙愿"读成"凤愿"。不料那天陪郝山河喝酒的有个人和孙璞走得很近，就将郝山河说过的话传给了孙璞，气得孙璞直吹胡子瞪眼。此后，孙璞就看似无意其实有意地在一些场合贬损郝山河，表达的主要内容是暗指郝山河是个心术不正的人。

孙璞的确是村干部出身，他初中毕业就回乡参加劳动，二十出头的年纪就当上生产队长，随后又当生产大队的党支部书记，几年后被选拔到人民公社，成了吃国家粮的干部。因为起点学历太低，他一直要求到省委党校脱产读两年大专班，然而几次文化考试都不达标，最终考到地委党校，脱产读了两年中专，然后通过函授学习，获得一个大专文凭。他是从基层苦出来的干部，说起来也是不简单的。他当过公社党委副书记、书记、县委组织部副部长、部长、行署办公室副主任，此后任勐玛县的县委书记、林山地区副专员，一直到如今的市委副书记，可以说是一步一个脚印走出来的。他的文化素养的确差一些，我也听见他在大会上念过错别字。然而他的特点是做事毫不含糊，最能吃苦；上级交代给他的任务，他就是不吃不睡都要想办法去完成，所以人们都说他是最受一把手喜爱的干部。只是，如今的严书记并不器重他，相反对他还有些不好的看法。

后来我了解到，严书记对他的成见始于半年前。他向严书记汇报，说接到群众举报，反映林山市区有一些地方有卖淫嫖娼和赌博行为，他打算安排公安干警进行一次清扫行动。严书记表态说，你兼着政法委书记,这是你分内的事,你去办吧。第二天林山市区就开展了一次打击卖淫嫖娼和赌博行为的专项行动。

在抓赌过程中,有一个参与者狂妄嚣张,不服从公安干警管教,被带到看守所后还试图逃跑。这个人是有点来头的,他老婆是一个茶庄的老板娘,和严书记的夫人关系密切。事发之后,一定是茶庄老板娘求严书记的爱人帮忙斡旋,严书记的夫人又找了严书记。严书记平时惧内,得令后左右为难,最后让秘书给孙璞打了一个电话,说是那个人如果没有太恶劣的表现的话,罚罚款就算了。秘书含蓄地将严书记想要表达的内容讲了以后,别的话也不敢多说,只是希望孙璞领悟其中的意思。没想到孙璞原则性极强,或许又是没有悟到什么含义,对秘书说,这个人必须关一段时间,他的表现太气人了,马上就放走的话,公安干警的意见会很大。秘书再没说什么,就放下了电话。我猜想,这件事严书记肯定是受到了夫人的责难,由此心中窝火。

后来我问孙璞,是否有此事,他奇怪地反问我,怎么知道的这事。我说是听说,没对他说是从哪里听来的,只是说:"这件事并不只是你知他知,还有人晓得的。"又对他说:"这个事情晓得的人很少,不过,我听到的都是佩服你的声音,说你敢于坚持原则。"

"不得不坚持啊。就是一条狗,也要守好自家的门嘛。"孙璞摇摇头说:"还好,严书记的秘书没有对我说,严书记要求必须放人,不然的话我也为难。"接着又说:"我已经看出来了,我不听招呼,严书记很不高兴。"

严书记不高兴的事是经常发生的。有一回是我和孙璞一起让他不高兴的。在一次常委会上,讨论通过市委要新建的办公大楼,看了图纸后,严书记让大家发言,共同把把关。我第一个发言,认为市委不是企业,办公大楼没有必要盖得那么高大气派,我们花的是财政的钱,是纳税人一笔一笔交上来的,应有节约意识。孙璞接过我的话题就说,小麻雀吃蚕豆,要和自己的屁股商量商量才行的,我们是贫困地区,乱花钱不得,所以我同意耿卫疆的意见。

按常理严书记是要逐个听完大家的意见才表态的。听了我和孙璞的发言,他就沉不住气了,黑虎着脸说,高大气派有什么不好,我们是领导,看问题要有超前意识,免得后人骂我们。他把倾向性意见一说,市长、纪委书记和军分区政委就不想说话了,列席的人大常委会主任和政协主席也不吭气了,他们要说的意见其实已经表示在沉默中。常务副市长郝山河、市委秘书长、组织部部长、宣传部部长和妇联主席表态支持严书记的想法,最终定下来盖一座一百年不落后的高楼。

严培荣书记是三年前调来林山任职的,原先在他老家当市长,今年五十岁。我和他相处一年时间,作为他的副手,没有发现他的工作水平、领导能力有什么过人之处。我暗暗地拿他与我的老领导郑华明比较,觉得无论在哪方面,他都不如我的老领导郑华明。

严书记喜爱收藏普洱古树茶,他夫人痴迷赏玩翡翠珠宝,已是多人皆知,引起了一些人的议论。这可是个危险的信号,一定会有人就此投其所好,如果他两口子把控不住,我想,今后必定会遇到大麻烦。

严书记的夫人小严书记十岁,两人都是二婚。听说她是在十年前,被身为县委书记的严培荣回乡时发现的,那时,她在县招待所当服务员,年轻貌美,身段优雅。两人相识后很快就成了一家人,不久,招待所的服务员就到市里上班了,摇身一变进了税务局。严培荣到林山来任主官后,她随调而来,去了市烟草公司,升迁很快,如今已是党组书记,拿着正处级的年薪,收入可观。

和严书记在一起共事,有什么好处呢?那就是他不浪费别人的时间,举例说吧,他讲话作报告,从来都是秘书怎么写他就怎么念,不像有些人那样喜欢脱稿海阔天空讲一阵,然后又来念稿子。对此,有人说,听严书记作报告很痛快,稿子念完就散会,一点也不啰唆。也有人在背后议论,说严书记照本宣科不脱稿讲话,并非他不愿而是他不能,因为他肚子里装的货少,想往外倒也倒不出来。我是同意后面这种说法的。我有点纳闷,像他这样平庸的人,怎么会走到这么重要的岗位上来呢。每当见到他,我就经常会想起李白《嘲鲁儒》中的两句诗:君非叔孙通,与我本殊伦。

不过,别看他在大会上讲不出来,然而他可以让别人把他想要表达的意思写出来,登到报纸上。前几天我在《林山日报》上看到一篇评论员写的文章,表述的是,三年来林山各个方面发生了极大变化,各族群众的日子像攀枝花一样红得耀眼,像甘蔗一样一节比一节甜。文章写到,林山这三年(暗指严培荣主政的这三年)一年比一年变化大、发展快,第一年就止住了经济发展速度下滑的势头,第二年经济发展就步入了正道,第三年经济发展就跃上了快车道。文章通篇没有出现"严培荣"三个字,然而明眼人一看就知道,这是在为严培荣歌功颂德。重要的问题是,文章表述的是一派莺歌燕舞的大好形势,这与事实不符,林山这几年经济指标连年下滑才是实情。

"扯鬼蛋,是哪个写的,睁着眼睛说瞎话。"我在心里骂道,立即就打电话问报社社长:"是哪个写的这篇文章? 我管宣传思想工作,应该事先拿给我看看嘛。"

报社社长在电话那头有点紧张,结结巴巴地说:"文章……是我写的,是按严书记的意思写的。那天他把我叫到他的办公室,和我说了半天。"

我听了以后,没再说什么,愤怒地把电话挂了。

三十五

　　吴省长到林山调研回去后一个月,一天晚上给严书记打来一个电话,第二天一早,严书记就召集市委、市政府的领导开会,传达吴省长的讲话精神。他说:"吴省长讲了,司马西是个骗子,他打着是北京一个老领导外甥的旗号,四处行骗,目前已经被我们省的公安部门抓起来了。省长专门交代我们,如果他在林山做工程、有项目,那就立即停止。省长让我给大家说明,他和司马西没有什么特殊关系,只是在北京的一次活动中,经别人介绍认识的。"

　　听了严书记的话,与会者纷纷议论起来。有人就问严书记,这个人是不是前不久跟着吴省长来的那个老板?

　　严书记解释道:"吴省长带的调研组成员名单里没有他,他是听说省长下来以后,跟在后面来的。省长在宾馆见着他,就让他参加了我们的欢迎宴会。"

　　司马西这个人,我第一次见他,是在省长走了之后,严书记专门请他吃饭,让我也去,当时郝山河也在场。司马西西装革履,昂首挺胸,气派十足,只是他的鼻孔朝天特别显眼,形象有点缺陷。

　　严书记在司马西面前毕恭毕敬的样子,让人觉得有点过分。他向司马西介绍我:"他是分管组织、宣传的副书记,边疆文化长廊的项目由他和分管副市长负责,您有什么事就找他。我们文化上还有几个项目,请您帮他们出出主意。"我把手伸过去想和他握一下,司马西却没伸手,只是微微地对我点了一下头。严书记没有介绍郝山河,我就知道他们此前已经认识。

待司马西和他的助手、驾驶员落座后，严书记对我们说，司马西先生在北京开了一家很有实力的科技文化公司，他在北京门路很广，但他很低调，也很善良，每年都要举行慈善活动，向社会献爱心。我们彩云省就得过他好几次的关爱。今后还要请他一如既往地对我们林山市给予多多关照。说完这些，严书记叫我们站起来给司马西董事长敬酒。酒过三巡，郝山河叫出市歌舞团的一男一女两位歌唱家，为司马西先生献了几首敬酒歌，和他同饮了几杯酒。

歌唱家献歌敬酒后就下去了，这时司马西的话多了起来，开始讲他和北京的领导谁谁谁的关系不一般，和彩云省的领导谁谁谁是好哥们。有些他讲的仿佛如数家珍，有的又似神龙见首不见尾的。众人都缄默无言，听他喋喋不休，高谈阔论。

听着听着，我的思想就开了小差，想起了曾经在北京经历的一件事。半年前我在北京进修学习，住我隔壁的是来自严书记家乡的一位副市长。我和他认识的时候，两人都是县委书记。学习期间，我俩经常在一起。一天晚上，他对我说，明天下午让我跟他去陪一位实权人物吃饭。

我问他："什么来头？"

他说："中央组织部管干部工作的处长，听说专门管我们西南片区。"

我问："你咋个晓得人家的？"

他说："人没见过。通过北京的朋友请他出来，不容易呐。"

我又问："哪路朋友？我去方不方便。"

他说："我这个朋友是一家文化策划公司的老总。你去就行啦，没什么不方便的。多一个朋友就多一条路，以后对你有好处。"

我说行，我去，开开眼界。

次日是自学时间，我在宿舍里看了一阵书，随后就跟着副市长打车到他请客的饭庄。稍后文化策划公司的老总也到了，介绍程序走过后,喝茶聊天。

文化策划公司老总能说会道,谈吐不凡,京腔悦耳。聊着聊着,话的内容就往高处走了。说到政界的事,文化策划公司老总似乎知晓得特别多,谈起一些高层往事,好像他就是亲历者一样。他侃侃而谈,副市长一愣一愣地听,我保持着平静的神态,为显示礼貌偶尔点点头。

该吃晚饭的时候,中组部的人来了,是个皮肤白净的年轻人,举止谦和,彬彬有礼。主宾入席后,中组部来的年轻人对文化策划公司老总说:"表叔,您叫我我不能不来,只是我不能留下吃饭,单位还有事,我得赶过去,晚了就来不及了。这样吧,我以茶代酒,敬您和您的朋友,敬完就走。"礼节过后,他就站起来往外走,一口菜也没吃。

我和副市长起身要去送送他,他说:"来一个吧,留下一个招呼好我表叔。"我寻思我和老总不熟,就让副市长留下,我去送。走到门外,年轻人对我说:"我表叔可能对你们说我是中组部管干部的处长,是吧? 我对你们说啊,我不是处长也不是副处长,只是一个副处级调研员,我们部门不是管干部的,主管党建工作。我表叔也不是老总,只是一个部门的经理,你们心中要有数哟。"说完把我拦住,自个儿走了。

我心中有数了,就不愿喝酒,说肠胃不好,来之前吃了药。旁观副市长和所谓的老总推杯换盏,一人喝了一瓶不知是真还是假的茅台酒。所谓的老总海量,一斤不醉,站起来走路稳妥妥的。副市长就不行了,走起路来跟跟跄跄的,长处走不完,宽处不够走。我帮副市长结了账,就打车拉他回去休息。

第二天副市长来还我帮他结账出的钱,我就把组织部那个年轻人昨天特意对我说的话给他讲了,他听后怒了:"他妈的,上当了。我给这个家伙送了这个——他才答应帮我请人的。"他用右手的拇指搓着食指和中指,不停地在我眼前比画。至于破费了多少,他没说。

那天在林山宾馆，司马西把酒喝多了，滔滔不绝地唠叨，不想结尾。我就想，如果司马西和那个所谓的老总如果在一起神聊海吹的话，不知谁能更胜一筹。

严书记明显是疲倦了，接连打了几个哈欠。郝山河见状，以恰当的方式打断了司马西的言语，对他说下面还有一个内容，请他去茶庄喝几泡好茶。司马西说好嘞，和大家把杯中酒喝了，站起身来就跟着郝山河走了。

饭后两天，司马西带着他的助手到办公室来找我，这回他没有刚见面时那样傲慢了，不过架子还是放不下来。

我请他俩坐下，泡好茶后主动说："我们边疆文化长廊的建设项目，是放在边境三个县，市里只是提指导意见，具体操作在县上。"

司马西摆摆手，说："没关系，这个项目我们不参与也行。"

他的助手在一旁说："我们董事长每做一项工程，就要在当地举行一次慈善活动。取之于当地，善行与当地百姓。"

我微微笑了，但没说什么。

司马西见我不亢不卑的，就对他的助手说："把部长的电话接通，我跟他说两句。他还不知道我出来了的。"交代完就向我解释，省委常委、宣传部部长晚上经常约他去家里打扑克。

他的助手立即掏出手机，起身到室外。过了一会儿，进来说："电话通了没人接，部长可能在开会吧。"我瞅了司马西的助手一眼，无法确定，电话是真打还是假打。

"那就不打扰他了，"司马西问我，"你们省的宣传部部长，省委常委，认识吗？"

我说："我晓得他，他晓不得我。"

"以后把你介绍给他，他人很好相处。"他抬起茶杯抿了口茶说："这个茶不错。"

我说："我们林山好茶多。"

聊了阵茶后,他让助手从包里掏出一卷图纸,打开来让我看。我站起来一看,是林山市体育运动中心项目的总体规划图。心想,这家伙动作真快,盯着他想吃的肥肉来了。

林山市要建的这个项目,是按照能够承办全省性运动会的标准提出来的。项目总投资概算 3 亿元,规划总用地面积 200 亩,主要建设体育场、体育馆、游泳馆、网球馆、露天球场和民族广场等,要求是分批建设,三年完工。

我故意问:"你们不是科技文化公司吗,怎么建筑工程也做?"

司马西的助手答话:"我们公司什么都能做。"

我指着图纸说:"进展还没到这一步,怎么你们就把总规图做好了呢?"

司马西拍拍我的肩膀,说:"我这是请了北京的高手给你们弄的,起码一百年不落后。"

我说:"我们这个小地方,追求高大威武的现代气派,那是永远搞不过内地大城市的,只能在展示民族的、当地的特色这样一个基础上求创新。"

一年前,一家直属于央企的单位,在市里一条主要大街旁建盖生活基地,不按我们市里的总体规划和详规要求建,排斥展示当地民族文化元素,非要建他们认为能够体现现代气派的大楼,市政府不同意,双方僵持不下,最后由严书记出面做市政府的工作,让央企的直属单位按他们自己的意见,建盖了一幢火柴盒式的高楼,虽是鹤立鸡群,却与四周的建筑风格极不协调,成为诟病。

司马西轻松地笑道:"这还不简单吗,我在北京的朋友,各种流派的设计师都有。"

我说:"我们的建设方案省上还没有批下来的。"

司马西扬起右手指指上面,仿佛心中有数,说:"快了。"

我说:"这个项目最终的招投标由政府那边负责。"

他说:"我知道。但是市委这边你是重要的参与者,所以我来找你聊聊。"

我说:"我个人说了不算。"

他说:"你说了肯定不算。你上边还有市长和书记呢。书记、市长和你们几位领导,是要和专家一起参加总规和详规的审定的。"他干咳了几声,接着说道:"我的意思是,如果规划总图,采用了我们的方案,那工程建设上我们中标的把握就大了。只要中了标,我就为你们无偿建一所希望小学。"

我内心鄙视他,心里想道:"只不过空手套白狼的把戏而已,想用我们的骨头熬我们的油。"嘴上却说:"好事,好事,但愿你我都心想事成。"

司马西和他的助手走后,我靠在椅子上想:这个家伙玩的是真真假假、虚虚实实的一套,得用点心计对付他才行。

好在如今司马西被抓起来了。听到这个消息,我身心舒爽,在心里念道:这下子我也不用花费精力考虑如何对付他了。

下午下班,走路回家,途中遇上了孙璞。在大街上走着,看看四周的环境,我说:"林山的市政建设比前些年好多了,最明显的变化是树多了,鸟也多起来了。"

孙璞问我:"你注意到哪种树多吗?"

我说:"香樟、小叶榕和松树多。"

他又问我:"你晓得这三种树为什么多吗?"

我知道他往下要说的意思,但还是故意问道:"为什么呢,你说瞧。"

他一本正经地说:"因为主要领导的爱好不同。严书记喜欢小叶榕,就叫人家多种小叶榕;他的前任喜欢松树,就叫人家多种松树;他前任的前任喜欢香樟树,就叫人家多种香樟树。这些议论你不会没有听说过吧。"

我笑道:"听说过。"

他指着身边的小叶榕,说:"城里的所有小叶榕都是司马西的人种的，成本高得很。"

这个情况我没有听说过："是真的吗？"

"造谣的话我不会讲，"他靠近我说道，"严书记调来不久，司马西就在我们林山设了分公司。什么狗屁科技文化公司，挂羊头卖狗肉，干的全是盖房子种树的工程。"

离小区门口还有一段路，孙璞就不走了，让我也停下脚步，说："严书记约你和郝山河请司马西吃饭那天晚上，这个狗家伙出了一个大洋相。"

"什么洋相，我晓不得，"我说，"那天吃饭是严书记非要让我去的。吃完饭郝山河说是要约他去喝茶，我们就散了。"

"没有去喝茶，是陪他去歌厅唱歌。"孙璞就讲，那天在歌厅，司马西又喝了不少酒，结束以后，就将陪侍他的妙龄女郎带到了宾馆，发泄情欲的时候，动作过猛，把女郎做过隆胸手术的乳房捏开了一个小口子。女郎气愤不过，等他睡着以后，偷了他的五千元钱和一块劳力士手表就跑了。司马西第二天醒来，发现情况不对，就给郝山河打电话，郝山河就让公安局局长派人去查，最终顺藤摸瓜，在几百公里外抓到了女郎。

听此一说，我摇头鄙笑。

孙璞有些不满地说："这个郝山河也是，我分管政法，他事先也不跟我说，就直接安排公安去抓人，程序不合嘛。我把公安局局长批评了一顿，后来想想，公安局局长本身没有错，但是没有及时向我报告。"

我问："严书记晓得这个事吗？"

"这个事晓得的人不多。"孙璞说，"但是严书记是晓得的，我找郝山河问起这件事，他说他已经向书记报告过。"

讲完以上内容的话，两人就迈开了腿，走进小区，分手时，孙璞哼了一声说："严书记把司马西当作弯腰树，想靠着司马西往上跳，这回嘛跳不起来喽。"

三十六

人活着,跟着时间走,脚步停不下来,越走似乎步伐越快。转眼之间,我离知天命的年龄就只有一年的距离了。

我任林山市委副书记三年时间,工作认真踏实,所分管的部门,下属的积极性都很高。我有意营造一种和谐、宽松的氛围,鼓励大家团结干事,效果还不错。只是我个人时不时会产生一些苦闷的情绪,因为我想在深化改革、创新求变方面做一些努力,然而严书记和人大的陈主任(我在沧江县工作时没有把他岳父的离休问题解决掉他一直耿耿于怀)他们几位,不欣赏我的创意,多次都不采纳我的建议。

有人在背后说我,凭能力、表现和清正廉洁的形象,应该在仕途上再上台阶。话传到我耳中,我只能是一笑了之。共产党的干部,去哪里,干什么,必须服从组织安排,这是纪律,也是我内心根深蒂固的意念。当然,如果有机会,能上一个台阶,于公私两利,何乐而不为呢,我肯定愿意。如果能做到一把手,那么我就可以尽情发挥我的才智,在造福一方百姓的路上,更好地施展我的本领。另外,老实说,名利思想我是有的,强烈的自我意识在我身上是存在的。

机会来了。林山市长调到省上任职,市长岗位空缺。

林山市位于边疆民族地区,经济发展相对滞后,干部的锻炼成长也相应受限,因而提到省级机关,或到其他州市,担任正厅级职务的干部,比较而言偏少。当地人就说:"我们林山很不出干部,大鸡枞少。"针对这次新市长的安排使用,当地干部的普遍愿望是,最好在林山市选拔一名本地干部担任市长。

意见反映上去不久,省委组织部就派考察组下来了,意图就是在当地考察市长人选,选用当地干部。在本地干部中,从年龄和资历看,孙璞和我,还有郝山河具有优势。孙璞和我同岁,还不满五十,他任副厅级领导干部九年,我满八年。郝山河年纪比我和孙璞小两岁,任副厅级领导干部三年。

考察的方式是,先在干部大会上进行民主推荐,再找各县的书记、县长和市直单位的一把手,逐个谈话听取意见,最后,听取市级领导干部的推荐意见。

考察程序接近尾声时,有一天在市委大门口遇见市委组织部的张副部长,他四下望望,靠拢我说:"从考察情况看,你的呼声最高。"说完,就头也不回地走开了。市委组织部抽调人员配合省上来的考察组进行干部考察,张副部长是其中的一个,所以知道一些内幕。平时他嘴巴很紧,不该说的不说,今天却主动地向我透露不该透露的消息,我想,一是他马上就要退休了,内心的弦一时没有绷紧,想说什么也就顺嘴说了;二是这几年相处下来,看得出来他对我印象逐步好转,此刻有示好的意思吧。听人说,他对郝山河的看法由好变坏,如今几乎不来往了。直接原因是,张副部长的一个亲戚想进市发改委,请郝山河帮忙,说发改委正好还有一个指标,郝山河非但不帮忙,还把自己的侄儿子安排进去,占了那个指标,气得张副部长直想吐血。

考察程序走完,考察组就回去了。这时市里的干部就有人私下议论了,猜测谁当市长的可能性大。推测孙璞能当上市长的人不多,觉得他的工作能力和文化水平不足以胜任。有些人说我的希望比较大,也有的说郝山河应该是一匹黑马,他在上面有人帮忙,胜出的概率不小。

任命通知没有下来,调查组倒是来了。省纪委常委带队的调查组是来调查我和郝山河的情况的。后来知道,有人举报我和郝山河有经济和生活作风问题,建议组织上不要安排我俩当市长。

调查组的人员找了我两次,第一次不谈我的事情,而是了解郝山河的情况。问我:"平时听到大家对郝山河在经济问题和生活作风方面有哪些议论?"

我想了一会儿,说:"听是听过一些议论,但是都没有定论。"

问:"你和他在沧江县一起工作过,他在沧江的时候,经济上和生活作风方面,有没有听到过一些说法?"

我答:"听到过,而且我和当时的县长李榕还分别找他谈过话,敲打过他。"

问:"具体听到什么情况?"

我答:"说他花钱大手大脚的,和几个老板关系比较密切,我们找他谈话以后,他就收敛了。后来我调到临江工作,他在沧江的具体情况我就不清楚了。"

问:"听说他在沧江和一个叫肖潇的女人乱搞,你们掌握情况吗?"

我回答:"有人见他在山林里和肖潇打野战,也有人到他的办公室捉奸,但是都没有当场抓到现行。"

问:"为什么当时不继续深究处理一下呢?"

我回答:"当时李榕县长质问过他,他不承认。我让纪委监察部门的人去找过肖潇,她也不承认。所以这个事情就不了了之啦。"我没有讲当年郝山河的爱人找我说郝山河性功能有障碍的事。

调查组的人第二次找我,让我谈的是我个人的问题。直接说有人实名举报我,所以需要我配合说明一些情况。

我内心很平静,说:"好的,我一定如实回答。"

举报信说我有三个问题:第一,分管干部工作,收钱卖官;第二,给我的老领导郑华明送过大烟;第三,说我有个老情人名叫林苍秀,两人一直保持着不明不白的关系。

我说:"收钱卖官,我从来没有做过这个'买卖',只有辛苦你们去查证啰。如果有具体的实例,那倒是不难查。"

"关于第二个问题,事情是这样的,当时我还在沧江县工作,我的老领导郑华明他老父亲,长期拉痢疾,久治不愈,已经危及生命,老领导的夫人就打电话问我,可不可以帮忙找一点大烟来,治治老人的病。我就找到当时的县公安局局长周道,请他弄了蚕豆大的两颗来,交给了我老领导的夫人。大烟钱我是出了的,一百块。当时周局长不收,说钱交到财务室就会有人晓得情况,用大烟治重病的事虽然也算正常,但是不想让人知道跟我有关系,防止有人炒作,生出些是非来。我说你傻呀,你不说出我的名字,别人会问得出来吗。这么一说,他就收下了。现在周局长已经调到市禁毒支队当支队长,你们可以找他核实情况。"

说到这里,我就在心中埋怨周道,他给我说过,此事没有让第三个人知道,现在看来并非如此嘛。虽然我能把情况说清楚,然而想到事情被人炒作,心里还是有点不爽。

"第三个问题,我和林苍秀青梅竹马,一起长大,我和她有过早恋行为,这是事实,我至今还和她保持着联系。但是我们现在处的是两个家庭的关系,我和她之间没有任何见不得人的秘密。我们两家也没有任何经济往来。这些方面的情况,你们可以找我爱人马玥明了解,也可以找她爱人孟远询问。林苍秀和她爱人家在妙塔国的曼戌,不过他们在我们的小清河口岸对面,他们也叫小清河经济开发区,开了商号,还办了农场,所以他们也经常到他们的开发区这边来。要和他们联系的话,不难,他们只要办个边民通行证,就可以过来我们这边了。"

我把三个问题分别讲了以后,考察组的人又问了我一些情况,我都如实答了。结束时,让我在笔录的每一张纸上,签名并且按了手印。

当天下午,郝山河打电话给我,说晚上想找我说个事,谈谈心,我说你来我家吧,马玥明上夜班,没人打扰。天才黑他就摸进我家来了。刚坐下他又站起来,摊开两手说:"老兄,我冤枉啊。"

我让他坐下,说:"调查组接到举报,来了解情况,核实问题,是对你我负责,你冤枉什么呀。"

他看起来神情愠怒地说:"不是说这个。调查组找我谈话,说举报你的那封信是我实名写的,他们要了解你的情况。我跟调查组的人反复讲,我没有写过举报信,肯定是有人冒充我的名义写的。"

听郝山河这么说,我一时有些惊诧。稍后,我微笑着故意说:"在这种关键时刻,你举报我也是说得通的。"

他似乎急了:"你是我的老领导,我就是再歹毒,也写不出告你的话嘛。"

我收敛了笑,说:"跟你开个玩笑而已,你莫急。"

他骂道:"他妈的,到底是谁写的,真是一个小人啊,唯恐天下不乱。"

我递给他一支香烟,给他点上火,说:"少安毋躁。是哪个写的? 你说我不去想,是不可能的。但是,想多了伤神,有什么意思呢。何必多想,等待着水落石出好了。"

他好像气未消:"听说就没有人告孙璞,只晓得盯着你我两个不放,什么意思嘛。"

说到敏感问题上,我就不愿与郝山河深谈了,于是转换话题,七拉八扯地和他闲谈了一阵,把他打发走了。

是谁写我的举报信,不用我想太多,调查组的人才走,我就知道写信人是谁了:没错,应该就是他,居然是他,竟然是他——郝山河。

原沧江县县公安局局长、现市局禁毒支队长周道到我家来,见面就带着惭愧的神色,双手抱拳向我表示道歉。我问他怎么回事,让他坐下来慢慢说。

他说："你家找我拿大烟的事，应该是郝副市长传出去的，因为这个事情只有你知我知，后来还有他晓得。"

我说："说明调查组找你问过情况了，要不然你咋个会跑来说这个事呢。"

他点点头说："是的，我是特意来向你家道歉的。"说着用双手抱住了低下去的头。

我说："调查组找你问了些什么情况，你咋个回答的，你不要对我讲，要不然我两个就违反组织纪律了。我只想知道，郝山河是咋个晓得我跟你拿过大烟的。我一直以为只有我两个晓得这个事。"

周道叹了口气，把郝山河是怎么知道我拿过大烟的事向我讲了：郝山河在沧江当书记的时候，有一次来找他要点大烟，说是严培荣书记家的老人治病急需。拿了一点大烟后就约他去吃饭，在酒桌上问他，过去有没有人来找他要过这种东西，他忍不住就把我的名字说了出来，才说出来我的名字他就后悔不迭，但是说出去的话已经收不回去了。为此，他后悔了很长时间。

说完周道又补充道："郝副市长当时还交代我说，他拿的那点大烟和你拿的那点大烟都是为了治病救人，对别人不要讲。"

我听他把话说完，端起茶杯递给他，让他喝口水："你也不要自责了，我不会怪你。而且我晓得，你会实事求是地向调查组的人说明情况的。"

他不说话，悔意未消。为了缓和他紧张的情绪，我就面带笑容故意逗他："你来找我说这个事情，是不是怕我怀疑是你举报我？毕竟这个事只有你知我知，后来还有郝山河知。"

这么一说，反而适得其反，让他更紧张了，同时还产生了委屈的情绪，眼泪止不住地流了下来，哽咽着说："我用什么……东西向你家保证……都行。坑害别人的事我……一辈子都……不会做。"

我赶紧坐到他的身边去,搂着他的肩膀,大声地在他耳边说:"你放宽心好啦,我绝对相信你。"

临走前,他说:"不好意思了,眼泪在你家面前不争气,我可是几十年没有淌过泪水啦。"说完就去开门。

"你等等。"我边想边说,"你来找我,我又去找郝山河,把他臭骂一顿,那么他肯定就会想到,是你把他晓得我拿过大烟的情况告诉我的,这样的话,对你不好。"

"不怕的。"他说,"我不把这个事情告诉你家,会后悔一辈子的。"

我沉思了一会儿,说:"这样吧。这次我就不去找他了。我不想把你推到明处,让他忌恨你。不过,不能由他胡作非为下去,我得想想对付他的办法。"

周道走后,我想看看书,却无法看进去。心里总是在想,郝山河这个人为什么这样歹毒,竟然玩弄伎俩使阴招,恶意整我。又想到,我平时看一个人品质的好坏,总是先看他的长处,后看他的短处,用他人之长,尽量遮盖其短。从今往后,对待郝山河这类人,必须先看他的短处,再看他的长处,把短处摆在明处,不要再看人失误。

上班时见到严书记,我本来想把我认定是郝山河举报我的事向他做个汇报,转念一想,郝山河与他两口子关系不是一般的好,就打消了念头。

过了两天,市委开常委会,会议结束时,我把郝山河叫到一边,对他说:"举报我的信,我晓得是哪个写的了。"

他神色有些不自然,问:"是哪个?"

我冷笑一声说:"远在天边,近在眼前,我在梦里见着他了。"说完我就离他而去。

本来省委的意图是在林山配备一名本地干部出任市长,没有配成,就把省政府的一位副秘书长调下来任市长。新任市长是个女同志,年方四十五岁,相处以后知道她能力很强,是个雷厉风行、敢想敢干的创业型干部。后来得知,她来任职前,吴省长说林山是个边疆民族地区,经济困难,因此特意给她批了两千万元钱,作为"嫁妆费"。

半年后,郝山河的报应来了,因为权钱交易、权色交易和收受贿赂,他被剃成光头送进监狱。这小子获取不义之财达一千二百多万,还养了三个情妇,其中一个就是他在沧江县任职时勾搭上的通达商号的肖潇女士。一人得道鸡犬升天,他家的亲戚经他操办,有工作的都调到了好单位,没有工作的也都谋到了好差事。郝山河进去以后,据说坦白交代很彻底,连恶意诬告我的事都说了。还如实交代了为了能当上市长,向市委书记严培荣行贿十万美元的事。另外又牵扯出一些人来,比如说宋国安,收受了郝山河行贿的犀牛角、虫草等贵重物品,加上其他问题,不但没有当上省政协副主席,在主席台上"往中间靠",连在主席台边上的位置也坐不成了,由政协秘书长降成了正科级的主任科员。吴省长倒是没有被牵扯到,只收过郝山河送去的两枚小的金质像章和几盒茶叶,其余的物品一概严词拒收。

随后,严培荣和他夫人也出尽了洋相,两口子在看守所鼻涕眼泪流了一大堆。他夫妇二人通过买官卖官、插手工程等方式,收受非法所得达到四千万元;儿子从英国留学回来后,在林山市区和各县,为一家房地产公司买地、贷款,暗中收益近一个亿。为了求得宽大处理,严培荣两口子有问必答,不问也说,连严培荣在他老家为他母亲风风光光办丧事时,林山这边大约去了多少人、多少辆车,收了多少钱的事也都坦白交代了,人和钱的数目多得让人吃惊。这让我想起了一则老旧的故事,说过去有个县长的父亲去世了,前往吊唁的人络绎不绝,场面壮观;后来县长死了,却是门前冷落车马稀,去他家的,狗比人多。

郝山河和他的 EMBA 的同学严夫人刑期一样,都是十年;严培荣的刑期等于他老婆和郝山河的刑期之和。

　　稍后,北京下派来了一个新书记,四十八岁,年富力强,思想敏锐,意识超前,善于在全面安排工作的基础上,寻求突破,打造亮点。林山的干部对他和市长都寄予厚望。

三十七

夕阳晚照,西边天上有一抹彩云像火在燃烧。我和马玥明缓缓地漫步走在河堤上。自从城市东边这条从南往北流淌的河经过治理改造,河水变得清澈,两岸的花草树木多起来之后,当地人就喜欢到岸边来休闲、歌舞、锻炼。时不时地,我和马玥明也会像今天这样,出来走走,散散心。

太阳落山前,光线折射到我俩身旁的一排小树的叶子上,使小树仿佛挂起了一串串的白色小灯泡,闪闪发光,晶莹透亮,绚丽夺目。马玥明见状,孩童般地尖叫起来,指着那排小树让我快看,尽显欢悦之态。我也看到了这稀奇的景观,注目而视,静默欣赏。

马玥明瞪眼看着我,问:"这么好看的景色,难得一见,你都没有一点反应,脸色那么寡淡,是咋个啦?"

听她这么说,我就故意地夸张大叫起来:"太好看了,风景秀丽,老婆漂亮。"叫毕,问她:"我的反应怎么样?"

她不笑,只是说:"你是不是有什么心事。我们家这几天双喜临门,你好像反而不太高兴,我有点看不懂你。"

我抬起右手搭在她的肩膀上,说:"你放心吧,我没什么心事。"

马玥明说的"双喜临门",一是指我们的女儿耿青硕士毕业后回彩云省,在省城的民族学院报考辅导员,已经被录取;二是指我刚刚当上了市政协主席,成了正厅级领导干部。

女儿的工作有了着落,我岂有不高兴之理。接到她被录用的消息,那天夜里我兴奋得三点钟就醒来,再也睡不着,披衣起床,轻手轻脚地到客厅喝水抽烟，直到天快亮时，才又进卧室躺了一阵。我只是不像马玥明那样，喜形于色，溢于言表。

对女儿，我总觉得是有些亏欠她的，这些年忙着干自己的事，对她的成长关心得太少。三年前，她大学本科毕业，想当编辑，就去报考了省城的一家出版社。录取名额三人，面试通知九人，她入围了。马玥明是又高兴又着急，非要让我给新闻出版局图书出版管理处的处长打电话，请他在我们女儿面试时特殊关照一下。新闻出版局的这个处长，曾经在临江挂职锻炼，是我的下级，我俩相处甚好。

我犹豫了半天，最终没打电话，我对马玥明说，这个电话不好打，干脆让我们家的姑娘凭自己的本事吃饭得了，考得起是好事，考不起从头再来。马玥明埋怨我道，帮别人办事你要多积极就有多积极，办自己家的事你就缩头，像乌龟一样。数落一阵，她自己就给图书出版管理处的处长打了一个电话，请处长想办法帮个忙。

打过电话，马玥明来对我说，处长说面试的人是按当场抽签的序号逐一去面试的，面试时不准说出姓名和透露个人其他信息，所以他个人只能是有限度地帮一下，前提是面试成绩不能太差。处长还说，记得住我们家耿青模样的，到时候一看就会认得出来。

面试结束，处长就给马玥明打来电话，说耿青表现不错，他给她打了高分，录取没有问题。接着说道，耿青长高了，头发也剪短了，扎着一个小揪揪，他差点认不出来了。

和处长讲完话，马玥明连忙打电话去问耿青，是不是把头发剪短了，扎着一个小揪揪，耿青回答，没有剪短，依旧是披肩长发。马玥明一听，心想完了，处长的高分打到别人那里去了。

耿青的综合成绩排名第四，比第一名低 1.5 分，差第三名 0.5 分，没被录用。马玥明后悔得直想流泪，说别打这个电话就好了。我想奚落她："偷鸡不成倒蚀把米。"但没说出来，这个时候，不能刺激她。

耿青其实还留有一手,她同时报考了本校的研究生,后来接到录取通知,高高兴兴地又苦读了三年书。这次回来考辅导员,她事先不对我们说,接到录用通知才打电话回来。

这个春节她回来,有天晚上突然问我:"人生有什么意义?"

我反问她:"你说呢?"

她偏着头沉思了一会儿,说:"我表达不清楚。我前段时间对法国的保罗·萨特有点兴趣,了解到他们存在主义哲学的一些观点,他们认为,人生本来没有意义,但是可以通过自己的努力,活得精彩一些。"

我说:"这种观点是不是有些过于消极和悲观了,和俄国的列夫·托尔斯泰比,精神境界还是低了一点。"我接着对女儿讲,托尔斯泰五十岁以后遭遇了一场思想危机,质疑生命的目的和意义,在写《忏悔录》的过程中,探求有限的生命会不会有永恒的意义。探索的结果是,人这一生要活得很有意义很难,但是他发现"劳动"让人充实,可以创造生命之上的深远意义。后来他就放弃了贵族生活,积极参加劳动,去获取新生命的乐趣。

她听了以后说:"有道理。不过有些道理我还是没有搞懂。你自己的观点是什么呢?"

我说:"深奥的道理我也说不上来,简单地讲就是,活着,做个好人,做些好事,寻找好的感觉。"

睡前,她说看过卢梭的《忏悔录》,但是托尔斯泰写的没看过,问我家里有没有,我说没有,是在中央党校学习时借阅的。她说以后有机会一定找来看看。

女儿已经长大,开始思索一些深层问题,这让我感到欣喜。我不求她此生大富大贵,只愿她精神生活丰富充实,活得有品有味。

那天得知我当上市政协主席,马玥明说我虽然是"多年的媳妇熬成婆",但是,由"副"转"正",值得高兴,特意开了一瓶红酒,与我对饮一番。她问我:"这回又当上一把手了,会不会有压力?"

我笑了，把身子靠到椅子上，说："又不是当书记、市长，有什么压力。政协主席的工作我懂，轻松干。"

年已半百的人，得到组织关心，解决了正厅级待遇，应该知足、感恩。要说我不高兴，那是假话，但若说我特别高兴，那也不是事实。我曾经在内心里说过，如果让我干上一任市长或书记，那我绝对比严培荣之流强若干倍，林山的发展会比现在好得多。如今，让我任政协主席，那我就得面对现实，静下心来，谋划如何把政协的工作做好。无论干什么工作，都要把位子摆正，倾心尽力而为。

到政协工作以后，对政协的性质和主要职能有了进一步的认识：人民政协是统一战线的组织，是多党合作和政治协商的机构，是我国政治生活中发扬社会主义民主的重要形式。有三项主要职能：政治协商、民主监督、参政议政。

刚去的时候我以为，和市委、市政府相比，政协机关应该清闲些了吧。去了以后才知道，要处理的事情也不少。如何行使三项职能，发挥政协的作用，需要积极构思，具体操作。此外，看文件和开会，占去了许多时间。我时常想起有人批评我们的话，说我们的工作，有时候是用会议落实会议，用文件贯彻文件。

有一天我召集市政协副主席和秘书长开会，我专门谈了一个想法：从今往后，市政协组织视察活动和开展调研工作，要到县里去时，不准县政协向党委和政府汇报，我们自己行动就可以了，不能给下面增加陪同和接待的负担。我同时也说了，如果工作需要党委和政府出面，那就和他们把工作上的事对接完了之后，就请他们离开，不要让他们继续陪同。我说，不是我标新立异唱高调，而是基层的同志太忙太辛苦了，我们不能事无巨细地去打扰他们。

有个副主席说，人大那边可不是这样，开展活动都要追求热闹场面。孙璞主任是很讲究的，他到县里去，如果不见书记县长，他就会问，你们书记县长去哪里啦，为什么不来打个照面。孙主任容不得别人轻视人大的工作。

我说，他们要热闹，我们要简单，不要和他们比。会上，大家都同意我的提议。

孙璞比我早半年离开市委，到市人大常委会任主任。别人都说我和他的领导风格、行事格调不一样。他是事无巨细，都要亲力亲为，很辛苦；我呢比较放手，营造宽松环境，人潇洒。如要问他办事情细致到什么程度，很多人就会举例：市人大常委会办公室要招一个中年妇女来做临时工，负责打扫卫生之类的事务，经人大常委会办公室的考核后拟聘用，他说不要忙，晚上亲自带着办公室主任，到中年妇女的村上去实地了解情况后，这才让办公室安排人家来做事。

人大常委会机关的人员调进调出，他把关把得比较严。他看不上的人，不管有什么背景，一个都不准调进来。有人就在背后说他"领地意识很强"。他认为重要的岗位，他采取逐个调整的办法，把原有的负责人都换了，用上他自己信得过的人，他解释是"知人善任"。连秘书和驾驶员，他都是从市委带过去的。

我和他的确不同，他的一些做法，我在内心里是看不上的，只是不说。我以为，在工作上认清自己的职责即可，没有必要不分重点地去胡子眉毛一把抓，否则会捡了芝麻丢了西瓜。人事问题，主要还是依靠组织人事部门选调，同时要听取班子成员的意见再决定，单位不是一把手的私人领地，对此，头脑应该清醒。

文化局的副局长崔云要到政协教科文卫委来任主任之前，组织部的一个副部长来征求我的意见，说崔云是个老资格的副处级干部，平时工作是不错的，只是思想言行有时候表现得偏激一点，看问题有些片面，市委的意图是把他安排到政协来，解决他的正处级待遇，同时也充分考虑到他本人挑得起教科文卫委主任的这副担子。我说，崔云我熟悉，我们过去一起在省委党校学习过，他也经常说起我是他的老同学，这些年来往不多，但我清楚他的情况，市委要把他安排来政协，我表示服从，也表示欢迎。

崔云来政协报到那天,当着众人的面,大声大气地叫我"老同学",我笑了笑说,是的,他和我曾经一起在省委党校学习过。

我到政协以后,还是秉持"一碗水端平"的原则,没有想着要调一些自己熟悉和喜欢的干部进来,到自己身边工作。

一天上午,政协秘书长杨源到我的办公室来,请示政协机关的团购房还买不买。杨源就是当年我在沧江任县委书记时的办公室主任,他调到林山来以后,当过市政协办公室主任、市教育局局长,在我任政协主席前一年又调回市政协,任秘书长。此人兢兢业业干事,诚心诚意待人,口碑较好。他建议我,来到政协机关,应该为干部职工做点带福利性质的实事,而目前出面为政协机关干部购买团购房就是一次最好的时机,当时我没有答应,因此他现在又来再次问我。

前两年,市委、市人大、市政府、市政协和公检法部门,还有一些管钱管物的单位,各自通过关系找到商品房开发商,购买他们其中一块土地,然后建房,分给各自单位的干部职工,价格比起市面上的要便宜得多。然而,同时有不少的单位,主要是开发商认为无钱无权、求不着的单位,就无法从开发商手中分到土地,也就无法为本单位的职工集资建房,许多人只能按市价购买商品房,这就引起了一些干部职工的不满,说有权有地位的部门搞特殊,不公平。

现在,集资建房的行为已经被制止了。不过如今又兴起了一种做法,叫团购买房。团购买房的意思是,各单位找开发商商量,在开发商建盖的小区里,按低于市场价的价格把房子统一买过来,再按原价把房子卖给本单位的干部职工。这种做法,被开发商认为无钱无权、求不着的单位,干部职工依然买不到比市场价低的房子。对此现象,许多人就热议,说领导机关和有权有势的部门又开始用权力来为各自的小集体谋私利了,普通部门的干部职工依旧占不到任何便宜。

杨源找我说,政协机关的干部职工普遍都有了一套集资建房的房子,现在还希望参加团购买房,多要一套低于市价的房子。我问:"其他几大机关买不买团购房?"

杨源回答:"买的嘛,他们已经行动起来了。据我所知,有办法的单位都动起来了。"

我怎么回答杨源呢? 不买吧,政协机关的干部职工骂我;买吧,站到了不能公平处事的那边去了。

最终,明明知道不公,我还是对杨源说:"买吧。"

三十八

在政协主席的岗位上,干了将近五年时间,得心应手,压力不大。在做好本职工作的同时,我给自己增加了一项任务,利用业余时间撰写《林山文化丛书》。我收集了许多文史资料作参考,目前已经写完初稿。丛书内容包括《林山读本》《林山学术史话》《林山县域文化》《林山民族文化》《林山民俗志》《林山文艺史话》《林山历史文化》《林山历史人物》和《林山民间故事》九个系列。我以为我此生的最后一个愿望,就是撰写并公开出版这套丛书了,其他的事,看来做不好也做不了啦。

一天下班回家,马玥明说:"卫疆,跟你说个事。"

我说:"什么事,说嘛。"

她讲,她有个同学在勐玛县红十字会当领导,通过红十字会上级的支持,在县上建盖了一个老年病医院,现在的问题是,医院建好了,在勐玛找不到合适的人来当院长。这几天她这个同学来林山开会,今天特意去找她,想请她回去当院长,回去的方式,可以走正常程序办理调动,也可以在这边办理提前退休手续以后,那边再聘用。她说她当场没有答应,想听听我的意见。

我思考了以后对她说:"回家乡创业干事,好呀,我支持。"

"好是好。"她神情严肃地问我,"我走了,你咋个办?"

"我过几年单身汉的日子没有问题。"我笑着说,"要么,我和你一起回去。"

她叫起来:"你开什么国际玩笑。你现在还不满五十五周岁,还有五年多才得退休呢。"

"我没有开玩笑,只是我还没有想好。"我说,"你看见的嘛,我在撰写九本书。有时候我就想,提前退休算了,集中精力把书写好。这可是我一生中能够留得下的成果哟,我很看重这些精神产品。"

我的确有过提前退休的念头,一是政协主席这个岗位的工作,对我而言已经没有挑战性,二是我把著书立说的意义看得很重。古人有"立德立功立言"三不朽之说,对我是有些影响的,我一直想要把那九本书写出来,然后公开出版。只是我在犹豫,到底要不要提前退休回乡,如果我提出来不当政协主席了,不知道组织上会怎么看我,会不会认为我对仕途有不满和消极情绪。

马玥明说:"你这么早就'主动让位',不觉得可惜了吗?还有两年我到五十五岁,就可以办退休手续了,你朝我后才得退呢。"

"可惜倒是不可惜,早退迟退总要退。"我说。

当下两人一边煮饭炒菜一边商议。最终议定,她先回去,把勐玛老年病医院办起来;我在林山坚持再干两年,就退下来回勐玛,静下心来操办写书、出书的事。

她说,她离退休的时间也不远了,这种时候办理工作调动的手续,还要去找这个求那个的,不想去麻烦人了,干脆办个提前退休手续回去算了。

我说,随你。又说,回去以后,你就可以经常回家看看两边的老人啦。

她说,是的,挑水带洗菜,一举两得。我们两边的老人只剩下两个了,我父亲是在2000年去世的,脑梗来袭,走得很突然;马玥明的母亲重病长期卧床,无法康复,离世更早。

马玥明第二天就去找她的同学,说她愿意回县里把老年病医院办起来。随后又去找市医院院长,提出提前退休申请。市医院院长挽留一阵,见她去意已决,又听说我是支持她的,也就同意了,答应她在领导班子会上通过一下,然后再上报主管部门备个案就可以了。

在马玥明办理手续期间,我去省外一个沿海城市参加文史资料写作研讨会。会议是政协系统召开的,我本不需要参加这个会,但是我想这样的会议,或许对我写《林山文化丛书》有帮助,就报了名,和我们单位文史委的主任一起去了。

会议期间,倍感意外地接到秦悠悠的电话。这些年来,我和她一直有联系,然而只是短信互动,最近两年已经没有通过电话。短信内容,主要是节假日问候。

如今蓦然听到她那甜美柔和的声音,我顿时感到全身一阵酥软。她说,她打电话的意思,是向亲朋好友一一道别,她即将离开山城到香港定居,和她哥哥嫂嫂以及侄儿侄女一起生活。

听了她的话,我只是说了一句"好的嘛"就顿住了,接下来要说什么,一时又想不起,就想缓缓神再和她说。我告诉她,我正在某某地开会,等下会以后,吃过中午饭,我给她打电话。

吃过中午饭,我先给老战友王子仁打电话,问他爱人章思红的表妹秦悠悠的情况。王子仁说,秦悠悠半年前经历了离异单身和父母亲相继过世的变故。她哥嫂回山城时,动员她一起去香港定居,她最终答应了,如今已经预订好了机票。

和王子仁通完话,我就和秦悠悠联系,她的手机却一直处于关闭状态,我感到有点蹊跷,莫非上午我的话说不清楚,让她生气了?

情况却不是我想象的那样。下午的会议刚开完,我正准备再次给她打电话,她却先打过来了。我问她为何一直关机,她说在天上接不了电话。我问她去哪里,她说来我身边。我说怎么可能,她说是真的,她刚下飞机,马上就去预订好的海滨酒店,让我赶去酒店和她一起吃晚餐,她明天一早还要飞回山城。挂电话前,她说她知道我住在哪个酒店,离海滨酒店不远。

我一听,全身就颤抖起来,心里既有慌乱的紧张,又有喜悦的激动。我抽了一支烟,平复一下心情,然后到住处放好会议材料,转身就往外走。

我先她而到海滨酒店,见她从出租车上下来,我一时心慌意乱,不知所措。她倒显得落落大方,说:"你到大堂坐一会儿,我上去冲个澡就下来。"

她从楼上下来时,又变了个样。长发披肩,服装换成白底蓝花连衣长裙,虽是徐娘半老、风韵犹存的那种形象,然而此时的她却是令我迷醉的女神。

她约我在自助餐厅就餐,我俩挑了一个僻静的地方。我问她,如果上午的电话是我骗你的,那你飞到这里来,不是白白跑一趟了吗。

"你不会骗我。"她捋捋头发,盯着我看了一眼,说:"我是专门打听了以后才飞过来的,我问过我们市政协的熟人,证实这个会在这里开。"

两人边吃边聊,想说的话一时说不完。用过晚餐,她提出到海边散步,我依从了她。沙滩上行人已少,她伸出手来挽住了我的胳膊,我没有缩退,只觉得一股暖流瞬间流遍全身。我在她身上看到的是画意,在她眼里读到的是诗情,这个时刻的景色真美。

她把头靠在我的肩膀上说:"十年了我俩都没见过面,但我一直相信此生终会和你有一见。"

我沉思了一会儿,说:"你在我心中是最美的风景,只是此生注定我走不进你的画里。"

她叹了口气,然后用双手搂紧我的胳膊,说:"我不奢望天长地久,只在乎现在的拥有。"

我没回她的话。两人默默无语地走了一段短短的浓情路,此时无声胜有声。后来她说"回去吧",我俩便转身。我坚定地认为,等会儿发生的事,将会是我俩此生难忘的重头戏。

果然,进了房间,我俩就合成一体,稍后就倒在床上,进入销魂时刻,品尝到肉体的快乐。

事毕,她看着天花板,吁了口气说:"今天是我四十九岁的生日,我已经心满意足了。只是你,将会长期处在自责中。"

我说:"我们两个为什么会有今天的相聚,这是有因果缘由的,所以我不怕自责。"又说:"我不知道今天是你的生日,我下楼去买个蛋糕。"说着就起身穿衣服。

"不需要了。我的生日仪式已经结束。我俩再说说话。"她也起身穿起了衣服。

我俩先后进洗漱间净身,完了以后又拉开话匣子聊了多时。在这期间,我说到,希望她到香港以后,遇见合适的人,还是要找一个伴侣,以免孤单。

她摇摇头说,不想费神了。又说她哥哥嫂嫂和侄儿侄女待她很好,她不孤单。接着就说,她的灵魂安放在音乐里,音乐就是她最好的伴侣。说着,就在手机上选了一首歌曲,放了起来。她说是美国歌手理查德·马克斯创作并演唱的《此情可待》。

"你应该喜欢音乐,有音乐的人生才是最美的人生。"讲到音乐,她的话就像流水一样淌了起来:"音乐可以疗伤,治疗精神上的惘然,清洗有雾霾的胸腔。"

接下来她用名人的语录来点拨我:黑格尔说,音乐是心情的艺术。贝多芬说,音乐使人类的精神爆发出火花。亨德尔说,音乐的目的是使人高尚起来。莫里哀说,没有音乐,国家无法生存。

我笑道:"谢谢你的一番好意,在音乐方面我已经开不了窍啦。"

聊到夜深,我才离开她。看着她含情脉脉的眼神、依依不舍的样子,我的感受是:"剪不断,理还乱,是离愁,别是一番滋味在心头。"

第二天一早秦悠悠就飞回山城。

我开完会回到林山,马玥明的手续还没办完。见她之前,我的内心就有了内疚,忐忑不安;见到她时,我的神情很不自然,幸好她没察觉。前些年,我到外地出差时,她会笑着对我说:"在外面要把握好哟,钱不准拿出去,病不能带回来。"这些年她不讲了,兴许是觉得没有必要再提醒我了。

乐极之后会生悲,狂喜之后有忧愁。秦悠悠在海滨酒店里说我会自责的,她是把我的脉号准了。我的确不是一个敢作敢为的人,而且我觉得从某种程度上来说,我是一个虚假而不真实的人,看起来一本正经的我,其实内心并不是完全纯净的。

过了几天,市里召开干部大会,我在主席台上就座,头一次感到了不自在,心里老是想着我在海滨酒店里的那点破事。我的行为,按当地人的说法是"天都快亮了,还把尿撒到床上",意思是说本来可以避免的事最终还是发生了。看着底下黑压压的人群,我觉着我成了这个会场上的另类,居然还道貌岸然地坐在主席台上,仿佛是一个笑话。会议一结束,我就赶紧溜之大吉。

对我在沿海城市海滨酒店的行为,我做了反思,但我从来不曾在心里埋怨过秦悠悠。有时我想,连孟子的学生告子都说过,食色性也。我本人在经济上是干干净净的,只不过是因人的本性使然,爬到了秦悠悠的床上,而且只是一次。

更多的时候,我想到的是,这几年过来,我的确对政治仕途上的事产生了一些灰心丧气的想法,因而有了些许不满的怨意,导致失望情绪的激增。另外,渐渐地滋生了"船到码头车到站"的意识。因此,放松了对自己的严格要求。

又想到,自己本身并不完美,平时却要求别人完美,是不是有些荒唐。而今检视自己,觉得自己已经不适合在主席台上就座了,还是退出仕途为好,让灵魂寻求另外的安放地吧。

我对马玥明说:"我想通了,我也要提前退休,回勐玛写书。"

马玥明却想不通:"不是说你再干两年吗?咋个又变卦了?"

真实的话不能对她讲呀,我只能说:"此一时彼一时,我此生最后也是最重要的任务是写好、出版九本书。"

她思来想去,最后对我说:"如果你真的想现在回去也好,我们互相有个照应。那我就等等你,办好手续一起走。"

我说:"不得。从我提出申请到省委批准,有一段时间呢,你先走,我随后再回去。"

和马玥明商议好之后,我就去找市委书记,提出提前退休的申请,我说:一是感谢组织对我的栽培,最终解决了我的正厅级待遇;二是我应该把位置空出来,让适合的干部上来,也解决正厅级的待遇;三是比我适合在这个岗位干的干部有的是,应该让人家上来好好发挥一下;四是我这个人多多少少还是有些毛病,再干下去也不太合适了;五是我想静下心来撰写并出版"林山文化丛书"九本书,为当地文化事业的发展尽绵薄之力。

市委书记对我提出的申请先是感到惊讶,后来对我问这问那的,分手时说:"你再想想。"我说想好了,主意不改,我是真心实意的,恳望批准。

过后几天,时任省政协主席的于正国知道我提出提前退休的申请后,打电话问我怎么回事,我就把我先前对市委书记说过的话对他讲了,他劝说了我半天,我终是没有依他。

岁月换季,人生更替。离开林山市之前,我在笔记本上留下了几句话,算是对自己大半生的行程作个小结:

> 早年插队傣乡,十七八岁扛枪。
> 回到基层就业,从政往上登攀。
> 不遗余力尽职,服务百姓心安。
> 而今有点小恙,远离仕途下山。

2024 年 3 月 19 日初改、7 月 25 日
二改、10 月 21 日三改完毕

下　部

一

　　1972 年冬天的一个深夜,林苍秀和耿卫疆来到了小清河边。
两人正准备下水,渡过国境线上的界河,巡逻的民兵过来了,耿卫
疆悄声对林苍秀说:"这条河冬天水浅,我把民兵引开,你就蹚过
去,在河对岸等我,等一会儿我就过去找你。"说完,就把林苍秀推
下水,站起身来,故意弄出响声朝一边跑去。

　　民兵循声去追耿卫疆,林苍秀悄悄地就开始过河,水深只到大
腿,她毫不费力就蹚过去,上岸钻进了麻栗树林。她不知道耿卫疆
被民兵逮住并带走了,还以为两人不用多久就能汇合在一起,然而
一直等到天亮,还不见耿卫疆的影子,着急的她便走出小树林来
寻望。

　　刚出林子就碰上了游击队的巡逻兵,被带到军营审问。一个
干部模样的人用生硬的汉语问她,跑到这边来想干什么,她答想当
兵。又问她是一个人来的吗,她说还有一个伴,只是不知道为什么
一直不见人影。问她为什么要当兵,她低头思索一番说,参加革
命,最终解放全人类。干部模样的人笑了,让手下的兵拿来几个用
芭蕉叶包着的糯米粑粑,给她吃了,又端来一碗冷水让她喝了。对
她说,我们欢迎你,但是参军的手续要在科甘那边办,科甘离这里
有三十公里路呢,我安排一个战士送你去。

　　林苍秀听了就说:"我还想等一下一起来的那个人,我等他来
了一起去吧。"

　　得到的答复是不用等,让她先走。一个战士带着她,到军营外

面的寨子搭乘了一辆牛车,往西南方向缓缓而去,牛走得慢,直到太阳偏西,才来到山间盆地科甘坝。

科甘坝是游击队一个军区的根据地。那天林苍秀很顺利地就办好了参加游击队的手续。在军区后勤部,她领到了床单、被子、蚊帐、雨衣、军帽、军衣、军裤、胶鞋、袜子、裤带、绑腿、毛巾、口缸、水壶、卫生盒、干粮袋、背包、挎包、俘虏绳等物品。

在换上草绿色的军装之前,一个老兵帮她把辫子剪了留成短发。军装的料子是草绿色的卡其布,军帽上缀有一颗用布缝制的红五角星,衣领上没有领章;裤脚上有一粒纽扣,可以把裤脚扎紧,不打绑腿的时候,能够防止虫蛇叮咬。

她被分到军区宣传队当队员,没有领到枪。老兵告诉她,在野战连队,连干部佩手枪,排干部挎冲锋枪,战士背步枪,你在后方工作,所以不给你发枪。宣传队平时的任务是慰问演出,打起仗来就成了战地救护队,专门从战场上把伤员抬下来,送到后方医院。

才去的那几天,她的精神始终处于亢奋状态,对眼前所有的事物都感到新奇,同时觉得自己每天都在成长,仿佛很快就长大成人了似的。

越兴奋就越失落,因为始终不见耿卫疆的身影,约好了一起出来,如今却不知他人在何方。一天夜里,突然看到了耿卫疆就在眼前,她飞扑过去把他紧紧地抱在胸前,醒来发现搂在身上的只是一床被子,眼泪便忍不住地流出来,一时不止。

根据地包括周边的山区,面积接近 3 000 平方公里。林苍秀后来才搞清楚,科甘这块地盘,在清光绪二十三(1897 年)年以前,属中国管辖,光绪二十三年中英签订条约,将这块地划归英殖民地,自此以后,这块地盘就成了异国的领土。在这块土地上,生活着许多中国人的后裔,他们中有不少人的祖先是 300 多年前就来到这里的——清顺治十五年(1658 年),南明皇帝朱由榔,受清朝平西王吴三桂将兵追击,出逃异国他乡,其随从人员有一部分流落到此地，从此再也没有回到故乡。除此之外，有一部分人的先辈是中国远征军的抗日将士，战事结束后留下来的；另有一部分人的先辈是国民党残军及其相关人员。林苍秀心想，怪不得这个地方华语盛行，而且很多人说话的音调跟她母亲是相仿的。她母亲的祖先也是跟随南明皇帝从内地来的，流散以后定居在勐玛，这个脉络是多年后她才捋清楚的。

接触多了以后，林苍秀知道这个军区的游击队官兵，科甘人居多，因而平时多讲汉语；此外还有当地的佤族、德昂族、傈僳族、克钦族、苗族和傣族军人，他们多多少少也能说一点汉语。

游击队里有一些来自中国的下乡插队和回村务农的知青，都是和林苍秀一样，是私自出来的。其中有两个是从中国勐玛县来的插队知青，和林苍秀是同乡，还和林苍秀的哥哥是小学同学呢。他俩是两年前出来的，一个的绰号叫"跳蚤"，得过学校的跳高冠军；一个的诨号叫"小公鸡"，平时嘴碎爱唠叨。如今他俩都在侦察连当班长。跳蚤的爸爸是抗日战争时期参加革命的老干部，被打倒后下放在"五七干校"劳动；小公鸡的父亲是"右派"，早就成了无产阶级的专政对象。两人觉得在国内难有出头之日，于是相约一起出来，想在游击队里干一番轰轰烈烈的事业，支援世界革命，即便牺牲自己也在所不惜。

休闲的时候，他俩就会到宣传队来找林苍秀，打听家乡的人和事，听她讲勐玛的变化，谈过往的故事。从科甘这里到中国的勐玛县城，满打满算也就六十公里的距离，然而家乡的消息，他俩在这边是一星半点都听不到的。

有时，他俩也向林苍秀灌输革命理想，说游击队的革命目标一定会实现。解放了这个国家，把这个国家的人民从水深火热的泥坑里解救出来以后，他们还要成立一个国际劲旅，哪里需要解放，就去解放哪里。他俩还特意找来描写切·格瓦拉的小册子和《牛虻》《钢铁是怎样炼成的》一类的小说，借给林苍秀阅读。

　　一段时间过去，新奇感渐次消弭。这个在精神上看起来十分理想的世界，日子其实不好过，一是随时都得面对死亡，因为死人的事是经常发生的；二是条件太差生活特别清苦，十天半月才能捞上一顿肉吃，平时多是以清苦白菜泡饭；三是亚热带的蚊子、蚂蚁、蚂蟥，还有麻蛇一类的东西很多，时常来侵袭骚扰，这是林苍秀最怕的；四是晚上独自一人站岗，成了林苍秀最难过的关，一有风吹草动，她就吓得几乎要尿裤子。面对如此这般的境况，怎么办呢，没办法，林苍秀告诫自己，既来之则安之，下定决心，克服困难吧。

　　春天来临时，林苍秀参加战斗的时刻到了。游击队出动野战军主力近四千人，使用八二炮、七五炮、六〇炮、轻重机枪和火箭筒等诸多武器，攻打一个名叫南弄的小镇，对方的军队调来飞机应对。激战数日，双方都损失惨重，尸横遍野，血流成河。

　　这次战斗，林苍秀和她的搭档抢救了九个伤员送往医院。一开始她特别紧张，害怕得直想掉泪，后来看看周围的战友奋不顾身地往前冲，她也就鼓起勇气跟着冲了上去，渐渐地就放开了手脚，忘记了危险。

　　战斗结束后，她和她的搭档受到了上级的表扬。这次战斗，对她来说是一次全新的洗礼。

　　经历过多次战斗考验后，她由一个胆小如豆的少女，变成了能够笑看生死的坚强战士。炮火在她身上留下的印记，只是肩膀上的一个瘢痕。

　　南弄战役结束后，休整了一段时间，部队就决定渡江南去，开辟新的根据地。大部队行动之前，照例派出侦察兵去侦察敌情。跳蚤所在的侦察排奉命前去执行任务。憧憬着要解放全人类的他，此去却将不满二十岁的身躯奉献在了异国他乡的荒林中——侦察排遭到对方伏击，一梭子机枪子弹打断了他的双腿，他跪在地上举枪还击，掩护战友撤退，直至颓然倒地。

　　小公鸡找到林苍秀，泣不成声地把跳蚤阵亡的消息告诉给她，她痛苦地蹲在地上抱头哭了一阵，当时就想，一定要为战友报仇。

恰逢部队要在机枪连里组建一个女子机枪班，林苍秀去找部队首长，态度坚定地提出了调动申请，磨破嘴皮，最终如愿。经过紧张的军事训练后，方得上战场，让青春的风采在硝烟中飞扬。

部队过江，首先攻打对方军队的一个阵地，林苍秀所在的女子机枪班也参加此次战斗。他们的队伍，白天故意大摇大摆地朝对方阵地相反的方向转移，晚上则掉回头来急行军，把对手的阵地包围起来，等到天亮就发起攻势。

女子机枪班的任务是封锁对方的一个通道，不让左边的对手靠拢中间来，这样便于各个击破。战斗打响后，林苍秀亲自撂倒了对方的几个兵，她看到那几个兵中弹后突然间跳了起来，随即就摔倒在地上不动了。这时，那个瘦瘦小小却是全校跳高第一名的跳蚤，仿佛出现在她面前，泪水潸然的她在心里叫道：跳蚤哥，我为你报仇啦！

在机枪连当兵，打仗很过瘾，然而风险特别大。在一年之后的一次战斗中，机枪连遭到重创，干部战士死伤过半。连长赵岩布勒命令，男同志抱着机枪边打边撤，吸引对方主力，由他带领剩下的五个女兵，拿着几把手枪撤出战场，往另一方向转移。

在撤退过程中，赵岩布勒和女兵们还是被对方发现并追了过来，情形十分危急。赵岩布勒领着女兵钻进山林，来到一个深水龙潭边，他拔出刀来，动作麻利地砍了几截拇指般粗细、大约一尺长的空心竹管，每人发给一截。他交代道，再跑我们就会掉老命了，现在只有钻进水里躲起来，这个东西含在嘴里呼吸，没有我的安排，你们谁也不能自己钻出来。接着他又说，人不能游进水中央，潜在水边抓住水里的树枝，脸不要露出来，呼吸的时候要保持平稳，不能让露在水面上的竹管摇动。最后他说，你们不要紧张，按我说的做，保证你们不会有事。说完，他便让女兵们嘴含竹管依次潜入水中，把她们安顿好了以后，他自己才钻进水里。对方的几十个官兵追到水潭边转了几圈,没有发现异常情况,便急急忙忙地往前追去了。追兵走后,赵岩布勒这才把女兵们一个个拖上岸,摸着夜路去追寻大部队。

那几天正是林苍秀的生理卫生期,回到部队后,她病了一段时间。

在总结这次战斗失利的教训时,部队首长认为女兵留在机枪连不妥,便宣布撤销组建时间不长的女子机枪班,把剩下的五个女兵安排到野战医院当护士。同时告知,军区宣传队的建制也并入医院,宣传队的演艺人员一边做救护工作,一边进行宣传演出。

离开机枪连前,连长赵岩布勒发动手下的人,捕来几只岩羊和麂子,找来一坛苞谷酒,大摆宴席,欢送林苍秀等人。赵岩布勒带头,先是双手举碗,嘴里默念着为牺牲的战友祈愿,然后把碗里的酒洒到地上,敬献英魂。仪式完毕,他敞开衣服,露出有毛的胸脯,带领大家大快朵颐,举杯同饮,还让五个女兵每人都喝了几口酒。

后来,有些醉意的他对林苍秀说:"小林,我舍不得让你走啊。等到哪天……老子负伤了,就去医院找你治疗,老子的身体……只给你一个人看。你到医院去,赶快把技术学好嘎。"

赵岩布勒的话,让林苍秀羞得无地自容。不过她倒是在内心里十分感激这位敢做敢当、视死如归的英雄。

一

正当林苍秀在国外的游击队里淬炼自我之时,在国内劳教一年期满、又到他父亲老家劳动了三年的丁爱民,回到了勐玛县城。得知当年同一知青户的耿卫疆和康太平已经先后到部队当兵,而林苍秀独自一人出境去参加游击队去了,另外三个女的也先后离开了曼那寨到新的岗位上班,只有支边一个人还在农村劳动。

丁爱民想到在农村插队时,他一时兴起,提出成立"曼那军分区",纯粹是闹着玩的,没料到由此引发一连串的事端来,最终让他遭遇厄运,他的心里就隐隐的疼痛,情绪长时间地低落。

他父母已经带着他姐姐和弟弟调回老家,他是不愿意和整天在他面前埋怨他的父母在一起,这才一个人回到勐玛来的。变得沉默寡言的他,住到了街子生产队一个熟人家里。熟人名叫岩李,大他六岁,是个单身青年,平时带着他到山上砍柴,挑来卖给饭店,以此度日。两人如哥似弟,共渡难关。

岩李的父亲是重庆人,是国民党远征军的一名军医,抗战负伤后流落到勐玛坝,在当地娶了一个傣族姑娘,就没回老家。1950年人民解放军解放勐玛,岩李的父亲来不及带上岩李的母亲和襁褓中的岩李,只身一人出走邻国,从此再没回来。岩李和母亲相依为命,艰难度日,直至他母亲两年前因病去世。

一天晚上,在皎洁的月光下,岩李吹了一阵笛子,笛声哀怨凄凉,充满惆怅。吹毕,他对丁爱民说:"老弟,我得和你分手了,我要到妙塔国去找我爹。"岩李告诉丁爱民,最近,他们生产队里有个人悄悄地到国外找亲戚，亲戚没找到，却意外地见到了岩李的父亲，岩李的父亲带信来说，希望岩李出去和他一起过日子，所以岩李准备走了。

岩李的话才说完，丁爱民就激动地站起来说："岩李哥，我跟你一起去。"

岩李摆摆手，说："不得。你还是应该回老家，和父母亲在一起。"

丁爱民叹气说道："我父母亲嫌我给他们丢了脸，我回去他们也不会高兴的。"

岩李正在犹豫中，又听丁爱民说："我跟你出去的目的，是去参加游击队，找我的同学林苍秀。你不让我跟你去，我自己也会去的。"

丁爱民在劳教所和在老家劳动的日子里，时常会想起林苍秀，思念之情油然而生。当然也会思念耿卫疆、康太平和支边，只是这种思念和那种思念，感觉是不一样的。只要林苍秀的影子在脑海里出现，就会有一股暖流淌遍身心。那天听说林苍秀在境外，他当时就有了出去找林苍秀的想法，只是才回到勐玛，他要观察一下情形，再谋划出去的行动。

见丁爱民态度十分坚决，岩李也就不再反对，但他提出，境外情况复杂，林苍秀是否真的就在游击队里也不得而知，为了避免出差错，两人出去以后先去找他父亲，安顿下来后再打听林苍秀的下落，打听到下落后，丁爱民再离开。

丁爱民觉得岩李言之有理，就答应了岩李的要求。两人简单地做了准备，在一个漆黑的夜晚上了路，跨越国境后，东躲西藏地走了近一个月的时间，才找到岩李的父亲。

当地人都叫岩李的父亲"李老医生"，他出国后又建了家室，媳妇是当地傣族，生有两个女儿都已婚配。这个家所在的寨子，在一个富饶美丽的坝子里，寨名叫猛沙拉，离大名鼎鼎的"金三角"核心区不远。

李老医生再也不愿让儿子离开自己，同时希望丁爱民也能长留下来。丁爱民说明了自己的来意，并向李老医生打探游击队的消息。李老医生听说丁爱民要去参加游击队，摇头表示反对，他向丁爱民介绍，这个地方的人都信佛教，生活过得也还算舒适，内心特别宁静，因此普遍反对战争。游击队在这里没有根基，他们的根据地基本上都在贫困山区。

李老医生还说："我是从战争中逃生出来的人，晓得其中甘苦，你还是留在这里算了。岩李你两个跟着我学医，过几年我帮你找个媳妇。"

岩李在一旁说："他喜欢的女人就在游击队里，他这次来就是来找他喜欢的人的。"

李老医生听了，沉思一阵，然后说："这边的局势有点乱，游击队、政府军，还有好几股地方武装势力，互相之间打个不停，你不要冒失出去，等我把情况摸准了，到时候你再走。你放心吧，我的消息来源很广，我的病人会把我需要的情况带来的。"听了李老医生的话，丁爱民连连点头表示感谢。

此后，岩李和丁爱民就跟着李老医生学起医来，只是丁爱民有些心不在焉，心里总是在想林苍秀。

李老医生有西医基础理论做底子，同时熟稔李时珍的《本草纲目》，又还研习过兰茂的《滇南本草》，这些年又特意学习了当地少数民族医药的一些偏方，所以医道高明，很受欢迎。

李老医生经常对岩李和丁爱民说，他带出来的徒弟，最优秀的要数如今在曼戍行医的孟远，希望以后他们几个互相能认识。

他从识别野生药草教起，经常让岩李和丁爱民到山上识药采药。岩李和丁爱民在山上一边识药采药，一边打猎，过了一段快活日子。

有一天两人要到河里洗澡，到了河边看见对岸一对麂子正在交配，丁爱民抬起老式七九步枪瞄准了就射击，只见雄麂子身子颤抖了一下便扑倒在雌麂子身上不动了。岩李对丁爱民说，你枪法太好了，一枪打中了两个。两人兴冲冲地涉水过去察看，才发现丁爱民发射出去的那颗子弹，其实只是击中了雄麂子，从雄麂子的屁眼里穿了进去，把雄麂子打死了。雌麂子毫发无伤，但由于旁边水击乱石的响声太大，雌麂子听不到枪响声，一直还沉迷在恩爱缠绵的体验中，直到岩李和丁爱民跑来，才似梦初觉，惊逃而去。岩李和丁爱民见到此情此景，心中似有愧意，谁也不说话，坐在河滩上，默默地抽了一支烟。抽完烟，都觉着没心肠将麂子抬回去，便挖了个坑，将麂子埋了。去河里洗了个澡，冲刷一下郁闷的情绪，这才回家。

入夜，丁爱民有梦。梦见他和林苍秀相拥在一起时，突然枪响，林苍秀满身是血，倒在他怀中。第二天天一亮，他就拉着岩李去找李老医生说，他要走了，要去找林苍秀。

李老医生说："你急什么呀，再等几天我们要的消息就会来了，你耐心点嘛。"几天之后果然有了消息，林苍秀在游击队的一个根据地科甘县工作，科甘县政府的位置离李老医生家有一百四五十公里的距离。

李老医生见丁爱民出行心切，便不再留他，出钱请了两个当地人护送他。岩李见状，强烈要求一起去送丁爱民。

因为公路沿途时常有持枪武装人员活动，担心不安全，所以当地护送的人建议不坐汽车，而是走山路，穿过一片杳无人烟的原始森林，然后渡江，渡过江后，就进入游击队掌控的范围。这个建议听起来很合理，因而无人反对，但在具体行程中却遭到了挫折。就在丁爱民他们穿越原始森林时，碰上了一支押送毒品回来的武装队伍，在逃跑过程中，岩李被抓。本已逃脱出来的丁爱民，对护送的人说："我得和岩李在一起，你们赶快回去告诉李老医生。"

说完他就飞快地跑到了岩李身边，对周围持枪的人说："他是我哥,身体不是太好,求求你们放了他。"

持枪人中有人说道:"那你跟我们走。"

丁爱民犹豫了一下说:"可以,只要你们放了我哥,我就跟你们走。"话刚说完,身上就挨了几枪托。

还是刚才说话的那个人说:"你倒敢充汉子,不行,两个人都跟我们走。"说完就让人把丁爱民和岩李双手绑了起来,吆喝着上路。

丁爱民和岩李被带到这伙贩毒集团的大本营,关了起来。第二天下午,李老医生带人赶到,拜见了总头目,交了一笔钱,请求放人。

总头目奸笑道:"看在你李老医生的面上,你儿子可以回去,另外那个你说是你家的侄儿子? 他不能走,我这里人手紧缺,让他跟着我干几年再说。"无论李老医生怎么央求,总头目就是不放丁爱民走。无奈之下,李老医生只好带着岩李走了。

李老医生他们走后,丁爱民被带到一个眼睛特大、眼球很鼓的小头目面前,小头目对丁爱民说:"听说你很勇敢,我们正需要你这种人,好好跟我们干吧,干好了,你想要什么就有什么。"

丁爱民说:"我不想当兵。"

小头目问:"那你想干什么?"

丁爱民回答:"我只想回家种田,伺候父母。"

小头目说:"在我们这里干,比种田钱多,得来的钱你可以孝敬父母,还可以玩女人。"不管小头目如何劝,丁爱民就是不答应。后来小头目发怒了,大声命令手下,把丁爱民投进水牢。丁爱民被拖出去前,他指着丁爱民的鼻子说:"不出三天,你就得来求老子。"

小头目说的没错,丁爱民进了水牢,泡了一天一夜后就受不了啦。在又冷又闷又臭的牢房里,丁爱民想,这样关下去,就是不死,也会疯掉的,还是先答应下来再说吧,以后再伺机而动。于是他提出来求见大眼睛小头目。见到人后他说:"我想通了,可以跟你们干。"

大眼睛小头目冷笑道："干是可以的,不过我看你心不诚,你只能到劳动中队去干。"说完就让人把丁爱民带到劳动中队去报到。

到了劳动中队一看,环境跟监狱没什么区别。后来得知,劳动中队的人都是从外边抓进来的,进来后就失去了自由。劳动中队的职责是,建房、修路,挖地、种田,干其他苦活、脏活。

这个贩毒集团里有四种人,第一种人是管理骨干和技术人员,他们的待遇最好;第二种人是站岗放哨,武装护送毒品的持枪人员,这种人的待遇也不错;第三种人是专门煮饭、喂猪和打扫卫生的人,他们的待遇不算好但也过得去;第四种人就是劳动中队里的人,他们白天干活有武装人员监督,晚上睡觉则被关进无法逃生的集体宿舍,待遇如猪狗,一分钱也休想领到。

丁爱民在劳动中队度日如年,他设想了种种方法试图逃出去,却一直无法实现。他看到过几个逃跑的,结果无一幸免都被抓了回来,人被枪毙后尸体拿去喂狗。

即便在如此恐怖的境遇中,丁爱民还是想跑,他心里只有一个念头,一定要跑出去,找到林苍秀,如果她愿意,就和她成为一家人,如果她不愿意,就当她的守护人,天天跟她在一起。

一天清晨,丁爱民他们被押送到深山老林去运送建碉堡用的石材,半路上丁爱民不顾一切飞身跳车,冒着被子弹击中的危险,拼命往山里林里钻。身手敏捷的他虽然躲过了子弹的袭击,却摆脱不了狼狗的追踪,最终被狗咬得半死,下体也遭撕烂。人被拖回劳动中队后,大眼睛小头目请示如何处置,得到的答复是,看在李老医生的份上,留他一条命,不拉去喂狗了,通知李老医生拿钱来赎人。

奄奄一息的丁爱民被岩李他们抬回家,经李老医生精心救治,总算保住了一条命,只是成了有残疾的人。经历如此大劫,丁爱民悲痛至极,死的念头都有了。然而李老医生的一席话,让他顽强地活了下来。李老医生说,人生在世,官大官小,钱多钱少,身残身好,生命的重量都是一样的,每一个人的生命都值得敬重。人活着的价值,在于寻找一条渡过苦海的船,在寻找的过程中,并不是说官大的人、钱多的人、身体好的人,就能够更快更早地找到,不管你是什么人,关键看心灵能否有所感悟。所以说,你要好好活着,认真去寻找那条船,找到那条船,生命就有价值了。

细心的老人,担心丁爱民孤单难熬,日子过得不顺,在给自己的儿子岩李办了婚事之后,很快就为丁爱民安了家。女方孀居,育有一小女,她比丁爱民大两岁,模样还很标致,最重要的是,她是一位礼佛的信士,心地善良,能够精心伺候丁爱民。

婚前,丁爱民无论如何不愿意,他对李老医生说:"我的身体……不行,你老人家是晓得的,不能拖累人家。"

李老医生说:"不怕不怕,你的身体结婚以后会比现在好的,这一点你要相信我。你的身体是有缺陷,但是还能发挥一定的作用,关键是你要有信心、有耐心,听到没有?"

婚后,李老医生安排丁爱民和他媳妇去管理药草园。此后,丁爱民就打消了去找林苍秀的念头。在以后恬静的日子里,他也会想起林苍秀,有时候也会有一种淡淡的忧伤涌上心头。

三

山上的原鸡,当地人称"野鸡",天才蒙蒙亮,雄的就在四方八面、每次四声、不停地啼叫起来,声音清脆、短促,极是动听。每到此时,林苍秀就醒了。起床以后的洗漱,就在宿舍门口的小河边,用的是清澈流淌的山泉水。

野战医院位于林间的山谷里,一条小溪从中穿过。溪流南边,是医疗区和住院部,搭建的是帆布帐篷;溪流北面,是干部战士的住宿区,使用的材质是草片竹梁。溪流上建有两座小桥,桥面和两边的栏杆,也是就地取材,用的是山上的龙竹。

来到野战医院后,林苍秀全身心投入工作,用了不长时间,就较好地掌握了野外救护和日常护理的技术。她护理伤病员态度和蔼,细致周到,深受欢迎。在宣传队的演出活动中,身为骨干的她更是如鱼得水,把才情发挥到了极致,成了医院内外众人追捧的明星。在明月高照的夜晚,她拉的二胡,声音悠扬,丝丝缕缕,伴着微风在寂静的空中,似乎画出了一条空灵的弧线,然后钻进人的心里。

八个月后,她被提为排级干部,任宣传干事。工作的积极性更加高涨,日子过得愈发充实。

只是在夜深人静时,还是会想家,思念亲朋好友;每当想起亲人和朋友,内心就得接受煎熬,有时还得以泪洗面。想爹妈想亲哥,骨肉深情不忘。也想耿卫疆,由耿卫疆还会想到丁爱民。下乡插队的岁月,经过时间的过滤,沉淀在心中的感觉都是甜蜜蜜的。

特别是和耿卫疆在一起的日子,刻骨铭心,没齿难忘。也有几次是单独想念丁爱民的。当知青的时候她其实是知道丁爱民在暗中迷恋她的,只不过装着不知道。她既陶醉在耿卫疆和丁爱民对她的迷恋中难以自拔,又担心他俩的浓情滋长之后局面最终难以收拾。在矛盾的心绪中,她当然是有倾向性的,她更喜欢耿卫疆,喜欢他斯文儒雅的模样和相对睿智一些的头脑。对丁爱民,她更多的是感佩他为朋友两肋插刀的豪情,还感激他在暗中对自己潜心的关注。

这天,林苍秀的任务是带着一男一女两个战士,随同一位草药医生去山上采草药。医院的西药紧缺,只有用草药来弥补,每天都要安排人轮流去山上采药。走前,他们每人在挎包里,装了一坨用芭蕉叶包好的糯米饭和几片酸腌菜,然后领了一把挖药草的小铁铲和一把砍刀。每人还领了两颗菠萝形状的手雷,用来防身。

走一个多小时的山路,就到了采药的地方。这座山,草药资源丰富,简直就是一个天然的药库。在草药医生指导下,他们主要采的是对舒筋活络、跌打损伤、止血接骨有用的药草,如:大血藤、三条筋、土牛膝、树葱、亮叶香、重楼、铁草鞋、接骨树、续断、跳八丈、蜈蚣刺等。采好药,用藤子把它捆起来,然后在树荫下拿出各自挎包里芭蕉叶包着的糯米饭,边喝山泉水边用午餐。饭后稍事休息就往回走,两个男的肩挑一担,两个女的身背一捆。

在半道上林苍秀想解手,草药医生说要停下来等她,她说不用等,你们慢慢走着,我一会儿就追着你们啰。等她钻出树林背起药草走出去几步时,却发觉眼前是岔路。她寻思一阵,觉得应该往左走,走了几步,想想不对,应该往右走,又折回来往右走,这一走就把方向走错了。走了一段路,隐约听见草药医生他们几个人在喊她,她就想到自己把路走错了,连忙转身往回走,想回到刚才解手的那个地方。可是在又一个岔路口,她又选错了方向,怎么也找不到应该走的路,反而渐行渐远,连呼喊她的声音也听不到了。

真是越忙越见鬼,越冷越刮风,林苍秀最终迷路了。她不停地告诫自己不要慌张,必须平稳情绪,才找得到走出困境的办法。她想,不能盲目乱窜,必须顺着下坡的路走,走出山地,即使找不到医院,也能见得着村寨,找到村寨就好办了。于是她就选了一条小草路往前而去。

也不知走了多长时间,抬头看看太阳已经偏西,远处总算是有了田园的影子,眼前的小树上星星点点地挂着几十个小鸟们精心编织的鸟窝。她听说过,鸟儿的栖息地一般都安在离人烟不很远的地方,原因是便于分享人类种出来的粮食。林苍秀兴奋地加快了脚步,一心只想早点下山。然而,快到山下时,眼前一望无际的刺竹林拦住了她的去路。刺竹林的枝杈密密麻麻地缠绕在一起,别说是人,连野兽都无法钻过去。林苍秀失望至极,顿时瘫坐在地上。

歇口气,站起来顺着茫茫竹林的边沿走,走到天色擦黑,还是看不见刺竹林的尽头。林苍秀不敢再往前走了,她想,需要找一个栖身之地,否则,天黑以后,野兽来了,她就完蛋了。四处寻望一阵,她觉得钻到刺竹林歇一夜,相对会安全一些。于是拿出砍刀和小铲子来,费尽九牛二虎之力,削掉竹枝杈,形成一个洞,给自己做了一个窝。

她先脚后手地退进洞里,把那捆药草和砍下来的竹枝槎堆到洞口,趴下身后,就再也没有力气动弹了。前半夜提心吊胆地睡不着,后半夜实在熬不住了,便昏睡过去,也不知野兽来窥觑过没有。

小鸟的鸣唱唤醒了她,她艰难地从洞里爬出来,继续上路。极度疲惫的身体趔趄在山林间,心中的信念是一定要回到医院。走了一段路,实在是走不动了,便将身子倚靠在一棵铁刀木树上休息。倏忽间听到身后有响动,回头一看,见一头野猪冲了过来。她以难以想象的速度,迅速爬到树上。野猪来到树下,围着树干转圈,龇牙咧嘴地朝她低吼。林苍秀低头看去,见是一头受伤的野物,屁股上还插着一支箭,心想受到刺激的野兽是会玩命的,不由得更加紧张起来。野猪守候在树下,她不敢下去,就这样僵持了很长时间。林苍秀想,如此熬下去不是办法,干脆用手雷轰它一下吧,便从挎包里掏出一颗手雷来,扯开保险销,往野猪身上砸去。手雷砸到野猪身上,滚到一边,野猪猛地扑过去,用嘴去撕咬手雷,只听得"嘭"的一声响,野猪的头被炸碎了,而林苍秀也在惊吓中晕了过去,随即掉下树来。

手雷的响声给寻找林苍秀的人告知了方向,人们循声而来,找到了林苍秀,轮流着把她背回野战医院。把下半身还完好的野猪也抬了回去。

林苍秀休息了几天,身体才恢复过来。之前,草药医生来探视,对她说,那天他们几个并没有走远,就在不远处的一棵大树下等她,如果她往左边再走几步,拐个弯就见到他们了。他们不见她跟上来,就折回去找她,始终不见她的身影。几个人商量了一会儿,就让男战士赶回医院去报告,医院领导接到报告,连夜派了十多个人来,一起寻找她。林苍秀听了,眼眶泛红,一层莹莹薄雾蒙住了瞳孔,喃喃道:"不好意思,让你们受累了。"

刚上班,一个负伤住院的副旅长就来找她,用佩服的眼神看着她说:"你胆子大嘛,把野猪炸死掉。"

林苍秀面带笑容,说:"不炸不得呀,它赖着不走。"又说:"其实我很紧张。"

副旅长没再吭气,径自走了。但是第二天他又来了,只说了一句"小姑娘我佩服你",就又走开了。第三天、第四天……天天都来,都是只说一句话就走开。到了出院前,他就不是一天只来一次了,每天要来两三次,话也多了起来。有一次已经把话说到了"小姑娘我喜欢你"这样的程度。林苍秀自然懂得对方的意思,心里暗暗着急,苦思冥想应对之策。

一天傍晚,副旅长约她出去散步,她硬着头皮去了。副旅长结结巴巴地对她说："我想讨你做我的媳妇，怕你不答应。"

红霞飞到了林苍秀的脸上，只是对方没看见。她鼓起勇气说了她事先想好要说的话："我还不到二十岁呢，现在不想考虑个人问题，请首长谅解。"

沉默了一阵，副旅长遗憾地说："好嘛，等你想考虑的时候，我再来找你。你不要答应别人嘎。"

副旅长出院后就来不了啦，因为在一次残酷的战斗中，部队遭到伏击，副旅长身先士卒带头往前冲，牺牲在战场上了。虽然内心里没有给这位副旅长留下感情的位置，但是听说这位打仗不怕死的汉子到了另一个世界，林苍秀还是为此消沉了一些时日。

走了一位战斗英雄，又来一位战斗英雄。这位战斗英雄名叫赵岩布勒，就是林苍秀在机枪连当兵时的连长。因为骁勇善战，他晋升很快，先当营长，后到旅司令部任副参谋长，就在即将升任参谋长之际，却在战斗中失去了右手。他被送到医院来救治，伤好后就留了下来，当医院副院长，分管后勤保障工作。刚入院时的他，还不满三十岁。

见到林苍秀的第一眼，赵岩布勒就哈哈笑开了，以至震到了伤口，疼得他咧起了嘴。稍后，他说："我就说过我会来医院找你的。"说得林苍秀不好意思起来，忙把头转朝一边。

伤情稍有好转，他就像上一位英雄那样，天天来找林苍秀。起先是什么都不说，后来有一天憋不住了，对林苍秀说："我老家的那片坟山风光很美，我们那里同一个村的人死了以后，都会埋在一起。"

林苍秀感到莫名其妙，问道："这跟我有什么关系，你的意思是……"

赵岩布勒的舌头仿佛打了结："意思是……就是……你死了以后……愿不愿意……跟我埋在一起？"

赵岩布勒的一番话，让林苍秀神色大变，她忙不迭地说："不行不行,我以后要回中国的。"

赵岩布勒毫不犹豫地表态:"以后我跟你到中国去,你去哪里,我就去哪里。"

林苍秀摆摆手说:"开什么玩笑,这是不可能的。"说完,就慌慌张张地跑开了。

一个雨后初晴的黄昏,微风吹拂,空气清新,鸟儿在山林间啁鸣,鱼儿在水面上跳跃。林苍秀按惯例来到河里洗澡,她脱掉外衣外裤,只穿着短裤,赤裸着上身,走进齐腰深的水里,蹲了下来,尽情地享受泡在凉水中的愉悦。这是她一天中最喜欢做的一件事,在洁净的溪流中放养自己,清洗自己的情绪。再说医院地处山间河谷地带,气候时常闷热,每天不泡个冷水澡,林苍秀晚上是无法入睡的。正在惬意地泡着,突然间听到有脚步声传来,回头一看,是赵岩布勒来了,急得她大叫:"不要过来,我在洗澡。"

赵岩布勒走过来坐在草地上说:"我一跟你说话你就跑,让我只能说半截话,现在我看你咋个跑,你应该老老实实听我说了吧。"

林苍秀蹲在水里不敢起身,她生气地说:"你先走开,等我洗完澡再说。你这样的行为是不礼貌的,你晓得吗?"

赵岩布勒仰天大笑,笑后说:"你放心吧,只要你不站起来,我就什么也看不见。如果你现在就答应我,我马上就走。"

林苍秀装着不懂地问:"答应什么?"

赵岩布勒立刻就说:"和我做一家人。"

林苍秀情急之下就说:"我已经有男朋友了。"

赵岩布勒不相信,说不可能,又问道:"他是哪个,干什么吃的?"

林苍秀如实回话:"他现在还在中国,本来我们两个是一起出来的,但是在小清河边他被那边的民兵拦下来了,就没有来成。"

沉默了一会儿,赵岩布勒表情严肃地说:"你不要骗我嘎。"

林苍秀说:"你家是我的上级,又是我最崇拜的英雄,我咋个会骗你嘛。"

赵岩布勒扯下一根草来含在嘴上,想了一阵,说:"我从来都是相信你的,这样吧,如果以后你和那个人成不了一家人,那你做我的媳妇,行不行?"

林苍秀支支吾吾,先是不作正面回答,最后无奈地点点头,应付式地说:"好嘛。"

赵岩布勒这才站起来,拍拍裤子上的草屑,转身走了。

林苍秀觉得赵岩布勒这个人真有意思,前段时间,她专门找知情人打听到他过去的一些情况。其中有一个据说是真实的故事,让她每每想起来就忍不住啼笑不已:参加游击队前,他看上了一个寨子里的一位少女,少女的母亲是个寡妇,又看上了他。有一天寡妇对他说,她家姑娘在家等他,让他晚上来家里,他如约去了,却不见心仪的人。寡妇说她姑娘临时有事外出一阵,会回来的,让他等着就行了。寡妇端出一盘麂子干巴,捡出一壶酒来,陪他边吃边喝,最终他被海量的寡妇灌醉了,躺倒在寡妇的床上,迷迷糊糊地风流了一夜。第二天醒来,无地自容的他忙不迭地跑了,一直跑到游击队的阵容里。从此后,游击队就多了一名英雄好汉。

林苍秀被赵岩布勒堵在水中的几天后,游击队的一名军区首长到野战医院视察,见到林苍秀后,他立刻拍了一下自己的脑袋说:"有了。"然后把林苍秀叫到身边来,对她说:"科甘县委政府刚刚组建了文艺宣传队,正在物色会编排节目的人,我晓得你有几把刷子的,你调过去吧,行不行? 地方上发动群众的任务很重,你过去把节目好好地编排一下,多搞些老百姓喜闻乐见的东西。"不等林苍秀表态,他就给一旁的秘书交代,让相关部门尽快把林苍秀调过去。

四

　　科甘县委政府所在地设在国境线边上，挨近一个村寨。机关的办公楼和宿舍是清一色的竹木草房，院子里有两棵大青树，四季枝叶繁茂。

　　县委政府党政合一办公，分理其事，实行县委领导下的县长负责制；机构设置有：办公室、政治部、财政部、政法部，还设有县大队、县医院和贸易队。党政军合计在编人员（不含村干部）将近800人；全县共设4个区，下辖18个乡，管辖近5万人口；辖区内的土著居民分别为汉、崩龙、傈僳、傣、苗、佤、本等民族。

　　公职人员统一实行军事供给制，县级机关和部队，每人每月供给大米40斤，津贴10元人民币，每年每人发2套制服，享受公费医疗。

　　副县长兼政治部主任是个女同志，三十岁左右的样子，相貌粗看时给人的感觉很普通，细看后却又觉得别有韵味。她找林苍秀谈话，说宣传队归政治部领导，林苍秀任文艺宣传队副队长。

　　她说，宣传队连林苍秀在内有26个人，主要任务是用文艺的形式宣传游击队的路线方针，宣传县委政府制定的政策。希望林苍秀尽快编排一套好节目，排练以后就让宣传队到各地巡回演出。

　　林苍秀站起来，挺直胸膛说："我一定尽力完成任务。"

　　副县长摆摆手示意林苍秀坐下，接着神色自豪地说，县上推行土地改革，用了两年的时间，基本上解决了"耕者有其田，能耕者有其权"的问题，废除了历史上的封建领主所有制，实行了新型的个体农民所有制。

她接着说,下一步的重点是要"突破荒山"——取消历史上大小头人对荒山荒地轮歇耕作的垄断权,鼓励农民自主垦荒,扩大耕作面积,增加粮食产量。凡是科甘的公民,对丢荒三年以上的轮歇荒地,都有权利去开垦种植。她抬起手指指林苍秀:"你把宣传队培训好以后,我就带着你们去下乡。"

领受了任务后,林苍秀感觉到了压力。要宣传的政策内容,如何把重点概括提炼出来,表现在歌舞形式中,她觉得她有点把握不住。

幸好有几个知青同胞来帮忙。同是天涯沦落人,相逢异地格外亲。原在军区侦察连当兵的小公鸡,负伤以后就调来到县办公室工作。另外还有两个春明市下乡到勐玛县的知青,都是高中毕业生,他俩出来得更早一些,如今一个在政法部当秘书,一个在财政部做出纳。他们几个下班后,天天来找林苍秀,聚在一起,帮她想办法,很好地帮她完成了歌舞编排内容的设计任务。

有天下午休息,他们三人来约林苍秀,带她去参观大庙,说大庙是当地首屈一指的名胜古迹。

大庙就在街边,占地颇广,庙门悬有匾额,乃清末民初时所献。入庙即见一堵高二丈厚三尺的土基白粉照壁,左右两侧各有一间平房,围成一个天井,再进去是山门,正中悬一横匾,上写"保国佑民"四个大字,两边对联是"关山主权悠久,庙祀俎豆千秋"。

大庙其实分为两座,前为关帝庙,后为观音庙。关圣殿分为三隔,正中间供着身穿绿袍,脸色红润的关圣神像,关平和周仓立在左右两边。右面一隔供的是财神赵公元帅,持钢鞭,踏黑虎;左面一隔供着极受读书人膜拜的文昌帝君。殿门外高处挂满木刻横匾,殿外每道门都悬对联,关帝庙正门的联语是"伐魏抗吴,皇皇忠义参天地;兴蜀立汉,耿耿赤胆贯河山"。

由关圣殿左右两侧往后走,就进入观音庙范围。两座庙的天井大小和屋宇建筑,规格都是一致的。观音殿的正中,供奉着坐在莲台的观音菩萨,其身罩有透明纱帷。左右两尊供的是文殊和普贤菩萨。再左边是穿红衣的南斗星君,右边是穿白衣的北斗星君。东西两头塑像十二尊,每头六尊,叫十二元觉。殿外所挂横匾也很多,门上两边也有几副对联,观音殿门上的联语是:"清净瓶插绿杨柳,点点滴风调雨顺;普陀岩宿白鹦鹉,声声叫国泰民安。"

从大庙出来,林苍秀问小公鸡:"庙里的内容你看懂了吗?我没看懂。"小公鸡摇摇头没吭气。

在财政部做出纳的春明知青说,当地人的宗教信仰有些混杂,供奉的神像也就不规范。他们在家中供奉天地祖宗牌位的,算是尊崇儒家;家有丧事请道士来开吊超度的,却又是信道教;去寺庙里焚香膜拜祈愿的,又算是信佛教;请端公巫婆来看卦问卜的,应该是巫教。严格说来,当地人的宗教信仰,既不专一,也不虔诚。

秋风秋雨来了,只是路过,但是把街上的灰尘清扫了一遍,道路比先前干净了一些,街道两边的茅草房也显得清爽起来。在政法部当秘书的春明知青说,今天下午改善一下生活,去喝点小酒。说完就领着他们几个人,到了他的一个熟人家里。

喝茶抽烟闲聊一阵,就上桌用餐。主菜上的是当地人最喜爱的两道:生猪肉凉拌和酸扒菜。生猪肉凉拌菜,是用生猪头皮经火烧炙后,切成薄片,拌以萝卜、莴笋、粉丝及佐料,入口清爽,老少爱吃。酸扒菜是用青苦菜加上腌酸笋煮透,至菜叶发黄时才捞出来食用,酸味爽口。酸笋几乎家家必备,每年夏季竹笋出芽时,挖来切成细丝放入缸中封口,使其发酵变酸即可食用。

几杯苞谷酒下肚,几个男知青的话匣子就打开了,喋喋不休,争相言谈,说个没完。说着说着,就发起了牢骚,扯到了一些敏感的话题,谈到在游击队干了几年,看不到光明和前途,很有些失望。

主人家见几个知青有了醉意,嘴边没有把门的将军,话说得有些过了,几次打断他们,反复强调说,酒可以喝,但话不能乱讲。没有喝酒的林苍秀也多次劝阻,让他们少说为佳,然而规劝不住。后来林苍秀朝主人家使个眼色,示意他找个理由把场面收了。主人家就托词说要出去请医生来给娃娃看病,这才把几个知青打发走了。

林苍秀把宣传队队员培训得差不多了以后,副县长就带着他们走村串寨,下乡演出,开展宣传工作。出去十多天以后回到县上机关时,几个男知青就来找她,告诉她一个让她震惊的消息:他们听收音机时得知,国内粉碎了王、张、江、姚"四人帮"反革命集团。

他们几个聚在林苍秀的宿舍里分析,中国发生了大事,下一步的形势肯定会有变化,或许此时正是他们回国报效创业的好时机。当下几人就商定,让小公鸡回国到勐玛去,打探消息,询问如果他们回去是否有出路。

小公鸡回办公室请假,谎称国内带信来说他老爸病危,让他回去见一面,料理后事。请好假,他就来找林苍秀,林苍秀请他一定要到她家代她看望父母和哥哥,同时把耿卫疆他们几个人的消息带来。小公鸡点头应允,第二天清晨,悄悄地越过国境线,回到了勐玛。去了十来天他就回来了,他回来的那天,林苍秀还在乡下参加巡回演出。

那段时间,副县长经常带着宣传队到山区巡回演出。有一天在途中,爬了一段山路后,副县长让大家到一块草地上歇歇气再走。望着云雾缥缈的前方,副县长有了兴致,说:"我给你们唱一首我过去爱唱的情歌吧。"说着就站起来微微笑道,这首小调名字叫作《生米煮成饭一锅》,大家听好,我唱了嘎——

平日都是哥找妹,今日难得妹找哥;
平日只是锅煮饭,今日变成饭煮锅。

哪个煮饭不用锅,哪个唱戏不敲锣?

哪个有针不有线,哪个小妹不恋哥?

路边走来路边躲,怕人说你妹跟哥;
不想让人说闲话,干脆我俩做一窝。

人说是非由他说,妹想跟哥就跟哥;
你来我往家常事,生米煮成饭一锅。

唱毕,众人鼓掌,她摆摆手笑道:"唱得不好,好久不唱了。"

林苍秀从心灵深处感觉到她唱得好,山歌像是从山林间飞出来的鸟鸣,自然贴切,悠扬入耳。林苍秀很佩服这位副县长,把她列为自己学习的榜样。

这位副县长的老家也在中国那边,50年代的最后那年,她父母亲带着她出境到这边来生活,十年后游击队在这边起事时,新婚宴尔的她和她丈夫一起参了军。后来她丈夫在连长的任上牺牲了,她负伤后转到地方来县上工作。她曾经任过野战部队的侦察连长,多次出色地完成任务。有一次她带人化装成老百姓,到一个被毒枭控制的集市去侦察情况,因为被奸细告密,集市进出的道路被封锁。面对前来盘问的哨兵,她用左手在挎包里接连扣动手枪的扳机,一下子就撂倒了对方三个人。趁乱之机,她让手下的人往外逃,她自己则转身跑进集市,边跑边往天空放枪,把集市搅成了一锅粥,转移了对方的视线,起到了掩护自己人的作用。最终她安然无恙地回到了部队。

跟副县长在山区转了半个月,开展群众工作,然后回去休整。刚回到机关,小公鸡就来了。林苍秀见他一脸黯然的神色,就知道不会有好消息。

小公鸡说,他一回去,就去找县知青办的负责人,问出国参加游击队的知青回来以后,能否参加工作。答复是:你们是自己跑出去的,不是组织安排出去的,你们出去的行为组织上是不负责的。你们想回来,我们欢迎,但是全县范围内等着安排工作的知青还不少,所以只能安排你们到集体性质的单位比如说五金加工厂、建筑队和缝纫社就业。

林苍秀最想知道的是她家里的情况,她急切地问:"我父母亲和哥哥怎么样,他们身体咋个成?"

小公鸡摇头不说话。

"你没有去找他们?"

"找了,找不着。"

"那他们去哪里了?"

"你听我说。"小公鸡双手摩挲着大腿,一句一句地吐着说,"我通过我的同学打听到一些情况。"

"你的同学说了些什么?"

"你们知青户的耿卫疆去外省当兵了,康太平后来也去当兵了,几个女的也都参加了工作,支边不久前才参加工作,在商店购销组当售货员,丁爱民不知道在哪里,你们知青户的人都走空了。"

"我家里的人呢?"

小公鸡又是摇头不说话。

平时极少动怒的林苍秀此刻发飙了,她冲过去揪住小公鸡的衣领叫道:"我问你我们家人咋个啰?"

小公鸡把头歪朝一边,说话时嗳嗳嚅嚅的:"你爸爸……在春明郊外的监狱里……病故啦,你哥带着你妈去收尸,至今没有回到勐玛。"

听了小公鸡的话,林苍秀一下子就愣住了,好像突然失去了反应能力,情状呆若木鸡。林苍秀的神情把小公鸡吓得要死,他赶紧把林苍秀扶到床上躺下来。林苍秀望着茅草屋顶,眼睛都不转一下,泪也不流,话也不说。

一直到天色蒙蒙亮,她才有了反应。她翻了个身,对守候在一旁的小公鸡说:"你去休息吧,我没有事。"

等熬了一夜的小公鸡走后,她悄然起身出门,走到山后的深水龙潭边,衣服也不脱,就扑通一声地跳了下去。

会游泳的她并不是来寻死,而是来寻求一种绝望的刺激。在水里她用双手拍打着水面,放开喉咙哇哇大哭起来,把泪水和湖水一起吞进肚里。

直到把自己折腾得半死,她才爬到岸上,哆嗦着瘫坐了很长时间,然后才起身,有气无力地往回走。

回到家就病了,发了几天高烧,全身酸痛难受,连着打针吃药,一个星期后才下床走动。

身体康复后,几个知青在一起商议,既然回去以后不会有好的着落,还有可能受到一些人的歧视,那就暂时打消归国的念头,再过一段"身在曹营心在汉"的日子吧。

五

　　林苍秀他们宣传队到一个傣族大寨子演出,在那里她意外地见到了罗小水。当天演出完毕,宣传队去一家傣味饭店吃夜宵,一个穿着打扮像汉族的女子,过来怯生生地问林苍秀:"你是勐玛人吗? 我听你口音有点像。"

　　林苍秀抬头打量对方,并不认识此人,但还是客气地回答道:"我是从勐玛出来的。"又问:"你是哪个? 也是从勐玛来的吗?"

　　"那我俩是老乡啦,"对方兴奋地说,"我也是从勐玛出来的,我的名字叫罗小水。"

　　"罗小水,"林苍秀在记忆的仓库里搜索一阵,想起来了,"你是不是那年在勐玛大街上被人家捆着……游街?"

　　"我就是那个人。"名叫罗小水的女子叹口气说道。

　　林苍秀站起来把罗小水拉到一张空桌前坐下,问她:"你出来多长时间啰,在这里干什么?"

　　罗小水说:"出来六七年了,刚到这里几天,现在在这家饭店帮工。"接着就简要地把自己的情况向林苍秀讲了一遍。

　　七年前,罗小水在勐玛县芒弄公社中学读书。因为家境贫寒,再加上年纪偏大,她没上初二,就辍学回家参加劳动。才回去干了一个多月的活,公社就安排她去班楞生产大队小学当代课教师。才去了三个月,就出了大事。

　　那天晚上,在简陋的竹木草房宿舍里,刚吹灯睡下,就听到门外有窸窸窣窣的轻微响声,她便翻身起床,披了外衣开门出来看个究竟。门一打开，就被人用手蒙住了眼睛，紧接着感到有几双手使劲地摸捏她的乳房。她先是惊骇得魂不附体，失去了反抗能力，稍后醒悟过来，便一边挣扎一边大声呼救。蹂躏她的人，被她撕心裂肺的叫声吓到，忙不迭地转身跑了。她睁眼望去，在朦胧的月色中，大概知道了来欺负她的人是谁。校长等人听到喊声，跑过来问她是怎么回事，她便哭诉着把刚才发生的事讲了，气得校长大骂绝不饶恕这帮小畜生。

第二天把几个学生叫到生产大队的队部挨个审问，四个学生异口同声说是罗老师主动勾引他们的，他们害怕，不敢按罗老师的要求做，罗老师生气了，就大喊大叫起来，吓得他们赶紧跑了。

四个学生的家长先后赶来，大骂罗小水不守师道，败坏风气，是个妖精。罗小水受不了这口气，便流着眼泪和他们大吵起来。生产大队的大队长，是其中一个学生的舅舅，有意偏袒学生，不问青红皂白就对罗小水说："你不来之前，我们这里一样事都没有，咋个你一来，问题就来了，怪得很嘛。"

听了大队长的话，罗小水气得差点晕厥过去，她仰头闭眼歇了一阵，才缓过神来，指着大队长的鼻子骂道："你狗眼看人低，把我当成什么人了。情况都搞不清楚，就来怪我。"

一时间，大队部乱麻麻的。校长胆怯，把罗小水拉到一边的凳子上坐下，劝道："你吵不赢他们的，好好地歇口气，等公社人保组的人来了再说。"

人保组的人来了以后，立即进行调查，忙了半天，无法下结论，就说，这个事情最终是要搞个水落石出的，但是得有一段时间，大家先散了吧。

几个家长不依不饶，说必须惩罚罗小水，罗小水感到特别委屈，冲上前去论理，双方便开始撕扯起来，其中有一个家长抬手就甩了罗小水两个耳光，罗小水怒不可遏，转身跑进厨房，拎了一把砍柴刀出来，大喝道："要拼命就来。"

人保组组长见状，立刻跑上前去夺刀，罗小水不依，两人便扭打起来，争斗过程中，罗小水手上的刀划到了人保组长的脸上，顿时就有鲜血流了出来。

众人见此情景，一窝蜂地围上来，把罗小水掀翻在地，用绳子捆了起来。

人保组长摸摸脸看见有血，怒道："不听招呼，还想行凶害人，把她带走，送到县上收拾她。"

当即就把罗小水带往县城。罗小水清楚地记得，到县城的时候，挂在西边天上的夕阳还没有落下去，似乎用惊讶的眼神在看她。

本来汽车可以直接开进县革委会人保组的，但是公社人保组长却让她下来走了一段路，有意让她出丑。人保组长用绳子牵着她走，见着熟人就说她是行凶杀人的女流氓，引来众人围观。此时的罗小水身心都已麻木，面无表情地迈着脚步，外界的任何声音她都听不见。事后想来，这段路虽然不长，却是她此生最难走的路。当时，林苍秀恰巧在围观的人群里，目睹了这一幕。

县人保组第二天就派人下去调查情况，回来后就把公社人保组的组长找来，狠狠批评了一番，说他所报情况不实，罗小水并非有意行凶，也不能认定她是女流氓，而他擅自拉着罗小水在大街上游走的行为，是让人家变相的游行示众，已经违反了组织纪律，必须作出深刻检查。

放罗小水出去的时候，罗小水对人保组的那个大姐说，她要求还她清白，严肃处理那几个学生。那个大姐耐心地对她解释，首先说她当时跑进厨房去拿刀是错误的行为，然后讲现在还没有对那几个学生定性，只有掌握了确凿的证据才可以下结论。希望她回去以后一定要克制情绪，不要闹出什么事来，如果闹出事来，对她和她的家庭都不好。

罗小水觉得人保组大姐劝告她的话是一番好意，可她离开县人保组的时候内心里还是很不服气。回到家里思来想去,还是想不通,就想去公社,也想回班楞大队,找人论理,还她清白,但是脚步被她母亲劝阻的哭声拴住了。

她父亲对她有些猜疑,说政府的人不应该不问青红皂白就把你抓走吧,你是不是真的有点什么事。哥哥和弟弟尽管同情她,有时候却又用一种怀疑的眼光审视她。她在家里唉声叹气地待了几天,想到活在人们误解的眼神中实在憋屈,还不如先离开眼前这个窝囊的环境,寻个耳根清净的地方过日子,以后再找时机回来证明自己,于是在一个浓雾遮蔽的清晨,离家出走了。

往西南方向走,到妙塔国去,紧走慢走,来到了小清河边。对面就是异国的土地,她却不敢跨过去了,因为听见河对岸响着剧烈的枪炮声,知道那边正在打仗。她一听到枪炮声响心里就发慌,她出来可不是为了来打仗的,而是想寻找一个宁静的地方,换一种活法。

她连忙离开小清河岸往回走,路上遇见一个老头,塞过去两块钱,就打听到不远处就是由北往南流的南汀河,而渡过南汀河再沿河往下走,也是妙塔国的地盘,而且那边没有战事。于是她找到渡口,掏钱上了船,过了有四五十米宽的河,上岸后沿河往下走,悄悄地越过了国境线。

刚踏上妙塔国的土地,她心中就有了后悔之意,因为想到就这样不明不白出来,别人一定以为自己有问题所以才跑掉的。她停下脚步伫立着,一时不知所措。然而想到一旦回去,面对的是那些令她窒息的人和事,她的心里就更加烦乱。最终,她没有往回走,而是继续前行,由此开始书写她异国人生的篇章。

在境外生活,却并不如意。头几年一直无法安定下来,吃了不少苦头。帮人家种过甘蔗,采过茶叶;背过矿石,抬过木料;当过保姆,煮过菜饭。后来在一家矿山做炊事员时,结识了一个大山里来的汉子,那男的对她有情有义,她就跟着那人走了,到一个闭塞的山村,嫁为人妻。

那个小山村的人,基本上都是两百多年前从中国过来挖银矿劳工的后裔。男方家日子过得拮据,但刚开始的时候对她甚好,有什么好东西,都要让给她先吃,希望她肚子大起来,完成好传宗接代的任务。

第一年,她的肚子是平坦的,男方家没有怨气;第二年,她的肚子依旧是平坦的,人家就有想法了,开始在她面前指桑骂槐;到了第三年,她都不好意思了,因为身体依然没有反应,看来要为人家生几个娃娃挣回脸面的愿望是落空了。不得不忍气吞声地接受家人的指责,而且人家在背地里把自己说成是"不下蛋的母鸡"之类的话,也计较不得了。

半个月前,她男人出去喝酒回来,一反常态地对她笑眯乐呵地,说:"跟你商量个事。"

"什么事?"她有些不解,"家里的事不都是你说了算吗?"

男的就说,让她今天夜里去陪村里的一个光棍睡一晚上。只睡一觉,家里欠光棍的钱就一笔勾销。

她气得发抖,大骂她男人是畜生,说你不要脸我还要的嘛。

男的对骂道,你还要什么脸,蛋都不下的女人,撒泡尿呛死算球。又说,你不是天天念着想家吗,你滚吧,老子重新找一个会生娃娃的女人。

她蹲到火塘边,伤心绝望地流起了眼泪。

男的走到她面前说:"我借人家的钱,都是拿来给你看病抓药吃的,你晓不得吗?"说着,就来拽她,要把她送往光棍家。

她转过身来用力将男人推倒在地上,随后从男人的手中挣脱出来,打开门,冲进夜色里。她一个人不敢下山,再说也看不清前面的路,只得爬到村后的一棵大树上,抱着树干过了一夜。她心想这个家是待不下去了,去哪里呢?思前想后,当夜她就作出决定,回中国去,到勐玛家里,和父母弟妹一起生活。

次日天色未明,她就下山了。从早上走到中午,才到了南汀河边,她知道沿着河岸往上走,过了国境线就可以回家。正要拔腿向前行,却见前方慌慌忙忙地,走过来一拨又一拨的人群,上去打听,得知前边正在打仗不能去。她只好随着人流沿岸往下走,到了一个渡口,见众人纷纷登上竹筏,要到对岸去,经询问后有人告诉她,河对面是游击队的地盘,如今处于和平时期不打仗,她也就跟着人家上了竹筏,去到对岸。

过河走到傣家大寨,寻到一家傣味饭店,点了一碗豆豉米线,饥肠辘辘的她还没开吃,只觉得眼前一黑,人就昏倒在地上。众人连忙过来施救,平素尊佛重道的店主让把她抬到后院的一张竹床上,端来一碗红糖水,喂她喝下,不一会儿她就醒了,只是走不了路。主人夫妇就把她留了下来,男主人摸摸她的头,观察了一会儿,然后到废旧的墙角抠了一小坨坚硬的土团,拿到火里烧了一阵,取出来放到碗里,再在碗里撒上一勺盐,用滚烫的开水把碗灌满,等水不烫了,抬到她面前,用傣语说,这是偏方,清火提神,你把它喝下去,起来吃点东西,好好睡一觉,明天就会轻松得多。

罗小水听得懂傣话,遵嘱把水喝了,吃了碗米线就睡下。第二天醒来果然觉得身上轻松多了,她想赶路回家,却发觉身上一分钱也没有,结不了账。想了一阵,对主人家说,我身上的零花钱坐船的时候用掉了,我给你家帮几天工抵债吧。

女主人问她要去哪里,她说去中国那边找亲戚。女主人说,钱你不消付,不过你身体还有些虚弱,在我家休息几天再走吧。罗小水想了一会儿说好的,谢谢你家,不过我闲不住,让我做点事才行,我帮你家端端盘子洗洗碗吧。说完就去店里找事做。

几天以后,就在店里巧遇林苍秀。

六

    那天在傣味饭店,罗小水把自己的简况讲给林苍秀听了,也问了林苍秀为什么出来以及出来以后的情况,林苍秀尽量回答了她。后来林苍秀问罗小水,下一步有什么打算,罗小水说想回中国,和父母亲一起生活,另外当年是受了委屈才出来的,如今要回去讨回清白。她问林苍秀,你也出来好几年了,想不想回去。林苍秀摇摇头说,现在回去还不合适,所以暂时不想。

    两人分手后,林苍秀他们去另一个地方开展宣传工作,几天以后回到县委、县政府机关。还未进家,就听见身后有人喊她,回头一看,是罗小水。

    她诧异地问:"你不是回国吗,咋个会在这里?"

    罗小水拉着林苍秀的手说:"我暂时不想回去了,现在来投奔你,请林妹你帮我在这边找个工作干干。"

    她边说边用手比画着帮助她表达意思:"我太羡慕你们啰,干脆我跟你们一起干吧,我也穿它几年军装,唱歌跳舞我也会一点的。"

    林苍秀问她:"那天你不是说,想变成一只小鸟,马上就飞到父母身边吗? 现在咋个就改变主意啦?"

    罗小水快人快语说道:"那天和你分开后,我一直在想,你说你现在回去还不合适,我觉得我现在回去更不合适。我现在身上一分钱都没有,就像一个讨饭鬼,回去以后会被人家笑死掉呢,你说我现在回去搞什么呢。所以我想来投靠你,跟着你干,在宣传队干几年再说，到时候回去也才风光呢。"

林苍秀听了笑道："老乡见老乡，一定要相帮。不过县政府你现在还进不来，宣传队的队员也属于县政府的人。"

罗小水瞪大眼睛问："咋个进不去呢？"

林苍秀告诉她："县上的工作人员已经满编了，目前不可能再进人。"

罗小水着急了，问："那咋个办呢。"

林苍秀想起赵岩布勒他们野战医院一直以来人手紧缺，就说："军区野战医院还在招人，医院在山林里面，不过离我们这里不远，只有几公里。如果你想去的话，我就带你去医院报名。"

罗小水立马回答："我想去的，去医院我更愿意，可以学点技术，你带我去吧。"

林苍秀说好呢："你在我这里休息几天，我再领你去。"

罗小水却表示："最好是今天就去，我想马上参加工作。"

林苍秀见罗小水神态比较急迫，就说："那好吧，我去请个假，吃过中午饭我们就走。"

走在去往野战医院的路上，林苍秀有意识地向罗小水宣传赵岩布勒的英雄事迹，使得罗小水对这位即将见面的领导钦佩不已。

野战医院离县委政府所在地只有个把小时的路程，她俩步行很快就到了。找到赵岩布勒，林苍秀把罗小水拉过来说："我把你媳妇带来了。"她这么一说，让赵岩布勒和罗小水同时吃了一惊，双双张开嘴巴、瞪起大眼盯着林苍秀看。

林苍秀"扑哧"一声笑道："跟你们开个玩笑，不要紧张。"随即正经八百地，把罗小水的身世和想法，向赵岩布勒做了介绍。

听了林苍秀的话，赵岩布勒笑着说："我还以为真的是给我找了一个媳妇来呢，那我就是磕头碰着天了。"然后正色说道，医院的确需要人，林苍秀做罗小水的保证人，马上就办入职手续，今天就可以穿军装，但是要先干一段时间的勤杂工，再去当护士。

把罗小水的手续办好,林苍秀就赶回去了。走前,单独对赵岩布勒说:"罗小水和我是一个地方的人,大我三岁是我姐,你要把她招呼好呢嘎,说不定她会成为和你终身相伴的人呢。"

赵岩布勒左手抹头,笑道:"这个女人看着是要得成的,我试试瞧,看她能不能成为我的老婆。"

天遂人愿。擅长速战速决的赵岩布勒,只用了两个月的时间,就把罗小水抱到了婚床上。婚前,罗小水告诉赵岩布勒,她曾经嫁过人,不能生育。赵岩布勒就让她在医院做了全面检查,结论是身体健康,但因医院条件简陋,无法检查是否可以生育。赵岩布勒说,这个女人是老天爷专门为我准备的,会不会生娃娃我都要。婚后,赵岩布勒得意地对几个朋友说,这个婆娘整得成呢,看着胖,睡着正合适。

婚前两天,医院安排人上山打猎、下河捕鱼,收获颇丰;结婚当天,野味佳肴苞谷酒,猛吃海喝了一顿。林苍秀约着几个知青特意赶去庆贺,在晚会上,她用二胡深情地为两个新人演奏了一曲《喜洋洋》。

在医院有了工作,又成了院领导的夫人,今非昔比,罗小水很开心。然而也有不如意的时候,觉得自己一气之下离家出走,至今和亲人天各一方,不能尽孝父母,十分遗憾。她让赵岩布勒帮助打听她家人的状况,赵岩布勒想方设法才在几个月后得知,她家人在老家都还好,只是她父亲的身体差一点,全家人日子过得也还可以。

罗小水提出想回去探亲,赵岩布勒说不行,以后有条件再去。现在这边的游击队和中国那边的政府相互之间没有正常来往,人去了就不一定回得来了,那么我赵岩布勒又要成为光棍了。听此一说,罗小水也就暂时打消了念头。

结婚不满月,赵岩布勒就被调到科甘来任县委副书记兼政法部长。刚去报到,县委书记和县长就向他交代,说上级安排要进一步加强减少罂粟种植的工作,提出了"头年减少、次年减半、三年禁清"的要求,他当下的主要任务,就是组织力量展开宣传动员,而后具体实施禁种禁毒工程。

赵岩布勒是一个火着枪响的急性子人,放下行李就开始工作。他很快就理出一个方案来,接着就去组织实施。他还把县宣传队队长和林苍秀叫来,让宣传队尽快编排出一套文艺节目,突出禁种禁毒的内容,配合他们行动。

赵岩布勒率队没日没夜地苦干,工作方法有些简单粗暴,很快就超额完成了铲除罂粟烟苗的任务。其结果是引起了种烟人家的不满,有一天烟农们将赵岩布勒等人团团围住,讨要说法,有人还想动手打他们。赵岩布勒见状,掏出手枪来朝天放了两枪,高声叫道,禁烟禁毒是特殊任务,在特殊时期,我手上是捏着枪毙人的指标的,哪个敢乱来,我的子弹是认得他的。

众烟农撤退以后依旧不服,将县委政府告到了军区,说赵岩布勒他们不顾群众的死活,断了老百姓的生路。

军区派人来调查后指出,科甘县委政府犯了"过左"的错误。在没有和平安定环境、缺乏替代作物开发、缺少赈济方案准备的情况下,急躁冒进,不考虑后果,不是和风细雨地、逐步创造条件开展工作,而是强制推行拔除罂粟烟苗运动,致使百姓失去主要经济来源,民生陷入困境,社会怨声载道。

调查组的意见是,要处分几个主要责任人。赵岩布勒听说后,拦住调查组的负责人,恳求道:"祸是我惹出来的,处分我一个人就得啰。有些事情书记县长根本晓不得,求求你们回到军区,一定帮他两个说说话,让他两个不要背上思想包袱,把现在的摊子收拾好。"

过了几天,军区的处分决定下来了,只处理赵岩布勒一个人,撤销他的领导职务,安排为一般工作人员。

只当了几个月的县委副书记兼政法部长,赵岩布勒就下台了。在新的岗位上干了几天,他觉得无所事事,闲得难受,于是提出请求,回乡当农民。他媳妇罗小水得知赵岩布勒要解甲归田,也辞了职,离开医院,跟她男人走了。

走的那天,林苍秀和几个男知青一起去送行,送到十多公里外赵岩布勒山区的老家。见他父母亲衣衫褴褛,整个家穷得好像还不值八百块人民币,心生怜悯的林苍秀当即就伤心地哭了起来。

赵岩布勒笑道:"不要可怜我们,我们家的日子会好过起来的。"

罗小水过来抚摸着林苍秀的肩膀,说:"当时听说赵岩布勒出事,我相当害怕,现在他人好好地在着,比什么都强。"

赵岩布勒到火塘上方的竹笆篾里翻出两只竹鼠干巴来,说:"你们看嘛,我家还是有肉招待客人的嘎。"说完就让罗小水把竹鼠干巴拿去洗了,煮竹鼠稀饭吃。

竹鼠稀饭煮好了,林苍秀却不敢吃竹鼠,只是喝了一碗稀饭,让赵岩布勒奚落了她一顿,说她不能和老百姓打成一片。罗小水连忙制止赵岩布勒,叫他闭嘴。

吃过中午饭,就此别过。

此后,林苍秀他们约着又到赵岩布勒家去过两次,送米送肉送点钱,聊表心意。再往后他们就无法见面了,因为几个知青都遭了厄运。若干年后得知,罗小水相继生了两个儿子,证明她不是"不会下蛋的母鸡",先前的问题出在原来那个男人的身上。两个娃娃学会走路以后,罗小水开始学做小生意,赵家的日子渐有起色。

七

科甘的冬天,坝区的早晨雾大,山区的雾小,但雾少的山区还是比坝区冷了许多。这几天,林苍秀带着四个人的一支小分队,忙碌在一个边远的山寨里,教当地老百姓腌咸菜,腌豆腐、豆豉,腌青菜、萝卜。

寨子里的生存条件很差,用水困难,当地人在寨子旁边挖了一个大坑,拉着牛去将坑底踩踏板实,然后蓄满雨水,形成一个池塘,供人畜饮用。

去池塘边洗萝卜、青菜和黄豆,看到水色是碧绿的,上面还有一些漂浮生物在游动,林苍秀恶心得直想呕吐。然而没别的办法,只能用这样劣质的水洗菜。她和大家忙活了半天,才把当天的事情做完,累得她的腰一时直不起来。

这时村长过来说,工作队员辛苦了,要请她们到他家去吃好东西。去了以后看见,好东西是蜂蛹和蚂蚁蛋。村长领着她们绕到房后去观看当天才抬回来的土蜂窝和蚂蚁窝。林苍秀她们惊奇地看到,土蜂窝呈椭圆形,外表是黄褐色的,它的宽一个人双手抱不过来,高有一米五左右;蚂蚁窝外观是黑色的,形状圆如篮球,但比篮球大两三倍。村长介绍说,土蜂和蚂蚁的窝都是用泥巴、朽木原料和它们自己的唾液混合起来建成的。林苍秀她们听了,惊叹不已,连声称赞蚂蚁和土蜂是能工巧匠。

用餐时,林苍秀想起当年在勐玛当知青时,他们是吃过蜂蛹和蚂蚁蛋的,只是烹制的方法和今天有些不同。接着她的脑海里就出现了耿卫疆、丁爱民等人大快朵颐的笑脸,思念之情油然而生,不免暗自伤怀起来。

用餐后,村长请求林苍秀他们帮助处理一桩事。本村一位妙龄女子的丈夫,前年上山打猎,被一头狗熊咬断了腰骨,命是保住了,却无法站立起来,失去了劳动能力,在生理上也行使不了男人的职责。妙龄女子不忍心抛弃长期卧床不起的丈夫,就招了外村的一个男青年,来做上门女婿,共同持家讨生活,她一女配二夫。本村的两名光棍对妙龄女子垂涎已久,见心仪的女人又成了别人的媳妇,便怀恨在心,时常去女方家骚扰,闹得女方家人提心吊胆,无法安心过日子,来上门的男青年担惊受怕,已有离去之意。村长等人多次劝阻两个光棍,效果不佳,已是无计可施。

听了村长的述说,林苍秀生气地说:“我必须教训一下这两个蛮不讲理的人。”她让村长把两个光棍找来,村长说这两个鲁莽的人可能不会来。这时一旁有人说,知道他俩在哪里,可以带林苍秀他们去见面。

去的是村外。在一个窝棚旁,几个男人一边烧苞谷吃,一边喝苞谷酒,嘻嘻哈哈地说着笑话。村长对一个长发一个光头两个青年说:“你们两个原来像仇人一样,现在又好得可以穿一条裤子,咋个说,没有仇了吗?”不等对方说什么,村长指指林苍秀说:“她是县上宣传队的林队长,要和你们说几句话。”

两个光棍瞪眼看着林苍秀,不吭气。林苍秀就问,两个光棍是不是经常去那个女人家。

长发男子不言语,光头男子讪笑道:“她家太冷清了,我们去串门说说话,给她家增添一点热乎气。”

林苍秀正色道:“你们喜欢她,就要让人家安安生生过日子,不要得不得就去打扰别人。”

光头男子叫道:“不打扰别人可以,那你负责帮我们找老婆,行不行?”

这时长发男子冷笑着开腔了，他对林苍秀说："你这个屁股看着又饱又圆的，睡上去肯定舒服，干脆你嫁给我算球。"

林苍秀愤怒得就冲上去，想扇长发男子的耳光，长发男子顺手拿起脚边的砍刀，跳起来比画着说："来嘛，你有枪我也不怕。"

众人连忙将二人拉开，村长夺下长发男子手中的砍刀，怒骂道："你想死啰。"

长发男子回嘴说："我开个玩笑不得吗？"

村长指责他："有你这样开玩笑的吗？ 下流鬼。"

等情绪平稳后，林苍秀才说话："你两个好好听着，我代表县里来的工作队和你们讲话，家有家规，村有村约，县上有法律。你们干扰人家的生活，搞得人家鸡犬不宁的，已经违反了法纪。从今天开始，你们不准再去捣乱，如果你们还要去的话，我们就不客气了，这个话我们说到做到。"她的话是具有震慑作用的，两个光棍把头歪朝一边，没有回嘴。

紧接着村长又呵斥了两个光棍一顿，就约着林苍秀他们离开，到那个女子家看望。路上，村长对林苍秀说，两个光棍不听村干部的话，但是他们还是怕县里来的干部的，今天你教训他们一顿，以后他们就会老实得多。

安慰了那个女子和她的两个男人，林苍秀又约着小分队的队员第二天再去，帮他们家补房顶、腌咸菜。

两天后回单位，路上遇上了几个不知是从哪里冒出来的持枪人员，穿着打扮花里胡哨的，见林苍秀她们都是女性，就上前来调戏。林苍秀带人迅速跑开，这伙人却紧追不舍。跑到一棵红椿树下，林苍秀见树上有一个蜂窝，就让队员赶紧撤离，她躲到离红椿树不远的草丛里，掏出手枪来做好准备，待对方追到红椿树下时，她便举枪朝蜂窝射击，连打了四五枪，才有一发子弹击穿了蜂窝，激怒了马蜂，使之开始了报复行为，飞扑下来叮蜇树下的人。顿时，树下的人抱头嚎叫起来，随即四处逃窜。林苍秀等人乘机脱离了险境。

回到县上,已是深夜时分。与同行的队员分手后,林苍秀往自己的宿舍走去,经过副县长的房间时,突然听到竹篱笆床"咯吱咯吱"的响声,与副县长音量极小却很亢奋的呻吟声搅在一起。开始她想副县长是不是病了,转念又觉得里边的轻吟不像是病人发出的声音。为什么会是这样呢,她想弄个究竟,于是,忙走到旁边的一棵树后细听起来,听了一阵,猜想到里边在干什么名堂了。她很好奇,想不出来里边的男人会是谁。等待了好一阵,才见一个男的从副县长的房间里走出来,惊得她差点失声喊叫。竟然是他,在淡淡的月光下,她认出了这个人。

这段时间,在和他频繁的接触中,林苍秀渐渐地从他异样的眼神里,看到了他的渴望,只是装着不知而已。说实话,林苍秀对他没有心动的感觉,心仪的对象一直是耿卫疆,退一步讲,假设没有耿卫疆的存在,丁爱民也比他更能打动林苍秀本人。

第二天吃过晚饭,副县长约林苍秀去河里洗衣服、洗澡。两人泡在水中,副县长问她:"过去谈过恋爱吗?"

林苍秀斟酌了一会儿说:"谈是谈过呢,不过那时年纪还小,不知事。"

副县长笑着探问:"和男人来过事吗?"

林苍秀红着脸摇头道:"没有没有,从来没有。"

副县长说:"没有和男人来过事,说明你还没有真正懂男人。"说完又问:"你们几个知青经常在一起,他们几个对你就没有一点意思?"

林苍秀道:"我们是老乡感情,大家在一起说得拢,没有别的意思。"

副县长把话题转到小公鸡身上,盘根问底地询问小公鸡的家庭、在勐玛时的表现、谈过恋爱没有等情况,林苍秀尽其所知做了回答。她想,副县长对小公鸡已经有意思了,但愿小公鸡不要糊弄人家。

过后几天，小公鸡从林苍秀对他的神情表现中看出了端倪，一日午餐后拦住林苍秀问："你是不是……"

林苍秀想笑又憋住了："是什么？"

"你好像……"

"好像什么？"

"你对我有所……怀疑。"

"我吃多了吗，怀疑你干什么？"说完，林苍秀转身就走开了。

晚上，小公鸡又来找林苍秀，见面就说："你一定是发现了我的……什么秘密。"

林苍秀用鼻子冷笑道："你有什么秘密，说来听听嘛。"

小公鸡举起右手的食指指着林苍秀问："你晓得我和她的事了，是不是？"说着把手指转向副县长宿舍的方向。

"小公鸡，你听好了，我晓不晓得不重要，你该不该做才重要。"林苍秀站起身来说，"你如果真心爱她了，那就去正儿八经地和人家谈恋爱。"

小公鸡面有愧色，沉吟了一时才说："我……你晓得，她年纪比我大，我和她不可能成为一家人。"

林苍秀愠怒地指着小公鸡的鼻子骂道："你这个烂家伙，只想玩弄人家。呸，你滚。"

小公鸡低下头，说："我要咋个办呢？"既像是问自己，又像是问林苍秀。

林苍秀说："去向人家好好道歉，真心悔过。"

小公鸡点点头道："好嘛。"

然而，小公鸡还来不及去道歉，过了一夜，就有人找上门来了。找的不仅仅是小公鸡一个人，还来找林苍秀和两个春明知青，把他们分别关进了审讯室。军区从事司法工作的人，前来调查四个中国知青违法乱纪的行为。

审讯林苍秀的主官先是用右手的小拇指在两个鼻孔里掏了一阵,然后喷喷鼻子,这才说道:"我们接到你们四个人违法乱纪的举报,前来调查取证,你要诚实地配合我们,老实交代你们的问题。"

林苍秀坐在一个矮凳子上,她感到莫名其妙,连声叫屈。

审讯主官手指林苍秀,大声大气地说:"你们对上级的方针政策不满,多次诋毁;你们对革命前途丧失信心,妄图逃跑当逃兵;你们经常在别人面前造谣煽动,有企图谋反的迹象;还有,你们……"说到这里,他想往下说什么,一时想不起来,喝了一口水后,他才说:"我们已经掌握了很多证据,这次来是来调查补充细节的,你不交代也可以,到时候我们会从重处罚你的。"

林苍秀淌眼泪了,不是胆怯而是憋屈,心想当年不顾一切冲出国来,在枪林弹雨里奋斗,在艰辛困境中度日,如今却落得如此下场,真是让人心寒呐。

她抽噎了一阵,哽咽着说:"我们几个人经常在一起是事实,说过想家想回国的话也是事实;还有,我们对县里的领导有些时候用人不公的做法提过意见,但是我们没有诋毁过上级的方针政策,也没有造谣煽动别人,更没有企图谋反的意图。"

接下来审讯主官问一句她答一句,句句都是实话,耗时三个多小时。

对三个男知青的审讯更严厉,听说有人还对他们动了手脚,但他们都是如实回话,据理陈诉。

出乎他们几个人的意料,对他们的处罚意见,很快就下达了:三个男的开除公职,接受劳动改造一年时间;对林苍秀,解除公职,不予留用。

此处不留人,要到何处去呢? 离家出来整整五年,林苍秀对国内的情况至今还是知之甚少,想起过往的事,她至今心有余悸,所以不敢贸然回去。

正在一筹莫展之时,得知曼戌那边华人居住区有所学校来招

教师,她就报了名。听说曼戍是个重镇,那边华侨很多,市区还算
繁华,她就有了好奇心,想去看看,感受一番异域风情。

经过面试,她得以去曼戍。来不及跟赵岩布勒和罗小水告别,
她就跟着人家走了。

几个男知青在军区劳动改造一年后,小公鸡去香港投奔他舅
舅去了,两个春明知青没有回国,到泰国做生意,在异国安了家。

和小公鸡有过床笫之欢的副县长,在一次转移群众的战斗中
英勇牺牲了,听到副县长的死讯,林苍秀情绪低落了好几天。

八

　　林苍秀坐着皮卡车,在崎岖不平的山路上颠簸了一百多公里,于太阳落山前,来到了妙塔国政府军管辖下的曼戍城。

　　曼戍是丘陵地貌,城市建在一个平缓的坡地上。林苍秀要去的学校位于城镇的东北边,在华人居住区里,属于郊区地带。

　　学校占地面积不大,但办学条件比林苍秀在科甘县见过的学校要好一些,教室和宿舍的屋顶全部都是铁皮瓦,没有一间是草房,校园里还有简易的体育运动场。

　　当日晚饭后,林苍秀被一位华裔青年女教师领走,学校安排她俩住一个宿舍。

　　青年女教师向林苍秀介绍,学校是当地的华人文化协会办的,是一所完全中学,按照妙塔国的教学要求办学,此外可以传授中文。

　　青年女教师问长问短,林苍秀都一一作了回答。无奈因舟车劳顿身体疲乏,林苍秀洗了脸脚,躺到床上,早早地就合上了眼皮,不能与女教师长谈。

　　次日一早,校长就来看望林苍秀。他穿着一套笔挺的灰色中山装,模样儒雅,看起来有五十来岁的样子。林苍秀看到,他走路时腿有些歪斜。他自我介绍道:"我姓孟,老家在中国安徽的安庆,不过我出来得早,三十多年了。"

　　"那你家是……"林苍秀猜想他可能也是当年抗日远征军的一员。

孟校长说:"我是参加远征军出来的。"说着就拍拍自己的左腿:"这条腿是假的。"

亲切感涌上林苍秀的心头,她欣喜地说:"我爸也是远征军。"

孟校长眼神泛光,问道:"你爸他现在……"

"我爸是四川人,随远征军到勐玛抗战,战争结束时他没有回乡。新中国成立后,他留在勐玛,在照相馆工作。后来……就被抓去劳改。"林苍秀垂下头来说,"现在他已经不在人世啰。"说着眼圈就红了。

孟校长叹了口气,随即把话题转开:"你出国来到科甘的情况,我们大致了解一些,这些年你吃了不少苦头。"

林苍秀摇摇头,苦笑无语。

稍后,孟校长就给林苍秀安排了工作任务。他说,他们听说林苍秀有音乐舞蹈方面的特长,一直是宣传队的骨干,因此聘请林苍秀担任学校的音乐舞蹈教师。

"安排什么工作我都干,只不过——"林苍秀有些为难地说,"我的文化水平低,再加上在游击队那边跳的舞唱的歌,大多数都是些刚劲有力的'革命'歌舞,来到这边拿来教学生,怕是不合适。"

孟校长点点头微笑道:"我们华人社区保留着传统的汉族歌舞,非常不错,当地的民族歌舞中也有不少好东西,你去好好地学一学,博采众家之长,再拿出来教学生,就可以了。"又说:"你不要忙着上讲台,准备好了再上。"

孟校长体贴的安排,让林苍秀感到心里暖融融的,她觉得这个校长可亲可敬。

临走时,孟校长说:"吃过中午饭,我叫人带你去市区逛逛,熟悉一下环境。"说完又介绍说,曼戍城有十多万人口,华人占了三分之一,所以城里会说汉话的人不少。

带林苍秀去逛街的就是与她同宿舍的青年女教师,路上,林苍秀向青年女教师打听孟校长的情况,女教师对孟校长的身世只知

道个大概,最后说到孟校长在当地华人圈里学识渊博,处世公道,
口碑极佳。

　　林苍秀是在后来的时日里才渐渐知道孟校长的过往情况的。
三十多年前,在西南联大读书的他,投笔从戎,成了一名战地记者,
随抗日远征军出国来到科甘,在枪炮声中,采写了不少的新闻消
息,发表在国内的报刊上,起到了鼓舞人心的作用。而他自己,在
一次奔赴前线采访时,被日军的炮弹炸断了左腿。抗战胜利后,远
征军班师回朝前夕,科甘的土司向远征军的长官提出请求,让孟记
者留下,辅佐他整顿局面,远征军长官爽快地答应了,但是对土司
说,人只能借给你使用一年,一边养伤一边辅佐你。一年到期时,
国共战争已经爆发,孟先生不想参与,于是滞留不归。这正合科甘
土司的心意,他极力怂恿,让也算知书达理、人称"科甘一枝花"的
表妹最终成了"孟夫人"。待战争结束,共产党夺得政权,孟先生就
不敢回国了,就此漂泊在异国他乡。1959 年,妙塔国宣布废除土
司制度,孟先生带着一家老小便迁徙到了曼戍的华人居住区,以教
书为业。

　　勐玛县城的街道如今应该建设得比过去好得多了吧? 林苍秀
在曼戍的大街上一边走着一边这样想到。曼戍城比她印象中的勐
玛城要大一些,来往行人更多,显得更热闹一点。此时虽是冬天,
整个城市依旧能够见到青枝绿叶的树木和鲜艳夺目的花草。街道
两边没有高楼大厦,几乎都是两层三层的铁皮洋房,在城郊接合
部,还有一些茅草房。令林苍秀印象深刻的是,红色的三角梅和黄
色的炮仗花在大街小巷随处盛开,极为鲜艳夺目。

　　一路上见到当地的妇女,几乎个个都在脸上涂抹着厚厚的白
粉,林苍秀好奇地问,为什么她们都是这样化妆,女教师回答说,这
种白粉是用黄香楝制作的,当地人把它称作"特纳卡",涂在脸上感
觉凉爽舒适,具有美白防晒、驱赶蚊虫的作用,所以本地妇女喜欢
用它。

　　徜徉在异域他乡的城市里,有一种新奇感受,身心得到放松,这使林苍秀的笑容多了起来。陪同来的青年女教师,请她在一家小店里品尝当地的特色小吃咖喱面,面里浇有咖喱酱,撒着葱花和油炸的鱼干,吃起来味道特别,口感舒适,感觉不错。

　　回到学校,林苍秀就全身心地投入工作中。经过一段时间的准备,她就能上讲台了。她的主要任务是,为学校培训舞蹈学员,同时,开一个学拉二胡的兴趣爱好班。孟校长特意来检查过几次,对她准备的教学内容和质量表示满意,说寒假结束新学期开始,她就可以带学生了。

　　春节来临之际,孟校长对她说,当地华人也过春节,还过二月八、清明、五月端午、七月半、中秋等节日。每年的除夕,他都要请家不在当地的老师,到他家吃团圆饭。明天,请林苍秀和几个老师一起去他家吃饭。林苍秀感动得连连称谢。

　　同宿舍的女教师向林苍秀介绍,当地华人很重视过春节,节前就认真准备,堆放柴火、打扫卫生、添置新衣、整理香纸、买下烟花爆竹。大年三十,要贴好门神和春联。过年时舂粑粑、吃汤圆、熬麦芽糖;娱乐项目有打陀螺、荡秋千、丢绣球包等,大家都希望热热闹闹欢喜一场。

　　除夕当日,林苍秀随着四个男女教师,去孟校长家。林苍秀已经脱去了常年裹在身上的绿军装,穿的是自己设计剪裁的白底蓝花长裙,身披一件粉红色轻柔薄毛衣,长裙糅合了中国旗袍和傣家筒裙之美,在她身上展现了别具一格的风韵。

　　孟校长家不在城里,在离城三里的一个村寨里,城与村寨之间,有一片看似天然公园的原野。孟校长家门前,有一棵枝叶茂盛的大青树,树前流淌着一条清澈见底的小河。孟校长说,这是他儿子刻意选的地方,住在这里比在城中宽敞、舒适。

　　孟校长家的院子占地两亩多,整洁、清秀。房屋建筑的式样和当地人家并无二致,小楼顶上是铁皮瓦,四周用木板围墙。和当地一般人家不同的是,他家有一个大书房,里边的藏书极为丰富,有五千多册,这在当地应该是独此一家了。书的内容涉及范围很广,文史哲和中草药一类居多;书有好几种文字的,中文的最多,中文书中又分为简体和繁体的。参观一番后,林苍秀啧啧称赞,说从来没有见过这么多的书。孟校长说,这是他家两辈人努力的结果,在当地买书不容易,他和他儿子苦苦筹集搜寻,才有了今天的这点成果。

正说着,孟校长的儿子回来了。孟校长说了一声"我们家的医生看病回来了",接着就把他介绍给林苍秀认识。他的名字叫孟远,是一个眉清目秀的俊朗青年,身着一套在国内并不多见的米黄色立领盘扣唐装。林苍秀见到孟远,感觉眼前一亮,心跳有些加速,显现出腼腆的神色来。孟远与众人寒暄过后,微笑着端出水烟筒和瓜子来,请女的嗑瓜子,男的吸烟。

他把水烟筒递到一个男教师手中,说:"你先来吧,走一圈'五湖四海三江口'。"

林苍秀知道当地人抽烟喜欢吸水烟筒,但不知"五湖四海三江口"是什么意思,旁边有人就给她介绍:龙竹做成的水烟筒,底部至插烟嘴处距离有五指高,烟嘴外翘有四指宽,烟嘴顶端与烟筒的夹角有三指宽。

闲聊一阵便吃团圆饭,佳肴极为丰盛,每人面前摆一杯石斛泡酒。气氛暖意融融的,慰人心扉。

林苍秀记得最清楚的一道菜,是普通的家常菜"蒜苗炒肉",孟校长说这是当地人必上的菜,因为它的寓意是,做人过日子,要有算计,精打细算,勤俭持家。

在饭桌上孟远说起,过几天他要到一个山乡集市上去采买药材,邀请几位教师一起到山野走走看看,几位教师当即就答应了,林苍秀也说想去看个新鲜。

九

过了几天,孟远就来约林苍秀他们到山乡去赶集。他雇了两辆马车,顺着山路前行,穿过一片柚木林,又爬了一道长坡,行驶了一个多小时,就到了赶集的地方。

集市上的山货多得让林苍秀目不暇接,大饱眼福。虽然听不懂山民们说的话,但是她能感觉到他们的热情。在几个教师的陪同下,她饶有兴致地几乎看完了所有的地摊,得知今天的集市上有四五十种山茅野菜在售卖。

中午时分,孟远和他带来的小工,收好了药材,正在装车,见林苍秀他们过来了,孟远就手指着药材对他们说,山上野生的药材太多,每次来都收获不小。

说着他就问:"你们是否有兴趣听,我给你们介绍一下这些药材。"有人回答,有兴趣。

孟远就介绍起来,说这个是金线莲,有十大功效,价钱也要贵一点,功效是止咳平喘,降压利尿,可以改善体质。

这个是银线莲,补肾益气,润肺止咳,活血化瘀。

龙须藤,活血补血,祛瘀止痛,舒筋活络。

肾蕨,清热,利湿,消肿。

回心草,养心安神,清肝明目。

骨碎补,补肾坚骨,活血止痛。

苏木,跌打损伤,筋骨拉伸。

乌灵,补肾健脑,养心安神。

百部，抗菌消炎，止咳化痰，杀虫止痛。

一支箭，清热消炎，活血散瘀，解蛇毒。

他又说道，今天还采买到鸡冠花、鸡血藤、炮掌果、五指毛桃、小麻药、小红药、江边一碗水、追风果、皂角刺、千张纸、朱砂莲、穿破石、山乌龟、老母鸡刺、金果榄、千层塔、酸藤果、山萝卜、野生姜、马兜铃、三叉白及、霸王七、透骨草等药草。说完他补充道，这些药草名，当地人不是这样叫的，是他查阅了资料翻译成中文名的。

一个男教师对他说："你用功很深，医道精明，所以十里八乡都知道你孟医生的大名。"

孟远说："我学医就像爬山，现在只是爬到了半山腰，离山顶还远着呢。"

另一个男教师问他："你在城里开的药铺，有多少种草药？"

他回答道："168 种。"众人听后都赞叹，说已是不少了。

他说："药到用时方很少。"

林苍秀没有说话，但在心里对孟远有了深深的敬意。

药材装车完毕，孟远又去买了一些野菜来放到车上，说是食药两用，野菜是很养人利身体的。接着就约大家到一家华人开的饭店吃中午饭。用餐之后，往回赶路。

车到山林深处，浓荫蔽日，衣着单薄的林苍秀感觉到阵阵寒意来袭，不由得把身子缩了起来。孟远见了，脱下自己身上的草绿色夹克，不由分说将它披到了林苍秀身上。如此举动，让林苍秀的心海泛起了阵阵温馨的涟漪。他的一个小动作，竟让她一生难忘。

车进曼戌城时，林苍秀对孟远说："你家里有那么多书，希望你能借些来让我们长长见识。"

孟远高兴地答应了："我家的书房就是你们的图书馆了，欢迎随时来借阅。"

当夜睡下，林苍秀辗转反侧，心里想到，从今往后要静下心来读书学习，以求提升素质。稍后又想到，有机会还要学着做生意，攒点积蓄,以后回国才有本钱。

　　学校开学前,孟远来找林苍秀,以送书的名义。他主动给她拿来两本小说,一本是英国女作家夏洛蒂·勃朗特创作的《简·爱》,一本是美国作家霍桑创作的《红字》。

　　孟远说:"不晓得你爱看什么书,先拿两本小说来给你看。"

　　林苍秀抿嘴微笑道:"不好意思啦,应该是我去你家借才好。"

　　孟远说:"你去我家或者我送过来都行。遇到爱看书的人,我很高兴。我家的书,不能让它们靠在墙上睡大觉。"大年三十那天在他家,他就观察到林苍秀喜欢抿嘴微笑,他觉得林苍秀笑不露齿时的神态十分迷人,此刻又见到她的这般笑颜,他心里感到特别适意。

　　林苍秀羡慕地说:"想不到在这样的地方,你家里会有那么多书。"

　　孟远说:"我父亲爱看书,我受了他的影响。我们两父子想了很多办法,从不同的渠道收集,才有了这些藏书。中文书籍有中国大陆出版的,也有中国香港和台湾出版的,还有新加坡出版的。"

　　沉寂了一阵,孟远问道:"你才到这边来,生活习惯吗?"

　　林苍秀回答:"习惯的,这边的生活比在科甘那边安逸得多。"

　　孟远又问:"你来到曼戌以后去过哪些地方了?"

　　林苍秀回答:"主要在城里转转,郊外去得少。"

　　"郊外有些地方风景还好,值得去看看。"

　　"听说金塔不错,我想去看看。"

　　"明天我带你去吧。"

　　"不麻烦你啦,我自己去看看就得啰。"

　　"我当你的向导,可以给你讲一些东西,这样才有意思。"

　　"那就劳烦你了。"

　　两人当即说好,次日夕阳西沉时去,晚一点去有凉风相伴,太阳也不毒辣。曼戌和林苍秀的出生地勐玛坝差不多,冬天的下午,一般情况下阳光都很强烈,气候有些偏热。

　　金塔离城其实不远,坐落在曼戌城西南方向的一个半山腰上,周边树木葱茏,山色如黛,风光旖旎。

　　各自打着一把淡黄色的油纸伞,孟远领着林苍秀边走边看,不停地向她讲解。

　　金塔塔基四周平坦,四角有四座中塔,周围有六十四座小塔环绕,塔群四方都建有牌坊和佛殿,映衬着主塔。整个建筑群都是金碧辉煌的,主塔居中,设有坛台、云锣座、梵钵、飞檐座、莲座、焦包;主塔顶部有黄金,安装着宝伞、风标和钻球;大小的塔身贴满金箔;主塔上下四周悬挂着多枚金玲和银铃,风吹铃响,悦耳动听。

　　主塔巍然屹立,塔群蔚为壮观,在夕阳的光辉映照下,尤为耀眼夺目。此时,来参观的游人和礼佛的香客还不少,个个脸上都显有虔诚之意。

　　林苍秀问:“你信佛吗?”

　　孟远回答说:“我不是佛教徒,但是我喜爱佛教文化。我觉得佛教文化义理无穷尽。”

　　林苍秀说:“我什么都不懂。”

　　孟远鼓励她:“不懂可以学,我们都还年轻。”

　　林苍秀问:“从哪里学起呢?”

　　孟远说:“虽然身在异国他乡,但我还是建议你从中国的传统文化入手开始学习,中国传统文化博大精深,佛教文化的一些要义就包含在其中。如果你想学的话,我家里有不少这方面的书籍供你使用。”

　　林苍秀转头瞟了孟远一眼,说:“以后你教教我吧,我看你懂得不少。”

　　孟远高兴地笑了,说道:“我俩一起学吧,其实我现在对中国传统文化只知皮毛。”又说:“目前我正在学习《四十二章经》。”

　　林苍秀不懂:“《四十二章经》是什么东西?”

　　孟远说:“《四十二章经》属小乘教派,但是具有大乘思想,据说是传到中国的第一部佛经。它的内容包含了佛教的基本教义和修行方法,主要体现在持戒修行、弃恶扬善、布施增福、离欲成佛、明心见性等方面,宣传佛陀关于修行的指导思想,通俗易懂,方便初学者学习。"

他还说:"妙塔国这边盛行的是小乘佛教,所以我学《四十二章经》,便于和当地人进行更好的交流。"

林苍秀问:"大乘佛教和小乘佛教有什么不同?"

孟远回答道:"大乘讲的是自觉觉他,普度众生;小乘讲的是个人修行,解脱自己。在典籍、宗旨、教义观念、修行目标、修行方式、传播地区、对佛陀的理解等方面都有所不同,但二者没有高下之判、好坏之分。具体的区别,用几句话来概括,我还一时说不清。"

林苍秀说:"我今天边看边听,收获不小,心里好像被清水洗过一样干净。"

两人离开金塔往回走,林苍秀要回学校,孟远邀请她去他开的"灵草香"医馆看看,让她吃过晚饭再回学校,她也就答应了。

孟远的医馆开在热闹的十字街中心地带,中草药品琳琅满目,规模在当地已不算小;房屋式样是中国传统建筑的元素和妙塔国建筑特色的混搭,风格独特耐看。林苍秀参观以后,觉得孟远这个人年纪轻轻的就有如此作为,很不简单。

孟远介绍他自己,说他生长在妙塔国,虽然没有回过中国,但从小就在父亲的熏陶下,喜爱中国传统文化,特别对中医着迷。他的老师李老医生是西医出身,但自学中医成才,他在李老医生那里,学的就是中医。

林苍秀说她十六岁前尽管一直在中国,可是对中医一窍不通。

孟远简单地向她讲解,中医讲究的是"辨证施治",理论基础是"阴阳五行",看病的基本手法是"望闻问切"。

在医馆坐下聊了一阵,吃过晚饭后,孟远送林苍秀回学校。两人肩并肩地走着,孟远身上散发出来的淡淡的中草药味,让林苍秀觉得香沁心脾,清新爽朗。

十

从此以后,他俩的交往逐渐增多,林苍秀在精神上和生活方面都得到了孟远的许多帮助。

孟远出生在科甘,比林苍秀大两岁。他五岁的时候,科甘宣布废除土司制度,在土司府任师爷的他父亲,便带着他母亲、他姐姐和他迁徙来到曼戌落户。那时一家人的生活开支,主要靠他父亲教书所得维持,母亲种点小菜养几只鸡填补家用,日子过得虽然有点艰苦,然而比起左邻右舍也还不算差。

他自幼聪颖,书读得好,路走得正,十六岁时离家,跟他父亲在远征军时的同仁、后来被称为李老医生的前辈学医,三年后他回到曼戌,自开了中草药堂。因为他勤学多思,为人谦和,医术长进,收费合理,渐渐地就有了些名气,找他看病抓药的人越来越多。

仰慕他的女青年不少,但他却似心无旁骛一般。林苍秀的出现,恰似一江春水流向他的心田。这位时常抿嘴微笑的淑女,温婉可人,时常在他的脑海中徜徉,使他渐渐地有了想法,然而隐忍了很长时间,与林苍秀相识一年后,他才打开了心扉,向林苍秀吐露真言。

那天夜里,月光如水,静静地洒在原野上,轻轻地抚摸着两个年轻人的身影。他给她讲了古希腊的哲学家苏格拉底和柏拉图关于爱情和婚姻对话的那段故事,说苏格拉底用鲜花和树木做比喻,阐明天下没有最完美的爱情和婚姻,因此,爱情和婚姻只要适合自己就是最好的。

经历了些时日,林苍秀已经从孟远的眼神中读到了甜蜜的诗意,此刻对他讲故事的用意,自是明白无误。脸热心跳的她,正思忖着说点什么,这时耳边响起了孟远温和的声音:"你觉得我两在一起,是不是……适合?"

暖流袭遍全身,林苍秀羞涩得低下了头,一时不知说什么好。突然间一只癞蛤蟆从草丛中跳出来,正好跳到她的脚背上,吓得她花容失色,尖叫一声,下意识地跳起来。

孟远还没有反应过来,当过兵打过仗的林苍秀,动作极其迅速地双手搂到了他的脖子上,双腿夹到他的腰间,他支撑不住,两人便一起跌倒在地上。他被吓得不轻,不过很快便镇定下来,把林苍秀紧紧地搂在怀中。

林苍秀醒悟过来后,忙不迭地挣开孟远的搂抱,立起身,然后又把孟远拉起来。从枪林弹雨中闯荡出来的人,居然被吓成这样,让她羞愧得无地自容。

许久方定下神来,她扯下路边的一根青草摇着,对孟远说:"我在曼戍最高兴的事就是认识你,不过,我想……回家,以后我想回到中国去。"说这话的时候,她觉得有些于心不忍。

孟远愣了好一阵才说:"我理解你的心情,那我们就做好朋友吧。"

林苍秀在夜色中点点头,孟远却不一定看得见她的举动。

那天以后,两人照常来往,情愫依旧。

有天下午放学后,孟远的姐姐来找林苍秀,把林苍秀约到室外,问道:"你有对象啦?"

林苍秀摇头回答:"没有。"

孟远的姐姐说:"那你和我弟弟相好就得了嘛,以后我们就是一家人了。"

林苍秀抿嘴笑笑,而后低下头说:"我配不上他。"

孟远的姐姐手拍林苍秀的肩膀说道:"咋个不配,你晓不得我弟弟喜欢你吗?"

沉默了一阵,林苍秀抬起头来眺望远方,叹了口气说:"我以后要回家,回中国。"

孟远的姐姐愣住了,她想了一会儿才说:"以后再说以后的话,现在你们两个先把恋爱谈起来吧,行不行?"

林苍秀望了孟远的姐姐一眼,无语。

孟远的姐姐说:"爱着我弟弟的姑娘多得很,但是他只瞧得上你。"见林苍秀呆呆地依旧无语,就讲,两年前当地华侨首富的千金爱上了孟远,在家里闹着说非孟远不嫁,华侨首富请人来表达意思,说如果孟远娶了他女儿,就把新加坡或者是泰国的产业交给小两口经营。华侨首富的千金人长得漂亮,是个摩登女郎,然而孟远却没看上她,始终不吭气。孟远的母亲劝孟远,让孟远和那个姑娘谈谈恋爱,接触接触再说,孟远回答他母亲说,我心不动,嘴就不能动;心不动,嘴乱动,以后不会幸福,既害她,也害我。极度失望的姑娘后来到美国留学去了。

有两行泪从林苍秀的眼里滚下来,她谢过孟远的姐姐,随后转身离去。

孟远的姐姐在她身后叫道:"我当不了你嫂,也还是你姐的嘛,你不要哭。"

一天晚上,孟远来找林苍秀,拿出五千元人民币递给她,说是听说她急需用钱,他特意去兑换来的,借给她使用。

林苍秀吃惊不小,瞪着眼睛问孟远:"哪个说的我急用钱?"

孟远没有正面回答她:"我听说你们要搭伙买一坨石头。"

林苍秀追问,是不是和她同宿舍的女教师告诉他的。孟远点头说,女教师到他的医馆去看病拿药,顺便说起几个人想买一坨翡翠毛料,也说到了林苍秀一时凑不出钱的事。他说:"你不要多心,钱我只是借给你用。"

林苍秀坚持不收,孟远说:"你以后要回国,总不能空手而归吧,有机会赚点钱打下些基础是好事,我支持你。"

林苍秀连连摆手说不行:"这种事情不好意思麻烦你。"

见林苍秀态度坚决,孟远说:"这样吧,钱你拿去用,到时候连本带息还给我,我也不吃亏。"

无论如何林苍秀都不肯收钱,孟远无奈,只好把钱带回家。第二天,孟校长拿着钱来了,说:"你把钱收下吧,你不领孟远的情,他心里不好受。"说完,就把钱塞到林苍秀手上,转身走了。

林苍秀呆呆地站着不动,孟远父子俩乐于助她的行为,让她感动得不能自已。

两天前,同宿舍的女教师回来兴奋地说起,有人从玉石场带回来一坨毛料,打算出售,要价三万人民币,她的几个朋友约她入伙买下,她答应了,但是她们现在还凑不齐五千元钱。她问林苍秀愿不愿意参加进来,一起做这笔生意。不等回答她又讲到,她有一个亲戚,喜欢赌石,十赌九输,然而最近发财了,他花三万元钱买了一坨毛石回来,剖开一看是上好的料,价值一百万人民币,现已转卖出手。

听女教师眉飞色舞地讲一通,林苍秀也就动心了,她问道:"你们想买的这坨石头,请行家看过没有?"

女教师说,怎么可能不请人看就乱买呢。又说看是看过,但几个行家都不敢把话说死,只是说应该是块好料。

见林苍秀极有兴趣,女教师就拉着林苍秀,去看那坨石头。到了卖主家里,卖主用专用电筒照着毛石给林苍秀看,只见毛石在电光照射部位有深绿色的光泽反射出来,看起来的确是块上好的料。林苍秀这些年耳闻目睹,知道好的翡翠是很有价值的,同时也知道赌石这种做法风险极大,然而她还是果断地下了决心:赌一把。

在回去的路上,她问女教师:"我决定参与,出多少钱?"

女教师说每人出五千,这下子林苍秀就为难了:"我一下子凑不出那么多钱,你能不能帮我想想办法?"

　　女教师一开始说，我去哪里帮你想办法嘛，后来又说："好的，我帮你想想办法。"女教师想的办法就是，请孟远借给林苍秀五千元钱。

　　毛石如愿买来了，请人剖开一看，结果让人大失所望。玉是好玉，只是全身布满了蜘蛛网状般的细碎裂纹，而且裂纹很深，根本卖不起价，最多只能雕个万把块钱的工艺品。几个合伙人目瞪口呆，一时转不过神来，不多时，女教师就软如一坨泥巴瘫坐到地上。林苍秀尽管还沉得住气，但内心里却也是风吹浪起不平静了，她首先想到的是，孟远的五千元钱怎么还。

　　孟远听到消息后，来安慰林苍秀说："人生的路风风雨雨的，跌一跤算不了什么。中国人不是爱说'失败是成功之母'吗，跌一跤你离成功就近一步。"

　　林苍秀苦笑道："话是这么说，问题是我咋个还你的钱呢。"

　　孟远轻描淡写地说："不消还。"

　　林苍秀立马严肃地说道："绝对不行。"

　　孟远摆摆手道："好好好，此事以后再说。"

　　林苍秀想了一下说："以后还得请你多关照，有什么合适做的事，介绍我做一点，要不然我就还不起欠你的钱了。"

　　孟远回答她："我会尽量帮你的。"

十一

孟远的姐姐听说林苍秀做第一笔生意就亏了钱,也来安慰林苍秀。劝导过后,她约林苍秀来到荷花园划船散心。荷花池里荷叶荷花长势旺盛,翠绿色的荷叶离水面有一人多高,显得肥大壮硕;粉红色的荷花姿色柔和,形态优雅。两人泛舟荷池,轻身摇荡。

孟远的姐姐指着近旁的一朵鲜艳的荷花,对林苍秀说:"你就像它一样好看。"

林苍秀笑道:"你过奖了,要说像,是你像我不像。"

孟远的姐姐说:"我要讲的意思是,你现在正处在像花一样好看的时候,要减少悲伤,不乱生气,要不然凋谢得早,老得就快。"

林苍秀感激道:"姐你真会说话,我再次谢你啦。做生意亏钱也正常,我只是觉得愧对了孟远的一番好意,心中过意不去。"

孟远的姐姐摇手道:"不怕不怕,孟远那边你不要考虑,别人需要帮忙的时候,他都会慷慨相助的,更何况是你呢,他是诚心帮你,绝不会计较得失。"不等林苍秀开腔,她又说道:"下一步有什么好事做,我两个一起干得了。"

两人在荷池深处相谈,如姊妹一般亲密,直至暮色来临,才上岸回家。

秋末的一天,孟远来约林苍秀,去看市区里的一个小院,一路走一路就向她讲意图。孟远的意思是,让林苍秀和他姐合股,把一个闲置的小院租下来,开一个消夜店,只卖鸡肉米粉和面条,鸡肉不用坝子里的杂牌鸡,而是专用山区农家饲养的一种肉香骨脆的黑肉鸡。

孟远说他考察过了，当地人晚上一般不早睡，许多年轻人喜欢睡前吃点东西，因此开一个消夜铺子是有利可图的，而他看中的那个闲置的小院，附近还没有一家卖消夜的。

"卖吃的东西我不行。"林苍秀为难地说，"再说我现在也没有本钱呀。"

孟远说："这些事你不消操心。本钱由我出，赚得钱了，本钱还给我，利润你和我姐平分。"

林苍秀连忙摆手说："不得不得，又要用你的钱，我咋个好意思嘛。"

孟远停下脚步，瞪了林苍秀一眼："你不是叫我帮你找点事做吗？"接着有意激将她："不找点事情做，只靠学校发的薪水，你什么时候才还得起欠我的五千元钱呢。"

林苍秀不吭气了。孟远又说："我姐你了解她的嘛，很老实的一个人，我也想帮帮她。她男的是个善良人，也能吃苦，但办法不多，现在在我的药草园干活。我帮他们，是想让两个侄儿侄女过得好一点。"说完就迈开腿继续往前走。

林苍秀跟在后面问："那我在消夜店主要干什么呢？"

孟远脚步不停："你的主要任务是管理，下午放学后，就去铺子里吃晚饭，一边吃一边和我姐他们商量事情，你给他们出主意，到了晚上，你把头一天的账理好，就可以回学校，不消熬夜，要不然会影响第二天的教学工作。"

林苍秀十分感佩，不知说什么好，她怔怔地站了一会儿，才去追孟远。

要租下的小院就在城中，条件还好，开铺子正合适。孟远的姐姐已经先一步来到，三人看了，商议着尽快动手把消夜店开起来。孟远说，厨师由他找，要挑选合适的人来，请爱干净、手艺好的来干。又说，当地人的饮食口味重，喜欢油多、带酸味，调味爱用番茄酱、鱼露、辣椒油、辣椒酱和咖喱粉等,必须投其所好才行。

消夜店很快就开张了,如孟远所料,生意渐渐地一天比一天好起来,林苍秀和孟远他姐心里喜滋滋地似有鲜花开。然而扎账的时候却发现,除去人工费用和其他开销,所得并不多。究其原因,是他们的食品销售定价不高,而专用的山地黑肉鸡,收购价比坝区里的杂牌鸡要高,所以成本降不下来。

林苍秀就问孟远:"我们自己办一个黑肉鸡养鸡场,把成本降下来,可不可以?"

孟远想了一会儿说:"应该是可以的。"

说干就干,他们就在孟远家附近找了一块地,盖了一大间鸡舍,到山区收购了一百多只黑肉鸡,关养在鸡舍里,期待着它们繁衍发展。

开始还好,没有发现任何问题,可是过了一段时间,情况就不对了,黑肉鸡先是一只两只,后来是大批量地生病、死亡。孟远调配了一些清热解毒、杀菌消炎的中草药,伴在鸡食里,还是不管用。

孟远分析道:"这些鸡吃得太好了,都长得胖,活动空间小,运动量不够,体质普遍下降。再加上它们在山上相对冷凉的地方生活惯了,来到坝区不适应,所以就出问题了。"

众人就问用什么办法解决现存的问题呢。林苍秀说:"我们把养鸡场搬到山上去吧。"

孟远对她说:"讲讲你的理由。"

孟远有一台日本产的半导体收音机,主要用来听取国际国内的时政要闻。有一次在孟远家,林苍秀听收音机里讲动物世界的故事,讲到狼群追逐野羊,看起来很残酷,但从另一面看,野羊由于时常躲避狼的袭击,反而使身体得到锻炼,体质更强、跑得更快。林苍秀想起这个故事给人的启发,就把这个故事的内容给大家讲了,然后说:"我们在山上围个十来亩地,把黑肉鸡放养在里面。山上水好空气好,气候又不热,适合黑肉鸡生长。"另外,她还说:"山上的原鸡多,领地意识强,打架厉害,见不得黑山鸡来侵占它们的地盘,有些胆大的,肯定会飞进去追赶黑山鸡,这样就会使黑山鸡的体质得到增强,减少疾病。再说,原鸡和黑山鸡交配,可以起到改良品种的作用。你们都晓得,原鸡的肉也是很好吃的。"

听林苍秀这么说,大家都笑了,有人觉得林苍秀的想法新奇,有人认为她说的理由充分。孟远笑后说:"明天就按林苍秀的想法去办吧,她说的有道理。"

在寨子后山上选了一块日照时光充裕的缓坡地,用铁丝网把地圈起来,简单地盖上一排草房,养鸡场就成了。把鸡放进去,请来两个小工,负责喂食和看守;又买来两只猎狗、四只猫,防止小偷作歹和黄鼠狼之类的野物袭击。

自家养的鸡多了,成本就降下来、利润就上去了。效益好了,林苍秀和孟远他姐的钱包就不再是瘪的了,林苍秀就找孟远,要向他还债。

孟远笑她:"你真是沾不得一点热乎气,才有那么点钱,就沉不住气啦?"

"你不要笑我,不把欠债还掉,我睡不好觉。"

"你先留着吧,我现在不缺钱花。"孟远收起笑容说,"你这个钱就像黑肉鸡里边的母鸡,要用它来下蛋才得呢。"

林苍秀低下头道:"我要咋个感谢你才好呢。"

孟远说:"我帮你不多,你不消谢。"他端详着林苍秀的脸色,又说:"你的气色还是不咋个好,胆囊还疼吗?"

林苍秀说:"吃了你的药,已经不疼了。"前几天她的胆囊发炎,疼得难受,孟远给她开了几服"叶下珠"草药,每服药里加七粒草果籽,让她煮汤服用,她才喝了七八天药汤,病就好了。

孟远说:"好了就不要再喝了,你的脾胃虚寒,不要多喝。"又问:"我之前给你开的那些药,你都喝了吗?"一个月前,孟远观察到林苍秀脸色淡白无光泽,就为她诊断,看了她的眼睛、舌苔、牙齿,摸摸四肢,问了一些情况,得知她睡觉时手脚冰凉,难以入眠,认定她气血不足,就为她抓了几服药,让她按时煎服。

林苍秀说:"都喝了。"

"看来药的针对性还不足。"孟远说,"这样吧,礼拜天你休息,我们一起去我们寨子的后山,采一棵药作配方,重新组合配一服药吃。"

星期天早晨,雨后放晴,气候清凉。孟远约着林苍秀,带着一个小工,拿着刀斧工具,来到寨子后面的山坡上。他指着前方对林苍秀说:"药就在树上,你看看树有什么奇特之处。"

林苍秀看了看说:"没有什么奇特之处呀。"

走到树下才发现,树不是一棵而是两棵合抱在一起,一棵是青树,一棵是芒果树,两棵大树的根紧紧地相互拥搂着,似乎不愿分离。到了树的上端,两棵树的枝杈才分开,各长各的。

林苍秀连声称奇说:"从来没有见过这种景观。"

孟远抬手指着说:"你看青树的那棵枝杈,长歪了,斜朝一边,很不好看,对两棵树的整个造型起到了破坏作用,所以有很多人建议,把它砍掉。"

林苍秀看看说:"要爬上去砍,不好用力呀。"

孟远说:"不好用力也要砍,我们今天就是来解决这个问题的。你看见了吗,上面长着一棵药,这棵药就是专门为你生长的。"

林苍秀看见了,笑道:"到底是棵什么仙草啊,还专门为我生长。"

孟远解释说:"药的学名叫石斛,是鸟把它的籽种叼上去的。这种药草在我们这个地方多得很,它也不是我要给你用药的主要原料,只是一种配方。但是这颗药长得很奇特,你看出来了吧,它的花是红、黄、白三种颜色开在一起,这是很少见的,物以稀为贵,药以奇为好,所以我有意要把它拿到手,用在你的药里。"

林苍秀说:"不好拿的,算了吧。"

孟远语气坚定地说："树是一定要砍的,药必须拿到手。第一是为你采药,第二是为这两棵树做美容,第三是为消夜店砍柴火。"

说完他就约着小工爬上树,商议下刀砍伐的部位,商议好了以后,两人便轮换着砍了起来。下刀的部位树干不细,一个人要用双手才围得过来,再说青树的木质虽然不硬,但人在树上砍伐不好用力,他俩轮流砍了一个多小时,树杈还是没有被砍断。

轮到孟远该歇息的时候,他看看树杈差不多也要断了,就对小工说,快完成任务了,我接着砍得了。他连着又砍了一阵,只见树杈虽然还没砍断,但已经支撑不了前端的重量,前端的树杈缓缓地倒了下去。就在这时,孟远不经意间把左手往下挪了一点,没想到前端的树杈倒下去的时候,把后端的树干拉动了几厘米,前端的树杈断下去之后,后端的树干回还到原位时,又与芒果树的枝干紧贴在一起,将孟远左手的小拇指夹住了。

突然间袭来的剧烈疼痛,让孟远失声惨叫起来,听起来是那么凄厉,把林苍秀和小工吓得不轻,仿佛心都要掉出来了。两人迅速爬上树,来到孟远身边,却无法帮助他把手拿出来,急得不知要怎么办才好。孟远的叫唤声由大变小,渐渐地人就昏厥过去。

刻不容缓之时,林苍秀对小工说:"我扶着他,防止他掉下去,你快回寨子里喊人来帮忙。"

小工遵嘱跳下树就往寨子里跑,速度似乎比狗还快。稍后就叫来了二三十人,进行施救,但用手是掰不开夹着手的树干的,又叫人回去拿一些绳索来,把几根绳索拧成一股,套在夹着手的树干上方,然后共同使劲,拉开树干,把孟远已被夹碎的小拇指抽出来,将他背下树。

见到孟远血糊淋刺的手,林苍秀手脚瘫软,一下子坐到地上,"哇"的一声哭起来。众人都顾不上安慰她,簇拥着昏睡在人背上的孟远,往医院奔去。

在医院清洗消毒,打针输液,包扎好粉碎的小拇指,第二天孟远就回家了。过了几天,他自己用药,治疗创伤,最终还是保住了小拇指,只是它从此不会弯曲了。

孟远伤的是手,林苍秀伤的是心;孟远的伤好了,林苍秀的伤还没有好。孟远为林苍秀采药而受伤,林苍秀觉得亏欠孟远。她沉思了几天,慢慢梳理自己的情绪,调整心情,发觉这个孟远已是一步一步地,深入到她的心灵里,占据了主要位置。从爱的角度看,耿卫疆在她的心目中,因为时空的阻隔,已经渐行渐远了。她思乡念母亲想哥哥,盼望着团圆日的到来;她一直想回归,回到祖国的怀抱里,但又觉得这一切,眼下都是可望而不可即的事,愿望是一时难以实现的,因为此时她对国内的情形至今还是一无所知。而身边的孟远,却是她可以实实在在的依恋对象。人生的感情依托,必须投放在眼前这个灵魂伴侣心中。思来想去,她决定采取行动。

她把孟远约出来,两人在野外漫步。月亮一会儿穿出云层,似乎想窥探荒原上的两个年轻人,一会儿又钻进云中,仿佛不愿意充当偷窥者。

把孟远约出来,林苍秀却许久开不了口,倒是孟远先说话了,问她:"我重新给你配的药咋个成,你喝了吗?"

她挥挥手说:"今天不谈药的事好吗。"

孟远在夜色中微微一笑,说:"好的,听你安排。"

林苍秀欲言又止,最终还是鼓起勇气说:"我想和你说个事。"

孟远说:"什么事,你说吧,我认真听。"

月亮又钻进了云层里,林苍秀觉得此刻天色正好,遮住了她羞涩的表情,她说:"我……现在还是不是适合你的那个人?"

孟远怔住了,稍后,他带着颤音说:"今天是世界上最好的日子,我太幸福了!"随后,他伸出右手拉起林苍秀的左手,紧紧捏着不放。

两人内心都甜蜜着,静悄悄地走了一段路,此时无声胜有声,清风吹渡有情人。

分手前,孟远说:"你就是上天为我量身定制的那个适合我的人。"

"与你相依,此生不离。"林苍秀说:"不过有个情况我需要向你说清楚。"她停顿了一会儿,就把她在中国勐玛那边和耿卫疆有早恋经历和因为害怕被人抓去游行因而跑到妙塔国这边来的事,一五一十地对孟远讲了。

"你以前在中国那边的事,我听科甘来的人谈起过,但他们都说不清楚。谢谢你,这么诚实地对我讲。"孟远说:"你那时小,现在长大了,我需要的是长大以后的你。"说完,就把林苍秀的左手拉起来,放在嘴边亲吻起来。

林苍秀的眼泪夺眶而出,她一个转身就扑进孟远的怀里。

十二

两个心灵相通的人共同漫步在大众钦羡的视野中,染醉了时光。到了谈婚论嫁时,孟校长一家约林苍秀来商量,时间定在一个月后的 11 月 9 日。说到婚宴要请哪些人,确定的范围是,本寨子的人和城里的熟人朋友。按这个范围计算大约要请一百桌的客。

孟远想了想,问他父亲:"请大家来热闹一场,不收礼金了吧,行不行?"

孟校长当即说:"可以。"想想又说:"怕不行。破了规矩,有些人家未必领情,以后的人结婚怎么办,都不收礼金吗?"

孟远琢磨后说:"那就给每家来做客的送一份礼物。"

孟校长摇头道:"也不好。还是破着规矩了,不要让以后结婚的人为难。"

孟远便不吭声了。吃晚饭时他说:"我想这样,办完婚事,我和苍秀到东南亚其他几个国家度蜜月,回来以后,我们把寨子的路修一下,铺上石板。结婚一场,留个纪念。"

孟校长听后竖起右手的大拇指赞许道:"做好事,我支持。寨子里的路,晴天灰尘大,雨天泥水多,是该修整一下了。"又说:"你两个旅游回来,结结账再说吧,万一钱不够,缓一缓再修也行。"

孟远点点头表示了他的态度。

孟远请人帮忙,在他家门前的大青树下,搭盖了一个十分宽大的草棚,三巡就可以待完参加宴席的宾客。

结婚那天,早晨乌云密布,天色昏暗,不一会儿就下起雨来,随后又下起了冰雹；冰雹下的时间不长，来之即去；此后云开雾散，阳光明媚，紫气兆祥，东边天上飞起一道靓丽的彩虹。孟校长仰头微笑，自言自语：吾家有喜，天赐良日，善哉，善哉！

婚宴场面，热闹非凡；宾客盈庭，乐语开怀。用过晚餐，开始打歌，男女老少围成一圈，在三弦的伴奏声中起舞，步调一致，动作潇洒，自由奔放。跳着跳着，就有人唱贺喜小调：

小燕双飞喜满门，父母培植幸福人；

远亲近邻来朝贺，恩爱夫妻百事成。

边跳边唱，春风满面。到了深夜，老人小孩走了，青年男女还不尽兴，一直狂欢到次日天亮，每人吃一碗米粉，各自才回家。

入得洞房，颠鸾倒凤时，孟远得知林苍秀还是处女身。

在家歇了一天，孟远和林苍秀便去旅游度蜜月，一对新人亲密相伴，在新加坡的鱼尾狮旁、马来西亚的云顶高原云雾里、泰国曼谷大皇宫的建筑群前、柬埔寨的吴哥窟庙宇下、老挝的琅勃拉邦的古朴街道中、越南胡志明市湄公河的入海口，留下了青春靓丽的合影，获取了无数张恩爱的证明。

巧合的是，孟远和林苍秀、耿卫疆与马玥明是在同年同月结的婚，孟远和林苍秀早三天。这是后来知道的。

此次出行，孟远还有一个大的收获，一路上买书，收购他珍爱的精神食粮，花了不少的托运费。林苍秀知道，读书已是孟远的一种生活方式，他喜欢读医药方面的、文史哲内容的，还有讲述宗教与科技知识的书籍。

这次买的书里，有几本是英文版的，其中有两本是长篇小说，一本是乔治·奥威尔写的《一九八四》，另一本是米兰·昆德拉写的《玩笑》。林苍秀问孟远："这些书你能全部看得懂吗？"

孟远回答："借助牛津词典，基本可以。"

两人回到曼戍后，一起盘点积蓄，又请人测算，给寨子铺上石板路需要多少费用。修路的概算出来后，孟远看了就对林苍秀说：

"可以动工了,我两个的钱差一点,但也不多,我父亲肯定会拿一点
出来的。"

一边安排施工事宜,孟远一边去医馆上班。等寨子里的石板
路铺好后,他对林苍秀说:"我带你去猛沙拉看望李老医生,我好久
没见我的恩师啰。"

李老医生的家所在地,离曼戍有一百多公里的距离,孟远租了
一辆车上路,他对林苍秀说,不用担心,此行路上很安全,沿途都是
政府军把守。开车的驾驶员轻车熟路,在山路行驶三个多小时,把
他俩送到了李老医生家。

李老医生是尊称,大家这么叫他好些年了,其实如今他的年纪
也才六十出头。见到孟远,李老医生大喜,笑声爽朗。孟远把林苍
秀介绍给他,两人一起向他鞠躬行礼,然后将从国外带回来的礼物
呈上。

李老医生向孟远和林苍秀介绍了他儿子岩李后,示意孟远小
两口坐下,让岩李端茶倒水。

李老医生指着孟远对岩李说:"我给你讲过了嘛,他是我最好
的得意门生。你年纪虽然比他大,但是医者仁心、研习精进方面,
你还得向他学习。"

岩李点头说是,孟远忙站起来说:"不敢不敢。"

待孟远坐下后,李老医生便问长问短地和他拉起了家常。谈
着谈着,李老医生说起一个人来,问有没有这个人的消息,孟远摇
头说没有,李老医生愤愤地说,这小子真是个没良心的家伙。又对
林苍秀说起,当年他自己被气病了,孟远到山上为他采药独自在山
上过夜的事。孟远说,主要是自己没有经验,忘了带照明用具,当
天晚上不敢下山。

后来孟远给林苍秀解释,李老医生为什么生那个人的气,为什
么会被气病的事。这个人也在李老医生门下学医,是孟远的师兄,
年纪比孟远大几岁。有一次两人到山上采药,途经一个山寨,两人

便进寨休息，与人闲谈间，听说这个寨子的大户人家是马帮的马锅头，他家有个女儿患病，两只手抬不起来，治了很长时间一直不好。

师兄自告奋勇说，走，我两个去看看。进了马锅头家，做了自我介绍，见了花容月貌的病人，问了具体情况，师兄一时无语。孟远心想，怪病怪治或许有用，就把师兄拉到一边，对他耳语一阵，完了又专门强调，只能假装脱，不能真脱人家的衣服。师兄说好我试试。他让病人站起来，围着她转了几圈，突然就去掀她的上衣，并把人家的纽扣一下子就扯开了，吓得病人猛地打了一个激灵，尖叫着抬起平时无法抬起来的双手，迅速护住胸部。病人的手是抬起来了，人却瘫痪在地上起不来。孟远抱怨师兄道，叫你不要真脱人家衣服，你偏要来真的。

病人家属见状愤怒了，骂他俩是流氓，围过来要打人。师兄挣脱出来就跑了，孟远不跑，任由家属将他暴打一顿，还把他捆了起来。直到病人站起来，手也能动了，才把他给放了。

本来事情到此就结束了，没想到师兄节外生枝的行为，让问题变得麻烦起来。他看上了马锅头这个漂亮的女儿，并且将人家拐跑了，跑到哪里，谁都不知道。马锅头率队拿着刀枪棍棒，来找李老医生要人，眼看两边就要发生流血事件，李老医生采取息事宁人的态度，拿了一笔钱给马锅头，才化解了纠纷。

马锅头他们走了以后，李老医生越想越气，躺到床上就爬不起来，茶饭不思。孟远忙出忙进、床前床后地精心照料李老医生。为了给李老医生配一副好药，他独自一人上山，爬到悬崖峭壁上采一棵药草，采好药草时，天色已经暗黑，看不清下山的路了。为了安全起见，他就用绳索把自己绑在一棵树上，迷迷糊糊地过了一夜，等到天亮才下山回家。他按照李老医生的交代，配制了一副汤药；李老医生服下，一个星期后就能下地行走。

林苍秀万万想不到，在李老医生家竟然见到了丁爱民。

林苍秀对李老医生说起，她父亲也是抗日远征军的，老医生问了一些情况后说,我在勐玛生活过几年,听说过你父亲的名字,你父亲和我,还有孟远的父亲,都是一个军的兵。他又对林苍秀说,岩李在勐玛生勐玛长,才出来几年呢,他还带出来一个伴,现在负责看管药草园。

吃晚饭前,李老医生叫在厨房里忙碌的岩李,去把丁爱民约过来一起用餐。

"什么?丁爱民。"林苍秀问,"你们这里也有一个丁爱民?"

岩李回答说,丁爱民也是勐玛人,跟他一起出来的。说是出来找一个从小一起读书、后来一起当知青的同学,但是一直没有找着。

林苍秀激动地说:"快把他叫来,我要见他。"

岩李去药草园把丁爱民喊了过来。见到丁爱民,林苍秀惊喜地大声叫道:"丁爱民,你咋个也出来啰?"

丁爱民挠挠头不回话,只是嘿嘿地笑。

岩李在一旁问丁爱民,难道你出来要找的人是她。

丁爱民点点头,依旧不语。

林苍秀高兴得泪花在眼眶里打转。她对孟远说:"他就是我向你说起过多次的丁爱民。"又指指孟远对丁爱民说:"他是我先生,名字叫孟远。"

孟远过来和丁爱民握手:"林苍秀一直都在想念你们。"

丁爱民用手拍拍自己的脑门:"我好像在做梦呀。"

"无巧不成书。"李老医生说着就招呼大家上桌吃饭。依次坐下后,他让大家都喝点他泡制的药酒,说是提神养气。众人边吃边谈,饭桌上欢笑声不断,气氛融洽。

吃完饭,孟远陪李老医生出去散步。丁爱民和岩李,陪林苍秀去药草园,看望丁爱民的媳妇和女儿,三个人在来回的路上,不停地叙旧,回首在勐玛的往事。

入夜休息时,林苍秀连说了几遍"丁爱民这个人值得同情"。

孟远问她,我们咋个帮他呢。

"我想约丁爱民他们一家去曼戍生活。"想了一阵,林苍秀翻身起来说,"刚才我去药草园看望丁爱民他媳妇和他养女的时候,看得出来,丁爱民特别溺爱他这个养女,他说到他养女要上学了,想让他养女从小学点中文,但是这边没有中文学校。"

孟远说:"我尊重你的意见,但是得听听李老医生的想法,明天我们问问老人家再说吧。"

第二天先问的是丁爱民,问他愿不愿意举家迁到曼戍去,丁爱民说为了女儿读书,他肯定愿意去,不过怕麻烦孟远和林苍秀,另外还要征求李老医生的意见才行。又问他,他媳妇想不想去呢,他说他媳妇一切都听他的。听丁爱民这么讲,孟远和林苍秀就说,我们倒是不麻烦,不过的确要听李老医生的意见才行。

孟远和林苍秀就去把意图向李老医生汇报了,征求他老人家的意见。李老医生很爽快,笑哈哈地说:"去吧去吧,这是好事。一是在曼戍那边,娃娃可以学中文;二是曼戍那边生活条件更好一些。"又补充说道:"再过几年岩李的儿子就读书了,到时候要把他送去曼戍学中文,有你们家和丁爱民家在那边,帮着照看,岩李我们也就放心了。"

孟远说:"到时候我来把你家孙子接过去。"

丁爱民约着他媳妇过来,磕头拜谢李老医生。之后回去收拾行李,准备和孟远他们上路。

临行前,李老医生叮嘱过丁爱民夫妇,又对林苍秀说:"你嫁了个好人,要珍惜。"转身又对孟远说:"你讨了个贤惠的媳妇,好好过日子吧。"丁爱民夫妇和孟远夫妇先后点头应允。

依依惜别后,回到曼戍,孟远和林苍秀把丁爱民一家安置在自家的药草园里,孟远对丁爱民说:"你和你媳妇先在药草园做事,娃娃读书的事,我会帮你联系的。"

丁爱民谈了他的想法:"学医用药的事我学不会,我这个人就是适合干点直活。"

"在一路上的交谈中,我就听出你的想法了,不是你学不会,而是你的兴趣不在行医,不能勉强。"孟远拍拍丁爱民的肩膀说,"林苍秀前段时间忙准备我们的婚事,就没有去学校上班了。她说她结婚以后想办个公司,我刚才和她商量过了,等她找到合适的事,你就出来帮她,做她的助手。"

安顿好丁爱民一家,林苍秀对孟远说:"这段时间我感到身体很疲乏,想好好休息几天。"

孟远说:"你是应该好好休息一段时间了。"停顿了一会儿又说:"等哪天我们两个去西医医院检查一下身体吧。"

林苍秀不解,说:"有病去你的医馆看不就行啦,还有必要去西医医院吗。那么多人找你看病,你还不相信你自己的医术吗。"

孟远笑着解释:"西医依靠现代科技手段治病,有些病必须靠西医的技术才能精确检查出来。我历来主张走中草医和西医结合的路子,这样才能真正踏上健康大道。"

林苍秀说:"听你的,但是去查什么呢。"

孟远说:"在全面检查的基础上,查一查我们两个的生育功能。"

林苍秀瞪大眼睛问:"查这个啊,你是不是觉得我有哪里不对劲呀?"

孟远说:"你我已是夫妻,我说话就不拐弯了。我观察你很长时间了,我判断你的毛病是宫寒,妇科方面有点问题。"

林苍秀紧张地叫起来:"那你咋个不早点对我说。"

孟远摇头道:"怀疑和判断程度不同。和你结婚前,我有些怀疑,但不敢讲;和你结婚后,我有了初步判断,所以可以讲了。"

听了孟远的一席话,林苍秀就要求尽快进行检查。孟远去西医医院联系后,过了几天就去检查。不查不知道,一查吓一跳,林苍秀在妇科方面的确有问题,而且对今后的生育有极大的影响。

可能不会生育的事，让林苍秀越想越伤心，灰心丧气的她在床上躺了几天不下来。她泪眼婆娑地对孟远说："我太对不起你啦，对不起孟家！"

孟远说："夫妻之间不存在谁对不起谁的问题，你不要想这些事。"每天上班前、下班后他都在安慰林苍秀，说林苍秀的病是在科甘的艰苦环境中患下的，当时没有得到及时治疗，现在想办法尽量医治，治好了皆大欢喜，治不好也没关系，二人世界的生活也一样美好。他宽慰林苍秀道，现在西方有些国家的年轻人，都不愿意生小孩了，图的是短暂人生自己快活。又调侃道："娃娃不生也罢，生出来最后还不是一样地死去。"

孟远的姐姐得知情况后，把自己两岁多的女儿领过来说，我把姑娘送来她外公外婆家，和你们一起生活。以后，苍秀能生了，我就把她领回去，不能生了，她就是你们两个的女儿。

林苍秀又流泪了，这次是感动的泪水。

十三

　　林苍秀想做珠宝生意,开个翡翠门店,因顾虑家里没有垫本资金,就一直没对孟远讲。倒是孟远看出了她的心思,对她说,我有办法借到钱的,你想好了就大胆去做。林苍秀问在哪里借得到钱。孟远说,我有几个朋友手上有闲钱,支付给他们利息,他们就会把钱借给我。两人就商定,林苍秀和丁爱民先去妙塔国的首都珠宝城,跟孟远的一个熟人学习,学习回来以后开个翡翠门店。

　　林苍秀和丁爱民坐客车早晨离开曼戍,下午到了妙塔国的第二大城市德勒,休息一晚。当晚两人出来闲逛,觉得这个城市和曼戍相比,韵味不同,异国风情更加浓郁。林苍秀知道,这是一个古都,问当地人这个城市有多少人口,答曰不知道,只晓得有 80 多条街。回去的路上,林苍秀说,这里人多市场也大,以后我们的生意要做到这些地方来才好呢。

　　在德勒去往妙塔国首都的路上,放眼望去,看到的是无垠的热带大平原,林苍秀和丁爱民都赞叹,说这些地方资源丰富,风光无限好。

　　当天黄昏时,到了妙塔国首都的珠宝城,拜见了孟远介绍的师傅,师傅将他俩安排在自己家中吃住。第二天两人就跟师傅去学习,用心当徒弟。他俩珍惜机会,一天都不愿意休息。

　　半年时间过去,师傅觉得他俩学得差不多了,就出题让他俩考试,先进行笔试,考翡翠品质的认定;再进入实际操作环节,对翡翠的质量做等级鉴定;最后是观察实物,指出 A 货、B 货、C 货和 B+

C货的区别。

翡翠品质的认定,林苍秀答题答得比较好:色,指颜色,分为五个等级——正色、近正色、优良色、较好色、一般色;种,指质地,分为四个等级——极细粒、细粒、中粒、粗粒;水,指透明度,分为五个等级——透明、亚透明、半透明、微透明、不透明;净,指瑕疵程度,分为四个等级——极微瑕、微瑕、中瑕、重瑕;工,指工艺,分为素身饰品和雕花饰品两个方面,有五个等级——非常好、很好、好、一般、差。根据以上质量要素的情况,进行综合印象的评价,划分为四个等级——非常好、很好、好、一般。

翡翠质量的等级鉴定,林苍秀和丁爱民的判定基本对:翡翠的质量一般分为四个等级——极品、珍品、精品、佳品。每个品级中,又分为一、二、三级。

A货、B货、C货和B+C货的区别,两人都知道:A货就是天然翡翠;B货是指利用酸的漂洗作用,除去难看的杂质,保留鲜艳颜色,再用环氧树脂等物质进行充填,提高了透明度的翡翠;C货指的是通过人为方法将颜料染入,使之呈现浅紫、灰绿和褐红色等的翡翠;B+C货是指酸洗染色充胶后,染出各种颜色的翡翠。然而面对实物,两人在精准识别上都还有差距。

师傅表示,他俩可以回去创业了,但是在A货、B货、C货和B+C货的识别上,还要下功夫,从颜色、光泽、比重、结构和手感几方面多体会,积累经验。

师傅又说:"做珠宝生意,你们随时要记住我平时爱说的六个字。"

两人都说记住了,林苍秀说"诚待客",丁爱民接着答"不贪心"。

师傅手指隔壁的商铺说道:"原先的老板人品太差,贪得无厌、坑蒙拐骗,最终落得个破产自杀的下场。"

走前,师傅带他俩去参观了举世闻名的大金塔,又到繁华街区逛了一圈,还去领略了一番大海浩瀚无边的壮阔景象。

两人谢别师傅,回到曼戌。

孟远已经把借款手续办妥,并且推荐一处他看好的地盘做铺面。林苍秀和丁爱民兴致勃勃地做起了翡翠生意,先做小买卖,再图大发展。

一天,有人来找林苍秀,向她推荐一坨皮壳呈灰色的毛料,说是上好的"老坑种",因家里急需用钱,只要她支付价值三万块人民币的现款,就可以将这坨原石拿走。林苍秀想起几年前赌石吃过的亏,不敢接手。回去说给孟远和丁爱民听,孟远就请了几个懂行的人去看,看后都说原石是"老坑种"无疑,应该是块好料,但是好到什么程度,不剖开看谁都不知道。

犹豫了两天,孟远对林苍秀说,把那坨石头收了吧。林苍秀就约着丁爱民去,一手交钱,一手交货,把原石抬了回来,剖开一看,林苍秀和丁爱民顿时狂喜,大叫起来。原石内部是满满的翠绿色,像玻璃一样透明,肉眼可见荧光。

发了一笔财,资金充裕,进货就不难了。几年后,铺子里的翡翠饰品如手镯、挂件、项链、镶嵌物和摆件,花色品种已经很齐全,有玻璃种、冰种、墨翠种、飘花种、油青种、白地青种、紫罗兰种、金丝种、芙蓉种、蓝水种、晴水种、干青种、花青种、豆种等,琳琅满目,让观者赞叹不已。

有了钱后,林苍秀又去投资办了一个养牛场,专门养殖一种驼峰高耸、肉质较好的黄牛。有人担心牛的销路不好,林苍秀说不怕,我和丁爱民已经派人去德勒调查过了,那边牛肉的需求量还不小呢。牛出栏以后,逐渐打开了销路。生意好的时候,牛场每天可以卖十头牛。

林苍秀想为她工作过的学校做点事,问孟远和丁爱民做什么好呢。孟远说,回去听听我父亲的建议吧。三人便去征询孟老校长的意见。

刚退下来休息的孟老校长沉思了一阵说:"不知道你们想花多

少钱,如果钱够,那就给学校建个图书馆,捐点书吧。"说了又补充道,中学的图书馆不需要多大,但是除了藏书室和阅览室外,最好要有一个学习交流中心。

林苍秀、孟远和丁爱民三人都点头,林苍秀就对孟老校长说:"就按你家的想法办。"

捐资助学的事情办得很快,如期完成了皆大欢喜的任务。

资金充裕,生活富足,林苍秀的心事有时却重。一是不孕症看起来是无法治愈了,不能为孟家传宗接代、延续香火,问心有愧;二是思念母亲和哥哥的感情浓烈,总想着自己日子好过了,要对母亲尽尽孝道,为哥哥献点爱心,可是一直不知他们的下落。

事往日迁,白驹过隙。林苍秀在曼戍不知不觉就已经度过了十三个春秋。感叹时光荏苒,流年似水,她就写了一首小诗,拿给孟远看,说这是她写的第一首诗,孟远的文字功夫更好,请孟远帮助修改,孟远看后说,诗意是有的,只是用词稍有不妥,又说这不是律诗而是古风。随后动手将小诗修改为:

无　题

秋菊尚在心中黄

冬风已来扫地忙

岁月如流春夏短

四季人生几多长

十四

冬季的一天，林苍秀走在街上，听到身后有人喊她，回头一看，先是觉得不认识此人，仔细端详，发觉竟然是多年未见的罗小水。两人都惊喜，手拉手不放，问寒问暖，眉飞色舞。

交谈中得知，赵岩布勒又重新出来工作了，现在在一个乡里当乡长。罗小水跟着出来，在乡上开了一个小卖铺，这次她到曼戌来，一是进点货拿回去卖，二是听说林苍秀在曼戌生活，就此机会想来看看她。

林苍秀问罗小水，听说政府军和游击队已经不打仗了，是真的吗？罗小水说是真的，双方已经签了停战协议，游击队归顺政府，政府答应游击队组成科甘特区，共同走和平发展道路。

边走边聊，林苍秀带罗小水去她的翡翠店参观。到了店里，林苍秀向店员介绍了罗小水，然后让丁爱民陪罗小水逐个柜台慢慢看。罗小水一边看一边连声赞美，说开眼界了，第一次见到这么多的宝贝。林苍秀送给罗小水一只飘花带彩的手镯，又带罗小水去孟远的医馆，介绍他俩相识；然后约罗小水到家里吃晚饭。

饭桌上罗小水说起她父亲因病离世了，她准备回国一趟，到勐玛县芒弄乡去，把她母亲接出来一起生活，现在科甘这边已经不打仗，和平时期她应该尽尽孝道了。她还说到，当年落难被迫出走，这次回去，要去讨个说法，洗清她的不白之冤。

林苍秀就对罗小水说："你回去以后，帮我打听一下我妈和我哥的下落，我一直没有他们的消息。"

罗小水说好的："我回去后到处去问瞧。"

罗小水离开曼戌一个月后，又来了。她回国到勐玛，待了十多天。她对林苍秀说，她找了一些人打听，都说林苍秀的母亲和哥哥自从离开勐玛后就没有回来过，不知道他娘俩如今身在何方。

林苍秀听后泪水涟涟，不住地吸鼻子。罗小水一边安慰她，一边陪着掉泪。

转换话题后，罗小水说，如今国内推行改革开放政策，发展变化很大，现在回国不像过去那样卡得那么严，方便多了。她劝林苍秀："你约着孟远回国看看吧。"

林苍秀无言地点点头。然后问罗小水把她母亲接出来了吗，罗小水说接出来了。又问她当年的那桩事是否扯清楚了，罗小水说去村公所、乡政府反映了，还去县上找了人，都说是不相信她是作风败坏的女人，但是当时发生的事没有在文字上留过任何依据，所以现在也就不能给她提供书面裁定了。

罗小水走后不久，勐玛县的一个代表团，由政协主席带队，来曼戌访问，宣传招商引资政策，鼓励华人回国到勐玛投资发展。林苍秀约着孟远去拜见了政协主席，离开前请求勐玛方面帮助寻找她母亲和哥哥，政协主席答应回去以后就落实此事。

这次会见，林苍秀还专门问起了耿卫疆的情况，政协主席介绍，耿卫疆当兵回来以后，工作学习表现都不错，进步很快，年纪轻轻的，就已经当上了县委副书记。还说到他爱人在医院工作，两人育有一个女儿。

说起耿卫疆，林苍秀就感到思潮起伏，别有一番滋味堵在心间。当年情窦初开，和他早恋，心心相印，却又担惊受怕，怕受处分；为了不被处理，只有跑到境外，放浪江湖，与家人骨肉分离。幸运的是，艰难时刻遇见可以托付终身的伴侣孟远，彼此相依。

政协主席回去不久就带信来说，他们派人到省城，去当年关押林苍秀她父亲的监狱询问情况，只了解到当年她哥哥将尸体火化后,抱着骨灰盒就走了,不知去向。信中再次邀请林苍秀回勐玛去参与投资开发,报效桑梓。

林苍秀当即回信,感谢主席他们费心帮助寻找亲人,并说现在回去投资建设家乡,她的实力还不够,有朝一日,她会回去做点事情的。

林苍秀还想把公司的生意做得更大一些,就把目光投到了矿业开发领域。

孟远知道,林苍秀这个人是有意赚钱,无心享受,其行为和情感在于,增强实力后,回国投资报效家乡,他一直赞许林苍秀的这种追求。当他听说有个地方要出售一座铅锌矿时,就回家把消息告诉给了林苍秀。

铅锌矿的位置在离城七八十公里的山上,林苍秀、孟远和丁爱民带着几个工程师,拿着图纸资料去实地考察,考察后工程师的意见是可以投资开采。

出售方是当地政府,价格换算成人民币是三千万元,一分不能少,三年付完。开采的期限是十五年,工人要以当地的村民为主,让当地人赚取务工费;开采以后,必须缴纳一定比例的资源税、增值税和所得税等项费用。

几个人坐下来算计了一番,三千万元再加上购置机器设备、修路、架电等,投资接近五千万元。合计以后,大家都觉得有开发价值,因此决定投资。

两人单独在一起的时候,林苍秀告诉孟远:"如果开发以后第二年赚不着多少钱,那么到时候继续投资的资金就会紧张。"

孟远答复道:"不怕得,到时候我出面去集资筹款。"

协议签订后,矿山附近一个民族地方武装的头目来找茬了,将再次到矿山去的林苍秀和丁爱民扣住不放,并将他二人带到他们的总部。大头目长相有些奇特,头小眼睛大,肩窄肚皮厚。他盯着林苍秀和丁爱民恶狠狠地看了一阵,说:"胆子不小呀,敢和我争地盘。"

林苍秀说:"我们不懂你的意思。"

大头目手指着林苍秀问:"哪个喊你们来开矿的?"

丁爱民说:"我们是正儿八经和政府签了开采协议的。"

"你们找政府不找我,太小看老子啰。"大头目说着就走过来,抬手甩了丁爱民一巴掌。

丁爱民想还手,立刻被对方的几个人,用枪托将他砸倒在地。

"不要打人,"林苍秀怒目而视,"有话好好说。"

"打你们是轻的,拉去喂狗才是要命的。"大头目手下的一个人边说边掐了林苍秀的屁股一把,林苍秀反手给了他一拳。

大头目见状,狠狠地踢了这个手下人一脚,怒道:"不要在这里给老子丢人现眼。"

他叫手下人抬来两把椅子,让林苍秀和丁爱民坐下,自己也拉过一把椅子坐到对面,解释并劝告道,林苍秀的公司要开的矿,和他们开的矿是在一条矿带上,他们的矿洞在南边,林苍秀公司要开的矿在北边,以后两边把洞打通了,就会争执,发生流血事件,因此请林苍秀的公司退出。

林苍秀说:"退出可以。但是我们退出的行为属于违约,交给政府的三百万元定金就收不回来了。这笔费用你们必须补偿给我们,三百万元一分不能少。至于修路已经开销花掉的三十多万元我就不要了。"

大头目哈哈大笑起来,随后挥着手说:"不可能。"为什么不可能呢? 他讲,不久前,当地的政府派人来请他们,接收这个铅锌矿,出价三千万元,他们只给两千万元,因而双方僵持不下。就在这个节骨眼上,林苍秀的公司过来搅局,打乱了他们的计划,所以,这个三百万元的坑他们不能填。

林苍秀说:"你们不拿出三百万元,我们公司就不撤走。"

大头目冷笑道:"你抵不住的,最后还是得走。"

丁爱民说："我们不干，别的人也会来干的。"

大头目摇摇头说："只要我不死，不会有人敢来干的。"又说："当地政府只是个小拇指，他们最终还是要来找我的。"

眼看谈不拢，大头目说："这样吧，你们去好好休息，好好想想，想通了我们再谈。"说完就站起身来走了出去。

说是让林苍秀和丁爱民好好休息，其实是去受罪，把他俩分别丢进了土洞里。土洞垂直挖下去，有一人多深，下宽上窄，洞口用石板盖住，没人帮助根本爬不出去；每天有人把装干粮和水的竹篮，还有装粪便的木桶吊下来，然后把头天放下来的竹篮和木桶提上去。

洞里暗无天日，空气流通不畅，闷热难耐，令林苍秀几乎昏厥。不过她倒也不怕，因为她心里清楚，孟远不见她和丁爱民回去，肯定会来找人的。她只是期盼着孟远早点来把她和丁爱民解救出去，这个土洞简直不是人待的地方。

得知林苍秀和丁爱民被关押的消息，孟远寝食难安，第二天一大早就起身，跋山涉水去找一个人，这个人是那个大头目的表哥，应该说得上话。两年前，这个人还是游击队副旅长的时候，他母亲身患重病，是孟远精心救治，将他母亲从鬼门关拉回到人间的，他对孟远感激不尽。如今他已是勐康特区拉曼县的县长（后来在自己家里与沧江县委书记耿卫疆他们洽谈毒品替代作物种植事宜的就是他），他的名字叫岩龙。

找到岩龙，说明来意，岩龙立即陪孟远赶来找他表弟，见着表弟，他就开口骂人，令他表弟马上放人。他表弟一边解释着，一边就赶紧安排手下把林苍秀和丁爱民放出来。

岩龙让他表弟向林苍秀和丁爱民赔礼道歉，他表弟不干，把头扭向一边，紧闭着嘴巴不说话。岩龙双手合十，代他表弟道歉："实在对不起，让你们两个受罪了。"

孟远介绍说："他是拉曼县的岩龙县长。"

　　林苍秀面带笑容朝岩龙县长点点头。

　　当天下午,岩龙主动做中间人,把当地政府的人请来,让他表弟出资两千五百万元,获取了铅锌矿的开采权,林苍秀公司交的三百万元定金,由岩龙他表弟负责转给林苍秀。林苍秀自始至终,不提修路已经花掉了三十多万元的事。

　　事情谈好了,并在随后得到妥善解决。

　　那天分手前,岩龙邀请林苍秀他们去拉曼县考察。特意说到在拉曼县的地盘上,有两个铅锌矿,是在清朝年间中国人来开采的,但没有采完人就撤了,因为当年英国人将那两个矿的地盘划给了英属殖民地妙塔国。如今游击队与政府和谈成功,不打仗了,可以放心开采了,然而没有人敢下决心来买开采权,他自己就带头买下了一个。他说,另外一个矿的开采权,希望是属于林苍秀他们的。

　　林苍秀他们回到曼戍,林苍秀就通知她聘请的工程师到她家来,一起商议是否到拉曼县去开矿,当下商定,去考察一番再说。两天后,林苍秀、丁爱民和工程师到拉曼县,在矿山上考察了一个星期,最终下决心买下了开采权。

　　后来,拉曼县地盘上的这个铅锌矿,让林苍秀的公司受益良多。

十五

罗小水又到曼戍来找林苍秀，说这次是赵岩布勒特意让她来的，动员林苍秀去科甘特区的小清河开发区投资办商号。

林苍秀让罗小水喝口水，再讲讲具体情况。罗小水咕嘟咕嘟地喝完一口缸冷开水，抹抹嘴说，游击队和妙塔国政府签订和平协议以后，政府批准科甘成立特区，同意科甘特区组建小清河开发区，赵岩布勒现在已经调到小清河区当区长兼开发办主任。赵岩布勒的意思是，想广招天下客，邀请四面八方的贵宾，到小清河开发区投资建厂、办商号。请林苍秀他们也到小清河去，参与投资开发。

罗小水还说到，小清河对面就是中国的小清河镇，他们也成立了口岸开发区，而且建设开发的速度更快。

林苍秀清楚，小清河对面就是中国的地盘，当年她就是从那里蹚水过来的。她对罗小水说："能够去办个商号是好事情，不过我要和孟远，还有丁爱民商量一下再定。"

孟远和丁爱民都觉得很有必要去看看，因为小清河两边发展边境贸易是大势所趋，市场前景广阔。于是林苍秀把手上的几桩急事处理完后，就约着孟远和丁爱民到科甘特区的小清河区考察。

赵岩布勒见到林苍秀，激动得不顾孟远和罗小水在场，用左手紧紧地把林苍秀搂在胸前。罗小水上前来把他拉开，介绍他与孟远、丁爱民认识。

赵岩布勒笑哈哈地对孟远说："当年我追求林苍秀她不干，要不然就轮不到你讨她做媳妇啰。"众人听后都笑。

赵岩布勒带他们去区政府,刚在简陋的会议室里坐下,他就讲道:"你们坐在这里是不是感到条件很差? 放心吧,要不了几年,我们就会鸟枪换炮。"接着他说,我们这边叫小清河区,河那边中国叫小清河镇。我们两家合作得很好,前些日子勐玛县的耿副书记还带队来和我们商谈合作事宜,谈得很愉快。他们那边发展比较好,小清河镇已经被彩云省政府批准为省级口岸。我们这边要加快步伐使劲干,所以我想请各路神仙来参与开发,一起做点事。

孟远说:"你家的担子不轻啊。"

"担子重挑着才过瘾。"赵岩布勒爽朗一笑说,"我们科甘的特区主席是我的老领导,他对我知根知底的,本来他推荐我去当副县长,我说当副职发挥不了我的作用,宁可降一级,我也要当正职,他就把我派到这里来了。"

众人都跟着赵岩布勒笑起来。在欢快的气氛中谈了一阵,赵岩布勒就约大家去开发区的现场转转看看。

走出区政府,林苍秀问赵岩布勒:"你刚才说起的耿副书记是不是叫耿卫疆?"

"就是他,他还问起你呢,说你们是老熟人。"赵岩布勒说,"不过我听说他不久前调走了,去沧江县当县委副书记。"

林苍秀说:"我和丁爱民跟他既是同学,又是一起插队下乡的知青。"

丁爱民在一旁说:"这个家伙是个当官的料。"

经过一番考察,林苍秀有了倾向性意见,但她还是问孟远和丁爱民:"怎么样? 干不干。"

孟远知道林苍秀心中想的是什么,就说:"我说不干,你同意吗?"

丁爱民说:"应该干。"

"一定要干。"林苍秀说,"买块地,盖点房子,办个边贸公司,做进出口生意,这边的货物拉过去,那边的物资拉到曼戌和德勒去卖。"

"边贸公司的名字我都想好了,就叫'望乡商号'吧。"孟远说,"身在异国,怀望故乡。"

"这个名字好,那么谁来干呢?"林苍秀回头看着丁爱民说,"你来坐镇当经理,你爱人和女儿一起过来,咋个成?"又补充道:"请罗小水来当会计。"

思考了一会儿,丁爱民回话:"我肯定愿意来,不过你在曼戌那边事情太多,谁来帮你?"

林苍秀和孟远都说,这个你不用操心。

说干就干,一个月后就动手,买地、建房、办相关手续,进展很快。除了办商号,林苍秀还约着丁爱民在一座小山下,买了一块一百多亩的荒地,说是以后建个小型农场,栽点果树种点蔬菜,喂点鸡鸭养点鱼虾,自给自足,自娱自乐。

林苍秀和丁爱民一直在小清河区忙碌,而孟远则是驻守在曼戌,忙他医务上的事。

在商号即将开业的时候,支边过来了,他说他已经辞去公职,在对面小清河镇的街上租了房子,也要做边贸生意,这次过来,是想跟望乡商号商谈合作事宜。

"你的动作蛮快的嘛。"林苍秀对他说。半个月前,耿卫疆在沧江当选为县委书记后,回到勐玛来搬家,听康太平说起,林苍秀和丁爱民在小清河区这边筹办商号,就吩咐康太平把林苍秀和丁爱民请过去,在小清河镇那边相聚。同一个学校毕业、又在同一个寨子插队当知青的人,离别多年后重逢,万千感慨道不尽,浓情厚谊说不完。那天,就听支边说,他准备辞职出来单干,放飞自我。

林苍秀和丁爱民热情款待支边。丁爱民问他:"你辞职出来,自己倒是轻松了,曼那寨的家有了苦活重活,那个帮你媳妇干?"

支边笑道:"我媳妇的事,我从来就没有管过,她请了小工呢,要不然橡胶林的事,还有草果、八角、花椒园的活,她一个人咋个干得完?"

林苍秀问:"我们合作可以,主要做些什么生意呢?"

"要做的事情多了。"支边得意地说,"80年代,边境贸易双方以互市交易为主,我们出口电冰箱、洗衣机、自行车等家电产品,日用百货、啤酒饮料等副食品;进口你们这边的干辣椒、花生等农副产品。现在是90年代,双方以边境小额贸易和边民互市为主要交易方式,我们出口的产品,在原有的基础上,增加了钢材水泥一类的建筑材料和成品油等;进口矿石、木材和玉石毛料等产品。"

"看来你还是个有心人呐,"林苍秀说,"专门做过功课的,所以调查得清楚。"

"那当然啰。"支边又说,我们这边相关部门做过分析,从今往后,我们出口的品种将会逐步增加,机械设备、纺织类、日化类、食品类、建材类、家电类、电子产品类等,都不会少;进口主要是农副产品类、矿石类、橡胶类、粮食类、水果类等。

"在这种势头上。"支边接着说,他挥起两手往上摇,"我们两家合作,前途一定是光明的。"

"商号开业后我就要回曼戌,那边有好多事等着我去处理。"林苍秀伸手指指丁爱民,"这边的事由他全权处理,我相信你们两个会合作得好的。"

支边把烟点起吸了几口后,说:"放心吧,这些年我结交了不少朋友,路子还是有一些的,做生意没有问题。"

第二天支边就手持边民证,走上界桥,穿过国门,回小清河镇去了。走时他说,等望乡商号开业那天他再过来。

十六

当年，支边他们八个人下乡，插队在一个生产队里，其他人先后离去，最终集体户就只剩下了他，形单影只，日子难熬。

苦闷的时候他经常会想起一个人，要么就去找这个人一起玩，要么就把这个人约来做伴。上小学时，这个人和康太平是同班同桌的同学；那年康太平要去当兵，到知青户来送行的，其中就有这个人。那次支边和这个人相谈甚欢，彼此有惺惺相惜的感觉。

这个人的父亲在商店卖盐巴，被人叫作"盐巴老王"，这个人也就经常被人喊作"盐巴小王"。盐巴小王学习不用功，读完小学就在社会上漂游浪荡，时常惹是生非。多年以后说起，那年在田野里大青树下，用弹弓射击蜂窝，惹怒了蜂群飞来报复人，使得林苍秀和耿卫疆他们遭受老罪的人就是这个盐巴小王。

康太平去部队之前，对支边说，盐巴小王这个人不地道，你少和他来往。支边嘴上说好，心里却听不进去。

盐巴小王带支边去偷生产队的菠萝，用钓鱼的方式钓老百姓的鸡，不以为耻，还觉得有趣。一天下午，盐巴小王问支边，你怕没有见过美女的"山峰"，想不想去开开眼界？支边回答说想。盐巴小王说，不要带任何东西，穿着短衣短裤跟我走。

他俩走了个把小时的路，来到生产建设兵团团部附近的河边，躲进芦苇丛中等待。夕阳西下时，有七八个女人来洗澡，她们脱了外衣外裤，穿着短裤背心下河，在漫过肚脐眼的水中，先是相互嬉闹，然后有的把背心脱下来洗，光着上身；有的把短裤褪下来搓，下身泡在水里。

盐巴小王问支边,好看吗?她们都是大城市来的知青,有的是上海人,有的是成都人,还有我们彩云省的春明人。

支边说,好是好看呢,就是太远了看不清。

盐巴小王让支边跟着他往河上游走,来到河边交代道,我们两个就这样穿着短衣短裤下水,等一下好跑;下水以后仰泳淌下去,人不要动,淌到她们旁边时再突然站起来,你就有好戏看啦;不过要注意,时间不能长,看两眼就得了,赶紧往下游去,不然被抓着就麻烦啰。

交代完,盐巴小王就下水,以仰泳的姿势往下漂去,支边连忙跟着他漂了起来。女知青们见两样东西淌下来,很是惊疑,还未判断出是何物,就见两个人猛地一下立了起来,顿时花容失色,号叫着往岸上奔去,有的露着上身,有的光着屁股。支边贪婪地不止看了两眼,直到盐巴小王吼他赶紧走,他才醒过神来跟着往下游去。

他俩上岸钻进芦苇丛中藏起来,过了一阵,见兵团女知青们又下水了,两人便又去偷看。这次他俩不敢下水,只敢在远处躲着观望,但是即便如此,支边还是被接到报信赶来的民兵逮住了,而滑得像泥鳅一样的盐巴小王,抢先一步跳进水中跑了。

盐巴小王一跑就不知去向。支边被送到县知青办,接受严厉的批评教育,过后送回生产队继续劳动。

他想去当兵,没人要;招工回城,又轮不到。他泄气了,心想讨个傣族姑娘,在农村安家算了。他看来看去,相中了生产队指导员的小妹妹,就像当地的傣族小伙子一样,买了一辆"永久牌"自行车,配备了一只可以装四节电池的手电筒,一有机会就载着指导员的妹妹,外出看电影。看着看着,指导员的妹妹就看上他了。一天晚上从外面回来,月黑风高,两人和自行车一起从小山坡上滚下来,手电筒也不知飞到哪里去了。他在黑暗中要把指导员的妹妹拉起来,没想到伸手一摸,摸到了姑娘圆圆的乳房上,他很想捏着不放,却又不敢,连忙把姑娘拉起来。他用流利的傣语解释:"对不起嘎,我不是故意摸你的那个……"

姑娘说:"羞死人了。"

他接话说:"你嫁给我,以后就不害羞了。"姑娘不语,只是轻轻地在他腰上捶了一下。

指导员不同意将他妹妹嫁给支边,说支边这个人吊儿郎当的,要不成。然而他妹妹死活要嫁,婚礼得以如期举行,只是指导员赌气没有来参加。婚后的支边双喜临门,先是通知他到离家不远的商店购销组上班,成了领工资吃饭的人,稍后他就当爹了。

熟悉他的人都爱开玩笑叫他"部长",因为购销组就像一个小卖部。在"部长"的岗位上他一待就是十多年,干来干去觉得没啥意思,就辞职下海,到小清河镇做边贸生意来了。

令他沮丧的是,望乡商号开业后,他和丁爱民合作做的第一笔生意就被骗了。有一天,丁爱民打电话给他,说他们公司接到一份订单,要进一批熊猫牌的彩电卖到德勒,请他抓紧时间把货物组织好,拉到口岸来。

支边立即就赶到省城春明,找到县驻春明办事处的熟人,请他们帮忙采购,办事处的熟人带着他跑了好几个地方,看样品讲价钱。最后选中一家他认为价格比较合适的公司,这家公司的负责人居然穿着军服,据介绍是个上校。

穿军装的负责人要求支边先付一半的款,他们再送货,支边不干,说我从来没有做过这样的生意,要求对方把货送到小清河口岸,验货无损后再付款。穿军装的负责人高傲地说,我们是军队后勤部办的公司,信誉度很高,你不要就算了。支边说生意不成仁义在,假意走开,过了一阵又折回来继续谈。七拉八扯地,最终达成协议,先付三分之一的款项,货到小清河口岸后,验完货再将其余款项付清。

支边就打电话给丁爱民,让丁爱民把款转到他的账户上,丁爱民依约将款转来后,他就把三分之一的款转给了这家公司。货拉到小清河口岸,验货时没发现有什么问题,他就将其余的款付了,第二天丁爱民就押着车将货物送去德勒。

到了德勒,货却交不出去,原因是这批产品不是正规厂家生产的,都是七拼八凑的组装货。丁爱民大惊失色,忙不迭地打电话找支边,告诉他上当了。支边也被吓到了,随后骂起来,说想不到这伙狗日的竟敢穿着军装骗人,边骂边打电话给县驻春明办事处的熟人,请他们赶紧去找那家公司交涉。他自己连夜上春明,到了春明才发现,那家挂羊头卖狗肉的公司已经人去楼空,哪里还找得到。

灰头土脸的支边回到小清河镇,带着哭腔在电话里对丁爱民说:"钱被骗了,账算到我头上吧,我以后一定还。"

丁爱民说:"钱的问题是小事,我个人还也就得了,关键是洋相出大了,丢人啊。"

林苍秀得到消息后对丁爱民说:"望乡商号的钱有你的一份在里边的,钱损失了还赚得回来,这笔钱就算是交学费吧,以后多长几个心眼就得啦。"

得知林苍秀的态度,支边先是欣喜,稍后情绪又还原到苦闷、自责中,他埋怨自己粗心大意,导致首战失败。

越想越生气,他就去小镇外,漫无目的地行走,排遣内心的烦闷。走到一个村寨边,见两个小孩各自抱着一只斗鸡,他就拿出四元钱来,给小孩一人两块,让小孩把斗鸡放在一起打架。两只斗鸡都骁勇无比,打得冠子鲜血直冒,彼此渐渐乏力,却也毫不退让。他边看边就幻想起来,见穿军装的骗子朝他走了过来,他飞身扑过去,一拳就将骗子打倒在地,掉了两颗门牙。他高兴得几乎狂笑起来,少顷环顾四周,却不见骗子的身影,只见旁边有一个小卖部和一个卖货的老头。亢奋中的他就去买了一瓶苞谷酒,打开瓶盖咕噜咕噜地就喝,空腹喝完大半瓶酒后,眼睛就花了,把两只斗鸡看成了四只。如果酒没喝多的话,他或许还要幻想一个场面,将一个秃头的胖子一拳打翻在地。打的原因在于,这次他去春明追债,秃头胖子也骗了他。那天傍晚他去河边散心,秃头胖子跟过来悄声问他,要不要带色的录像带,里边都是外国猛男靓女的花哨动作,相当刺激。他就花了一百元钱将磁带买了,带回小清河镇,晚上一个人悄悄地看,却发现是买了一盘空磁带,气得他抬手就把磁带砸碎了。

他踉踉跄跄地走开,想回公司睡觉,走了一段走不动了,就钻进路边的草垛里,呼呼大睡起来。第二天一大早醒来,拍拍身上的草屑,赶紧回公司。公司里的人奇怪他怎么会起得这么早,他说,早晨天气凉快,出去走走,锻炼身体。

吃了一次亏,就不能再大意了,接下来做事便认真细致了许多。他继续配合丁爱民,连着做了几笔生意都赚钱,把损失补了回来,这才气定神安,恢复了自信。

十七

　　林苍秀收到她哥同学带来的信,说她哥如今安家在中国彩云省春明市的郊区,并注明了详细地址。收到信后,林苍秀立即就去询问可否从小清河口岸出关,然后到春明再到北京、上海等地,答复是现在还不行,必须持护照从妙塔国的首都飞过去,她就约着孟远去办了护照,随后乘机飞往春明。

　　到了春明,找到哥哥,得知母亲也随父亲驾鹤西去,骨灰也一样地撒入江河了,林苍秀抱着哥哥大哭一场。朝后,她依从孟远的安排,按原计划办,两人去北京、上海、安徽、四川等地转了一圈。

　　回到曼戌,把该处理的事情处理好,林苍秀对孟远说,她要到小清河的望乡商号去看看,同时去找人把小型农场办起来。

　　支边得知林苍秀来到小清河区,就从小清河镇跨过国门去见她。几个人在一起聊了一阵,支边约他们几个去科甘,说是拜访他的一个熟人。

　　林苍秀问是个什么样的人,他说,是勐玛老乡。就是那年在田坝里大青树下,用弹弓袭击马蜂窝的那个人,引来马蜂报复,你鬼喊辣叫的,耿卫疆把你救出来,你还记得吗?

　　林苍秀问:"他咋个也出来啰,是为什么呢?"

　　支边说:"出来该有十几年了吧,听说他现在生意做得大,发财啰。"

　　罗小水问:"他叫什么名字?"

　　支边说:"他的真名叫什么我没有问过,我们过去都叫他盐巴小王。"接着解释为什么这样称呼他。

罗小水点头又摇头说："听说过这个人，但是没有见过。"

丁爱民看着林苍秀，征询地问："既然是勐玛出来的老乡，那就去看看？"

林苍秀说："好嘛，去看看。"

林苍秀开起她的右舵丰田轿车，载着丁爱民、罗小水和支边，很快就来到科甘坝子，进入城区。结束战争状态、步入和平发展的轨道后，科甘的变化很大，街道铺成了水泥路，两边的房屋建筑，都变成了瓦房，模样已是今非昔比。

盐巴小王的家在城边的一个小山坡上，占地七八亩，美化得很漂亮，鲜花绿树丛中，坐落着前后四栋小楼，房屋是中式的，古典风格和现代元素相结合，用料特别讲究，不要水泥和砖瓦，全部用的是妙塔国的珍贵木材——柚木。林苍秀他们看见，他家还养着兵丁，看来白天黑夜都有人站岗巡逻。

进了盐巴小王的豪宅，眼观富丽堂皇、有些夸张的布置，林苍秀他们几个稍显局促，感到不大自在。丁爱民把带来的烟酒放到茶几上。

盐巴小王人长得短小精悍，眼睛里似乎随时放射出一种傲气。支边将林苍秀等人一一向他做了介绍。介绍林苍秀时，支边特意提起当年在田坝里的大青树下，他用弹弓射击蜂窝，遭到蜂子报复，林苍秀被叮得皮泡脸肿的，问他还记得此事吗，他盯着林苍秀看了一阵说，小时候的事记不得了。

有同乡到家里来，盐巴小王似乎高兴得不得了，他吩咐手下的人端茶倒水抬水果，还开了一瓶皇家珍品 XO 白兰地酒，让大家品尝，以示欢迎。最终只有他和支边两人对饮喝酒。

他问林苍秀："你们具体是做什么事的？"

林苍秀就介绍她这几年做的事，也谈到了他们在小清河口岸开的望乡商号。

盐巴小王可能是想说"同是天涯沦落人"吧，憋了一时却说不出来，最后说，我们都是一样的人。

丁爱民问他："出来多年回去过吗？"

他摇头说没有："勐玛那边对我有些误解，所以不好回去。"又补充说："康太平我们两个是小学同桌的同学，连他也不理解我。"

支边抿了一口洋酒说："我早就听说你出来了，但是不知道你在哪里，直到最近才听说你就在科甘这边，所以今天我特意约着他们几个来看看你。"放下酒杯后支边又问道："说是你现在生意做得很大，主要是做什么？"

盐巴小王把身子靠到黄花梨木的太师椅上，摇起跷着的二郎腿，沉吟片刻笑道："主要做什么？主要做赚钱的事。"

相谈一阵，话不投机，林苍秀看着盐巴小王这个人不顺眼，便起身告辞，随行来的人也站了起来。

"咋个才来就要走，不行。"盐巴小王说，"必须吃了饭才能走。"

林苍秀说："不吃了，要赶回去准备点资料，明天一早去勐玛办事。"

"办什么事？"盐巴小王冷笑道，"你不要骗我。"

林苍秀说："不骗你。我们要去和那边的一家公司谈笔生意。"为了证明自己没有撒谎，她接着就说出了勐玛那家公司的名字。

盐巴小王见留不住人，就说："等着，我拿一对象牙工艺品送给你们，是很漂亮的艺术品呢。"

林苍秀拦住他说："不拿不拿，无功收重礼，我们不敢。"

拉扯一阵，林苍秀坚持不收，盐巴小王就生气了，他说："好嘛，瞎看不起人。"他拿起茶几上的烟酒，塞到支边手中，挥挥手道："你们走吧。"

离开时，盐巴小王安排他手下的人将林苍秀的车牌号记了下来。

回去的路上，支边说："这回把盐巴小王得罪了。"

罗小水愤愤地道:"得罪就得罪,怕什么嘛。"

丁爱民对支边说:"你看他那么傲,这种人以后你不要和他多来少去的。"

支边点头说:"是呢,谁知道他这些年干了些什么事。"

罗小水说:"这个人我过去没有见过,今天见着才对上号。我听我家老赵提起过他,说他不干正事,有很多鬼名堂。他平时用的是假名字,神出鬼没的,科甘这边很多人都认不得他。"

支边感到奇怪:"怪不得他长期在这边我都晓不得,原来他用的是假名字。他为什么要这样做呢?"

丁爱民哼了一声道:"心中有鬼呗。"

罗小水问大家:"老赵给我讲过他在中国干的两件丑事,你们听说过吗?"

林苍秀说:"什么丑事,你讲来听听。"

罗小水道:"这个人歹毒得很呐。"然后就把她听过的盐巴小王在中国那边做的丑事讲给大家听了:一是他早年约了一个女青年,私刻公章,装着聋哑人,到外地去卖字画,利用人们的同情心骗取钱财,事情败露后,他丢下女青年逃之夭夭。二是他参与拐卖人口,其中有个情节特别恶劣,他用一千块钱哄一个十四岁的少年,让少年把自己的母亲交到他手上,他把少年的母亲送到内地卖了,结果他自己被判刑劳改。从监狱出来,他就跑出国到科甘来了。

林苍秀听后,一脚刹车,将车停在路边,转过身来,愠怒地指责支边说:"这种人你还让我们跟他来往,你太糊涂了。"接着又说:"刚才一见面,我对他的感觉就很不好。"

丁爱民抬手打了支边一下。

支边低头解释说:"前不久我听说他在这边生意做得大,所以约你们来看看瞧。"

林苍秀说:"道不同不相为谋,这是中国的老话,你给我好好地记着。"

支边点头应许后，用手背揩掉额头上的汗珠。

回到小清河区，下午饭约赵岩布勒一起吃。听说林苍秀他们去见盐巴小王，赵岩布勒皱起眉头说，不能和这种人来往，和他打交道是要吃亏的。

当天晚上早睡，第二天起床吃过早点后，林苍秀开车，丁爱民和罗小水他们三人一起去勐玛，和一家公司的人谈生意。谈完生意回小清河区，在路上被勐玛县的缉毒警察拦了下来，从林苍秀开的丰田轿车底盘内，查获用黄色胶带包裹的块状毒品可疑物，大约有一公斤。

林苍秀他们几个大吃一惊，不知是谁藏放的毒品。

三人被带到勐玛县公安局，异口同声地申辩，我们是正儿八经的生意人，不知道谁在车内藏的毒品。录了口供后，他们便被分别关了起来。

说好当天就回来的，两天后还不见林苍秀和罗小水他们几个的人影，赵岩布勒就打电话给支边，想问问支边是否知道林苍秀他们现在在哪里。那时打电话用的是座机，接电话的人说支边出去了没回来，不知道他去哪里。这下赵岩布勒有点着急了，连忙打电话去曼戍找孟远，让孟远尽快赶到小清河区来，两人一起去勐玛县城问问情况。

孟远赶到小清河区时太阳已经落山，国门已经关闭。第二天一早，赵岩布勒他俩办了边民通行证，从小清河上的界桥走过国门，到支边的公司去，看看支边是否回来了。

支边刚刚从勐玛县城回到小清河镇，见了赵岩布勒和孟远就说："你们来得正好。"

"什么情况？"赵岩布勒急切地问，"林苍秀他们咋个还不回来。"

支边说他去勐玛打听情况，今早得到确切消息，就立马赶回来，正想过河去找赵岩布勒，把信息告诉他：林苍秀他们三个涉嫌毒品犯罪，已经被勐玛公安局的缉毒大队抓起来了。

赵岩布勒急得大叫起来："毒品犯罪，咋个可能嘛。"

孟远示意赵岩布勒要冷静，对支边说："肯定是误会了，你带我们去，到勐玛县城找人问问情况吧。"

赶到勐玛县城，支边带着孟远和赵岩布勒，见到了新任缉毒大队的大队长康太平。支边向康太平介绍赵岩布勒和孟远，康太平说他认识赵岩布勒，也听说过孟远，是林苍秀的爱人。他态度冷淡地说，在林苍秀的车上查出毒品，所以人必须带回来接受审讯。

支边摊开两手说："老同学，林苍秀、丁爱民他们几个的为人你是晓得的，他们不可能做出格的事情吧。"

康太平嘴角上掠过一丝笑意，说："出不出格，我只看证据。"

孟远问："这个里边会不会有误会？"

赵岩布勒说："肯定是误会啰。"

康太平说："是不是误会，我们会查个水落石出的。你们放心，我们绝不会冤枉好人。"说完就走开了。

赵岩布勒对支边说："你们这个老同学是个冷神，难打交道。"

孟远却说："在这种位置上，他只能这样，哪个敢把犯罪嫌疑人放掉呢。"

赵岩布勒瞪起眼睛说："你说你老婆、我老婆，还有丁爱民，他们是犯罪的人吗。"

孟远摇头说："不是这个意思。"又说，现在关键的问题是，要查清楚是什么人把毒品放到林苍秀的车上的，意图是什么。查清楚了就可以证明林苍秀他们的清白。

赵岩布勒觉得孟远言之有理，他想了一阵后说："回去吧，毒品一定是在我们那边藏到车上的，我回去让我们的民兵连把小清河区翻个遍，看看能不能查出一点线索来。"

路上他想起几天前支边带林苍秀他们去过盐巴小王家，就警觉地说："会不会是盐巴小王这个狗家伙干的？"

支边张大了嘴巴,随后说:"不至于吧。"

赵岩布勒愤慨地对支边大声说道:"你晓不得这个杂种在科甘有多可恶,他心狠手辣,什么事都做得出来。"

回到小清河区的当天下午,赵岩布勒正在给民兵连布置任务,接到电话,说林苍秀他们放出来了,请他们明天早上去勐玛县公安局接人。赵岩布勒连忙约了孟远,第二天一大早过了国门,又去约支边,赶往勐玛县城。

这回见到的康太平,是笑容可掬、和蔼可亲的康太平了,他说已经把林苍秀他们安排到县招待所休息,并已经向林苍秀他们做了解释说明。他端茶倒水忙乎了一阵,这才坐下来,解释为什么要把林苍秀他们关起来的缘由。

事先他们就掌握到,盐巴小王近期可能要组织一批毒品贩运到中国来,因而一直都在布控监防。前几天缉毒大队突然接到一个匿名电话,举报林苍秀的车底盘内藏有毒品,并且告知林苍秀他们已经来到勐玛县城了。

康太平说:"我感到蹊跷,凭我多年对林苍秀他们的了解,我不相信林苍秀他们会贩毒。那么这个匿名电话背后的意图是什么呢?会不会是有人想搅浑水、转移我们的视线,然后暗度陈仓呢?我觉得很有可能。"

他继续讲道,我们采取了将计就计的措施,把林苍秀他们控制起来,暗中布开天罗地网,防止有人暗度陈仓。对方得知我们把林苍秀他们扣留以后,以为他们转移视线成功、我们上当了,就把毒品运送过来,我们跟踪到交货地点,把双方的人当场拿下,缴获海洛因十五公斤。

赵岩布勒急切地问:"那边过来的是不是盐巴小王的人?"

康太平点头说是。他说:"我们问他们,林苍秀车上的毒品,是不是他们装上去的,匿名电话是不是他们打的,他们承认是他们干的,说是盐巴小王安排的,让他们声东击西,并把车牌号告知他们,他们就于当天夜里把毒品绑到了林苍秀的车上。"

支边咋舌道："盐巴小王这个家伙，这么歹毒啊。如果抓不着他的人，说不清毒品的来源，林苍秀他们怕是出不来啰。"

康太平摆摆手说："出是出得来的，只是要有个过程，我不是说了吗，不会冤枉好人，情况总会调查清楚的。"接着又笑着说："如果林苍秀他们真的有贩毒嫌疑，尽管是老朋友，我也不会放过他们的，职责所在，使命必达。当然，我相信林苍秀、丁爱民和罗小水不是那种人。"

赵岩布勒竖起左手的大拇指说："中国警察是这个。"

康太平嘿嘿笑道："我们这班警察都是普通人，我们做的事，电影上都放过啰，不稀奇。"

话题又扯到盐巴小王身上。康太平向众人介绍，盐巴小王是80年代初跑到妙塔国的科甘的，之后便涉足贩卖毒品，十多年来，经他组织向中国境内贩卖的毒品不计其数，他就是个十恶不赦的毒枭。

康太平喝了口茶水后接着说："这个家伙嚣张至极，多次扬言要对我方缉毒人员进行报复。他也知道，我们是不会放过他的，所以从来不敢跨进中国境内一步。"

赵岩布勒说："我听说他做毒品生意，但详细情况不清楚。"

康太平对赵岩布勒说："他是我们公开通缉的罪犯，你们那边的特区领导人是晓得的，据我所知，还找他打过招呼，告诫过他，只不过他不听劝。"

孟远说："恶有恶报，只是时候未到。"

康太平介绍道："这个家伙特别狡猾。我们那天把林苍秀他们扣下来以后，假装保密，不在当天让人知道。如果当天就对外讲，他就会怀疑我们是故意放话出来麻痹他。我们有意把消息压了两天才对外讲，昨天上午把话放出去，下午他就安排把毒品偷运过来了。"康太平接下来说的意思是，昨天上午接待赵岩布勒他们时，他的冷淡态度是真实剧情的需要，等到擒获了盐巴小王的人，他才能脱去伪装。对此，请赵岩布勒他们予以理解。

说后，康太平看看手表，就约孟远他们去招待所，看望林苍秀、丁爱民和罗小水。

十八

　　盐巴小王失手，连人带物皆损，他气得大骂康太平，说总有一天要让他的这个老同学尝尽苦头。

　　当年他被监狱释放，出国来到科甘，发誓不闯出名堂来不罢休。他先是跟人上山挖玉石，吃了很多苦头，却一无所获，下山后靠帮工度日。使他命运发生改变的，是在结交了被当地人称为"黑牡丹"的小寡妇之后。

　　一天晚上，盐巴小王闲极无聊，独自一人到街上瞎逛。在一个拐角处，他差点被一辆疾驰而来的美式吉普车撞倒，便对着开车的女人骂了一句脏话。话才出口，就见一个娇小玲珑、风姿绰约的少妇跳下车来，指着他怒吼，你竟敢跟老娘说丑话，然后手一挥叫道，弟兄们下来收拾这个杂种。听到少妇的命令，立刻从另一辆车上跳下三个彪形大汉来，对着他就是一顿猛揍。

　　盐巴小王毫不畏惧地与三个大汉打斗，然而他身材瘦小又是单枪匹马，渐渐地就支撑不住，最终，头破血流的他，晃晃悠悠地倒在地上。尽管如此，他始终没有说过一句求饶的话。少妇临上车前，丢下几句话："我看你嘴巴臭，骨头倒是挺硬的。今天饶了你，以后再找你算账。"说完上车扬长而去。

　　这一顿暴打让盐巴小王养了两个月的伤，养伤期间，他打听得知了小寡妇黑牡丹的背景。她家也是汉族，三百多年前来此定居；她爷爷是当地的一个山官，日子过得比普通百姓家要好一些；然而他们家发迹起来，成为大户人家，是在她父亲手上，当地人都心知肚明,她父亲是靠做大烟生意发财的。她念过几年书,嫁人后与丈夫双双从事毒品交易,丈夫在一次火拼中丧生,丈夫死后,她就领着女儿搬回了娘家。据说她在一次酒后放话,日后要招一个没有结过婚的男人,来做上门姑爷。

知道了黑牡丹的身世后,一个清晰的计划便在盐巴小王的脑海中闪现出来,他要将黑牡丹弄到手,与黑牡丹在床上而不是武斗场上比高低。他挂着拐杖走进了黑牡丹家的大门,不过此行不是去报复,而是赔礼道歉。如此举动让黑牡丹家人对他产生了好感,随后他就与黑牡丹家人有了来往。功夫不负有心人,终于有一天,他顺顺当当地爬到了黑牡丹的床上,成了上门郎,由此也就走上了贩卖毒品的不归路。

康太平当了勐玛县公安局的缉毒大队长之后,盯着他不放,两人的较量有加无已。康太平那一次受伤,就是围捕盐巴小王手下的毒贩时被刺的。

康太平他们得到消息,盐巴小王近期要安排手下的人送"白货"过来,但具体时间和运送方式不得而知。康太平率队来到边境线上,进行布防,判定过境来的一个少妇是嫌疑人,便部署力量暗中跟踪那个少妇。到了晚上,见少妇身背一个大竹箩出门,康太平连忙带人靠上去,他的意图是要连接货人一起擒拿。少妇趁着月色走进一片甘蔗林里,钻进一个茅草窝棚中。康太平等人迅速贴近窝棚,稍后就听见里边一男一女的说话声:"这次带了多少进来?"这是男人的声音。"五公斤。"女的回答说。接下来听到男女之间的调情,隔了一会儿,突然听到女的哎哟哎哟地叫唤起来。康太平说了声"上",随即掀开草帘第一个冲进窝棚。昏暗中隐约得见女的光着身子,坐在男人的下体部位,正在扭动自己。康太平等人飞扑过去,欲将这对男女控制住。那男的见有人闯进来,迅速拿起身边的匕首捅过去,一刀戳进康太平的肚子里。把犯罪嫌疑人捆绑起来后,康太平支撑不住,身子一软,就倒在了地上。

听说康太平负伤住院,林苍秀约孟远专程从曼戌赶到勐玛县医院看望。在医院走廊上,见着康太平媳妇眼泪摩挲的样子,当年在战火中挨过弹片,却一滴泪不掉的林苍秀,此刻鼻子一酸,也跟着哭了起来。

她和孟远商量后,对康太平说:"我们捐点钱,做点什么事吧。"

康太平想了一阵说:"戒毒所新盖一栋楼,缺点尾款。"

孟远说:"行,我们把款打到戒毒所去。"第二天,孟远夫妇100万元人民币的捐款,就到了戒毒所的账上。

康太平出院后,一如既往奋斗在缉毒战线上。一年后秋天的某日,我方缉毒警察、边防武警和海关联手,破获一起毒品运输大案,在拉树化石的大车上,缴获海洛因150公斤。立即审讯后知道,这批毒品要送到沿海城市蓝海交货,再由接货人运送到香港,而后转运到国外。

康太平沉思了一会儿,马上安排再审送货的四个人。先审为首的那个名叫酒哥的人:"在蓝海市咋个交货?"

名叫酒哥的人交代:"到了蓝海市按对方指定的地点,一手交钱一手交货。"康太平听名字就知他是盐巴小王手下的一个得力干将。此刻为了保命,他倒显得很配合。

康太平问:"到了蓝海咋个跟对方联系?"

酒哥说:"平时由我们的老板在境外科甘和他们联系,货到以后我们向老板报告,老板通知他们,他们再跟我联系。"

"你见过那边的人吗,他们的头头是哪个?"

"来蓝海接货的负责人叫优仔,我没有见过他们那边的人,但是我手下的那个叫瓶瓶的人见过优仔。"

"那这几天你们在路上咋个跟盐巴小王联系呢?"

"我们老板没有说,但我们带了一部大哥大手机出来,由我保管,老板会随时和我们联系的。"

"你们出来以后,盐巴小王有没有和你们联系过了?"

"还没有,不过他可能很快就会打电话来了。"

正说着话,酒哥的大哥大手机响了。康太平向他交代,若是盐巴小王打来的,就说你们已经到了勐玛城,准备上路往林山市的方向走了。酒哥拿过手机一看,果然是盐巴小王打来的,他便按照康太平说的向盐巴小王报告。

康太平立马吩咐,你们依次再审问其他三人,我守着酒哥,怕盐巴小王突然间电话又来抽查他,我得让他按照我编的内容给盐巴小王讲。在你们审讯的同时,我正好可以思考一下,我们下一步的行动方案。

审讯结束,一名干警过来附在康太平的耳边悄声报告,得到的口供与酒哥交代的完全吻合。

康太平安排把两名干警叫来,当着酒哥的面布置,从现在起由这两名干警负责轮流守候并监视酒哥。康太平看看手表后又说,如果盐巴小王来电话询问情况,酒哥你就说发现车子有点毛病,刚才去排查修理,现在才离开勐玛城,今晚只能住在林山市了,到了林山市还要对车子进行一次检修。假如盐巴小王再打电话来查问的话,你们按每小时将近 50 公里的时速测算,根据他打电话来的时间,由酒哥告诉他车子到了哪里。

康太平专门对酒哥说:"你老老实实地配合我们,下一步对你有好处。"

酒哥频频点头:"我一定、一定老老实实按你们的要求办。"

事实证明,康太平的安排布置是极为妥当的,盐巴小王当天果然又打了两次电话,问车子到哪里啦,酒哥的回答没有引起他丝毫的怀疑。

康太平召集开会,在会上说出了他的大胆想法:由他扮演酒哥,率队到蓝海市,擒拿接货的犯罪分子,一并缴获毒资。

缉毒大队教导员说:"你指挥,我来扮演酒哥。"

康太平说不行:"你们注意到没有,我剃个平头,就跟酒哥的大模样有点像啰。我们还是小心为好，万一盐巴小王在电话里给来蓝海接货的优仔他们介绍酒哥的样子呢。教导员你的模样和酒哥差别太大了。"

兵贵神速，立即就请示上级，很快就得到答复：同意行动，注意安全。还说了会联系蓝海警方协助开展工作。

稍做准备，连夜上路。特意调来一辆挂地方牌照的中巴车，让三名嫌疑人戴着手铐，一起和我们的便衣警察乘坐。那辆毒品已被卸下但还装着树化石的大车，由我方也着便服的警员驾驶，跟着中巴车前行。

到了蓝海市，蓝海警方已经安排好了住宿场所和车辆停放地点。康太平被安排在单独一层楼的一个套间里。住下之后，康太平他们与蓝海警方派来的协助工作的干警，开了一个碰头会。

康太平说："我现在就是'金三角来的酒哥'，等一会儿接货人出现后，由我单独与他们会面，别的人不要露面。"

康太平这边的一个警员问："你又不认识优仔，只有那个叫瓶瓶的人见过他，咋个办？"

康太平答道："这个好办，等'交货'的时候，就叫瓶瓶来指认优仔。"

"你单枪匹马的，要特别小心。"蓝海警方来配合的负责人说。

"谢谢，我会小心的。"康太平说，"为了防止细节上出纰漏，要让酒哥主动向盐巴小王报告情况。请大家多想想细节问题，千万不能留下隐患。"

开完会，康太平去见酒哥等人，他掏出事先准备好的胶囊，分别让他们一一服下，然后说："我给你们吃的是一种毒药，但三天之内不会发作，只要你们配合我们完成了任务，到时候我会给你们吃解药的，你们不消担心。"说完就让酒哥打电话向盐巴小王报告，说已经到了蓝海，盐巴小王可以通知来蓝海接货的人尽快来见面了。

下午五点钟左右，来蓝海接货的人出现了，他们找到康太平住的房间敲门而入,见了面,其中一个问:"请问尊姓大名?"

"叫我酒哥就得了。"康太平答道。

那个人又问:"其他几个弟兄在哪里?喊过来见个面吧。"

康太平说:"他们要守货,现在不方便过来,等交货的时候一起见面吧。"说完反问道:"优仔老板没来吧?"

"我们大哥在香港,他让我们来接货。"那个问话的人说,"我姓王,小名叫王胖。"

康太平和他们一一握手,请他们坐下。刚坐下,那个叫王胖的就问:"有没有带着样品?想看一下。"

康太平说了声有啊,随即打开衣柜,拿出一个密码箱来,打开箱子,把几包海洛因丢到床上。

王胖等人看了样品后就说,晚上交货吧。

康太平说:"不行,我们老板交代过,货必须当着优仔老板的面才能交,不见到优仔老板的面,我们是不会交货的。"

"我们大哥有急事在香港处理,过不来呀,"王胖面露难色,"变通一下吧。"

康太平执意不从。在康太平的坚持下,王胖拨通了优仔的电话,如此这般地说了一番,而后静听对方指示,完了之后对康太平说:"我们大哥答应明天过来接货。至于交货地点,我明天再把电话打到你室内的座机上。"说着就抄下室内座机的号码。

抄好号码,王胖等人约康太平出去吃晚饭,康太平本想不去,但又觉得不好推辞,便把海洛因样品锁到保险柜里,跟着他们出去吃了晚饭。吃完饭,王胖执意要请康太平洗桑拿、玩女人,康太平思忖了一会儿,说:"好啊,小姐可得找一个会玩花样的来哟。"

他们几个洗了桑拿,便被各自安排进单间里。来侍候康太平的是一个面容姣好、丰乳肥臀的年轻女郎,进来后就要脱康太平的短衣短裤,康太平连忙用手挡住对方,问道:"姑娘是哪里人呀?"

女郎随意报了个地名,康太平故作惊讶:"这么巧,咱俩还是老乡呢。"接着就摆出一副诚恳的样子说，"既然是家乡人，我就对你说实话吧，我有那种病，现在还没完全好，我怕传染给你。这样吧，你给我做个正规按摩就行了，报酬照样按那种价给你。不过，你要替我保密，不能让我们的人知道我有病。"

女郎半信半疑地盯着看了康太平一会儿，只好按照康太平的要求来做。

第二天一早，康太平就接到王胖打来的电话，说上午十点钟交货，地点在郊区某某处。康太平说好的，为了联系方便，你们记一下我的大哥大手机号码。接着就把蓝海警方借给他使用的大哥大手机号码报了过去。报了号码又解释道，来到蓝海就换上了本地号码，主要是怕出意外情况。

用过早餐，作了安排之后，康太平便带队上路了。他让十多名警察埋伏在拉树化石的大车上，用篷布将车厢遮盖得严严实实的；他本人则和几个便衣警察以及三个犯罪嫌疑人，坐在中巴车上，在前面领路。

到了郊区交货地点，却不见一个人影。这时王胖把电话打到了康太平的大哥大手机上，说交货地点改在另一个地方。康太平他们只好按照电话通知要求，向新的地点赶去。新的交货地点，是在一个荒草野树丛中，已有七八个人在那里等候。

"不见优仔。"瓶瓶对康太平悄声说。

康太平等人从车里下来，康太平冲着迎上来的王胖说："优仔老板不来，看来货是交不成喽。"

"我们大哥病了不能前来，"王胖急忙解释道，"你把货交给我吧，钱我已经带来了。"

康太平佯装生气地说："还是那句话，见不着优仔老板，我们不交货。"

王胖磨了阵嘴皮，看到康太平没有半点改变态度的意思，只好打电话向优仔汇报情况。电话打过去不久，其实就躲在附近的优仔就赶过来了。

康太平用眼神问瓶瓶,来者是否就是优仔,瓶瓶点头默认。

优仔与康太平打过招呼后,就掏出大哥大手机,打通了盐巴小王的电话,尔后让康太平与盐巴小王讲话。这突如其来的招数,令康太平吃了一惊,但他立刻就稳定住情绪,接过手机,模仿着酒哥的声音说:"我们正在准备交货。"听对方讲一阵后又说:"好呢,好呢,我心中有数的。我呢,是嗓子有点疼,别的没有什么。"说后就挂了电话,将大哥大手机递还给优仔。

这时优仔说:"交货吧。"

康太平回道:"先验钞票。"

"行,把箱子拿来打开。"优仔挥挥手,他手下的人便把一大一小两个拉杆行李箱拿过来,让康太平他们查看。

查看完毕,康太平大喊一声"收货",同时就迅猛地扑向优仔,将其按倒在地,把他的双手反扭住。听到康太平的命令,车上车下的警察,很快将对方的人拿下,干净利落地完成了任务。

事后,酒哥向康太平央求:"快把解药拿出来给我们吃了吧,不然毒性发作就麻烦了。"康太平忍住笑,一本正经地让部下掏出几颗胶囊来,给酒哥他们服进肚里。其实,他昨天给他们吃的根本就不是毒药,只不过是清热解毒胶囊而已。

孟远和林苍秀得知康太平他们在这次行动中获得的佳绩后,林苍秀说康太平,当年在一起插队的时候,看不出他有多大胆呀,这些年锻炼出来了。孟远赞康太平是:赤胆忠魂,国之豪雄。

十九

　　林苍秀在曼戌正忙着,接到丁爱民打来的电话,说支边被盐巴小王的手下抓起来了,林苍秀急切地问:"咋个被抓的?"

　　丁爱民说,陆叶来哭诉,科甘一家赌场的人电话里讲,支边欠他们30万元人民币不还,所以他们把支边扣下了,让陆叶这边拿钱去赎人,讲完还让支边和陆叶通了话;陆叶清楚,支边的公司一时之间,是肯定凑不出30万块钱的,所以就跑来求丁爱民。

　　林苍秀听后说:"这个支边太不像话了,又干恶心事。你们等着,我约孟远赶过去。"说完就去约孟远,赶往小清河区。两人连午饭都没吃,只是买了一袋饼干和两瓶水,装在车上。

　　林苍秀知道有陆叶这样一个人,是在一个月前,丁爱民对她说的。丁爱民在电话里吞吞吐吐地报告,说支边过来请求,让把他的情人陆叶安排到望乡商号来做事。丁爱民觉得为难,只好请示林苍秀。林苍秀让丁爱民把详细情况说一下,丁爱民就讲,陆叶是科甘人,原先在一家赌场打工,后来被支边带到小清河镇,在支边的公司上班,两人相好后,陆叶生了一个儿子,现在长到一岁了。陆叶要求回公司上班,支边觉得不妥,心想风言风语传到他老婆耳朵里倒在其次,万一陆叶过来以后,他被追究重婚罪,那就麻烦了,因此不能让陆叶过来上班。想来想去,觉得把陆叶安置到小清河区的望乡商号,是最妥当的办法。

　　听了丁爱民的叙说,平日里温和优雅的林苍秀居然骂出来一句脏话,稍后,她气呼呼地说:"他还有脸来找我们呀,不行,绝对不行，他是重婚犯，我们不能帮他。"

　　支边的这个相好，是在赌场里认识的，那时，她是发牌员，长相一般，但是看起来臀翘腰细嘴唇厚，自有迷人之处，正是支边喜好的类型。支边就有意和她搭讪，时不时暗中还给她一些小费。陆叶对支边有好感，是觉得和他相处特别有趣，可以洗却心中的烦恼。熟悉以后，支边邀约陆叶去小清河镇他的公司上班，她也就欣然前往。

　　过来上班一段时间后，陆叶就知道支边并不是有钱人。他是赚了点钱的，他老婆虽然是农村人口，但是日子过得很滋润，不需要他操心，他的开销主要是把钱撒到赌场上去了，所以如今他公司的房子依旧是租来用的，除了一辆吉姆尼小型越野车，他没有什么值钱的东西。陆叶也不嫌弃他，只是反复劝他，不要再到赌场去花钱了，说赌场的路尽头就是悬崖。陆叶的话灌进支边的耳朵里，倒也发挥了一些作用，他往赌场跑的次数明显减少。

　　一天，两人在夕阳的映照下，下河洗澡。支边会游泳，就往深处游。陆叶不会游，只敢在浅处玩水。游着游着，支边的小腿出现抽筋的情况，他哎哟地叫了一声，身子就往下沉。陆叶见了，连忙惊慌喊人来救，四周却无人响应，她不顾自己不会游泳，飞身扑进深水区，要去救支边，结果自己被水卷走了。支边正在自救，他用仰泳的姿势把身体稳住，双脚不停地缩起来又往前蹬。待他解除了自身的危机，抬头看时，陆叶正在下方挣扎。他忙不迭地往下冲，到了陆叶的身边，一把揪住陆叶脖子后面的头发，吃力地将她往岸上拖。人到岸上，两个都瘫倒在地，半天起不来。支边当时就想，这个女人太可爱了，值得拥有。

　　事后一段时间，得知陆叶怀孕，支边就慌了，心想自己如果被定为重婚罪的话，恐怕会被抓去坐牢。转念又想，不至于吧，两个女的，一个在国内，一个在国外，井水不犯河水，如果没人告状，或许就能相安无事。这么一想他就不紧张了，便劝陆叶回科甘乡下养胎,把娃娃生下来,陆叶依从,他就把陆叶送回娘家。

林苍秀和孟远驾车一路飞奔,风尘仆仆地赶到小清河区,进了望乡商号的门。见一个女的抱着一个哭啼的小儿,坐在院子里,估计此人就是陆叶,林苍秀不理睬她,问丁爱民,有什么新情况吗,丁爱民回答说没有,那边只等送钱。

林苍秀在办公室坐下来,边喝凉水边和孟远、丁爱民商量下一步的对策。孟远说:"只有拿望乡商号的钱去捞人了,把人领回来再说。"

林苍秀想想,说:"也只有这个办法了。"就让丁爱民准备30万元钱,丁爱民说,钱是现成的,不消准备。

孟远提醒说道:"最好约赵岩布勒一起去,他在科甘有面子、好办事。"

林苍秀说对呢,吩咐罗小水去请她老公。这边就把钱装好,等来了赵岩布勒,林苍秀、孟远、丁爱民就和他一起上车。林苍秀交代罗小水,让她陪陆叶,给小孩找点好吃的东西。

支边去赌场的次数的确是明显减少了,但是有时收不住手还是去。前不久去还正好碰上了来赌场陪客人的盐巴小王,陪完客人以后,盐巴小王硬要拉他去家里坐坐,说好久不见了,一起喝杯小酒。支边见盐巴小王四周围着几个身体健硕的保镖,有些胆怯。他想起林苍秀他们劝他不要和盐巴小王来往的话,又想到盐巴小王陷害林苍秀他们的毒计,还想到康太平被盐巴小王手下刺伤的事,就坚持不去。可是盐巴小王不依,说是要请他回勐玛帮忙办一件事,不由分说便叫手下的人把他推上车。

到了盐巴小王家,先是喝茶吃水果,后是上菜喝酒,两人边吃边喝边聊。支边是个做生意的人,身份比较自由,但是在一个毒枭面前,他说话还是有顾虑的,盐巴小王问这问那的,该说的他就说,不该说的他就推说不知道。

开始他很紧张,洋酒喝下去,也就渐渐地放开了,话多起来,绕来绕去的,但想说的意思不敢直说。他主要是想劝说盐巴小王放下屠刀,立地成佛。他曾经听康太平说过,盐巴小王早些年是用"蚂蚁搬家"的方式贩卖毒品,后来胆子越做越大,变为大宗贩毒,非法获取暴利后,又投资橡胶园、茶园、采矿、开赌场,如今富得淌油。

后来多喝了几杯酒,支边的舌头和胆子几乎是同时大了起来,说话也就不绕弯了。他说:"你倒是富了,但是也伤了不少人啊,你想过这个问题没有?"

盐巴小王哈哈笑道:"我害的那些人,是没有骨气没有毅力的人,没有骨气没有毅力的人就是劣种。像你我这种人会去吸那个东西吗?这个世界人满为患,不是优良品种的人就应该消失。你晓不晓得,我是在用特殊的方式消灭劣种。"

盐巴小王的奇谈怪论,让支边张大嘴巴愣了一会神才说话:"我现在是个自由人,我不代表中国政府,但我代表中国人,再次劝你,做不得那种事了。"

盐巴小王又是一阵笑,随即正色问道:"你什么时间、什么地点看见我贩毒?"

"我倒是看不见,但是我们公安部门掌握着证据的。我问你,这些年你为什么不敢回中国?"

"我晓得,康太平他们对我恨之入骨。"

"不要说康太平,就是换成李太平张太平,一样恨你。"

"我今天约你来是为了一件事。"盐巴小王把杯中酒一口干了,抹抹嘴皮说:"冤家宜解不宜结,你回去帮我问问,我想给勐玛家乡捐五百万的人民币,表表心意,行不行?"

支边摇头说道:"那边不可能要你的钱。"

吃好喝完,支边站起身来要走,盐巴小王把他送到门外,对他说:"我看你在那边也混不出什么名堂来,干脆过来跟我干算了,我给你高薪。"

支边想了想摆手道："我这个人没有什么本事，帮不了你的忙。"说完就迈开了腿。

盐巴小王跟过来问："康太平现在混得咋个成，干了好几年大队长喽嘛，听说他大小功都立过不少，咋个还提不起来，是不是还是那种倔强的牛脾气？"

支边没有停下脚步，边走边说："脾气嘛改多了，升迁是迟早的事。"离开盐巴小王家，当晚他就在科甘城里，睡在一个熟人家。

这次他到科甘城来，并没有想着去赌博，他是来要债的，有家公司欠他10万元人民币。钱要到手后，他就去了盐巴小王开的那家赌场，因为上次他在那家赌场里借了30万元的高利贷，快到期了，他想去讲讲价，把债了啦，从此洗手不干。

这家赌场位于闹市区，漂亮的外观呈现的是欧陆式风格，室内的装修也特别讲究，给人一种富丽堂皇的感觉。赌场分为两层，底下一层是普通人玩的地方，上面一层为赌资出得大的人服务。赌场内人声鼎沸、熙熙攘攘。赌博的花样不少，有百家乐、牌九、麻将、大小、21点、梭哈、马格罗、电子游戏博彩等，种类齐全，令人眼花缭乱。

进了赌场，支边直接去找负责人，说："我来还债。"

负责人说："知道你是讲信用的人。"

支边挠挠头说："不过，我有个请求。"

负责人问他什么请求，他说："我只有10万元现金，外加一辆吉姆尼的越野车，作价8万元，我就按18万元还债，我们就两清了，行不行？"

负责人瞪了支边一眼，阴沉着脸说："你怕是吃错药了吧，你跟我们借的是30万元呢。"

支边说："我当时只拿着18万元呀。"

负责人冷笑道："另外那12万元是利息，我们当然要扣下啰。你不要要赖嘎。"

支边求他："看在我和你们老板是老熟人的面上,那 12 万元就不要算在我头上了。"

"我们老板没有给我交代过你的事,再说这点小事我们咋个能打扰他呢。"负责人摇头晃脑地说,"你必须还 30 万元。"

支边歪着头眼睛看向一边,说:"如果我不还呢。"

负责人手拍桌子站起来,指着支边叫道:"你不还你就活不长,信不信?"说完就喊:"来人。"

立刻就有两个打手模样的人开门进来,站在支边身边。他们凶神恶煞地,非要叫支边打电话,让人把钱送来。磨蹭一时,被逼无奈,心虚的支边,只好报出陆叶的电话号码,让他们给陆叶打电话。

林苍秀他们赶到勐玛城,直奔支边去的那家赌场,问明情况,赵岩布勒对负责人说,把你们老板的电话打通,我和他讲。负责人知道赵岩布勒是科甘特区的知名人物,不敢违抗,就把电话打到了盐巴小王的手机上,汇报了事情的来龙去脉。

盐巴小王让负责人把电话拿给赵岩布勒,在电话里说,他和支边是老熟人了,这点小钱不算什么,但赌场的规矩不能破坏,所以钱还是得交 30 万元。看在赵哥赵区长亲自出马说情的份上,过一久他安排赌场这边补给支边价值 12 万元的茶叶。

接完电话,赵岩布勒把一起去的人和支边约到门外一个僻静处,把盐巴小王的意思给大家讲了。林苍秀听后,对孟远和丁爱民说:"我的想法是,30 万元钱一分不少还给他们。"又对支边说:"茶叶不能要,你必须和盐巴小王一刀两断。"

"听你的。"支边连连点头后又说:"我这里有 10 万元,你们借给我 20 万元就够了。"

林苍秀哼了一声:"晓得你没有钱用了,你的 10 万元你留着用。我们这 30 万元是送给你做戒赌费的,以后你再赌,我们就不管你啰。"

支边羞愧难当,抽噎着说:"我再也不赌了,再赌我就不是人喽。"

把钱交清,就打道回府;回到望乡商号,已是月色初明时分。饭前,林苍秀和孟远、丁爱民商量后,把支边叫过来,林苍秀说:"陆叶可以来商号上班,但是我们并不支持你这种'脚踏两只船'的行为,先说清楚,以后有人告你,我们是帮不了你的。"

支边双手先是合十,随即弯下腰来,表示谢恩。

二十

　　新世纪第一年的六月,耿卫疆的父亲耿兴博去世。康太平在外地得知消息,是在老人下葬后的第二天,他立刻通知林苍秀、丁爱民和支边,约好在勐玛集中后一起去耿卫疆家慰问。人来齐后,他们便前往耿卫疆家。

　　耿卫疆和马玥明左臂佩戴黑纱,在门口等他们。进了屋,每人在逝者遗像前三鞠躬。随后出来在走廊上坐下,众人都埋怨,耿卫疆和马玥明不及时通知他们来参与料理后事。

　　马玥明指指耿卫疆说:"他不准通知。"

　　耿卫疆说:"没有通知外人,我父亲原单位举行了一个简单的遗体告别仪式,之后就将老人送上山了。"又说,这也符合父亲生前的意愿。

　　康太平叹道:"老人家平时看着身体很好,咋个说走就走了。"

　　耿卫疆难过地说:"是呢嘛,去年春节我和马玥明回来,他还说起他要争取活一百岁的,结果掼一跤人就不在了。"

　　众人不免感叹一番,都觉得人生太短,岁月如流。

　　稍后是闲谈时间,支边问耿卫疆:"你去临江几年了,升官了没有?"

　　耿卫疆回答:"去了四年多,没有升迁,还是副市长。"

　　马玥明在一旁说:"像他这样的老实人,不会为自己的事找人,只会守株待兔,难提拔呢。"耿卫疆瞪了她一眼,她便不吱声了。

　　康太平接过话题说:"是呀,还说不让老实人吃亏,我有点不相信喽。"

支边为康太平打抱不平，说他大功小功都立过，就是提不起来，直到如今还是个副科级干部。接着就问康太平："听说最近有个机会你又错过了，有没有这回事？"

康太平不吭气。

耿卫疆就问康太平是怎么回事。

康太平打开话匣子就讲，他们县局要提拔一个副局长，副局长的岗位是正科级。大家都认为非他康太平莫属，结果不是他，而是一个见人就说好话、基本不会得罪人的治安大队长。此事让他很郁闷，他认为组织上用人不公平。

稍作思忖，耿卫疆说，邓小平同志讲过，我们现在还处在社会主义初级阶段。他老人家的这个话让我想到，初级阶段问题肯定不少，民主法治的建设还需要有一个过程。

见康太平情绪激动，面有怒容，丁爱民有意把话题引开，问康太平："盐巴小王是被妙塔国警方打死的？"

康太平答："是的。"

耿卫疆问："盐巴小王是什么人？"

支边说："就是那年在田坝大青树下袭击马蜂的那个调皮鬼，马蜂飞来报复，林苍秀落在后面，你跑回去救她，结果被叮得一塌糊涂，你还记得这回事吗？"

耿卫疆回想后，看了林苍秀一眼，说："是有这么一回事。"

支边转过头来问林苍秀："你还记得吗？"

林苍秀抿抿嘴说："咋个记不得，我一直在心中感谢耿卫疆呢。"

耿卫疆说："我记得他和我们是同学，小学毕业以后就没有见过他了。"

康太平说："他和你们几个不是一个班，跟我是同班，还是同桌呢。"

马玥明问:"那这个盐巴小王后来是干什么的,咋个会被打死呢?"

康太平就将盐巴小王的情况向耿卫疆夫妇作了大致介绍。接着就向大家讲,长期以来,经盐巴小王组织,向中国境内贩卖的毒品不计其数,仅被我方缴获的数额,就达两吨多。此君恶行,人所不齿。这个人嚣张至极,多次扬言要对我方缉毒人员进行报复。康太平摇摇头说:"这个家伙还提出,要用 100 万元人民币,换取我的人头。现在我的头还在,他的命已经下地狱去了。"

马玥明问:"他是咋个被打死的?"

康太平讲,一个月前,我们向妙塔国警方提出,盐巴小王是从中国跑出去的人,多年来暗中向中国境内输送了大量毒品,请妙塔国警方协助我们抓捕,将其缉拿归案。妙塔国警方态度很积极,立刻开展抓捕行动。他们经过多次侦察,发现盐巴小王潜伏回家之后,迅速出警,将盐巴小王家团团围住,一一将卫兵击毙击伤,冲进大院后却怎么也找不到盐巴小王,后来调来几只警犬,搜索后发现,盐巴小王的卧室里有一个暗道,他已经从暗道跑出去了。由于在枪战中腿部负伤,盐巴小王没有跑远,便钻进一个溶洞里躲藏。妙塔国警方冲到溶洞口,喊话令其出来投降,盐巴小王死活不干,一直朝洞外开枪抵抗。最终,忍无可忍的妙塔国警方,投弹后又用机枪扫射,将盐巴小王击毙在洞里。

丁爱民说:"盐巴小王不死,天理难容。"

正在说着话,勐玛县的县委书记来了,走进小院就对耿卫疆解释,说刚从乡下回来,随即进屋向遗像三鞠躬敬礼,完了出来也坐到走廊上。

耿卫疆介绍坐在走廊上的人,说康太平、支边、丁爱民、林苍秀和他是同学,而且在同一个生产队当过插队知青。

县委书记说:"难得,难得。"

耿卫疆说:"我这几次回来,感觉勐玛城的变化一年比一年大,你们工作做得不错。"

县委书记恭敬地说:"还不是你们这些老领导打的基础好,这次回来还得请你家多多指导。"

耿卫疆说:"出去多年了,不了解情况,不能乱讲。我倒是觉得县城的确漂亮多了,建筑有当地的民族特色,绿化树种适合当地的气候条件,街道干净卫生,已经是个宜居之地了。"

县委书记说:"尽管问题还不少,但是经济在稳定发展,社会事业协调进步。如今学校教育、医疗救治的条件也有明显改善,交通出行也比过去更便捷,对这些变化干部群众基本满意。"

林苍秀问县委书记:"听说这边正在申报小清河国家一类对外开放口岸,是不是确有其事?"

县委书记回答,确有其事。以后小清河口岸的条件会更好,我们省上规划,高速公路和铁路都要修到小清河口岸,以后飞机通航,机场离口岸也就几十公里。介绍完后就说:"欢迎你们回来投资参与建设。"

林苍秀说:"想是想回来的,不过现在公公婆婆年纪大了,想多陪他们几年。"

这时一直没有说话的孟远指着林苍秀说:"她这次回来,想为家乡做点小事,支票都带来了。"

林苍秀微笑道:"给我读过书的小学和中学各捐 100 万元人民币,略表心意。"

县委书记说谢谢:"明天我就安排人和你对接。"

林苍秀他们告辞后,耿卫疆特意在县委书记面前,为康太平说了几句话,说康太平是缉毒英雄,人品好,工作能力强,以后有机会,请对他进行考察,看看能不能进一步使用。县委书记点头应许。

第二天县委书记就安排人来接林苍秀他们去捐款。先到小学,小学生敲锣打鼓来迎接,并献鲜花,让林苍秀激动得泪花在眼睛里打转。到了中学，县上安排了一个环节，让县电视台的记者采访她，她表示拒绝说，我是勐玛人，回家乡做点小事，不需要宣传。

把捐款的事办妥，林苍秀和孟远就回曼戌去了。支边陪丁爱民留在勐玛办事，而康太平接到通知，让其归队，带人去抓捕一名毒贩。

毒贩躲在其情妇卧室中负隅顽抗，不愿投降："我出去是死，不出去也是死，你们哪个有种就进来，我用手雷奉陪。"

康太平考虑用强攻的办法肯定没问题，但毒贩很可能带着手雷一类的武器，一旦引爆就会造成四周的损失，再说留个活口，还可以套出境外更多的贩毒线索。这么一想，他就让手下的人退下去，自己留下与毒贩对话。他用平静的语调说："我晓得你不怕死，但我要告诉你，你还有活的希望，我希望你冷静下来。"接下来他对毒贩说，你如果引爆了手雷，那你倒是走得痛快，但你对得起你女方家吗？你把她家炸个稀巴烂，这是你想要的结果吗？如果你缴械投降的话，只要你交代揭发境外的人和事，有立功表现，那么你还有可能不死。

毒贩在里边叫道："你不要哄我。"

康太平耐心地劝说道，我个人只能对你说，如果你有重大立功情节，那么你有可能不被定死罪。你应该跟我一样吧，上有老下有小，想想他们，想想你还有活下来的一线希望，你应该老老实实地走出来。

双方僵持了很长时间，最后毒贩提出要求：康太平不带武器，只身一人进卧室，与他交谈。康太平同意了，他把手枪交给手下的人，毅然走进卧室，与毒贩关门长谈，直到天色微暗，才将交出了三颗手雷的毒贩带出卧室。

过了不久，县委组织部又到县公安局考察干部，这次是耿卫疆在县委书记面前说的话起了作用。耿卫疆觉得康太平这个人的确不错，才在勐玛县委书记面前为康太平说了几句话。勐玛县委书记觉得老领导为人正派,他推荐的干部,只要符合条件就应该使用。

县委书记找组织部部长问康太平的情况,组织部部长如实汇报,说康太平上次就应该提副局长了,可是地委组织部的张副部长下来做工作,让我们报省上一个领导的亲戚,所以就没有报第一人选康太平,而是报了第二人选治安大队长。

县委书记心中有数,那次张副部长下来,首先找的是他,他也就默许了,没想到影响到了康太平的使用。他就问,政法系统还有没有空缺岗位。组织部部长想了一下说,还有一个正科级的空缺岗位,是社会治安综合治理办公室主任。县委书记说,那就去考察考察,如果符合条件,就把康太平提拔过来,如果不符合条件,那就不要勉强。

组织部派人去县公安局考察干部,在干部大会上公开讲明,此次用人是要提拔到县社会治安综合治理办公室,任正科级的主任。考察结果,又是康太平得到的推荐票最多。康太平似有预感,他对考察组的人说,如果有人推荐我,请你们不要考虑,我不想离开公安战线。考察组的人说,推不推荐你先不说,你这个态度就有问题,革命干部是块砖,哪里需要哪里搬。

正在考察期间,县纪委和组织部分别接到举报信,举报康太平两个问题:一是收受毒贩家属贿赂15万元,时间地点说得清清楚楚;二是有不正当男女关系,和境外一个女商人勾搭成奸,女商人名叫梅优诗。举报人落名是尤新仁。

有了举报,就需要调查核实。县上组织调查组,查来查去,毫无线索。后来就找康太平本人核实,这下子康太平心虚了,后悔得要死,觉得自己对不起组织。他在自责中如实坦白说,举报信是他自己写的,15万块钱和女商人都是编的,给女商人取的名字叫"梅优诗",意思是"没有事",给举报人取的名字叫"尤新仁",意思是"有心人"。调查组的人听康太平这么说,个个都张嘴瞪眼,大吃一惊。

康太平低下头来，说："对不起，是我欺骗了组织。信才寄出去我就后悔了，我请求组织处分我。"

县委书记听说举报信是康太平自己写的，大发雷霆，说这种欺骗组织的行为极其恶劣，不但不能提拔，还必须重处。

不久，康太平就受到了处分：党内严重警告，取消副科级待遇，调到一个乡上当办事员。

康太平倒也爽快，说我做错了事，甘愿受罚。安慰过家人后，他很快就去乡上报到去了。

县委书记把情况告诉了耿卫疆，耿卫疆打电话来，把康太平臭骂了一顿。

康太平在电话里对耿卫疆讲："我一是不想离开公安战线，二是心中有气，那次提拔副局长，推荐我的人最多，不让我干，我想不通，所以赌气。说来说去，最终还是怪我自己。现在我想通了，你放心，我会在乡上好好干的。"

二十一

林苍秀五十岁的生日是在勐玛县城过的,也不仅仅是她一个人过生日,而是几个当年的同学、知青在一起,大家同时为年至半百的生命祝福。此前几天,她就来到小清河区,准备去勐玛县城,处理生意上的事。丁爱民问她,她生日那天,是不是约约支边,再把康太平喊来,大家一起吃顿饭。林苍秀答应了,丁爱民就分别给支边和康太平打电话,康太平告诉丁爱民,耿卫疆这几天正好在勐玛下乡。得知耿卫疆人在勐玛,林苍秀说那我问问他,能不能一起聚一下。电话打过去,耿卫疆说是应该聚一聚,两人就商定,地点定在勐玛城边耿卫疆大舅子开的傣家乐园里。

相约的人先后来到傣家乐园,坐在花木葱茏的院子里,吃水果喝茶。林苍秀拿出两份高档的翡翠挂件弥勒佛,分别送给康太平和支边,说:"这个纪念品是我的一点心意,丁爱民已经有了,耿卫疆这边呢,因为他是领导干部,他不好收东西,我也不好送,我想等他媳妇马玥明退休的时候,我再专门送一份礼好了。"

耿卫疆微笑着竖起双手的大拇指,对林苍秀说:"这样最好。"他从临江市调回林山市当了四年多的市委副书记,最近刚提拔为市政协主席。

闲谈间康太平问林苍秀:"你在国外生活三十多年了,什么时候回国定居?"

林苍秀回答道:"孟远的父母都是年过八十的人,他父亲已经卧病在床几年,他母亲的身体也不行了,孟远是个孝子,这个时候不好和他商量回国的事,等到为老人送终以后,再谈这个事。"

晚餐也在院子里享用。把酒倒好,林苍秀让大家站起来,请耿卫疆讲几句话。耿卫疆也不推辞,站起来就说:"我们今天为了两个共同的愿望,走到一起来了,一个愿望是,祝林苍秀生日快乐;还有一个愿望,今天的相聚,是来纪念我们下乡插队当知青三十五周年,共同为我们属猴人五十岁的生命祝福。"

众人连声叫好。

耿卫疆接着说:"每个人都要说几句祝酒词,表达心中的想法。说话的人自己把酒干了,别的人暂时不喝,轮着把话讲完后,我们再共同干一杯。哪个先讲?"

众人都说,你先讲。

"可以,我先讲,我要说的意思昨天晚上就想好了。"耿卫疆说道,"时光荏苒,岁月半百流水去;欣逢遇见,人生路上有知己。"说完就把杯中酒干了。

"我要说的内容也是在昨天就准备好了的。"轮到林苍秀时她说,"身在他乡,最念当年情谊;今日相聚,岁月因此美丽。"说后也把酒喝了。耿卫疆夸奖她说得好,她抿嘴微笑不语。

该丁爱民讲了,他说他不会说话,支吾了半晌还是讲了:"当年小,现在已快老,以后更重友情才是好。"他已经多年不喝酒,今天不能不喝,只是和林苍秀一样,喝的是红葡萄酒。

康太平说的是:"五十知天命,遇事心要静;我敬一杯酒,大家有好运。"他平时就喜欢编顺口溜。

康太平才把酒喝了,支边就说:"我的话也想好了,我要说的是,人生很美妙,可惜太短了;谁的时间到,谁就先睡觉。"

听他这么说,众人都笑了,觉得他说得虽有道理,但说得不是时候。林苍秀说,罚你一杯酒,他就笑着又倒了一杯酒,喝了。

大家集体喝一杯,然后边吃边喝边聊。回想往事,越说越兴奋,气氛也就越来越好,不知不觉地都多喝了几杯酒。

　　说到那时拜寨子里的傣拳师习武时,康太平就起身离桌,手舞足蹈地表演起傣家拳法来,支边和丁爱民也站起来走过去,跟着比画起来,神情专注,然而动作难看,引得耿卫疆和林苍秀前仰后合地笑。

　　酒酣耳热之际,耿卫疆提议,让林苍秀拉一曲二胡助兴,结果一问,傣家乐园里没有二胡。

　　支边叫道:"耿卫疆和林苍秀唱一首歌吧,男女声二重唱,唱一曲《夫妻双双把家还》,因为当年他俩差点就成了一对鸳鸯。"

　　林苍秀戳了支边一指头,嗔怪道:"你闭嘴吧,我们不会说你是哑巴。"

　　耿卫疆有意引开话题:"我献上一首吧。这首歌是我在沧江工作的时候,学唱的一首佤族民歌,歌名叫《想你》。"

　　他说了就唱起来:每天想你无数回,阿妹/想你想得掉眼泪,阿妹/因为山高路遥远,阿妹/因为水深要架桥,阿妹/如果我是一只小鸟/我就飞到你的身边,阿妹。

　　林苍秀听着听着,眼睛就湿润了,她把头低了下去,等耿卫疆唱完歌,她才抬起头来说:"当年我们在一起,真好;无奈呀,流逝的岁月回不了头。"

　　这时听见支边用黄梅调唱歌,声音在高处:"树上的猴子不成对,属猴的人呀快上来。"循声望去,他坐在一棵菠萝蜜树的枝杈上,摇头晃脑。众人连忙叫他下来。

　　天色暗下来时,耿卫疆安排服务员把蛋糕端上来,大家一起唱《祝你生日快乐》,吃蛋糕。唱了生日快乐歌,吃了蛋糕,耿卫疆征求林苍秀意见后就说:"天下没有不散的筵席,今天就散了吧,以后我们要创造机会多相聚。"

　　第二天,林苍秀约丁爱民、康太平和支边,在勐玛城请赵岩布勒、罗小水夫妇和他俩的父母亲吃晚饭。

　　罗小水的父亲在勐玛老家病逝以后,她心疼母亲,觉得老人孤单,就把母亲接出国,去小清河区一起生活。赵岩布勒的母亲去世得早,赵岩布勒当上区长后,一直把他父亲带在身边。两边的老人在一口锅里吃饭,日久生情,就有了黄昏恋。

发现情况后,罗小水急了,问赵岩布勒咋个办。赵岩布勒笑道,赶紧办,说得罗小水一头雾水。赵岩布勒说,意思你还不懂吗,支持他们两个老人结为夫妻啰嘛。罗小水张嘴瞪眼,缓过神后说,不兴这样吧,你不怕外人笑掉大牙吗?赵岩布勒说,怕什么嘛,哪个想笑就笑球他的。又说,两个老人都是七十多岁的人了,老来有个伴才得呢,平时说说话,身子脊背痒了,互相帮挠挠才舒服呢。罗小水沉默了半天才说,你说的也是合呢,那么帮他老两个请几桌客?赵岩布勒摇头说,客就不请了,让他们去"旅行结婚",带点糖果回来,给亲戚朋友发发就完事了。罗小水问,去哪里旅行?赵岩布勒说,他们这种年纪累不得,远处就不去了,你领着他两个,在妙塔国这边,去科甘城、曼戍城玩玩,再去中国那边的勐玛城转转。

这是十年前的事了。这次赵岩布勒和罗小水的父母亲是因为生病,由罗小水陪着来到勐玛城住院的,住了十多天病情好转,明天就要出院回家,赵岩布勒过来接他们。

林苍秀一时没有想起耿卫疆和赵岩布勒彼此是相识的,就没约耿卫疆来,但耿卫疆听说后,还是特意赶到饭店来敬了几杯酒才离去。走前,盛情邀请赵岩布勒到林山市访问、交流。

吃完饭,林苍秀对赵岩布勒说:"明天如果你没有急事,那么就请你留下来,协助我处理一桩生意上的事。"赵岩布勒问什么事,林苍秀把大概情况讲了,说明天春明市那边的人就到勐玛来商量处理意见。赵岩布勒听后说他可以留下来。

几天前,林苍秀接着中国彩云省春明市这边打来的一个电话,问她是不是卖过一坨高价玉石给春明市某某公司,林苍秀说有这回事,问对方是什么人。对方说他们是公安部门的,要请她过来中国这边商谈玉石销售的相关情况,林苍秀回答说可以,双方当即约定在勐玛见面,定的见面时间就是明天。

去年的一天,赵岩布勒对林苍秀说,他的老朋友、妙塔国勐康特区拉曼县的县长岩龙有一坨玉石原料想出手,要价 4 500 万元人民币,不知林苍秀有没有兴趣。林苍秀问了几句话后就表态,可以去看看。赵岩布勒就安排车辆,陪林苍秀到了拉曼县,看岩龙县长的玉石原料。

林苍秀没想到,见到的玉石原料比她想象的要小得多。岩龙县长介绍,原料是他在公盘大会上参与竞标得来的,中标价折合人民币 4 000 万元,手续资料样样齐全。林苍秀仔细端详后发觉,玉石原料虽然只有 5 公斤重,体积不大,却是极为稀缺的上品,此生难得遇见。它的品质绝对不容小觑,开窗处是一片油绿,颜色浓郁,水头特别好,并且没有丝毫裂纹。见了这坨石头,林苍秀感觉到,她这才理解了古话说的"家有翡翠万斤,不如凝翠一方"的含义。

林苍秀爱不释手,双方拍板成交,价格 4 500 万元。原料拉回来后,放在望乡商号储藏,半年后就有人来购买,出售价是 4 850 万元人民币,买方就是春明市某某公司。

玉石原料出售后,林苍秀要支付给赵岩布勒一笔介绍费,赵岩布勒说不要,想想又说要的。他说他老家的学校房子破烂,希望林苍秀帮助修缮一下,林苍秀二话不说,就给那所学校拨去了 50 万元人民币。

现在春明市那边的人要来谈这坨玉石原料的相关情况,是何原因,林苍秀猜来想去,猜不到底。

春明市的人来了七个,有四个是穿警服的,其他三个是公司里的人。双方一见面,穿警服中的一人,应该是此行的负责人,出示了证件后,就请林苍秀谈谈玉石原料销售的具体情况。林苍秀如实把玉石原料的来龙去脉讲了,穿警服的负责人就说,他们希望能把玉石原料退还给林苍秀,请林苍秀这边给予配合。

退的理由是,春明的这家公司涉嫌非法集资,用高额回报引诱离退休干部职工参与集资,如今资不抵债,无法支付离退休干部职工的本金,目前公司只剩下这坨玉石原料,所以请求林苍秀他们接受退货,把 4 850 万元资金转回公司,聊补无米之炊。

林苍秀问:"你们把货带回来了吗?"对方公司的人回答说是的。

赵岩布勒抬起左手摇了摇说:"生意场上的规矩,不兴这样的。"

春明市穿警服的负责人说:"特殊情况,请给予特殊考虑。"

林苍秀掂量了一会儿说:"既然是这样,我们应该理解,把货拿来验一下。"

货拿上来一看,林苍秀就冷笑道:"这坨石头不是我们公司卖出去的,尽管模仿得很像。"

赵岩布勒看了也说:"这坨石头不是原货,石头是我介绍林苍秀买的,我看得出其中差别的。"

春明市穿警服的负责人问某某公司的人,怎么回事,某某公司来的人叫道,他们买的就是这坨石头。双方争执起来,一时不可开交。

林苍秀到室外给耿卫疆打了一个电话,问他人还在不在勐玛,耿卫疆回答说,明天吃过中午饭回林山。林苍秀就把她这边的情况给他讲了,征询他的意见,怎么办才好。耿卫疆考虑了一会儿说,明天上午他约勐玛县的领导过来,大家面对面地商量,看看怎么解决这个问题。

挂了电话,林苍秀走进来,打断争执,说:"这样争下去是扯不清楚的。明天上午,我们请勐玛县的领导来,我们几家坐下来商量,这个事要咋个处理才好,行不行?"

春明市穿警服的负责人同意林苍秀的建议,大家就散了。林苍秀立刻布置,让丁爱民赶回小清河区的望乡商号,把买卖这坨玉石原料的所有文字资料和照片,当晚带过来。

次日一早,耿卫疆约着勐玛县的一位副县长和公检法三家的负责人来了。看了要退的货,又看了林苍秀公司拿出来的买卖文字资料和照片后,勐玛县的几位领导给出的建议是一致的:走法律程序。如果春明这家公司是原告,那么官司就在合同履行地勐玛打;如果林苍秀的公司要告春明这家公司,那么打官司的地点就在春明市。

林苍秀明确讲:"希望对方起诉我们,我们做被告,我们不愿意主动出击,因为不想伤了和气。"

春明市穿警服的负责人问某某公司的人,走法律途径是最好的方式,你们是什么态度?某某公司的人说,回去汇报以后再定。

春明市穿警服的负责人严厉地说,如果你们公司有欺诈行为,林苍秀他们可以告你们诈骗罪,我们警方也绝不轻饶你们。某某公司的人听后,都低头不语。

最后,林苍秀表态说:"昨天我听春明市警方的人说,这家公司涉嫌非法集资,套的是退休老人的养老钱,我心里很不好过,所以我就答应把钱退回去,但是他们公司拉来的石头,绝对不是我们公司的原货,因此我们就不能把钱转回去。我想,我们双方的纠纷尘埃落定之后,我们公司愿意把做这笔生意赚到的钱退还给春明市警方,由警方决定怎么处理。这笔生意,我们公司赚到了 350 万元,那么到时候我们就拿出 350 万元来退回去。"

她没有讲,350 万元当中,她已经拿出了 50 万元,捐给了赵岩布勒老家的学校。

最终,某某公司没有来打官司。林苍秀把赚到的 350 万元,转到了春明市警方的账上。

二十二

清明时节无雨,东山顶上的太阳不太明亮,天气却有些闷热。孟远夫妇和孟远姐姐的家人到墓地上坟,铲完草,上果品,烧纸钱;献花,敬香,磕头;一切程序按华人风俗进行。稍后,到墓后的松树下小憩,也有陪陪两位老人的意思。两位老人中,孟校长早两年先走,孟夫人后去,至今一年多。

第二天,孟远和林苍秀有了一番长谈。孟远的意思是,已经陪两位老人走完了人生最后的行程,林苍秀可以考虑回国投资的事了。

林苍秀问:"我回国了,你留下来吗?"

她知道孟远对于到中国定居一直下不了决心,主要是因为他心中有道坎跨不过去。有次林苍秀说起,等把两位老人养老送终之后,想约孟远回勐玛定居,做点公益事情。

当时孟远回答她,这些年来,你只赚钱不花,我就知道你想把钱花在关键和重要的地方,你的想法是好的,我赞成。至于我回不回去,你容我再想想。

林苍秀点头道,你犹豫不决,我也能理解。夫妻三十年,他俩恩爱有加,相敬如宾,从来没有红过一次脸。

这天是孟远主动提起让林苍秀回国投资的事,林苍秀想,不知道孟远有了什么新的想法,就问他,我回国了,你留下来吗。

孟远的答复是:"我也不留下来了。"接着就说出一个想法来,征求林苍秀的意见。

　　林苍秀说过，以后想回中国勐玛的小清河口岸，出资办一所职业中学，免费招收中妙两国边民的贫困生，让他们学习掌握谋生的知识和技术，日后帮助家庭脱离苦境。

　　据此，孟远这天提出来的想法是，办职业中学的同时，在小清河口岸建一个三星级的酒店，把曼戍的翡翠店搬到酒店里，依靠酒店和翡翠店的收入，支撑学校运转。林苍秀以后的主要精力，放在酒店和学校方面。说到这里，他就问林苍秀，你觉得怎么样？

　　林苍秀拍手叫好，随即反问道，那你呢？

　　孟远说："我也去小清河，不过不是那边的小清河，而是这边的小清河。"他扬扬手止住林苍秀想说的话，继续说道，我们把家搬过去，在那里建医馆，我要继续行医，你晓得我除了看病别无所长。说到这里，他停顿了一下。

　　林苍秀催他："你接着讲呀。"

　　孟远掰起指头说道，小清河区这边我们要花的钱有这么几笔：建一个医馆，把农场改造成药草园；盖几套房子，我们家，丁爱民、罗小水，还有李老医生的儿子岩李家，每家住一个小院；另外，无偿地建一座佛寺，填补口岸没有寺庙的空白，帮助信教的人找一个心灵修行场所。以后，你在那边忙，我在这边干，中间就隔一条小清河，过来过去都方便。

　　林苍秀心中的暖流几乎将眼里的泪水推出来，她亲昵地摸摸孟远的脸说："你为我着想太多了，我现在不知说什么好。"

　　孟远道："为你着想其实也是为我着想。"他摩挲着林苍秀的手说，中妙两边的小清河口岸发展都很快，特别是中国那边，成为国家一类口岸以后，变化日新月异，今后他们还要把高速公路和铁路修过来，正在建设的飞机场也不远，大约就五六十公里的路程，不远的将来，交通会更加方便。

　　他还说起，两个小清河口岸的人口加起来已经不少于一个普通县城的人口，以后还会更加热闹。

林苍秀知道孟远平时想问题细致、周到,思路清晰、深远,此时听孟远的一番话,不由得十分感叹,在心里愈加钦佩她的先生。

这天,两人还把相关的一些事情也商量了。曼戌的灵草香医馆交班给孟远他姐的儿子,年轻人已经可以独当一面了。前些年,孟远和林苍秀就分别把孟远他姐的儿子和女儿(林苍秀不能生育,此女后来就过继给孟远和林苍秀了)、丁爱民的养女、李老医生的孙子和罗小水的一个儿子,送到春明市读书,孟远他姐的儿子和李老医生的孙子学的是中医,其他几个学的是经济管理。

另外,为了筹措资金,要把矿山和牛场卖掉。现在住的这座宅院呢,因为孟远他姐的女儿以及她爱人也得跟着一块搬到小清河去,就无人住了,但也不能卖,要将其改造成文化夜校,送给寨子做公房。

孟远在客厅来回踱步,寻思一番后说:"干脆这样,把小清河医馆和望乡商号都改成股份制,我们家控股,丁爱民、罗小水和李老医生的儿子岩李每家占一股,有利益大家一起分享,你觉得怎么样?"

林苍秀说同甘共苦好呀。接着说道:"康太平享受'三五政策'(三十年工龄、年满五十岁允许提前退休)已经休息了几年,在家领孙子,我想把他请出来;支边的公司也不景气,我也想把他拉过来,让他俩跟我一起干,到时候把酒店和翡翠店的股份也分点给他俩。"

"要得。"孟远就问,"能不能把耿卫疆和马玥明夫妇请出来帮忙,如果他俩能出来,那就太好了。"他和林苍秀都知道,马玥明和耿卫疆已经提前退休先后回到勐玛。

林苍秀说:"好是好,晓不得能不能请出来,到时候试试看吧。"

这天夜里,心满意足的林苍秀主动搂着孟远,老夫老妻亲亲热热地睡了一觉。

过了几天,孟远和林苍秀把李老医生的儿子岩李请到家里,说了邀请他家一起去小清河区定居和参与股份的事,岩李听后异常兴奋,连声说好,他告诉孟远夫妇,自从他父亲李老医生去世之后,他就有了离开猛沙拉的心思,因为和两个同父异母的妹妹家关系不是那么融洽。

头两天,林苍秀已经在电话里把邀请丁爱民和罗小水参与股份的事和其他打算给他俩说了,他俩听后自然也是十分高兴。

在曼戍把相关事务基本处理完,就到了这年的秋季。孟远夫妇来到小清河区政府,找到赵岩布勒,正要说明来意,赵岩布勒摆摆手说:"你们不消讲了,罗小水已经告诉过我啦。"这时的他,右手衣袖已经不是空的了,因为一年前孟远已经为他定制并特意过来给他安装了假肢。

他伸开双臂对孟远表示欢迎,不得了啦,我们小清河区的人磕头碰着天了,曼戍城的名医来开医馆,以后我们就不怕得病了。接着又说:"你们建医馆的土地我们给予优惠。"

孟远身子往前倾了一下,微笑道:"赵区长你说得太夸张了,我们来寻找安居之地,你们这里最合适。"

赵岩布勒坐下来说,孟医生你不仅来行医,听说还要来建一座佛寺,帮助大家解决心灵上的问题,你真是个大慈大悲的活菩萨啊。他看看林苍秀,笑道,你就是活菩萨的好老婆。说完就问:"菩萨是男还是女呀?我还没有搞懂呢。"

孟远回答他,菩萨在佛教中的性别并不固定,可以随缘示现,不过在印度,观音菩萨最初是以男性形象出现的,在中国唐朝的武则天时期基本转化为女性形象。只是在南传上座部佛教的信徒中,没有菩萨的概念,他们认为佛只有一个,那就是释迦牟尼。

孟远接着说:"我们来建佛寺,只是想为心中有佛的人,建一座渡河的桥而已。"

赵岩布勒说,建佛寺的土地,由我们政府划拨。然后问道:"是不是还要分给我们家一套别墅?这个怕不合适。"

　　林苍秀回话："别墅不是给你的,是给罗小水的,她是我们公司的员工。"

　　赵岩布勒想了想说："也对,那就让她要吧。"

　　孟远问他："建四套别墅的土地不难找吧?每家要一亩左右。"

　　赵岩布勒说："地嘛不难找,不过征这个地我就不能出面了。"

　　"你出面我们还不敢要呢。"林苍秀说,"征地的环节要公开透明,价格要向大家公示。"

　　"考虑到以后娃娃们也要来住,所以每家的房子要盖 400 平方米左右。"孟远说,"建筑特色要体现中国传统式样和东南亚风格的结合。"

　　"这些问题以后再讨论。"赵岩布勒站起来说,"我先领你们去选建医馆和佛寺的用地吧。"

　　"今天不行。"林苍秀手指中国方向对他说,"要过桥去那边,商谈投资的事。"就把要到河对岸投资的项目向他作了简单介绍。

　　赵岩布勒听后说好哇:"以后你们就是小清河两岸一家人,你来我往搞得成。"

二十三

林苍秀和孟远过了小清河，约了支边，去勐玛城找到康太平，四个人在一家饭店边吃边谈。康太平和支边都十分乐意加入林苍秀的团队里来做事。林苍秀说，还想请耿卫疆夫妇加入进来，不知他两口子愿不愿意。康太平说，他两个要去春明市待一段时间，不知走了没有。

林苍秀掏出手机打通了马玥明的电话，得知他俩刚到春明，大概要个把月才能回来。林苍秀还没再问什么，马玥明在那边就说开了：她回到勐玛当老年病医院的院长，当得太窝囊了，主要是她的同学、县红十字会的领导干预过多，使她不能按自己的意愿做事，因此还没干满一年她就辞职了。正好耿卫疆要来省城查阅资料，她就一起来了，打算在女儿家住一段时间。

等她讲完，林苍秀就说："我们想在小清河镇建一所职业中学，建好后请你来当校医。"马玥明当即就痛快地应承下来。

林苍秀问："耿卫疆在不在你身边，在的话我和他讲一下。"

马玥明说："在的，你等等，我把手机拿给他。"

听到耿卫疆的声音后，林苍秀就向他介绍了孟远他俩的打算，并恳请他出来助一臂之力。

耿卫疆听后说："你和孟远的善举，我应该支持。至于怎么帮助你们，回去以后再商量。我现在正在撰写'林山文化丛书'，计划要写九本，这次来春明，一是到省图书馆查阅资料，二是到省社科院向专家请教。你们现在可以先把前期的工作做好，有什么问题我们随时联系。"

打完电话,林苍秀抿嘴一笑,说:"请耿卫疆两口子出山,看来没有问题。"

这时支边开口对林苍秀说:"以后你笑的时候,不要抿着嘴巴行不行。"

林苍秀不解,问:"咋个啦?"

支边笑道:"你抿嘴笑的样子太好看了,我受不了。"

林苍秀听后,又习惯性地抿嘴笑笑,抬起手来,假意要打支边。

孟远提议道:"要尽快向勐玛县政府反映我们的意图。"

康太平说:"等一下我就去找县上分管的副县长。"

支边说:"下一步就是征地、规划、办各种手续,然后才能施工建设。"

到了晚上,康太平来说:"联系好了,明天早上八点半去县政府会议室商谈。耿卫疆已经给县上的梁书记打过电话了。"

次日一早,林苍秀等人到县政府,见到了热情洋溢的分管副县长,他把县招商局、土地局、城建局、环保局、旅游局、教育局、公安局、小清河镇等单位的负责人都召集来了。

分管副县长说:"我们今天开个短会,欢迎林董事长回来报效乡梓。昨天下午,我们县的老领导、市政协原主席耿卫疆给我们县委梁书记打来电话,介绍了林董事长他们要来小清河口岸投资、发展的情况,梁书记高度重视,委托我代他对林董事长一行的到来,表示热烈欢迎;梁书记要求我们全力以赴配合,做好相关工作。林董事长是从我们勐玛出去的精英,现在我们欢迎她谈谈他们公司的具体打算。"

林苍秀站起来,向大家鞠了一个躬,又转回身来向副县长鞠了一个躬,坐回原位,十分动情地说:"我是1972年出去的,到现在已经四十年,就像诗中写的一样,'少小离家老大回,乡音无改鬓毛衰'。我在异国他乡,心心念念怀念我的家乡。这些年在外打拼,积攒了一点资金。我现在的想法就是,回来做点公益上的事,把心带回家,让它静下来。"

说到这里,就有真诚的掌声回应。

接下来她就把要到小清河投资的项目,向与会的领导做了介绍,结束前,特意说到她先生孟远老家在安徽,对中国感情很深,非常支持她回来做点事。

林苍秀介绍完他们的思路和打算后,分管副县长就如何配合、做好服务工作,提了几条具体要求。会后要请林苍秀他们吃中午饭,林苍秀谢绝了,说离吃饭时间还早,小清河镇对面的小清河区还有点事,得赶回去处理。

离开勐玛时,林苍秀向康太平和支边交代,尽快与县土地局和小清河镇的相关人员对接好,早点去看地、征地,这样才能顺利地开展后续工作。

孟远和林苍秀回到小清河区那边,很快就把佛寺、医馆用地和宅基地的手续办好了,小清河镇这边却不见有动静。

林苍秀过河来问情况,康太平汇报说,一直在等县土地局的分管副局长来确认地块,可这个老兄就是不露面,不是说要开会,就是说要出差,后来又说要参加培训,送礼他不收,始终说他忙。

正说着,支边从勐玛回来了,把草帽一甩,坐到沙发上嚷道:"他妈的,弄清楚了,这个家伙名义上不收礼,实际上是要在麻将桌上赢钱。"

林苍秀问:"你是说那个副局长?"

支边说是的:"陪他打几场麻将,事情就可以搞定。"

林苍秀感到诧异,想不到在中国这边还会有这种情形。

康太平生气了:"他胆子也太大了,就不怕我们去告他。"

支边继续讲调查了解到的情况:这个家伙鬼得很,麻将他只在休息日打,工作时间不玩;他要推脱来找他办事的人,有好几种借口,比如说他要开会,要出差,要参加培训,所以抓他的把柄不容易。事情最终他是会为你办的,只是你的时间熬不过他。

林苍秀苦笑道:"看来不陪他打两场麻将还不行呢。"

支边就禀告:"今天是周末,已经有人安排妥了,我今天晚上和明天白天就去他家玩血战到底,故意让他赢钱。"

林苍秀神态鄙夷地说:"那你就去吧。"

支边在麻将桌上顺利地输掉两万块钱后,星期一上午,副局长就带着人来找林苍秀他们了,一块去看地。

副局长显得很热情,他和手下的人约着镇上的领导,领着林苍秀他们把小清河镇能够征用的地块,全部看了一遍。

看后,林苍秀他们相中两块地,一块在小镇西边,属于教育用地,有 50 多亩,使用期限 50 年。副局长介绍说,你们虽然是民办学校,但是非营利性民办学校在建设用地方面享受与公办学校同等的政策,政府可以以划拨的方式供应你们土地,只是需要出搬迁补偿等少量费用。林苍秀高兴地说,这块地我们要。

另一块地在小镇东边、南汀河畔,属于商业用地,也有 50 多亩,使用期限 40 年。副局长如实介绍说,有几家公司来看过这块地,嫌地势低,雨天会积水,所以不要,几次招牌挂都流标了,现在县上决定此地可以以协议方式出让,价格定为 300 万元。林苍秀问,假如南汀河发洪水,会不会影响到这块地,副局长说不会,河堤修建得十分牢固。林苍秀又问,如果把这块地的中间挖成一个湖,假设雨水不够用,可不可以从南汀河引水过来,借水还水。副局长说,我问一下水电局的领导。当面就把电话打了出去,询问过后答复,可以采取借水还水的方式,把水引进来,再流出去,但是必须确保流出去的水不被污染。副局长说完,就领林苍秀他们去河边查看堤岸,看过以后,林苍秀表态说,这块地我们也要了,用来建酒店。

副局长保证,征地款到位后,他们会用最快的速度,把土地交给林苍秀他们公司使用。

　　副局长等人离去后,康太平和支边问林苍秀,听你刚才的口气,想挖一个湖,难道你想建一个公园吗? 林苍秀笑道:"不是公园,但是像公园。"

　　她说她最近在看一本书,书中有个故事很有启发性。在一个动物园的露天舞台上,一个红鼻子小丑角正在表演的时候,突然发现一只大狮子从旁边狮子笼里溜了出来。台下观众惊叫着都往大门跑去,狮子兽性大发,追逐人群,接连伤了许多人,直到被警察击毙,才使事态平息下来。这时,人们发现小丑角不见了,以为他被狮子咬死在某个地方了,找来找去,结果看见他正在关着门的狮子笼里安然睡觉呢。原来,当大家都往大门外跑时,他却反方向跑进狮子笼里,他从狮子笼里出来后说,是逆向思维让他这样做的。

　　讲完故事,林苍秀说,我在想,开发商不看好的地方,可能就是我们的好地方。需求不一样,想法就不同。开发商想的是,在一块地皮上能够多盖房,地势低了他们建房的成本就高,所以他们不想要这块地;而我们不能像他们一样想问题,正因为地势低了,我们才好把中间挖成一个湖,建一个水上傣家园。我想,把建湖挖出来的土,堆在湖中间形成一座小山,山上种些花草果木,再把恰当的楼台亭榭布局在上面;在湖边,我们建盖一二十幢傣家小楼,把盖楼的地基垫高,这样就一点问题都没有了。

　　听了林苍秀谈的构想,康太平和支边都说这个创意好。

　　林苍秀安排,她负责调动资金,支边尽快把土地拿到手,土地一到手,康太平就去请设计单位做规划、出详规。

　　两块地很快就到手了,这时耿卫疆和马玥明也回到了勐玛,林苍秀就约他俩到小清河镇看地,让孟远从河那边过来陪。

　　林苍秀他们陪耿卫疆夫妇看地,边看边说,林苍秀谈了两块土地的用途和建筑规划后,就说起要请耿卫疆夫妇来学校帮忙,请耿卫疆出任校长,马玥明来做校医的工作。

　　"我明天就可以来上班。"耿卫疆还没有吭气,马玥明就先说话了,"这次去春明,我跟我姑娘讲,我退下来以后闲不住,你找点活路给我做做嘛,我姑娘听不懂我说的意思,问我找什么活路做,我说你赶紧给我生个孙子,我来领,就有活路做啰嘛。姑娘说现在还不行,她两口子要读博士。"

耿卫疆瞥了她一眼道:"盖房子的事你不懂,你现在来上什么班嘛。"他转身问林苍秀:"你想回来投资的心思我们早就知晓。那么你为什么要来投资办学呢?"

"她早就想回来了,只是一直陪着我父母,把他们养老送终后,这才回来。"孟远在一旁回答:"办职业学校的事,她考虑得早了,想为两边贫困人家的子女做点事,让他们以后有谋生的一技之长。"

"我们回来办学,想的是做点好事,为孟远和我的人生,找个合适的结尾。"林苍秀说,"孟远想得比较周全,他说办公益学校是很花钱的,必须有持续不断的资金流进去才行,因此他提出在这边盖个酒店,把珠宝店搬过来,靠酒店和珠宝店的收入支撑学校的发展。"

"很高尚啊,你们两个的行为,"马玥明说,"我家耿卫疆是很愿意出来的。"说着就把眼光扫到耿卫疆脸上:"卫疆,这个话是你说过的,是不是?"

耿卫疆说是的:"学校是安放我们灵魂的精神高地,我十分愿意来当这个校长。不过,等你们把学校的房子盖好以后,我和马玥明再来,和你们一起做事,好吗? 你们计划什么时候招收第一批学生呢?"

林苍秀答:"计划明年九月份正式开学。"

耿卫疆说:"时间正好,这段时间我正在改写我的书稿,争取在明年七月份改完,到时候我就可以来学校专心做事了。来了以后,我还要上阵为娃娃们开两门辅导课,一门是中国传统文化基础知识,一门是欧洲文明的情况简介,我要用图文并茂的方式通俗易懂地讲解,让我们的学生很小就知道,什么是中国传统文化,什么是欧洲文明。"

孟远笑道:"有你家出来坐镇,我和林苍秀就放心了。"

"我们一起努力吧。"耿卫疆这时想到一件事,就问,办学的申请和办学的方式跟县上联系过没有?

林苍秀说和教育部门接触过,但还没有细谈。

耿卫疆说那我把县上分管教育的副县长约出来,请他召集相关部门来现场看一下,一起商量怎么办学。

过了两天,分管教育的副县长带着教育局和职业中学的领导,又约了小清河镇的领导一起来看地,看了地就到镇上共同商量怎么办学。最终达成合作办学的一致意见,林苍秀他们要办的学校归县职业中学指导,定名为"勐玛县职业中学小清河分校";学校建好后逐步发展,第一年先招 3 个班 120 人;最终规模达到:校舍建筑面积 24 000 平方米,教师编制 60 人,在校生 800 人,开设电子电器应用与维修、汽车运用与维修、汽车美容与装潢、计算机应用、计算机网络技术、电子商务、旅游服务与管理、农作物栽培与管理、家禽饲养与管理九个专业。办学出资的主体是林苍秀他们公司,争取省、市、县每年给予适当补助。

在镇上吃中午饭。饭前,小清河镇的党委书记对耿卫疆说,你家是德高望重的老领导,想请你家给我们镇上的市政建设提些宝贵意见。

耿卫疆想了一下就说,你们这几年的市政建设变化还是蛮大的,不过还有不理想的地方。我的建议是:一、主要街道的管网线路要入地,空中不能有蜘蛛网一样乱七八糟的网线;二、房屋建筑外观要展现自身的特色,不要建得和内地一个样;三、这里的气候偏热,城里要多种树,把小城藏在树林中。街道种两排树,一排种会开花的树,另一排种会结水果的树,主要街道的树和花不能雷同。我说的这些,不可能一蹴而就,只能一步一步来,最终把小清河镇,建成独特而又美丽的家园。

　　在座的人听了,都说耿卫疆的建议好。孟远说,我回去那边要向赵岩布勒讲,让他在那边也按这个思路搞建设,建一个风光秀丽、形象独特的小镇。

　　吃过中午饭,林苍秀让耿卫疆夫妇稍留一下,说还要商量点事,县上来的人就先走了。

　　林苍秀要商量的事是耿卫疆和马玥明的报酬问题。耿卫疆说:"五年之内,我不领取一分酬劳,也不是不要你们的钱,而是要你们帮助我出九本书的公开出版费用,大概要 50 万元。我的这些书有学术史料价值,但是在市场上肯定卖不动。"

　　林苍秀说:"除了资助出书之外,每年还要单独给一笔报酬。"

　　耿卫疆坚决不干:"五年以后,我还能做事的话,你们可以适当给我一点补助。这个事情就按我说的办得了,没有商量的余地。"

　　马玥明说她倒是要钱的,不过按没有退休的待遇,补足她退休后的差额部分即可。林苍秀说这样不行,耿卫疆说这样最好,就这样定了。

　　林苍秀对马玥明说,她上班的第一天就送她一件翡翠挂件做纪念。马玥明说好呢,但是价钱不能太贵,要符合自己普通人的身份。一旁的耿卫疆插话道,亲姊妹也要明算账,值多少钱到时候逐月扣马玥明的薪酬。

　　林苍秀和马玥明无语,转身走开。耿卫疆在她俩身后说:"这个事情同样没有商量的余地。"

二十四

　　两块地的建筑总规和详规,几经论证后确定下来,可以进入施工环节了,只是需要事先申请领取施工许可证。林苍秀、康太平和支边去县城建局领取许可证的时候得知,许可证的发放,必须经过主持工作的副局长的同意,否则不敢。

　　林苍秀说:"那就麻烦你们向局长报告一声吧。"

　　对方回答说,局长在市委党校学习。

　　支边说:"你们打个电话请示他一下不就行了吗?"

　　对方答复说,局长有交代,如果没有书记和县长的安排,那么,需要他批准的事,等他学习回来再说,他要认真研究以后再作决定是否批准。

　　康太平问:"局长要学习多长时间,什么时候回来。"

　　得到的回复是,学习时间是十天,局长昨天才走。

　　林苍秀急了,出了城建局的大门就嚷道:"十天的时间我们也浪费不起呀,康太平支边你们两个,今天就去林山市,到地委党校找人,把批示拿回来。"

　　支边哼了一声:"没这个必要吧,给耿卫疆说一声,让他给县上的领导打个电话,县领导布置一下,事情就搞定了。"

　　康太平说对的,就这样办。想想又说:"这个副局长是主持工作的副局长,单位上大小事情都由他说了算,就怕他事后刁难我们,找各种理由收拾我们,小鞋难穿啊。"

　　林苍秀想了想说:"这个事就不要给耿卫疆说了,康太平说的有道理,为了避免以后的麻烦,还是你两个亲自跑一趟的好。"

支边说:"那得带点礼去,带什么呢。"

康太平想起一个人来,就说:"我有一个老朋友,在城建局干了几十年,刚退休,他对单位上的人和事,了解得比较深,我去问问他,看这个副局长喜好什么。"

林苍秀说:"那你赶紧去,我们等你。"

康太平到他老朋友家,又找到一个钓鱼处,见着老朋友,打探了副局长的喜好,回来对林苍秀和支边说:"这个副局长不收任何人一分钱,但是,找他办事,送烟酒最管用,他收到烟酒后,就会送回老家,交给他开烟酒店的妹妹处理。"

林苍秀苦笑着让康太平和支边赶紧上路,到林山市后去买一箱六瓶的茅台酒和十条云烟,送给这位主持工作的副局长。

康太平和支边立即出发,行程一百六十多公里,赶到市委党校,邀请副局长单独出去吃晚饭。副局长起先不去,听说专门给他带了好烟好酒来,就坐着支边开的车出来了。到了饭店,他打电话让他的一个亲戚来把烟酒拉走,然后立马打电话回县局,让经办人第二天一早就把施工许可证发给林苍秀。

施工队很快就入场,工地上响起了推土机和打桩机的轰鸣声。康太平负责监管学校的建设,支边在酒店那边忙碌。

一天下午,林苍秀问康太平:"叫你招一个驾驶员,人选物色好了吗?"几天前,林苍秀交代,要招一个驾驶员到公司来上班,她的意思是,耿卫疆夫妇来上班以后,必须为他俩配备一个专职驾驶员,现在就要把人选好。

康太平回话道:"有个年轻人想来,我觉得他的条件还行,三十来岁的年纪,开车技术好,人嘛是老实本分的那种,不过他有一方面的情况不理想,恐怕不符合你家的要求。"

林苍秀问:"哪方面的情况不理想?"

康太平说:"他爷爷当年是个造反派的小头目,参加过迫害你父亲的行动。"

听康太平这么说,林苍秀就没吭气,她脑海里呈现出一幅父亲惨遭毒打的画面,心里就升腾起一股怒气来,脸色随之变得苍白。

康太平见此情景,连忙说:"我重新再找人吧。"

林苍秀摇摇手后问:"他家里现在是什么情况,他本人为什么想到我们公司来?"

康太平说,粉碎"四人帮"以后,他爷爷被判了几年徒刑,出来后不久就死了;他父母亲没有正式工作,身体一直都不好,家里生活很困难;他到现在还没有讨媳妇,先前他在外地打工,帮人开车,现在回来是想离父母亲近一点,有事好照应。听说我们公司需要驾驶员,他就来报了个名。

林苍秀半晌无语,离开时走出去几步后又转身回来说:"把他招进来吧,过去的事不应该由他来负责。"

建筑队在场地施工本来很顺,却因为一件意外的事故,使酒店的建设受到了影响,林苍秀的身心受到折磨。

施工队里有一对夫妻,男的是砖瓦工,女的当厨师。那天黄昏时,小两口要到河里洗澡,女的先出门,男的朝后来,女的在山林的小路上遭到袭击,被一个壮汉拖进树丛中。壮汉蒙面,手持砍刀,厚颜无耻地说,我只要求在你身上舒服一下,别的不要你的,如果你敢喊叫,我就一刀宰了你。说着就强行脱掉女人的裤子,爬了上去。女的抵死不从,一边挣扎一边高声呼救。她男人来到山林里,听到媳妇撕心裂肺的喊叫,循声跑过去,看见一个壮汉在他媳妇身上乱动,怒不可遏,随手捡起身边的一根碗口粗的木棍,使劲朝壮汉的背部砸去,随后又把壮汉揪起来,使出九牛二虎之力,一棒打到壮汉的头上,壮汉顿时瘫软在地,一动不动了。

有两人闻声赶来,见壮汉被打,女的裤子都还没有穿上,顿时被吓到。稍后他俩中一人提醒小两口,赶紧将伤者送往医院救治,晚了可能就来不及了。小两口如梦方醒,男的忙不迭地背起壮汉就往镇卫生院跑,到了医院经医生检查,人已经断气了。

支边和康太平闻讯赶来后,动员伤人致死的男青年去自首,然后就把他送到了派出所。

第二天天色未明,酒店的施工现场就被五六十个村夫围住了,他们的手上都拿着长刀和棍棒,每人都怒形于色,叫嚷着把打死人的凶手交出来,一命抵一命。他们都是死者的亲戚朋友和同村人。

支边见状,脸色都吓绿了。从学校工地赶过来的康太平倒沉得住气,转过身去给派出所所长打电话报告情况。

派出所的干警还没到,林苍秀先来了,她面对乱麻麻的人群,亮开嗓门大声说,不幸的事情已经发生了,死者的后事,我们会协助处理的,至于责任问题,我们请公检法单位来断案,好不好?

有人知道林苍秀的身份,告诉了死者的哥哥,死者的哥哥约了几个人到一旁商量了一阵,对众人吼道,请大家安静下来,我说两句。现在他们公司的老总来了,我们要把她带到旁边的这幢小楼上,和她谈判,事情谈不成,我们就不放她出来。所有的人都跟我们去,把小楼封死,不准任何人进去。

死者的哥哥说完,就指挥几个人不由分说,把林苍秀拽进身后的小楼。康太平和支边见了,连忙过来阻拦,但拦不住。康太平叫道:"我们老总身体有病,你们把她放开,我去。"

死者的哥哥说:"你去管个屌用。"

林苍秀被带到二楼的一个房间里,康太平和支边也跟着一起进来。小楼是以后作为别墅型酒店使用的,此时刚封顶,还是毛坯房,门窗都没安上。死者的哥哥安排两个人在房间门口把守,两个人靠窗守候,他和另外几个人坐在房间里的破麻袋上。

这时二楼三楼的过道全部挤满了人,楼梯上更是水泄不通。死者的哥哥对林苍秀说,我晓得公安的人马上就会来到,不过你们不要抱什么希望,我们把楼梯堵死了,他们上不来。

康太平见林苍秀脸色苍白,神态虚弱,把装水泥的空纸袋铺开,让她坐下。林苍秀也顾不得讲究什么,坐下后低垂着头,大口大口地喘气。

派出所的干警,出警速度并不慢,然而他们到达时,村民们已经挤进小楼,楼梯塞得满满的,他们上不去,只得在一楼的楼梯口交涉,可是不起作用。

林苍秀抬起头来,问死者的哥哥:"你们有什么要求?"

死者的哥哥恶狠狠地说:"要么把凶手交出来,我们要他偿命,要么赔偿我们 100 万块钱。"

康太平警告道:"你们非法拘禁他人,是犯罪,现在不是谈条件的时候,你们赶紧放我们出去,然后再谈。"

"人都被你们的人打死了,还不准我们谈条件,"死者的哥哥怒道,"大不了再死几个,我陪你们一起死。"

林苍秀摇摇右手说:"你不要冲动,听我讲,打人的那个人已经被公安机关控制住了,你们要的钱,我也拿得出来,但是现在不能拿,必须听法律部门的意见,如果要我们拿,我们不会少拿一分钱。"

这时听到派出所的干警用扩音器在房后的窗下喊话:你们的行为,属于非法拘禁他人,已经触犯了法律,请你们赶快放人。

死者的哥哥跑到窗口对着窗外吼道:"放人不难,只要把凶手交给我们处置就行了。如果不交人,那么拿 100 万块钱赔偿给我们,我要安抚我弟弟家和老人。还要给一起来的弟兄朋友发误工补贴。"

用扩音器喊话的干警说,死者强奸妇女,已成事实,他犯罪在先,被侮辱者的丈夫打人在后,事情的发生是有因果关系的。最终怎么处理这件事,由法律说了才算数。请你们都下来,赶紧放人。

死者的哥哥坚持不放人,村民们或站或坐都不动,双方僵持着。

林苍秀坐着坐着突然站了起来,双手摁住肚子,紧闭眼睛,身子扭来扭去的,看起来很难受。

支边问她怎么了,她说:"肚子太疼了,想方便一下。"

康太平对死者的哥哥说:"林总这段时间身体一直不好,现在病又发了,你还不放人的话,出了问题你负不起这个责任。"

死者的哥哥执拗地说:"不答应我们的条件,我们是不会放人的。"

林苍秀呻吟道:"我想解个手。"这几天她得痢疾,吃了药有好转,但还未痊愈。

死者的哥哥让她到卫生间去解决。毛坯房的卫生间门窗还是空的,也没有马桶,下水管道裸露着,没有方便的条件,可是林苍秀实在忍不住了,只好叫康太平和支边脱下衣服,二人背对着她把衣服拦在门口,让她解除痛苦。

从卫生间出来,林苍秀就要爆发,她捡起半截砖头冲过去,想砸到死者哥哥的头上。然而她却忍住了,只是把砖头甩到对方脚下。她的面目扭曲了,眼里闪着怒火,牙齿咬得吱吱响。她觉得受到了奇耻大辱,精神几乎崩溃,随后就瘫坐在地上。

就在康太平和支边与死者的哥哥争吵不休时,又听到了扩音器里的喊话声。这次是县公安局的领导说话,语气特别严厉,同时说到这一次的行为,公安部门对绝大多数村民不予处罚,前提是你们要尽快出来,不再参与聚众围堵活动。

这次喊话有了立竿见影的效果。先是一人两人从小楼里走出去,紧接着出去的人越来越多,最后只剩下死者的哥哥等少数几个人没有出去。

一场闹剧终于收场,林苍秀等人被困两个多小时。罪与罚的事情交由公安部门处理,康太平和支边出面协办死者的后事。身心极度疲惫的林苍秀回到小清河区那边,让孟远为其治病调养,一个星期后,她才从阴影中走出来。

事后听到支边在编故事,说强奸犯当时并没有得逞,是那男青年帮了他老婆的倒忙,一棒棒打到强奸犯的屁股上,把强奸犯的那东西恰好送进了他老婆的体内。

支边的本意是编个笑话供大家取乐,不承想惹怒了林苍秀,她抬手就甩了支边一个嘴巴。这是她平生第一次打人的嘴巴,打得她自己的手疼痛不已。她指着支边的鼻尖骂道:"你这个鬼家伙,还嫌事情闹得不大吗?让死者家属听到,信以为真,误认为是强奸未遂,又来扯皮,你好受吗?"

支边捂着被打红的脸,惊骇得张大嘴巴,一时说不出话来。

后来听说,死者家庭生活比较困难,老的老,小的小,只有一个可以下田做活的人,林苍秀就安排康太平和支边去,给他家盖了三间瓦房,还留下了一些零用钱。

二十五

　　风吹十里茶山,漫山遍野清香。农历五月盛夏的一天,林苍秀、孟远、丁爱民、罗小水和康太平、支边乘车来到耿卫疆夫妇休养的茶山参观考察。

　　马玥明的大弟在茶山承包了 100 多亩面积的茶地,出品普洱茶,专做古树茶生意。茶山冬暖夏凉,空气清新,适宜养身。茶林边建了几间瓦房,住着四个小工,耿卫疆和马玥明也时常住在这里。茶园往北离勐玛县城十来公里,往南距小清河镇也是十多公里,上下都很方便。

　　才下车,林苍秀就指着刚停稳的深蓝色三菱越野车,对耿卫疆说,以后这辆车就是你的专车了。又指指驾驶员说,小伙子不错,开车技术也好。耿卫疆看看人又看看车说,我一个人用浪费了,大家一起用吧。

　　寒暄过后,稍微休息一阵,耿卫疆和马玥明就带着林苍秀等人钻进茶林考察。之前耿卫疆说过,这片茶园可以作为职业学校的实训基地,请林苍秀他们择时上来看看。

　　一行人边走边看边听耿卫疆讲,茶树林里有水冬瓜树、麻栗树和野樱桃等原生树,和茶树共生长,自然生态。

　　孟远问:"出产的茶算是原生态茶吗?"

　　耿卫疆回答,是原生态茶。这里不用农药和化肥,只用家禽的粪便和油枯做肥料。除虫害主要靠林中的小鸟和引进一种蜂子,再加上放养的鸡来解决。是不是原生态茶,专家说了算,他们在林间搭起帐篷驻扎,白天查看有几种鸟叫,是什么鸟叫;夜晚聆听有几种虫鸣,是什么虫鸣;此外还到草塘间观察是否有青蛙出没和鸣叫,如果有青蛙,证明这里的生态环境是健康达标的。省、市的专家都到这里来过,检查以后,他们很满意。

午饭后饮普洱茶。孟远问:"听说每座山的茶味都不一样,是真的吗?"

耿卫疆说:"是的,茶树品种不同,地形地貌不同,森林植被不同,光照时间和雨水多少不同,茶味有着明显的区别,香气和口感是不一样的。"

林苍秀问道:"据说普洱茶还有保健功效。"

耿卫疆答复她同时也是讲给众人听,普洱茶的确具有保健功效,这是经过我们国内和日本、法国等国家科研机构研究证明过的,普洱茶是最适合保健需要的健康饮品,长期喝可以降血糖、降血脂、降尿酸,帮助消化、抗氧化,但是它只是具有保健功能,不能代替专用药品。他接着说:"我特别喜欢闻普洱茶的杯底香,每天闻上几遍,心就能静下来,一天的精神状态就不会差。"

孟远羡慕地说:"观云海、听雨声、闻鸟鸣,读书、写作、禅想,惬意、舒坦,陶渊明想要的世外桃源生活,你家在这里过上了,过的是世外茶园生活。"

耿卫疆说他和马玥明在这里日子的确过得滋润。

马玥明笑道:"我是你的炊事员、保洁员、保健医生,你的日子当然好过啰。"

耿卫疆不接她的话,到隔壁书桌上拿来一本笔记本,翻开给孟远他们看,说这几篇小诗文,表露了他的心迹:

茶 诗
——仿(唐)元稹《一字诗至七字诗·茶》

茶

叶香　树清

可入药　能养心

安然立世　荣辱不惊

最喜烟云绕　乐把风雨听

水泡禅味示众　教人举重若轻

洗尽烦愁汤色净　唤醒诗客神气新

读《世说新语》感言

季伯挥笔著华章

千古相传翰墨香

魏晋风流书上记

逸闻趣事纸中欢

简约妙语多神韵

玄澹真言意象宽

艺术程途观胜景

后学晚进叹高山

过去陪我散步的是一群人，现在陪我散步的是一条狗。这又有何妨，生命在每个时段都是好时候。

想一想那个白发飘飘的苏老头，一生颠沛流离，却超然物外，豁达畅快，发配当作逍遥走。疲惫时，啖几块东坡肘子，饮一壶老酒，也就悠悠解了愁。

最敬仰的人，让我甘愿顿首；叹只叹，九百年前他已驾鹤西游！

林苍秀看后说，你有闲情逸致真好。然后问道："你的书稿完成了吗?"

"基本完了,下一步就拿去送审、印刷。"马玥明代他回答,"其实他早就写完了,但是他不满意,反反复复修改,有些地方又重新写。"

耿卫疆表示:"下个月我和马玥明就可以去学校报到了。"

喝过茶,马玥明提议道,雨季来了以后山上已经出菌子了,我们去采摘吧。众人都说好,于是都出门到山林里去找菌子。

从山林里出来,每人都有收获。马玥明让小工逐一检查是否有毒菌,检查后安排,今天晚餐的主攻方向是菌子。

晚饭前又喝茶。耿卫疆问孟远:"小清河区那边工程进度怎么样了?"

孟远回话:"几家人的住宅正在进行装修,医馆的建设也完成了大半,佛寺建设的进度稍慢一些,主要是有几个地方要听高僧的意见,需要做些改动。"

林苍秀说:"孟远我们计划,九月份小清河镇这边学校开学、酒店开业,十月份就把曼戍的家搬到小清河区来。"

这时支边开腔了,他问孟远:"你咋个想得起在那边无偿地建一个佛寺?"

孟远沉思一会儿说:"让那边的人心有所念,情有所归。"

支边不解说道:"信那一套有用吗,我倒是不信。"接着又说:"我这个人没有信仰,什么都不信。"

林苍秀笑支边道:"什么都不信的人是可怕的,思想容易塌方。"

支边问孟远:"你家是虔诚的佛教信徒吗?"

孟远答道:"我不是,但是我对佛教文化特别有兴趣。"接着讲道,佛陀认为,宇宙本身没有时空的界限,我们感到的起止和来往,只是凡夫众生的幻觉,不是宇宙本体的真相。我们感受到的有限存在不是真实的存在,而是虚幻的存在,但这并不意味着这些存在本身不存在,而是强调不应执着于表象,要认识到存在的本质是空性和无常。因此,佛陀他教凡夫众生,如何从不真实的有限存在中,转变成无限存在的大解脱者,他要指点大家遵循一定的方法,达到永恒的平静和智慧。孟远最后说:"我本人,对这一类的认知体系比较感兴趣。"

支边摇头叹道:"搞不懂,越听越糊涂。我只晓得地球是在空中转动的,有时候就想,以后地球上的人越来越多,地球越来越重,说不定哪一天就掉下去了。"

支边的话把众人逗笑了。

笑后,耿卫疆说:"我最近在看一本《给无神论者》的书,作者是英伦才子型作家阿兰·德波顿,我觉得他讲的很有道理。"说完他就去把他的笔记本拿过来,翻开看着说,德波顿认为:人们可以抛弃宗教的基本教义,但不应该放弃宗教涉及的群处、悲悯、慈善、教化、艺术、建筑等方面的真知灼见和有序行为。在道德精进、心灵抚慰、人际和谐这些方面,各种宗教都提供着现成的启示。

说后,看看众人又讲:"我是个无神论者,很早以前,我就在我的精神家园里,种下了三棵树,分别是马克思主义的基本理论、中国传统文化和西方文明知识,直到今天,这三棵树还在我的思想里成长。遗憾的是,因为个人努力不得法,这三棵树没有长好。"

又聊了一阵才吃晚饭,菜品主要是野生菌,有鸡枞、干巴菌、牛肝菌、青头菌、羊肚菌、猪拱菌等,有的菌子当地没有,是朋友从外地寄来给耿卫疆的。大家在山林间的露天下说说笑笑,吃得很开心。

饭后下山,走前,林苍秀问:"在这里挂一个学校实训基地的牌子,马妹你弟弟会不会同意?"

马玥明笑道:"咋个会不同意,我代他表态,必须同意。"

二十六

雨后初晴,蓝天色如宝石,空中飘来白云,小清河镇散发着自然清香的味道。

这天是林苍秀和孟远投资的学校开学典礼以及酒店开业的日子。前来参加活动并在主席台就座的领导和嘉宾有:林山市政协主席孙璞、秘书长杨源、教科文卫体委主任崔云;山城市发改委处级调研员王子仁及其夫人章思红;勐玛县县长、县政协主席、分管教育的副县长、县教育局局长、外事办主任、边境贸易局局长、政协教科文卫委主任、职中校长、小清河镇党委书记;妙塔国科甘特区的一个副主席、科甘县的一个副县长和相关部门的三个负责人、小清河区区长赵岩布勒;妙塔国勐康特区拉曼县县长岩龙和相关部门的两个负责人;林苍秀和孟远夫妇。

上午九点,举行学校开学典礼仪式,耿卫疆主持,他身着黑西装穿白衬衣系红领带,举止潇洒,风度翩翩。仪式的程序是:勐玛县分管教育的副县长宣读关于同意成立县职业中学小清河分校的批复;林山市政协主席孙璞讲话;勐玛县县长讲话;妙塔国嘉宾代表赵岩布勒讲话;林苍秀讲话。

轮到赵岩布勒讲话时,恰巧有一阵风吹来,把他手上拿着的三页讲话稿子,吹跑了一页。他干脆把另外两页也放飞到空中,说道,稿子上写的内容,大家都猜得出来,我就随口说几句吧。我今年64岁了,马上就不得当区长啰,今天还得在台上讲话,非常高兴。我要讲的第一句话是,孟远和林苍秀两口子相当能干,我相信他们能把学校的事情做好;第二句要说的是,希望你们小清河镇和我们小清河区进一步加强合作,两边都过上好日子;第三句要说的是,祝愿中妙两国的友谊,像南汀河一样长流。

林苍秀刻意打扮过,显得更有精气神。她长发变短,套裙换西服,脸上透着红润之色。平时十分干练的她,因为太激动,在麦克风前顿住了,有千言万语想说,却又说不出来。尴尬了一阵,她说,我从小就离开家乡,现在只不过是带点小礼物回来而已,表示一点小意思。谢谢我的先生孟远,在人生路上他始终相陪支持我做事。谢谢耿卫疆和马玥明夫妇,能来学校帮助我们开展工作。

接下来是剪彩、鸣鞭炮、授牌;往下是观看文艺表演,分别由勐玛县文工队、小清河镇的干部职工和职中小清河分校新招来的学生登台演出,场面甚是欢快,气氛极佳。

文艺表演结束,带领宾客参观校园。校园分两期建设,现在只是完成了一期的任务。校园的总规,按照一只腾飞的蝴蝶模样来设计,建好的教学楼,外观呈"工"字形,寓意要培养当代技术工人。

看完学校,到酒店挂牌;挂了牌,看酒店风光。

酒店的建设极具特色,富有个性。从尖角翘顶、金碧辉煌的大门进去,先到酒店的主楼,主楼五层高;从主楼大厅往后走,就到了体量有三层的珠宝店,珠宝店后面,是碧水清澈的秀湖,湖中央建有一座小山,山顶立一个亭子,取名叫"伴月楼",小山脚下的回廊,形成了一个圆,似一幅静止的画卷。要到小山上,需得乘坐轻舟,漫摇时光方能过去。湖边美美地立着18栋白墙青瓦的傣式别墅,以供南来北往的宾客住宿。

从山城大城市来的王子仁赞道:"好风光好地方,有异域特色。"他媳妇章思红跟着说:"这个地方的确不错啊,养眼养心。"

境外拉曼县的县长岩龙对林苍秀说:"看后很受启发,我们回去后也要多搞些有更多自己特色的东西出来才行。"

午餐就安排在酒店。林苍秀夫妇、耿卫疆和勐玛县县长陪林山市政协主席孙璞、山城来的王子仁夫妇、妙塔国的科甘特区副主席、拉曼县县长岩龙、科甘县副县长和小清河区区长赵岩布勒；林山市政协的杨源、崔云和勐玛县政协主席、副县长陪境外来的其他客人；康太平、支边、马玥明、丁爱民、罗小水他们几个，分别招呼国内的其余来宾。

饭后，先把境外客人送走，再送林山市政协的领导，最后送勐玛县的嘉宾。

孙璞主席是从人大常委会主任的岗位上换岗过来的，他问耿卫疆："你的书写得咋个成了？"

耿卫疆说："已经送审，马上就可以出版啦。"

"你为林山市的文化建设做了一件大好事。"孙璞拍拍耿卫疆的肩膀道，"退而不休，现在又当上校长了，大有用武之地。"

耿卫疆微笑着说："发挥一点余热而已。"

孙璞把耿卫疆拉到一旁问："郝山河已经从监狱出来了，你晓得吗？"

耿卫疆说："我晓得，减了几次刑出来的。"

孙璞问："你晓得他现在干什么吗？"

耿卫疆摇头表示不知道。

孙璞压低嗓门说："做生意，当老板，日子过得很滋润。"又说："听说宋国安和那个叫肖潇的女人，在他背后当股东。"

耿卫疆问："你咋个晓得的？"

"嗨，晓得的人多了，"孙璞说，"郝山河出狱后，为他儿子办婚事，那个场面大得很，摆了七八十桌呢。宋国安和肖潇也去捧场，听人讲还送了厚礼呢。"

耿卫疆听后说："人以群分，物以类聚，他们有他们的市场。"宋国安从省政协秘书长的位置上被降成主任科员，不久后就提前退休了；肖潇在沧江时，因为他们公司涉毒，进过公安局，出来后听说就回原籍去了；这两个人，耿卫疆这些年一直就没有见过。

　　临走前，孙璞在车上挥挥手："老弟，好自为之，多保重。"

　　人走得差不多了，林苍秀说："走，去学校大门口，我们一起合个影，留作纪念。"

　　参加合影的人员有：林苍秀和孟远、耿卫疆和马玥明、赵岩布勒和罗小水、王子仁和章思红、丁爱民及其夫人、岩李及其夫人、康太平及其夫人、支边及其夫人。集体拍了一张后，林苍秀夫妇又分别与各对夫妻单独留影。耿卫疆约王子仁，两家人照了一张。最后，耿卫疆、林苍秀、丁爱民、康太平和支边，五位当年在一个集体户当知青的同学集体合影一张。

　　拍照后赵岩布勒和罗小水，岩李及其夫人，丁爱民和他夫人就过界桥回小清河区去了，这边的人则还要忙着做其他事。耿卫疆和马玥明陪王子仁两口子到国门照相，逛逛小镇，看看农贸市场；晚饭时，耿卫疆夫妇、林苍秀夫妇、康太平夫妇和支边夫妇，一起陪王子仁夫妇。

　　王子仁说耿卫疆大官不想当，来做职业中学的分校校长："与众不同，有自己独特的追求。"

　　耿卫疆说："这个校长不当则已，要当就必须当好。"他说，我考虑，在正常课程的基础上，还要开两门讲座，由我来主讲，让娃娃们早一点接触中国传统文化和西方文明的知识，从小就懂得中西文化合璧的重要性。要用讲故事的方法向学生传道，必须花很大的功夫，认真准备好讲义才行的。

　　章思红说："我们都听说你对自己的要求很高，总是爱自我挑战。"

　　晚饭后散步到酒店入住，王子仁和耿卫疆两人走在一起的时候，王子仁问耿卫疆："这次为什么没有邀请秦悠悠来？"

　　耿卫疆稍微一愣，摇头说没有。

　　自从两年前和秦悠悠在床上一别，内心自责后悔的耿卫疆就再也没有与她联系过，而秦悠悠也不联系他。有时候，他会想起她,心中微微泛起一丝涟漪;有时候,他就在内心里自我调侃道,秦美人是值得怀想的,不过呢,也只能是想想而已了。

王子仁说:"秦悠悠到香港以后,就跟她哥哥嫂嫂皈依了基督教,现在她还是单身独处,在宗教的精神世界里,陪伴着她迷恋的音乐,活得安详自在。"

耿卫疆说:"活着,有信仰支撑就好,愿她心安。"

王子仁夫妇第二天离开小清河镇,走前,耿卫疆在酒店里的珠宝店买了一对玉镯头送给他俩。林苍秀知道后,坚持把钱退给了耿卫疆。

耿卫疆虽是笑着却是认真地说:"以后不敢在这里买东西了。"

"你不要见外,"林苍秀回道,"钱财对于个人来说,多了有何用。"

二十七

　　林苍秀病了,而且是大病。

　　去年要来小清河镇投资前,孟远将着她的长发注视着对她说:"你的脉象虚弱,舌苔厚白,饮食和睡眠都不好。还是到西医医院做一次全面体检吧。"

　　斜靠在孟远身上的林苍秀坐直了身子说:"曼戌的西医医院设备普遍不算好,再说我吃你配的药还有效果,暂时不去检查了吧。"从早年参加游击队到现在,长期以来,林苍秀肠胃都不好,自从和孟远在一起之后,一直都靠服孟远配的药调理,感觉效果还不错。

　　孟远说:"那我们到首都医院,或者去曼谷的医院,要不然去中国春明的医院检查。磨刀不误砍柴工。"

　　林苍秀摸摸孟远的脸说:"现在的事情太多,再说吧。"

　　此后一直辛苦劳累,等到把学校开学、酒店开业的事办了,回到曼戌搬家,林苍秀这才觉得力气突然没了似的,身体极度疲弱。

　　"拖不得了,必须马上去检查。"孟远过来床前,对躺着的林苍秀说:"开学和开业那天,你化了妆,有几个客人说你脸色红润精神好,我又不好对他们说什么。"

　　在孟远的坚持下,两人飞到泰国曼谷,去朱拉隆功大学的医学院,做了全面体检,结果查出林苍秀十二指肠降部有个囊肿,病检后发现有癌细胞,还好是早期。

　　孟远也没有隐瞒,把结果向林苍秀说了,林苍秀一时间愣住了,不过她调整情绪的速度还算快,她抿嘴笑笑,淡淡地说:"人生只是路过,哪个的时间先到,哪个就先下车。"

"我有点大意了,"孟远双手抱着头,面色阴郁地说,"我这个医生不合格,天天守着你,照顾不好你。"

林苍秀把孟远搂过来,脸贴着脸说:"没有你的呵护,我也许早就不在人世喽。"

沉默了一会儿,林苍秀有些遗憾地说:"学校的二期工程没有动,我有些不安心。"

"这个事你就不要费心了,"孟远说,"有我和耿卫疆他们呢。"

林苍秀有点愁,说道:"二期工程的钱不够用。"

"没有问题你放心,我在曼戌借得着款,"孟远道,"当务之急,是考虑你的病咋个治。"

两人当下商定,把手术做了,开些药回家。同时服用孟远调配的中草药,双管齐下,看看能否抑制癌细胞的生长。

半年后,孟远陪林苍秀到中国春明条件最好的一家医院复查身体,庆幸的是,癌细胞没有扩散的迹象。

一出医院的大门,孟远就张开双臂,放声叫道:"好人一生平安。"

学校和酒店的分工,按照林苍秀的安排,耿卫疆和马玥明在学校这边管事,康太平和支边在酒店那当经理和副经理。

一天中午,耿卫疆接到勐玛县纪委的电话,让他去拿省纪委转来的一封函询谈话信。

一路上,耿卫疆想,已经提前退休两年多了,不知省纪委还有何事找他。去了把函询谈话信打开一看才知道,省委巡视组巡查林山市的工作,在巡查中有人反映,耿卫疆看不起人大常委会主任、政协主席的岗位,因而辞职不当市政协主席,而是到林苍秀的公司当校长,拿高薪。函询信要求回答,耿卫疆为什么不想在政协主席的岗位上贡献更多的力量,而是提前退休到民营单位做事,是否拿高薪,拿的是多少的高薪。另外,在清正廉洁方面存在哪些问题,必须主动报告。

马玥明听说有函询这回事,涨红了脸嚷道:"是什么小人告的,见不得我们做点事,太可恶了。"

耿卫疆摆手拉马玥明的衣袖,示意她闭嘴:"有人监督我们,有组织关心我们,让我们避免犯错误,这是好事。"

耿卫疆思索了半天,在电脑上打下了他的情况报告:关于看不起人大常委会主任和政协主席岗位因而提前退休一事,是不存在的,当时主要有两个原因,一是我在埋头撰写九本书,需要花很多精力,不退就会影响工作;二是我任政协主席多年,难免有船到码头车到站的想法,我把岗位腾出来,既可以解决别的老同志的待遇问题,又可以调动干部的积极性。我在政协主席岗位上工作踏实努力,是有一定成效的。在工作中,我也发过不该发的牢骚,说过如果让我当市委书记和市长,我的作用会更大的话。现在看来,组织上没有安排我任市委书记或市长是正确的,因为我本人的确有明显的不足。

耿卫疆继续打道,我是 2011 年 11 月提前退休回来的,林苍秀他们的公司是 2022 年 10 月回到小清河镇投资学校和酒店的,我退的时候,不知道林苍秀他们以后要回来投资开发。我没有高薪获取林苍秀公司报酬的行为。我写的九本书,是公益性质的,为林山市文化建设做贡献,但是却无法走市场,书写出来以后,赠送林山市图书馆和八个县的图书馆以及市直相关单位,还送到了省直部门有关单位。写书出书的各项费用花了 50 余万元,本来打算向市财政局申请,然而考虑到财政困难,就改为由林苍秀的公司出钱。我和公司签的工作合同是五年,这五年期间我不额外收一分钱。马玥明作为校医,只收退休后的那部分差额,林苍秀送她一件翡翠挂件,都是逐月在她的报酬里扣钱的。

在打字过程中,他想到这一生最大的问题,其实是和那个名叫秦悠悠的美女的床笫之欢,不过这种事情只能永远埋藏在心底了。

汇报材料打印出来,耿卫疆用挂号信的方式,将其寄给省纪委。

过了不长时间,省纪委一个副书记来勐玛下乡,找耿卫疆谈话时说,看了你的函询汇报材料,这次又把林苍秀夫妇、康太平、支边、丁爱民和罗小水等人约来谈话,相信你的汇报是诚实的,事情就了啦。

当天下午,勐玛县的县委书记和县长陪省纪委副书记用餐,正好林山市的人大常委会主任和政协主席孙璞也在勐玛下乡,也就一起参加。孙璞非要约耿卫疆也来一起吃饭,耿卫疆推辞不去,说你们领导谈事,我去了不方便。孙璞硬拉耿卫疆上桌,说纪委副书记是他的熟人,又不谈工作,没什么不方便的。

耿卫疆让小舅子送几瓶自己酿的米酒过来。酒过几巡,谈兴就浓了。话题很快就转移到林山市新任市长身上。纪委副书记和勐玛县委书记克制着不多说话,耿卫疆也不好插话。倒是人大常委会主任和政协孙主席话语不休。开始他俩还能自持,先是言不由衷地夸赞了新来的市长几句,说新市长年轻、文凭高、有激情,尊重老同志,很想干一番事业。说着说着,在酒精的作用下,话锋就变了。这时两位离退休时日不太远的老同志,显出了一副什么都不怕的神情,对新任市长坐火箭上来的途径有了质疑。

耿卫疆把他们几位讲的话前后串起来捋一捋,就知道了个大概。新市长原在内地一个省份任广电网络集团的副总经理,一年前到彩云省来投奔他的一位老领导,被任命为林山市市委常委、常务副市长,半年后升任市长。这位后起之秀来林山以后,根本不懂政府工作程序,眉毛胡子一把抓,抓不住重点,就像一个不戴眼镜的近视眼患者,看不到远处。

人大常委会主任喝了口酒,打了一个饱嗝:"干部任用必须讲公平,否则会丧失民心的。"

"他们做得,我们做不得,"政协孙主席用餐巾纸擦擦头上的汗，"只许州官放火，不许百姓点灯，这样怕不行。"

省纪委副书记这时开腔道："对干部体制的改革，我们要充满信心。"

耿卫疆想到，他在沧江县任县委书记、在林山市当市委副书记时，就力主推行干部选拔制度改革，只是人微言轻推行不了。他张开嘴想说话，此时他想说的是，我们不能学西方那一套，但是我们必须有自己改革创新的一套。干部制度的改革，必须从体制机制入手。话到嘴边，没说出来，就把嘴闭上了。

稍后，耿卫疆接到马玥明打来的电话，说林苍秀和孟远已经从春明回到勐玛，她想约他一起过去看望。耿卫疆告辞后就先走了，他急于具体了解林苍秀的病情，边走边在心中念道："好人应该平安。"

2024 年 4 月 17 日初改、8 月 24 日

二改、10 月 31 日三改完毕

后　记

　　长期从政，爱好文学，此前利用业余时间写作，发表和出版过一些作品，如今回头审视，感觉到过去写的东西，只能算是习作，登不了大雅之堂。退休后用三年时间，静下心来读了一百多本对自己有益的书，然后构思写下了这部小说。在写作过程中，有时候稍微偏离了小说技法的轨道，不是无意的，而是有意识地尝试，希望本书略有不同。需要说明的是，我在小说中使用的资料，基本上是从我撰写并已出版的《在高原低吟浅唱》一书中获取后重新改写的，而在那本书的"出版说明"里，我对所参阅过的中外文献，都作了注明或致谢。

王毅然

2024 年 11 月 1 日